MEIN BUCH

MICHELLE L.

INHALT

Veröffentlicht in Deutschland:

Von: Michelle L.

© Copyright 2021

ISBN: 978-1-64808-868-1

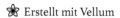 Erstellt mit Vellum

KLAPPENTEXT

Aulora ist eine junge Kunststudentin, die versucht, als Kellnerin über die Runden zu kommen, während sie sich fragt, ob die Kunst wirklich der richtige Weg für sie ist.

Weston ist ein britischer Adonis, der einfach in das Leben der jungen Frau spaziert und ihre Leidenschaft in Brand setzt, als sie denkt, sie habe einen Seelenverwandten kennengelernt.

Auloras wohlhabender Vater hat sie und ihre Mutter verlassen, als sie noch eine Teenagerin war, und deshalb hasst sie nun wohlhabende Männer. Als sie also herausfindet, dass der gutaussehende Weston Milliardär ist, ergreift sie die Flucht.

1

KOLLATERALSCHADEN

Kapitel 1

„Sieht so aus, als würde es noch regnen", dachte Aulora, während sie an einer Ampel wartete. Sie wartete darauf, dass der grüne Pfeil aufleuchten und ihr signalisieren würde, dass sie auf den Parkplatz vor ihrem Arbeitsplatz einbiegen konnte, und wurde immer frustrierter, je länger die Ampel Rot zeigte, obwohl nirgends weit und breit ein Auto zu sehen war. „Jetzt komm schon", murmelte sie vor sich hin. „Ich komme noch zu spät."

Endlich erschien der grüne Pfeil und sie bog über die breite Straße auf den leicht an einem Hang liegenden Parkplatz vor dem Tackleman's ein, der ranzigen Sportkneipe, die ihr schon seit zwei Jahren half, ihre Rechnungen zu bezahlen. Ihr Motor machte wieder dieses knirschende Geräusch, fiel ihr auf, während sie in ihre Lieblingsparklücke einfuhr. Das ist nur die Kälte, sagte Aullie sich. Sie konnte sich keine wirklichen Reparaturen leisten.

Der klapprige, alte Accord pfiff aus dem letzten Loch und sie wollte es einfach nicht einsehen. Schließlich hatte sie kein Geld für ein neues Auto.

Sie zog die Schlüssel ab und schnappte sich ihre schwarze Servierschürze, die unter den Beifahrersitz in das Chaos aus Kassenzetteln und leeren Plastikflaschen gefallen war. Die Tür quietschte, als sie sie öffnete und auch als sie sie zufallen ließ und manuell absperrte.

Die Luft war frisch und kühl, und sie kuschelte sich in ihren mit Fleece gefütterten Hemp-Hoodie, während sie über den beinahe leeren Parkplatz schlenderte. „Na toll ...", dachte sie sich, während die Kälte ihre Nasenspitze abfror, „... schon wieder nichts los heute."

Die Eingangstür, ein schweres, abgewetztes Ungetüm mit matten Messinggriffen und einem weißen TACKLEMAN'S-Aufkleber, der sich schon von den trüben Fenstern abschälte, ächzte, als sie sie aufriss und ein Schwall von Heizungsluft ihre kühlen Wangen wärmte. Im Inneren der Bar schallte sanfte Gute-Laune-Musik aus den Lautsprechern, immer die gleiche Playlist.

Tackleman's rühmte sich damit, sechsunddreißig Biersorten vom Fass zu verkaufen. Normalerweise waren mindestens zwölf Sorten alle. Eine komplett ausgestattete Bar mit ausschließlich Hausschnäpsen ragte bis zur Decke hinter der Massivholztheke, die mit hässlichen Sportaufklebern, flackernden Neonschildern und Fahndungsfotos von Promis tapeziert war. Abgenutzte Tische, bei denen zum Großteil der Lack bereits abbröckelte, waren ohne erkennbares System im Raum verteilt. In der hintersten Ecke gab es eine niedrige Bühne neben einer schlechten Entschuldigung für eine Tanzfläche. Normalerweise war die Fläche leer, außer an den jämmerlichen Wochenenden, wenn lokale Bands aus erfolglosen Urgesteinen sich größte Mühe gaben, Aullies Trommelfell zum Platzen zu bringen.

„Hey, Aullie!", rief eine Blondine mit einem kindlichen Gesicht ihr zu und rannte mit einem breiten Lächeln auf die Theke zu. Verdammt, dachte Aullie, sie hatte wirklich vorgehabt, den Namen der neuen Hostess in Erfahrung zu bringen.

„Hey", sagte sie vage mit einem schwachen Lächeln und hoffte, dass das Mädchen nicht bemerken würde, dass sie ihren Namen nicht gesagt hatte.

Sie merkte es nicht. Das Mädchen stützte bloß ihre Ellenbogen auf dem verwitterten hölzernen Podest ab, das als Hostessenpodest gedacht war. Die alte Schiefertafel, die davor angebracht war, pries die Tagesspecials in bunter Kreideschrift an und wer auch immer sie darauf geschrieben hatte, hatte eine sehr mädchenhafte Schrift und jede Menge Pink verwendet.

„Wir haben uns ja schon lange nicht mehr gesehen, nicht wahr?", versuchte Blondie einen lahmen, überfreundlichen Witz zu machen. Aullie wollte die Augen verdrehen, widerstand der Versuchung aber. „Aber hey, du scheinst heute Abend einen wirklich guten Bereich zugeteilt bekommen zu haben."

„Das will ich auch hoffen. Schließlich habe ich Napoleon gesagt, dass ich heute früher kommen und dann den Laden schließen werde", sagte Aullie und linste am Hostessenstand vorbei, um den Tischplan zu lesen. Fünf große Tische, einigermaßen saubere Nischen neben der Bar und alles, was übrig blieb, wenn die anderen bedient worden waren. Damit konnte sie arbeiten.

„Hoffentlich kommen viele Leute, mir ist soooo langweilig", jammerte das andere Mädchen.

„Ja", gab Aullie platt zurück, beendete damit das Gespräch und ging an der Bar und den Tischen vorbei in den hinteren Bereich des Ladens.

Manche Gäste des Tackleman's waren sich nicht einmal sicher, ob die Bar über eine Küche verfügte, weil sie ganz hinten in der rechten Ecke versteckt war. Es gab einen kleinen, metallenen Serviertresen, auf den die Küche die Bestellungen stellte. Wenn man dann um die Ecke ging, betrat man eine mehr oder weniger enge Küche, die wahrscheinlich irgendwann einmal weiß und unberührt gewesen war, aber jetzt war sie einfach nur fleckig, vergilbt und dreckig.

Einer nach dem anderen grüßten die Köche sie mit Zurufen wie „Yo, Aullie!" und „Hey, Mädchen!" und sie nickte und winkte ihnen zu. Die meisten arbeiteten bereits genauso lange hier wie sie selbst und manche waren wie eine Familie für sie.

Die Küche grenzte an eine weitere halbgeschlossene Wand, hinter der sich das Büro des Managers und zwei Reihen Kleiderhaken für das Personal befanden. Mehrere Jacken unterschiedlicher Größen und einige Rucksäcke hingen bereits daran und Aullie zog sich ihren Pullover aus und hängte ihn an einen der unteren Haken. Sie band sich die Schürze um, machte einen Doppelknoten und versteckte ihn dann unter ihrer Gürtelschnalle. Sie prüfte den Inhalt ihrer Taschen; links waren Untersetzer, in der Mitte der Notizblock für Bestellungen und rechts ein paar Kugelschreiber. Sie war startklar.

Die Tür zum Büro des Managers war meistens geschlossen, aber heute Abend stand sie offen. Durch den Spalt hörte sie eine altbekannte Stimme ihren Namen rufen. „Aullie, bist du das?"

Die nasalen Laute gingen ihr auf die Nerven. Sie atmete tief ein und verdrehte die Augen, ging dann auf die Tür zu und linste durch den Spalt. Wir immer war es winzig, vollgemüllt und auf dem Schreibtisch stapelte sich der Papierkram. Die Regale an den Wänden waren voller Bücher und Ordner und in einer Ecke standen sechs Flaschen Ananasvodka, die von einer Promo übriggeblieben waren.

Ein sehr kleiner, sehr dünner, sehr pockennarbiger Mann in einem gebügelten grauen Hemd und einer drahtigen Brille saß in dem mächtigen Bürostuhl und hämmerte auf eine Tastatur ein, die mit einem klotzigen Desktopcomputer verbunden war.

„Was kann ich für dich tun, Eric?", fragte sie in ihrem freundlichsten, professionellsten Ton, mit dem sie ihren Hass für den winzigen Mann und seine ätzende Persönlichkeit zu verbergen suchte.

„Hey, ich wollte mich nur bei dir bedanken, dass du heute gekommen bist und mir so hilfst. Zwei Kellner haben heute abgesagt, kannst du dir das vorstellen, und wie immer wollte ich mich einfach bei dir bedanken, dass du so hart arbeitest und so eine Teamspielerin bist." Eric sagte all das, ohne seinen Blick ein einziges Mal vom Bildschirm abzuwenden. Dass er ihr nicht in die Augen blickte, unterstrich nur seinen professionellen aber immer irgendwie heuchlerischen Tonfall, den er ständig draufhatte.

„Klar, kein Problem", antwortete sie. „Du kennst mich ja, ich brauche das Geld."

„Ja, Kunststudenten haben häufig dieses Problem."

„Ja", gab sie platt zurück. „Kannst du mich einstempeln?"

Eric stand auf und Aullie hätte ihm glatt auf den Kopf spucken können, obwohl sie selbst nur 1,70 groß war. Seine geringe Größe, seine schlechte Laune und sein aufgeblasenes Ego hatten ihm beim Personal den Spitznamen Napoleon eingebracht. Während sie zu den Kassen-Computern gingen, versuchte Aullie, ihr geknicktes Ego zu päppeln.

Sie wünschte, diese kleine Spitze gegen ihren Karrierewunsch hätte ihre Hoffnung nicht geschmälert, als Künstlerin eines Tages groß herauszukommen, aber nach der Ausstellung an diesem Wochenende war von ihrer Hoffnung ohnehin nicht mehr viel übrig.

Die Realität war, dass sie jetzt bereits drei Jahre lang lernte, wie man zeichnete, wie man malte, mit welchen Farben man das tat und welche Künstler welche Bilder gemalt hatten. Drei Jahre, in denen sie spätabends noch Skizzen angefertigt, wieder ausradiert, neu skizziert, verwischt, ausgemalt, Farbe gemischt, gemalt und geflucht hatte. Drei Jahre voller schwarzer Fingernägel, Pinsel auswaschen und Stoßgebeten, dass bestimmte Flecken sich unter der Dusche herauswaschen lassen würden. Und vor den drei Monaten, als sie über die Bühne gegangen war, um ihre Urkunde entgegenzunehmen, hatte sie bereits gewusst, dass sie nun in eine undankbare Welt aufbrechen würde, deren Anerkennung sie benötigen würde, wenn sie jemals ihre Miete von ihrem Traum bezahlen können wollte.

Klar, all das hatte sie auch gewusst, als sie sich auf die Sache eingelassen hatte, aber sie hatte nicht gewusst, was es wirklich bedeutete, bis sie ihr Lebenswerk für Galeristen und Privatsammler ausgestellt hatte und nur sechzig Dollar und keinen einzigen Ausstellungsvertrag davongetragen hatte. Diese Ausstellung lag nun fünf Tage zurück, aber die Wunde war immer noch frisch und schmerzte sie sehr.

„Ich werde wohl bis an mein Lebensende kellnern", dachte Aullie missmutig. Sie stellte sich vor, wie sie als alte Frau mit Altersflecken auf den Händen und grauen Strähnen im schwarzen Haar College-jungs Irish Coffee servieren würde und bekam sofort noch schlechtere Laune.

Sie gab ihren Login-Code ein, 8134, woraufhin ein Fenster sich öffnete, in dem stand: „Einstempelzeit 16:30. Bist du zu früh?"

Eric zog seine Manager-Karte durch den Schlitz, um die Einstempelung abzusegnen, und damit war Aullie bereit. Endlich konnte sie sich um all die leeren Tische kümmern. *Super!*

„Wo ist dein Namensschild?", keifte Eric auf einmal so schnippisch wie ein Yorkshire-Terrier.

Mit einem resignierten Seufzer sagte Aullie: „In meiner Tasche." Sie fing an, darin danach zu wühlen.

„Warum hast du es noch nicht an dein T-Shirt geheftet?", fragte Eric selbstgefällig.

„Mache ich doch jetzt", sagte Aullie und blickte ihn bestimmt an, während sie an dem Magnetverschluss herumfummelte, um das Schild unter ihrem Schlüsselbein anzubringen. Ihr Ton war munter, aber ihre Augen sprachen ihre eigene Warnung aus. Eric drehte sich um und ging davon, ein hässliches, schmieriges Lächeln im Gesicht.

Vor fünf Uhr würde kein neues Personal kommen und sie hatte schon wieder vergessen, Eric zu fragen, wie die neue Platzanweiserin eigentlich hieß. Aullie wollte aber ohnehin nicht mit ihr reden, also ging sie im Restaurant herum und wischte mit einem nassen Lappen Krümel von den Stühlen, füllte den Eisbehälter erneut auf, obwohl er ohnehin schon voll war, braute Tee, obwohl sie ihn wohl kaum brauchen würden, und tat im Grunde alles, um sich von ihrem künstlerischen Misserfolg abzulenken.

Nein, kein Misserfolg. Sie schalt sich für ihre negativen Gedanken. Viele erfolgreiche Künstler hatten nicht gleich von Anfang an Erfolge gelandet. Dieser Gedanke hob ihre Laune ein wenig; es stimmte, einer Menge Weltklassekünstler war der Durchbruch nicht sofort gelungen. Sie war schließlich erst zweiundzwanzig, sie konnte sich noch verbessern, oder nicht? Eine fiese Stimme machte sich in ihrem Hinterkopf laut. Es gab auch jede Menge Weltklassekünstler, die keinen müden Cent verdienten.

Die nächsten paar Stunden zogen sich hin wie Kaugummi. Für das Spiel um sieben hatten sie einen ganzen Schwung erwartet, aber um viertel vor hatte jeder Kellner noch immer nur einen besetzten Tisch und ein paar bärtige Männer saßen an der Bar. Aullie hatte in drei Stunden nur dreizehn Dollar verdient und schon wieder bereute sie es, Eric geholfen zu haben. Sie wohnte ja praktisch schon hier, vor allem am Wochenende, und sie fragte sich langsam, ob sie nicht versuchen sollte, einen anderen Job zu finden.

Als hätte jemand ihre Gedanken gelesen, betraten vier Minuten vor Anpfiff eine kleine Gruppe Männer in Fußballshirts die Bar. Sie grölten, klatschten sich ab, klopften sich auf den Rücken und johlten, während sie einfach am Podest der Platzanweiserin vorbeipolterten und sich nach Lust und Laune an der Bar verteilten.

Aullie wechselte einen bedeutungsschwangeren Blick mit Brittany an der Bar, einer wunderschönen, kurvigen Latina, die wahrscheinlich Aullies einzige Freundin auf Arbeit war. Sie verdrehten gleichzeitig die Augen. Beide strichen ihre Schürzen glatt und ließen die Männer sich beruhigen, während die anderen drei Kellnerinnen in der Nähe blieben, um sich dann auf die Meute zu stürzen.

Drei von Aullies Nischen waren schnell voll und sie fing bei der hintersten an, bei Nummer elf.

„Hey, Jungs." Sie knipste ihr Kellnerinnengehabe an: gut gelaunt, immer freundlich lächelnd und ein klein wenig verspielt. „Ich bin Aullie und ich kümmere mich heute Abend um euch. Was wollt ihr trinken?"

Sie bestellten drei Coors Light und zwei Rum-Cola. Die Gäste der zweiten Nische, Nummer zwölf, waren alles ältere, übergewichtige, verheiratete Männer, die ihrer attraktiven Kellnerin ungeniert in den Ausschnitt starrten. Sie bestellten zwei Pitcher Bier und eine Runde Shots. Sie ging weiter zu Nische Nummer vierzehn und bereitete sich darauf vor, wieder ihre Rolle zu spielen und Bestellungen aufzunehmen, aber auf einmal verschlug es ihr die Sprache.

An dem Tisch saßen vier Männer. Der erste Mann hatte einen borstigen Bart und trug ein klassisches, kariertes Flanellhemd; er war auf eine Holzfällerart irgendwie sexy. Der zweite Mann war geschnie-

gelt, blond, hatte ein junges Gesicht und trug einen makellosen
Anzug. Der dritte hatte wirres Haar, das unter einer umgedrehten
Cap hervorlugte. Er trug aus irgendeinem Grund ein Hockeytrikot.
Aber der vierte Mann.

Der vierte Mann war ein Fleisch gewordener Traum.

Obwohl er saß, konnte sie erkennen, dass er hoch gewachsen war.
Aullie hatte schon immer große Männer gemocht. Er war groß und
schlank mit einer tollen Haltung. Er trug einen maßgeschneiderten
Henley, der sich um seine dicken, muskulösen Arme schmiegte. Der
dünne Stoff spannte über seiner durchtrainierten Brust. Er hatte
dieses dunkelblonde Haar, das Frauen sich für teures Geld färben
ließen, aber Aullie war sich sicher, dass es seine Naturhaarfarbe war.

Sein goldenes Haar war kaum gekämmt. Dicke, definierte Augenbrauen schwangen sich über beinahe goldenen haselnussbraunen
Augen. Seine vollen Lippen hatten sich zu einem räuberischen
Lächeln verzogen, während diese goldenen Augen so durchdringend
in die Ihren blickten, dass Aullie kaum atmen konnte. Irgendetwas an
diesem Mann traf sie tief in ihrem Innersten. Er blickte sie an wie ein
Leopard eine Gazelle beäugen würde, und sie stellte erschrocken fest,
dass sie ... erregt wurde.

Gott sei Dank wurde die Spannung gebrochen, als der Typ mit
dem Cap auf einmal aufsprang. Seine Knie stießen an den Tisch, er
reckte seine Faust in die Luft und schrie, „WOOOO DOGGY! Ja! Los,
Jungs, los!" Beinahe hätte er Aullie mit seiner enthusiastischen Faust
eine verpasst. Die plötzliche Aufregung lenkte sie ab und ließ ihr
Herz aus einem anderen Grund schneller schlagen. Die goldenen
Augen beobachteten sie noch immer, dann kicherte der Besitzer leise
und sie spürte, wie sie rot wurde.

„Tut mir leid", entschuldigte er sich bei ihr und sie erkannte
einen britischen Akzent.

‚Natürlich hat er einen britischen Akzent', dachte Aullie lustvoll.
„Ach, gar kein Problem", stotterte sie. „Ich bin Aullie, ich kümmere
mich heute Abend um euch."

„Das ist aber eine komische Schreibweise", unterbrach der Cap-

Typ sie und beäugte ihr Namensschild. „Ist das nicht ein Männer-
name? O-l-l-i-e?"

„Normalerweise schon", antwortete Aullie und hoffte, sie klänge
aufgeweckt statt irritiert. „Also, Jungs, wollt ihr was trinken?"

Der Holzfäller wollte einen Sam Adams, Babyface bestellte ein
Gin-Tonic und der Typ mit der Cap bestellte einen doppelten Whis-
key-Cola. Die goldenen Augen fragten sie nur, wie sie zu ihrem
Namen gekommen war.

„Oh, ähm", stotterte sie. „Mein ganzer Name ist Aulora, wie
Aurora mit einem L? Aber die Leute haben mich dauernd Laura
genannt und Aullie gefällt mir einfach besser."

„Wunderschön", sagte er ihr mit seinem schönen britischen
Akzent. „Und so einzigartig. Gefällt mir. Bringst du mir ein dunkles
Pint und einen Shot Jameson?"

„Was für ein dunkles Bier? Wir haben ..."

Er unterbrach sie. „Überrasch mich."

So, wie er es sagte, mit dem verschmitzten Blitzen im Auge, dem
sinnlichen Lächeln und dieser Stimme ... Aullie war ließ sich für
gewöhnlich nicht sonderlich beeindrucken von Männern, aber sie
wollte ihn mit noch mehr als nur einem Bier überraschen. Sie tippte
die Bestellung in den Computer ein. Gott sei Dank hatte sie alles
aufgeschrieben, bevor der heiße Brite sie völlig verwirrt hatte.

Brittany stellte sich hinter sie und schüttelte sich übergelaufenes
Bier von den manikürten Nägeln. Sie untersuchte ihre heiligen Plas-
tiknägel, derzeit ein wunderschönes himmelblau mit glitzernden
Silberschleifen.

„Hey, Brit", rief Aullie und wedelte mit ihren Fingern vor dem
Display herum.

„Yo", machte Brittany mit einem aufgesetzten spanischen Akzent.

In einem Befehlston, den sie so gar nicht beabsichtigt hatte, wies
Aullie sie an: „Du musst meine Drinks zum Tisch Nummer vierzehn
bringen."

Sofort funkelte sie die Kellnerin unter ihrer dicken Makeup-
schicht böse an. „Wieso, du Ziege? Mach deine Arbeit selbst."

„Weil da ein Typ sitzt, du Ziege. Er ist muskelbepackt, übelst heiß und kommt aus England."

„Oh, Schätzchen, dann ist die Sache geritzt." Sie ließ ihre ausladenden Hüften schwingen, ging auf die Bar zu und schnappte sich das Tablett mit den Getränken, bevor ihr jemand zuvorkommen konnte. Aullie lachte und schüttelte den Kopf, während sie die Bestellung im System abschloss.

Aullie fing an, fünfzehn Gläser mit Wasser zu befüllen und hoffte, dass das helfen würde, den Alkoholpegel wenigstens ein bisschen zu senken. Sie hatte keine Lust, sich später mit irgendwelchen Alkoholleichen herumzuschlagen. Sie brachte sie zuerst an ihre anderen Tische, um Brittany Zeit zu geben, sich an dem heißen Typen satt zu sehen. Dann nahm sie Bestellungen für Pommes, Hot Wings und Grillkäse auf. Sie ging direkt an Tisch Nummer vierzehn vorbei, als sie Brittany am Computer stehen sah. Wenn sie gut aufgepasst hätte, hätte Aullie gesehen, wie der traumhafte Brite sie mit Argusaugen beobachtete.

„Und, wie findest du ihn?", fragte Aullie Brittany mit einem verschmitzten Lächeln.

„Oh mein Gott, Mädel, das ist ein echt heißer Feger. Hol dir seine Nummer und schick mir Fotos, wenn ihr es treibt", sagte Brittany. Sie hob vielsagend ihre perfekt aufgemalten Augenbrauen und stieß mit ihrer Hüfte an Aullies, während sie weiter Eingaben machte.

„Ach, laber nicht", lachte Aullie. „Typen wie er geben mir nie ihre Nummer. Typen wie sein komischer Freund mit dem Cap geben sie mir. Und mit dem werde ich mich sicher nicht treffen." Sie erschauderte bei dem Gedanken, einen Abend mit diesem Volltrottel zu verbringen.

Brittany schnalzte missbilligend mit der Zunge. „Das nächste Mal, wenn du shoppen gehst, solltest du dir mal eine Portion Selbstbewusstsein holen, Mädchen. Du kannst dir diesen Typen auf jeden schnappen. Mist, so ein Typ winkt mich zu sich rüber. Dieser Wichser", murmelte sie, während sie auf einen verpickelten Blonden zuging, der sie anglotzte, als sei sie ein Stück Fleisch.

‚In einer Bar zu arbeiten, ist richtig super', dachte Aullie ironisch.

2

KAPITEL 2

Nachdem sie die Essensbestellungen aufgegeben hatte, brachte Aullie ein Tablett mit Wasser zum Tisch Nummer vierzehn und war froh, dass alle Männer konzentriert das Spiel verfolgten.

„Das ist für euch, nur für den Fall", sagte sie gut gelaunt, während sie ihnen die Gläser vor die Nase stellte und das leere Shotglas des Briten abräumte. Der Fernseher war genau hinter ihr und keiner wandte seinen Blick ab, außer Goldauge. Sein glühender Blick wärmte sie von innen, sie fühlte sich beinahe fieberhaft.

„Danke", sagte er höflich. Als niemand sonst Anstalten machte, sprach er seine Freunde direkt an. „Bedankt euch bei der Dame."

Die drei Männer kamen einen Augenblick lang auf den Boden der Tatsachen zurück und murmelten Dankesworte.

„Wollt ihr auch was essen? Oder ...?"

Bevor sie zu Ende sprechen konnte, unterbrach der Typ mit dem Cap Aullie ein zweites Mal. „Unbedingt, kommt, wir bestellen Wings! Okay, wir wollen einen richtig dicken Eimer Wings!"

„Dylan, was ist bloß mit dir los? Tut mir leid, Miss Aullie", sagte Goldauge und so, wie er ihren Namen aussprach, musste sie schmunzeln. In der Bar, in der sie arbeitete, war sie Manieren nicht gerade gewöhnt. „Ich bin übrigens Weston." Das war ja an sich schon ein sexy Name, aber er sprach das W auch noch ganz vollmundig aus, sodass es sich fast adelig anhörte.

„Freut mich, dich kennenzulernen, Weston." Aullie hörte praktisch vor Nervosität ihre Zähne klappern. Reiß dich zusammen, Aulls, wies sie sich an. „Okay. Wings also. Was für ein Geschmack? Welche Dips? Wie viele? Was wollt ihr?"

Die Männer grummelten ein bisschen. Offensichtlich war niemand auf diese Fragen vorbereitet gewesen und obwohl Aullie es genoss, Weston nahe zu sein, hatte sie wirklich auch Besseres zu tun. Sie hoffte, dass ihre Körpersprache keine Irritation verriet, aber schließlich rangen die Jungs sich zu der Entscheidung durch, dass sie ein Pfund mittlere und ein Pfund süß-scharfe Thai-Wings mit Ranch-Dip und Gorgonzola-Dip wollten. Sie notierte sich die Bestellung, versprach ihnen, dass das Essen gleich kommen würde, und drehte sich um, um zu gehen.

Bevor sie sich auch nur zwei Schritte entfernen konnte, rief Dylan hinter ihr her: „Ach, und auch noch Shots! Eine Runde Jame-o!"

Obwohl der Typ sie nervte, drehte Aullie sich um, lächelte und notierte sich die Bestellung, damit er sah, dass sie ihn gehört hatte. Weston funkelte seinen Kumpel wütend an, schüttelte den Kopf und lächelte sie dann an, während er sein Glas mit dem dunklen Bier an die Lippen hob. Aullie fragte sich kurz, wie so unterschiedliche Kerle sich je angefreundet hatten.

Bestellungen wurden aufgenommen, Getränke und Essen wurde an die Tische gebracht und schließlich spielte sich ein Rhythmus ein. Die Kellnerinnen hingen irgendwo in den Ecken rum, wenn sie nichts zu tun hatten, und unterhielten sich kichernd über ihre Tische. Aullies Füße taten bereits weh und erschrocken stellte sie fest, dass die Hälfte der Zeit bereits verstrichen war.

Nachdem sie sich um Nummer elf und Nummer zwölf gekümmert hatte, ging Aullie zu Tisch Nummer vierzehn hinüber. Obwohl Weston das absolute Highlight ihres Abends darstellte, hatte Dylan keine Zeit damit verschwendet, sich mit Shots zu besaufen, und es stellte sich heraus, dass er betrunken noch unausstehlicher war als nüchtern.

Vorsichtig näherte sie sich der Gruppe und fragte: „Passt bei euch alles?" Er grölte ihr ein enthusiastisches „Whoo!" entgegen. Dylans Atem stank nach Ranchsauce und Whiskey.

„Also ja?" Sie versuchte, zu scherzen, und hoffte, dass man ihr die Erschöpfung nicht anmerkte.

„Alles super", sagte der Holzfäller. „Tut mir leid wegen ihm, ich weiß auch nicht, warum er sich wie so ein Vollidiot aufführt." Beim Wort Vollidiot drehte er sich zu Dylan und verpasste ihm unter dem Tisch einen Tritt.

„Ach, halb so wild. Das ist noch milde verglichen zu dem, was manchmal hier vorgeht. Ihr seid wohl zum ersten Mal hier, was?"

Sie richtete sich mit der Frage an die Gruppe und hoffte, dass Weston ihr antworten würde, aber leider kam Dylan ihm zuvor. „Nein, wir waren schon ein paar Mal hier, aber wir wussten nicht, dass man hier so gut das Spiel schauen kann. Ihr habt echt tolle Flatscreens."

„Ach, die meinst du?" Aullie gestikulierte in Richtung der Ansammlung der Fernseher. Es war einfach lächerlich, aber die Bar verfügte über mehr Fernseher als Tische. Wenn an einem Tag mehrere Spiele stattfanden, wurde man ganz wirr von den ganzen flimmernden Bildern.

„Ja, genau." Dylans Antwort klang irgendwie lüstern und seine trüben, braunen Augen hatten sich auf ihre Brust gerichtet.

Aullie verengte den Blick. „Hey, die sind aber nicht zum Public Viewing da", keifte sie. Bevor er ihr noch weiter auf die Nerven gehen konnte, stolzierte Aullie davon. Manche Mädchen genossen die Art von Aufmerksamkeit, aber Aullie verstand das kein bisschen. Es fühlte sich einfach so ... schmierig an.

Die zweite Hälfte des Spiels schien spannend zu sein, da oft auf die Tische geklopft wurde und bewunderndes Raunen im Saal erklang. Allerdings hatte Eric beschlossen, die Hälfte des Raumes zu sperren, damit alle ihre Arbeit erledigen konnten, bis die Gäste gingen, und dann sofort nach Hause gehen konnten, anstatt ihm mit ein paar vereinzelten Nachzüglern zusätzliche Kosten zu verursachen.

Aullie eilte gestresst zwischen ihren Gästen hin und her, teilte den anderen Kellnerinnen Aufgaben zu und prüfte sie und kritzelte ihre Unterschrift auf die Formulare, wenn die anderen ausstempelten. Sie wusste, dass sie dabei ihre eigenen Tische vernachlässigt hatte, und ging deshalb reumütig zu ihren Gästen hinüber, teilte Rechnungen aus und versteckte ihre Erschöpfung hinter einer gut gelaunten Maske.

Nummer elf und Nummer zwölft wollten glücklicherweise sofort bezahlen, doch als sie sich Nummer vierzehn näherte, sah sie, dass Weston schon gegangen war. Die anderen drei machten Gesten, die nach unterschreiben aussahen und der Holzfäller meinte, „Das kommt alles auf eine Rechnung."

Aullie fragte sich, wo er wohl hin war, aber dann war sie doch zu müde, um sich darüber groß Gedanken zu machen. Nach einem langen Tag voller Unterricht, Malen und Arbeit war sie einfach nur fertig. Außerdem würde doch eh nichts passieren, genau wie sie es Brittany gesagt hatte, also würde es auch nichts ändern, wenn er da wäre.

Aullie teilte Quittungen aus, sammelte Karten ein, gab sie zurück, wünschte ihren zufriedenen Gästen eine gute Nacht und sah die ganze Zeit über Weston kein einziges Mal wieder.

‚Nun ja‘, dachte sie bei sich. Dylan hatte die Rechnung für Tisch vierzehn bezahlt und Aullie beobachtete ihn der Kasse aus, während er immer noch auf der Quittung herumkritzelte, obwohl er sie wahrscheinlich schon längst unterschrieben hatte.

„Ich hab dir doch gesagt, dass der komische Cap-Typ mir seine Nummer dalässt", grummelte Aullie, während Brittany sich ihren Mantel anzog, um nach Hause zu gehen.

„Tut mir echt leid für dich, Süße", antwortete sie. Auf einmal hellte Brittanys Gesichtsausdruck sich auf und sie hob einen manikürten Finger. „Aber warte! Vielleicht musste der heiße Brite aus irgendeinem dringenden Grund weg und der Lappen da schreibt gerade in Wirklichkeit *seine* Nummer auf."

„Ja, sehr witzig." Aullies Stimme triefte vor Sarkasmus und sie verdrehte die Augen. Sie umarmte Brittany und winkte den anderen Mädchen zu, die bereits zur Tür hinausgingen.

Schließlich gingen auch Dylan und seine Kumpels. Aullie ging durch die Tischreihen, verstaute Rechnungen in ihrer Schürzentasche und balancierte kalte, dreckige Gläser auf dem Arm. Die Bar stank nach frittiertem Essen und verschüttetem Bier und die Luft war noch heißer und stickiger, als sie es zu Anfang ihrer Schicht gewesen war.

Sie trug ihre Gläser zum Abwaschbecken in der Küche und die Schwüle raubte ihr fast den Atem. Das Wasser strömte durch die Rohre und die Waschmaschine machte ihre surrenden Geräusche. Es war erst zehn Uhr, also würde die Bar erst in zwei Stunden schließen, aber die Küche hatte zum Großteil bereits geschlossen.

Die Spätabendkarte des Tackleman's enthielt wie die meisten Sportkneipen nur ein paar simple frittierte Gerichte, aber eigentlich erwartete auch niemand, dass wieder Schwung in die Kiste kommen würde.

Und sie hatten recht. Aullie und die große, rothaarige Barkeeperin namens Danielle kümmerten sich um die fünf Typen, die noch in die Bar kamen, nachdem alle anderen schon gegangen waren. Zu Ladenschluss war die Bar komplett gefegt, gewischt, gesaugt und geschrubbt worden und Aullie ließ sich von Eric ausstempeln.

„Wie war deine Nacht?", fragte er und blickte nicht auf, während er ihre Quittungen durchsah.

„Der Hammer, wie immer", sagte sie mit einem schwachen Lächeln.

„Willst du das hier?", fragte er und hielt eine Quittung hoch.

„Was ist das?", fragte sie, aber als sie genauer hinsah, erkannte sie, dass es die Rechnung von Tisch Nummer vierzehn war. „Ach so, nein, danke."

„Bist du dir sicher?", fragte Eric spöttisch. „Das wird dem armen ... ähm ..." Er kniff die Augen zusammen, um besser lesen zu können. „... dem armen Weston aber den Abend ruinieren."

Aullies Augenbrauen schossen in die Höhe. „Das ist die Nummer von Weston?"

„Steht zumindest hier."

Aullie riss ihm das dünne Stück Papier aus der Hand. Sie hatte noch nicht einmal gelesen, was auf der Rückseite stand, und sie konnte gar nicht glauben, dass Brittany vielleicht recht gehabt hatte.

Aber da las sie es nun; eine Notiz und zehn Ziffern in einer sehr typischen Männerschrift:

Weston musste weg, aber er wollte, dass ich dir seine # gebe

KAPITEL 3

„D u solltest ihn anrufen.“

„Ich werde ihn nicht anrufen.“

„Solltest du aber.“

„Werde ich aber nicht.“

Aullie lächelte. Sie und Brittany saßen in zwei abgenutzten Leder-sesseln im örtlichen Starbucks. In der Luft lag ein Duft von Kaffee und um sie herum tippten Menschen jeden Alters, Geschlechts und jeder Herkunft auf MacBooks ein und schlürften Heißgetränke aus weißen Papptassen. Die weihnachtlichen Geschmacksspecials waren wieder verfügbar und Brittany hatte Aullie praktisch angefleht, mit ihr den ersten Pumpkin Spice Latte der Saison zu genießen. Aullie stand eigentlich nicht so auf Starbucks, aber sie wollte Brittany sagen, dass sie bei Weston recht gehabt hatte. Außerdem hatte ein Pfeffer-minz-Mokka sie doch anlocken können.

Die Quittung mit Westons Nummer war ein wenig zerknittert und lag zwischen ihnen auf dem winzigen Tisch. Obwohl sie es nicht wollte, musste Aullie sie dauernd anstarren, als würde die Rechnung gleich magischerweise anfangen, mit ihr zu reden.

„Aber du musst ihn anrufen“, quengelte Brittany.

„Ich muss gar nichts“, sagte Aullie und trank einen heißen

Schluck minziger Schokolade. „Warum sollte ich mit einem Typen ausgehen, der mir seine Nummer nicht mal selbst geben kann? Ich wette zehn Dollar, dass das in Wirklichkeit die Nummer von seinem komischen Kumpel ist, der einfach so tut, als wäre er Weston."

„Aber was, wenn er wirklich weg musste? Was, wenn er ein Chirurg oder so etwas ist? Wenn er in die Nacht hinaus musste, um Leben zu retten?" Brittany legte theatralisch eine Hand auf ihre Brust.

„Dann habe ich schon gleich dreimal kein Interesse", lachte Aullie.

„Ach, stimmt." Brittany verzog das Gesicht. „Ich habe vergessen, dass du ganz komisch bist und keine reichen Typen magst."

Es stimmte. Als Aullies Mom, Evelynn Greene, zwanzig Jahre alt gewesen war, hatte sie sich nichts sehnlicher gewünscht, als Schauspielerin zu werden. Sie hatte hart gearbeitet, hatte jeden Morgen in einem Diner Kaffee ausgeschenkt und Spiegeleier serviert, damit sie am Nachmittag auf die Bühne treten und in Stücken kleiner örtlicher Theatergesellschaften auftreten konnte.

Als sie einmal eine Schizophrenie-Patientin im Stück *The House of Blue Leaves* gespielt hatte, hatte sie die Aufmerksamkeit eines Mannes im Publikum erregt. Dieser Mann war Charles Wohrl gewesen, ein dunkelhaariger, gutaussehender Klischeereicher aus einer wohlhabenden Familie, der sich keine große Mühe geben brauchte, um ihr Herz zu erobern.

Zwei Jahre später wurde ihr liebes Baby geboren; Aulora Jane Wohrl. Von ihrer Geburt an bis zu ihrem vierzehnten Lebensjahr hatte Aulora in Saus und Braus gelebt, hatte in großen Häusern gewohnt, war auf Privatschulen gegangen und große Autos gefahren. Sie hatte kein anderes Leben gekannt, bis ihre Mutter eines Tages zu ihr ins Zimmer gekommen war und ihr gesagt hatte, dass ihr Vater verschwunden war.

Es stellte sich heraus, dass Evelynn so sehr in Charles verliebt gewesen war, dass sie akzeptierte, dass er niemals heiraten wollte. Als sich nach vierzehn Jahren herausstellte, dass eine Familie ganz schön ins Geld ging, hatte ihr Vater einfach das Weite gesucht. Manche hatten behauptet, er sei umgezogen, manche behaupteten, er habe sich einfach nur gut versteckt, doch in jedem Fall war er weg und hatte Evelynn und Aulora keinen müden Cent hinterlassen.

Die beiden Frauen hatten sich an den Haaren aus dem Sumpf gezogen und Aullie hatte die öffentliche Schullaufbahn absolviert und hatte sich an das Leben in einer winzigen Wohnung gewöhnt. Sie und ihre Mutter kamen schon über die Runden. Aber seit diesem Tag hatte sie etwas gegen reiche Männer. Sie hatte sogar ihren Namen ändern lassen. Aullie war fest entschlossen, sich niemals von einem Mann abhängig zu machen. Finanziell oder sonst irgendwie.

„Und was, wenn er einfach ein Klempner ist? Ja, ein heißer, britischer Notfallklempner, der die Leute rettet, die um zehn Uhr abends ihr Klo verstopfen." Die Aufregung in Brittanys Stimme war zuckersüß, aber der Gedanke war einfach nur lächerlich.

Aullie wusste es wirklich zu schätzen, dass Brittany sich so um ihr Liebesleben sorgte, aber sie datete wirklich nicht gerne. Außerdem war dieser Typ viel zu sexy, um ein Klempner zu sein.

„Im Ernst, Britt, wahrscheinlich ist es echt nur sein dummer Lappen von einem Freund. Dem Kerl werde ich sicher nicht meine Nummer übermitteln."

„Na, von mir aus", sagte Brittany, schnappte sich die Quittung vom Tisch und entsperrte ihr Handy. „Dann bekommt er eben meine."

„Nein!", brüllte Aullie, sprang auf und griff nach dem kleinen Gerät, während Brittany es an ihr Ohr legte und ihr mit einem mädchenhaften Kichern den Weg versperrte.

Aullie ließ sich entmutigt auf den Sitz fallen. Sie wusste nur zu gut, dass man Brittany von einer Sache nicht abbringen konnte, wenn sie sie sich einmal in den Kopf gesetzt hatte.

„Es klingelt schon", zischte Brittany aufgeregt. Aullie stützte den Kopf in die Hände. Sie schämte sich für Brittany, der wahrscheinlich noch nie etwas peinlich gewesen war, wenn Aullie so recht darüber nachdachte.

Auf einmal kreischte Brittany aufgeregt auf und klatschte ihre

Hand über das Sprechteil. „Brite! Nimm es", quietschte sie und warf Aullie das Telefon zu.

Ihr glitt um ein Haar das glitzernde, pinke Handy durch die Hände und sie warf der kichernden Brittany einen mörderischen Blick zu. „Hallo?", meldete sie sich lässig und hielt das Telefon an ihr Ohr. Ihr Herz hämmerte in ihrer Brust.

„Hallo? Ist da jemand?" Sie konnte in seiner samtigen, britischen Stimme ein Lächeln hören und Aullies hämmerndes Herz wurde um eine saftige Ladung Schmetterlinge im Bauch ergänzt.

„Ähm, ja, hi", stotterte sie. Brittany sah mit großen Augen und einem strahlenden Grinsen zu, während Aullie sich ein wenig abwandte, um zumindest ein bisschen Privatsphäre zu haben. „Hier spricht, ähm, Aullie. Von der Bar von gestern? Ich glaube, dein Freund hat mir deine Nummer gegeben." Ihr wurde auf einmal bewusst, wie dumm und lächerlich sie sich da anhörte, und bereute ihren Ausspruch sofort.

„Ach, Aullie! Super, ich war ziemlich enttäuscht, als ich so schnell weg musste und nicht mehr die Gelegenheit hatte, mit dir zu reden. Ich habe mir schon Sorgen gemacht, du würdest gar nicht mehr anrufen."

„Ja, naja, und doch habe ich es getan", sagte Aullie mit einem erzwungenen Lachen.

Er lachte auch. „Ja, das hast du. Also, ich weiß, dass das ziemlich unerwartet kommt, aber hast du vielleicht heute Abend frei? Ich würde gerne mit dir Essen gehen."

„Ach, Mist, ähm, ich muss heute Abend arbeiten."

„NEIN, MUSS SIE NICHT!", brüllte Brittany praktisch in das Sprechteil hinein.

Aullie bedeckte es mit der Hand und warf ihr einen wütenden Blick zu. „Kannst du mal ganz kurz warten?" Sie wartete seine Antwort nicht ab und stellte das Mikrofon des Handys auf stumm.

„Britt! Was machst du da? Ich muss heute Abend wirklich arbeiten."

„Nicht mehr", grinste Brittany triumphierend. „Ich übernehme deine Schicht und du gehst mit ihm Essen, weil er heiß ist und Brite und du schon ewig kein Date oder überhaupt einen freien Abend mehr gehabt hast."

„Ich kann nicht, komm schon, du weißt doch, wie sehr ich das Geld nötig habe."

„Nein. Schluss damit. Du wirst bei deiner Doppelschicht am Wochenende genug Geld verdienen. Das passt schon. Du brauchst viel dringender ein bisschen Freizeit. Du gehst dort hin!"

Brittany hatte recht. Das letzte Mal lag wirklich schon eine Weile zurück. Sie schaltete das Mikrofon wieder an und hielt das Telefon an ihr Ohr. „Ich schätze, ich habe gerade den Abend freibekommen. Ich würde sehr gerne mit dir Essen gehen."

Weston lachte leicht und sagte: „Super. Dann hole ich dich um halb acht ab?"

„Hört sich gut an. Ich schicke dir von meiner richtigen Nummer aus noch meine Adresse, dieses Handy gehört nicht mir."

„Ausgezeichnet. Ich bin froh, dass du dich gemeldet hast, Aullie." So, wie ihr Name von seiner Zunge rollte, wurde ihr ganz flau im Magen. „Bis heute Abend."

„Tschüss", quietschte sie. Sie legte auf und warf Brittany das Handy wieder zu. „Bist du jetzt zufrieden?"

Die antwortete mit einem teuflischen Lächeln auf ihren vollen, perfekt umrandeten Lippen.

„Ich bin ganz begeistert. Und irgendwann wirst du dich bei mir bedanken, wahrscheinlich schon morgen."

„Das denkst auch nur du", verdrehte Aullie die Augen, aber sie wusste, dass Brittany wahrscheinlich recht hatte. Denn um ehrlich zu sein, war sie ziemlich aufgeregt. „Was soll ich bloß anziehen?"

„Gehen wir doch einfach shoppen", zwinkerte Brittany. Die beiden Mädchen warfen ihre leeren Pappbecher in den Müll, schnappten sich ihre Handtaschen und gingen nach draußen zu Aullies klapprigem, alten Accord.

KAPITEL 4

„Das war ein Fehler", dachte Aullie und strich erneut ihr Kleid glatt. Ihr pechschwarzes Haar fiel glatt über ihre Rücken, ihr gerade geschnittener Pony reichte bis zu ihren Augenbrauen. Ihre helle Haut war leicht geschminkt und ihre stahlgrauen Augen mit feinem Eyeliner umrandet.

Sie trug ein hochgeschlossenes, ärmelloses Kleid in dunkelviolett, das sich an ihren schlanken Körper schmiegte und dessen Rock asymmetrisch war, sodass ein wenig mehr ihres porzellanfarbenen Oberschenkels sichtbar wurde, als sie es gewohnt war. Da sie für ein Mädchen bereits ziemlich groß war, hatte sie versucht, Brittany zu überzeugen, dass flache Schuhe besser wären. Britt hatte keine Widerrede geduldet. „In so einem Kleid kannst du nur hohe Schuhe tragen", hatte sie gesagt. Und da stand Aullie nun, ein wenig wackelig zu Bein in Schnürsandalen mit Keilabsatz.

Sie stand vor ihrem Wohngebäude, denn sie wollte Weston die Mühe sparen, ihr winziges, enges Apartment ausfindig zu machen. Ihre nervösen Augen beobachteten den Straßenverkehr und machten sich Sorgen, dass er entweder gar nicht kommen oder dass er in irgendeinem dicken Schlitten vorfahren würde.

Die Sekunden verstrichen unglaublich langsam. Sie holte zum

hundertsten Mal ihr Handy aus ihrer kleinen, schwarzen Clutch und sah nach, wie spät es war. Immer noch erst 7:24. *Warum war sie bloß so früh bereits nach unten gekommen?*

Auf einmal hielt ein Auto neben ihr am Bordstein. Der verbeulte VW Käfer sah aus wie ein kleiner, zwiebelförmiger Dinosaurier. Es hätte gut einer der ersten Käfer in Produktion gewesen sein können. Das Gestell war aufgemotzt und in warmem Orange gestrichen. Aullies Künstlerseele verliebte sich sofort in das unvergessliche kleine Auto und auch ihre restliche Seele folgte, als das Beifahrerfenster heruntergerollt wurde und Weston seinen Kopf heraussteckte, um sie zu grüßen. Er griff über den Beifahrersitz und zog den Hebel auf, sodass die Tür sich öffnete, und klopfte dann sanft auf den Sitz, damit sie sich setzen möge.

Ihre schweren Schuhe klackten auf dem Asphalt, während sie auf ihn zukam und einstieg. Der abgenutzte, von der Sonne gebleichte Lederbezug der Sitze war weich und gut gepflegt. Das ganze Auto roch heimelig und altmodisch. Und dann war da noch Weston.

Selbst in einem schlichten, dunkelblau gestreiften Hemd und einer sauberen, schwarzen Jeans sah er wie ein Fleisch gewordenes GQ-Cover-Model aus. Sein Haar war sauber zurückgekämmt, sah aber nicht zu fettig vor Gel aus, was Aullie freute. Nichts ist ekliger, als dich mit deinen Fingern durch eine klebrige Gelschicht zu kämpfen, dachte sie. Seine beinahe übermenschlichen, goldenen Augen leuchteten in den letzten Strahlen der Abendsonne auf und als sie sie nun aus nächster Nähe betrachtete, entdeckte Aullie einen dünnen grünen Ring um die Pupillen. Und sein Duft war einfach nur berauschend. Warm, herb und männlich. Seine Lippen hatten sich zu einem entspannten Lächeln verzogen, während er sie musterte, vom Kopf bis zu den lila lackierten Zehennägeln.

„Du siehst toll aus."

‚Himmel, deine Stimme ist wie Honig‘, dachte sie bei sich und hätte auf einmal liebend gern von seinem Mund gekostet. „Danke", sagte sie und schlug bescheiden die Augen nieder. „Du auch, wirklich."

„Ich wusste, dass ich den ganzen Abend neben dir stehen müsste, deshalb habe ich mein Bestes gegeben." Er legte seine breite Hand mit den langen, schmalen Fingern auf die Gangschaltung und rüttelte daran. Sein Knie ruckte hoch, als er die Kupplung kommen ließ und mit einem sanften Ächzen und einer stinkenden Wolke Dieselabgase setzte der uralte Käfer sich in Bewegung und fädelte sich in den Verkehr ein.

„Ich muss schon sagen, ich liebe dieses Auto wirklich", sagte Aullie.

„Danke", sagte Weston mit einem ehrlich begeisterten Lächeln. „Ich habe ihn selbst wieder in Schuss gebracht. Ich hatte schon immer eine Schwäche für VW Käfer. Mein Bruder und ich haben früher immer Autobingo mit Käfern gespielt. Ich habe ihm gesagt, ich würde mir deshalb später mal einen kaufen, damit ich gleich morgens einen sehen und so Vorsprung haben würde."

Aullie lachte. „Das ist ja süß."

„Als ich den hier gefunden habe, war er quasi ein verrostetes altes Ding, aber ich habe sein Potential erkannt und das ist daraus geworden. Er läuft wieder fast wie geschmiert."

„Also hast du ihn orange angemalt?"

„Ja", sagte er verlegen. „Ich dachte, das wäre lustig. Schließlich sieht man nicht mehr so viele in Orange."

„Haha, da hast du recht. Aber es ist witzig, weil Orange eine meiner Lieblingsfarben ist. Sie ist einfach so ... fröhlich."

„Fröhlich", sagte er nickend, während er darüber nachdachte. „Nun, ich schätze, das ist der perfekte Ausdruck dafür. Ich bin einfach nur froh, dass er fährt." Als wolle es seinen Ausspruch unterstreichen, quietschte das Auto laut, als sie an einer Ampel hielten; die Bremsen waren offensichtlich nicht so begeistert davon, wieder beansprucht zu werden.

„Wo geht's denn hin?", fragte Aullie. Das Eis war noch nicht ganz gebrochen. Sie war auf jeden Fall nervös. Weston gehörte nicht zu dem Kaliber Mann, mit dem sie normalerweise ausging, zumindest nicht körperlich. Er sah so gut aus, dass sie sich fast kneifen musste.

„Eigentlich nirgendwo mehr", sagte er lächelnd.

In Aullie schlug es Alarm. „Was soll das heißen?" *Ich wusste doch, dass er zu schön war, um wahr zu sein. Ich bin in seine hübsche kleine Falle getappt und jetzt entpuppt er sich als Serienmörder. Er hat mich entführt. Ich werde in diesem kleinen, orangenen Käfer zu Tode kommen!*

„Dass wir schon da sind." Sein verschmitzter Blick ließ ahnen, dass er den Anflug von Panik in ihrer Stimme gehört hatte und dass er sich freute, dass ihm sein Scherz gelungen war.

Das Adrenalin, das Aullie durch die Adern geströmt war, schien sich augenblicklich aufzulösen. Sie lachte nervös und spürte, wie die Schamesröte ihr ins Gesicht stieg.

Weston manövrierte den antiken Käfer in eine Parklücke am Straßenrand. Es stellte sich heraus, dass er nicht besonders gut darin war, parallel zum Bordstein einzuparken. Gott sei Dank war der Käfer klein und es gelang ihm, in die Parklücke zu gleiten, ohne die Autos vor und hinter ihm zu rammen.

„Warte kurz", sagte er, öffnete die Tür und stieg aus. Aullie beobachtete ihn neugierig, während er um das Auto herumging. Erst, als er seine Hand an ihre Türklinke legte, kapierte sie, was hier vor sich ging: Er wollte die Tür für sie öffnen.

Gentlemen gab es also doch noch.

Sie hatte ein einigermaßen aktives Liebesleben, obwohl sie in den letzten Monaten wenig Männer gedatet hatte, aufgrund der hohen Arbeitslast und auch der finanziellen Last, die sie beinahe durchgehend in der Bar abzuarbeiten versuchte, aber so etwas hatte noch kein Mann für sie getan. Sie war schwer beeindruckt und immer noch ein wenig hin und weg, als er ihre Hand nahm und ihr aus dem niedrigen kleinen Auto half.

Aullie stolperte leicht in ihren Absatzschuhen, aber sie war sich nicht sicher, ob es die Schuhe oder Westons Lächeln waren, die ihre Knie weich machten.

‚Wie gerade und weiß seine Zähne sind', dachte sie und wurde sich plötzlich ausgesprochen bewusst, wie verschossen sie in diesen Kerl war, den sie noch kaum kannte.

Weston hatte vor einer Einkaufsmeile geparkt, eine Reihe von Geschäften, die sich über den ganzen Block hinzog. Er hakte Aullie bei sich ein und führte sie zu einer mexikanischen Imbissbude, bei der sie noch nie gegessen hatte. Es war zumindest ein interessanter Ort für ein erstes Date.

Er öffnete die Tür, woraufhin ein kleines Glöckchen ertönte. Dann bedeutete er Aullie, vor ihm einzutreten, und sie nickte fast unmerklich und ein unwillkürliches Lächeln legte sich auf ihre Lippen. Sie bemerkte Westons Blick, der sich voller Verlangen an ihre Lippen geheftet hatte, und wusste sofort, dass der rote Lippenstift eine gute Wahl gewesen war.

Die Einrichtung war kitschig und bunt. Große, extravagante Sombreros, raue Ölgemälde von aztekischen Kriegern, Landschaften mit kleinen, traditionellen Hütten und wunderschöne, handgetöpferte Teller bedeckten die Wände. Plastikpapageien in grellen Farben hingen auf kleinen Schaukeln von der Decke. Die Decke selbst war goldgelb gestrichen und mit einer aufwändigen Bordüre verziert. Die Luft im Inneren der Bude war warm und roch nach Gewürzen und Fleisch, und Aullie lief sofort das Wasser im Mund zusammen.

Weston zog einen Stuhl für sie heraus und brachte sich damit noch mehr Pluspunkte ein. Er setzte sich ihr gegenüber hin und sagte: „Ich komme so gerne hierher. Es ist ein echter Geheimtipp. Die Familie ist vor etwa fünfzehn Jahren aus Mexiko eingewandert, wenn ich mich recht erinnere, und sie nehmen ihre Kultur sehr ernst. Ihr Essen ist total traditionell und schmeckt unglaublich. Hier gibt es die besten gebratenen Bohnen, die ich je gegessen habe."

„Ich freue mich auf jeden Fall, sie zu probieren", sagte Aullie und fing an, sich langsam zu entspannen. Die Atmosphäre war so gemütlich, so lebendig, und sie konnte ihren Blick von den exzentrisch dekorierten Wänden gar nicht losreißen. „Die kleinen Papageien sind der Hammer", sagte sie und zeigte auf die Plastikvögel.

„Die sind was ganz Besonderes, nicht wahr?" Er lachte leicht. Dann senkte er die Stimme und sagte: „Ich habe ihnen sogar Namen gegeben." Er zeigte auf einen Vogel nach dem anderen, auf einen grünen und dann einen blauen. „Das ist Miguel, das ist Juan." Dann auf einen roten. „Das ist Rosalita." Und schließlich auf einen gelben. „Und das ist Steve."

Aullie prustete los vor Lachen. „Lauter traditionelle Namen und dann Steve?"

Weston zuckte mit den Schultern und zwinkerte ihr zu. „Wieso denn nicht?"

Dagegen kam Aullie nicht an, dachte sie kichernd. Sie schüttelte den Kopf und schenkte ihm ein verspieltes Lächeln. Er war noch dazu charmant und witzig, und sie hätte dieser samtenen Stimme den ganzen Tag lang zuhören können.

Eine kleine, stämmige Mexikanerin mit einer roten Bluse mit Rüschen, einem engen schwarzen Rock, hautfarbener Strumpfhose und klobigen, schwarzen Schuhen kam auf sie zu. Sie hatte das Haar zu einem strengen Dutt zusammengebunden und hinter ihrem Ohr trug sie eine große Plastikblume.

„Hola", begrüßte sie sie und legte jedem eine große Karte vor. „Wollt ihr schon was trinken?" Sie sprach mit Akzent.

„Stehst du auf Margaritas?", fragte er Aullie.

„Und wie", antwortete sie.

„Dann bitte *dos* Margaritas", sagte er, ohne sich für sein gebrochenes Spanisch zu schämen. Die kleine Frau nickte, schenkte ihm ein Grinsen und verschwand so schnell wieder, wie sie gekommen war.

„Also, Aullie." Die Art, wie er mit seinem wunderschönen Mund ihren Namen sagte, raubte ihr immer noch den Atem. „Erzähl mir etwas über dich."

Und das tat sie. Nur in groben Zügen, dass sie eine Kellnerin war und es irgendwie mochte, dass sie alleine lebte mit einer dicken, grauen Katze namens Bruce und dass sie zur Kunstschule ging.

„Kunstschule also? Das ist bestimmt erfüllend. Und mit Sicherheit sehr interessant."

Aullie wischte die Bemerkung weg, denn sie war noch immer enttäuscht und voller Selbstzweifel nach dem Misserfolg des letzten Wochenendes und wollte deshalb nicht wirklich über die Schule oder ihre Kunst reden. Sie hatte die ganze Woche lang schon nicht malen können, so geknickt war sie gewesen. Normalerweise fertigte sie zwei bis drei Gemälde pro Woche an. „Es ist schon in Ordnung, nicht ganz, wie ich es mir vorgestellt habe."

Glücklicherweise stellte die Kellnerin zwei riesige Margaritas vor ihnen ab, bevor er weiter nachhaken konnte. ‚Gott sei Dank muss ich nicht fahren', dachte Aullie bei sich.

„Wollt ihr schon bestellen?", fragte die Kellnerin und schenkte ihnen weiterhin ihr freundliches Lächeln.

Aullie wollte es noch nicht, sie hatte noch nicht einmal einen Blick auf die Karte geworfen, die die Frau vor sie gelegt hatte. Sie wollte gerade ablehnen, da fragte Weston sie: „Vertraust du mir? Ich könnte etwas für dich bestellen."

Dieser Vorschlag eines echten Gentlemans überraschte sie, aber sie nickte und willigte ein. „Gerne."

Es beeindruckte sie wirklich, wie er das Ruder übernehmen konnte, ohne dabei erdrückend zu wirken. Sie fühlte sich wie eine Frau, die in guten Händen war, und nicht erstickt. Sie war sich nicht sicher, dass sie das je zuvor bei einem Mann erlebt hatte, aber es gefiel ihr auf jeden Fall.

„Wie wär's mit eurem gemischten Teller aus all euren Spezialitäten, Señorita?"

Mit einem Nicken entfernte sich die Kellnerin wieder und Aullies Blick legte sich wieder auf den gutaussehenden Kerl, der vor ihr saß. „Du bist dran", sagte sie. „Erzähl mir etwas über dich, Weston."

„Eigentlich gibt es da nicht viel zu erzählen", sagte er mit einem leicht schüchternen Lächeln. Doch dann stellte sich heraus, dass es jede Menge zu erzählen gab. „Ich arbeite für ein Internet-Start-Up, das mein Vater gegründet hat, und das ist super, weil ich deshalb viel von zu Hause arbeiten kann. Ich werde dich mit den Details nicht langweilen. Ehrlich gesagt ist es kein besonders spannender Job. Ich habe einen dreizehnjährigen Labrador namens Titan. Er ist mein bester Freund und möglicherweise der coolste Hund auf Erden. Zweimal pro Woche spielen wir im Park Stöckchen holen. Meinen Kumpel Dylan hast du ja bereits kennengelernt." Er verdrehte die Augen.

„Das kannst du laut sagen. Wie habt ihr euch eigentlich kennengelernt? Ihr scheint sehr ... ähm ... unterschiedlich zu sein", sagte sie und gab sich Mühe, nicht beleidigend zu klingen.

Er lachte. „Ja, so kann man es sagen. Wir haben uns in der Schule kennengelernt. Ich habe meine Jugend in England bei meiner Mutter verbracht. Meine Eltern haben sich scheiden lassen, als ich noch klein war. Mein Vater ist hierher gezogen, um seine Fantasie vom American Dream auszuleben. Meine Mutter ist gestorben, als ich fünfzehn war. Bevor du etwas sagst, du musst dich nicht entschuldigen. Sofern du nicht für Krebserkrankungen verantwortlich bist, muss ich das wirklich nicht hören", sagte er und lächelte sie warm an. „Aber als ich hierherzog, hatte ich es am Anfang schwer. Kurzum, Dylan hat sich mit mir angefreundet und wir haben unsere wildesten Jahre gemeinsam durchlebt, ebenso wie ein paar schwere Zeiten. So eine Verbindung löst sich nicht so leicht, auch wenn die eine Person schneller gereift ist als die andere."

„Das verstehe ich", sagte ich nickend. Der Kerl hatte Tiefgang und er faszinierte sie. „Ich hoffe, es ist in Ordnung, wenn ich dich frage, wie alt du bist?"

„Nächste Woche werde ich neunundzwanzig", antwortete er. „Wie alt bist du?"

Der Altersunterschied störte Aullie kaum, sie mochte ältere Typen für gewöhnlich sogar lieber, obwohl sieben Jahre ein ganzes Stück waren. „Zweiundzwanzig", antwortete sie. „Ich hoffe, der Unterschied macht dir nichts aus?"

„Überhaupt nicht, obwohl ich dich etwas älter geschätzt hätte. Vierundzwanzig oder fünfundzwanzig. Aber nein, es macht mir gar nichts aus. Du bist ziemlich reif für dein Alter."

„Danke", antwortete Aullie mit einem dankbaren Nicken. Das hörte sie nicht zum ersten Mal.

Sie unterhielten sich angeregt; die Atmosphäre war entspannt und Aullie hatte so viele Fragen. Sie wollte alles über diesen tollen Mann herausfinden. Bevor sie ihn aber weiter löchern konnte, wurden zwei dampfende Teller vor ihnen abgestellt. Ihr leerer Magen regte sich sofort. Der Hunger sprach aus ihrem Blick, während sie den großen Teller mit erlesenen mexikanischen Köstlichkeiten beäugte, den die Kellnerin ihnen vorgesetzt hatte.

„Ich war mir nicht sicher, was dir schmecken würde, aber jetzt haben wir die Wahl", lachte Weston. Er erklärte ihr jedes Essen der Reihe nach; eine Käse-Enchilada, ein kleiner Hühnchenburrito, ein Chile Relleno, eine Empanada mit Rindfleisch, und all das war in verschiedene Soßen getränkt und wurde neben einem Berg gebratener Bohnen mit geriebenem, gelben Käse und rotem mexikanischen Reis serviert. Es sah köstlich aus und roch auch so, und Aullie bedankte sich bei ihm, während sie sich großzügig bediente.

Der Geschmack, die Gewürze, der köstliche Schmelzkäse, jedes winzige Detail entzückte ihre Sinne und unwillkürlich entwischte ihr ein verzücktes Stöhnen. Weston lächelte und bediente sich mit beinahe ebenso wichtigem Enthusiasmus. Während sie aßen, schwiegen sie zur Abwechslung, und man hörte nur das sanfte Klirren des Bestecks.

Als sie langsam bereit für eine kleine Essenspause waren, nahmen sie ihr Gespräch wieder auf. So erfuhren sie, welche Musik der jeweils andere hörte, welche Serien er mochte und was für Bücher er las. Es stellte sich heraus, dass Weston ein richtiger Bücherwurm war und als sie schließlich ihre leergegessenen Teller an den Tischrand schoben, erklärte er ihr bereits, was genau er an Shakespeare so toll fand.

„Irgendwas haben seine Werke für mich", schwärmte er. „Der Kerl war einfach ein Genie. Es ist ihm gelungen, jedes menschliche Laster perfekt zu beschreiben; Eifersucht, Gier, Betrug. Und doch hat er das alles in Kunst verwandelt, weißt du?"

„Ja", sagte Aullie verträumt. Sie hatte sich im Klang seiner Stimme verloren, so sanft und lieblich wie geschmolzenes Karamell. Und er konnte nicht nur wunderschön reden, es sprach auch Leidenschaft aus seiner Stimme. Sie hatte endlich jemanden kennengelernt, der die majestätische Kraft der Kunst, des Schaffens, genauso verstand wie sie.

Die Kellnerin näherte sich ihnen, räumte die Teller ab und bot ihnen ein Dessert an. Weston bestand darauf, ein frittiertes Eis zu kaufen, obwohl Aullie behauptete, sie schaffe keinen einzigen Bissen mehr. Sie kniff die Augen verspielt zusammen und schüttelte den Kopf.

„Du machst nur Probleme", warf sie ihm vor.

„Wieso sagst du das?", fragte er lachend.

„Das weißt du ganz genau", sagte sie verschlagen.

Bevor Weston Antwort geben und den Flirt hoffentlich weiterführen konnte, wurde eine riesige Halbkugel mit einer wunderschönen, goldgelben Kruste, die mit Schokoladensirup dekoriert war, vor sie gestellt. Obwohl sie pappsatt war, spürte Aullie, wie ihr erneut das Wasser im Mund zusammenlief. Zwei Löffel lagen in der weißen Porzellanschale und schon bald kämpften die beiden um die Stückchen mit dem meisten Schokoladensirup und lachten sich dabei schlapp.

Ein paar Minuten später schwammen nur noch Flocken des frittierten Teiges in einer Pfütze aus geschmolzenem Eis. Weston verschränkte seinen Löffel mit Aullies und blickte sie mit seinen hinreißenden haselnussbraunen Augen an.

„Ich muss schon sagen, Aulora ..." Als er ihren ganzen Namen sagte, lief ihr ein Schauer über den Rücken. „Ich bin ganz schön verzaubert von dir."

Aullie senkte den Blick und wünschte, ihr würde etwas einfallen, das auch nur halb so gewandt klingen würde wie sein Ausspruch. „Danke."

Weston bezahlte, worüber Aullie sich freute, da sie sich freinehmen hatte müssen, um heute mit ihm auszugehen. Andererseits hätte sie diesen Abend gegen nichts auf der Welt eingetauscht. Er ging mit ihr zurück zum Auto und öffnete wieder die Tür für sie. Während er um das Auto herumging, saß sie einen Augenblick alleine im Dunkeln und atmete tief und zufrieden durch.

Die Luft war kühl und das Auto roch nach altem Leder. Aullie konnte sich wirklich nicht an das letzte Mal erinnern, dass sie sich so himmlisch gefühlt hatte, beinahe so, als würde sie schweben. Er stieg in das Auto, ließ es an und nach ein paar leicht besorgniserregenden Motorgeräuschen und einem bescheidenen Lächeln von Weston ging es auch schon los. Viel zu bald schon fuhren sie vor einer Reihe niedriger, hässlicher Ziegelhäuser vor, von denen eines Aullies Schuhkarton von einer Wohnung beherbergte.

Weston brachte den uralten Käfer am Straßenrand zum Stehen. Der Motor grummelte ein wenig, während die Temperatur zwischen ihnen beiden im Auto anstieg. Der Margarita war nicht von schlechten Eltern gewesen, dachte Aullie. Sie spürte einen angenehmen leichten Schwips, der noch verstärkt wurde durch die Gegenwart eines Mannes, vor dem sie sich nicht in Acht nehmen musste.

„Also", begann er.

„Also", antwortete sie.

Sie hatte zunächst gedacht, er würde kokettieren, aber dann legte sich eine seiner warmen Hände auf ihre Wange und zog sie an sich, um sie zu küssen. Seine Lippen waren weich und brannten vor Intensität. Sie hätte auf der Stelle in seinen Armen dahinschmelzen können. Sex beim ersten Date war nichts Unerhörtes für sie, aber dieser Typ war irgendwie anders, und als seine Zunge sich langsam durch ihre samtig roten Lippen drängte, wusste sie, dass sie das Ganze unterbrechen musste. Sie musste sichergehen, dass er sich noch mindestens einmal mit ihr treffen wollte, bevor sie sich ihm auftischte. Sie löste sich von ihm, voller Reue, und verspürte unwillkürlich einen wohligen Schauer. Jedes Nervenende ihres Körpers war auf höchste Empfindsamkeit gestellt, vor allem die an den wichtigsten Stellen.

Weston blinzelte ein paar Mal, als müsse er sich zusammenreißen. „Ich habe es bereits einmal gesagt und ich sage es gerne noch einmal." Seine samtige Stimme klang nun noch tiefer und rauchiger. „Einfach bezaubernd."

Aullie lächelte ihn schüchtern an. „Gute Nacht, Weston."

„Gute Nacht, Aullie."

Aus dem kleinen, orangen Käfer zu steigen war das Schwierigste, was Aullie in letzter Zeit getan hatte, aber sie schaffte es. Die Hitze von Westons Blick haftete noch an ihr, bis sie um das einzige benachbarte Gebäude herum gegangen war, das man von der Straße aus noch sehen konnte. Als sie um die Ecke bog, hörte sie das metallische Quietschen und dann ein Poltern, als der kleine Käfer anfuhr und in der Nacht verschwand.

KAPITEL 5

Das Date hatte für ein erstes Date angemessen geendet, fand Aullie, auch wenn es erst zehn Uhr war. Da sie nicht arbeiten musste, hatte sie für den Rest des Abends nichts zu tun, aber nach ihrem Treffen mit Weston fühlte sie sich inspirierter denn je.

Sie zog ihr enges Kleid aus, das nach der ausgiebigen Mahlzeit noch enger anzuliegen schien. Dann wühlte sie durch den Stapel Schmutzwäsche neben ihrem Bett und fand darin eine verknitterte, gestreifte Schlafanzughose und ein weites T-Shirt ihres Colleges, die beide Farbflecken hatten. Der leichte Stoff legte sich weich auf ihre Haut und erlaubte ihr jede Menge Bewegungsfreiheit, während sie ihre helle Paisleycouch an die Wand schob, um Platz für ihre Staffelei zu machen.

Nachdem sie alles vorbereitet hatte, suchte sie sich eine Leinwand von 30x60 Zentimetern aus dem Vorrat aus, den sie in ihrer Rumpelkammer aufbewahrte. Sie bereitete sie auf, klemmte sie in die Staffelei und mischte dann die Farben.

Sie fühlte sich ... warm. Sehr rot. Sie drehte eine Tube nach der anderen auf und schon bald tummelten sich auf ihrer Palette Tupfer von Gelb, Orange, Lila und verschiedenen Rottönen. Mit ihrem Palettenmesser mischte sie noch ein paar Farben und suchte die Farbe, die am besten zu ihrer Stimmung passte. Dann hatte sie sie gefunden: Karmesinrot und Violett mit einem ordentlichen Tupfer Weiß; sie hatte das alles gemischt und daraus den perfekten Fuchsia-Ton geschaffen.

Nachdem sie einmal losgelegt hatte, konnte sie gar nicht mehr aufhören. Sie legte leise Musik in der Hoffnung auf, sie würde damit ihre Nachbarn nicht stören, und die klassischen Töne umgaben sie wie ein Schleier.

Ehe sie sich's versah, war die Leinwand schon voll; eine wunderschöne erste Schicht Fuchsia und Rot mit kleinen Sonnenstrahlen in Gelb und Weiß. Obwohl es wunderschön war, hatte es sie emotional ausgelaugt und sie bemerkte, dass sie bereits drei Stunden am Werk war. Die Zeit verging immer schnell, wenn sie malte, aber ganz so schnell auch wieder nicht.

Müde und überall mit Farbe bekleckert fing sie an, ihre Sachen wegzuräumen, als sie hörte, wie ihr Handy auf der Ablage vibrierte. Wahrscheinlich wollte Brittany wissen, wie ihr Date lief, dachte Aullie und ließ sich Zeit, sich die dicke Ölfarbe von den Fingern zu waschen, um ihr Display nicht zu verschmutzen. Als sie mehr oder weniger sauber waren, nahm sie das Handy und entsperrte es. Aber die Nachricht war gar nicht von Brittany.

Sie war von Weston!

-Ich muss unaufhörlich an dich denken. Wann darf ich dich wiedersehen?-

Aullie grinste und wurde rot, sie freute sich, dass er ebenso empfand wie sie. Sie sah in ihrem Kalender nach und stellte fest, dass sie am Montag wieder frei hatte.

Sie schickte ihm eine schnelle Antwort.

-Da bin ich froh, dass es nicht nur mir so geht Ich habe am Montag wieder frei. Da könnten wir gerne was machen.-

Er antwortete, dass das fantastisch sei und dass er es kaum erwarten könne. Sie sagte, sie könne es ebenso kaum erwarten und wünschte ihm eine gute Nacht.

Und dann traf seine letzte Nachricht ein und ließ ihr Herz höher schlagen.

-Ich bin mir sicher, dass es eine gute Nacht wird, da ich von dir träumen werde -

In diesem Sinne, müde und sich des folgenden, langen Arbeitstages bewusst, zog Aullie sich bis auf die Unterhose aus und legte sich ins Bett. Sie kuschelte sich in ihr weiches Bett und lächelte immer noch, als sie endlich einschlief.

DAS WOCHENENDE VERGING wie im Flug. In der Bar war zum Glück viel los, also verdiente Aullie sich einen ordentlichen Batzen Geld mit ihren zwei Zwölf-Stunden-Tagen infolge. Immer, wenn sie Gelegenheit dazu hatte, was allerdings nicht sehr oft war, schrieb sie sich mit Weston verspielte SMS und es war offensichtlich, dass sie sich beide auf das zweite Date freuten.

Am Montagabend entschied sie sich für ein lässigeres Outfit. Sie zog sich eine Schlaghose an, die mit einem Spitzenmuster verziert war, das sie der Hose selbst mit Bleichmittel verpasst hatte. Ihre fuchsiafarbene Tunika fiel ihr sanft über die Schultern und betonte so ihren langen Hals und ihr ausgeprägtes Schlüsselbein. Die Farbe erinnerte sie an das Gemälde, das sie nach ihrem ersten Abend angefertigt hatte, und das immer noch auf der Staffelei im Wohnzimmer trocknete.

Sie hatte sich das Haar zu einem perfekten Fischgrätenzopf zusammengebunden. Um den Hals trug sie einen in Draht eingefassten Amethyst an einer dicken Lederschnur, den sie in einem Schmuckworkshop in der Schule gemacht hatte, und in den Ohren trug sie silberne Kreolen. Aullie freute sich, ihm heute ihren natürlichen Kleidungsstil zu präsentieren und war ebenso aufgeregt, ihm die Dinge zu zeigen, die sie selbst angefertigt hatte.

Nachdem sie eine Nachricht von Weston bekommen hatte, eilte sie zum Gehsteig und blickte dann die Straße auf und ab, um den kleinen Käfer zu erspähen. Sie konnte ihn nirgendwo sehen, das einzige Auto, das ihr auffiel, war ein silbrig glänzender Aston Martin, der so gar nicht in ihr heruntergekommenes Vorstadtviertel passte.

‚Verwöhnter Pisser‘, urteilte sie spontan. Allein der Anblick des Autos erweckte in ihr die Erinnerung an ihren hinterlistigen Vater, seine ebenso hinterlistigen Freunde und ihre hinterlistigen Frauen.

Der Egoismus, die Eitelkeit und die giftigen Persönlichkeiten, die der Reichtum hervorbrachte, für all diese Dinge stand so ein protziger, umweltschädlicher Wagen. *Es widerte sie an!*

Auf einmal wurde das Fenster des Schlittens heruntergefahren. Aullies Magen zog sich erschrocken zusammen, als sie sah, dass Weston der Fahrer des Wagens war. Während sie darauf zuging, gab sie sich größte Mühe, den Wagen irgendwie zu rechtfertigen.

Tausend Gedanken rauschten ihr durch den Kopf, um Entschuldigungen für den Mann zu finden, von dem sie dachte, dass sie ihn kannte. *Vielleicht ist es nicht sein Auto. Vielleicht hat er sich ihn von einem Freund oder Verwandten ausgeliehen. Wahrscheinlich will er mich einfach nur beeindrucken und weiß nichts über meine Familie und unsere Probleme mit Geld. Ist schon alles in Ordnung.*

Wie beim letzten Mal lehnte er sich über den Beifahrersitz, um die Tür zu öffnen, obwohl dieses Auto wesentlich breiter war. Sein Lächeln war breit und aufgeregt, und er sah wieder ganz formell aus in einem silbergrauen Hemd und dunkler Hose. Aullie nahm zögerlich auf dem Beifahrersitz Platz; das Auto roch nach teurem Leder und hochwertigen Teppichen. Von dem Geruch wurde ihr beinahe schlecht, so sehr erinnerte er sie an ihren Vater.

„Hey!“ Weston klang ausgesprochen aufgeregt. „Tut mir leid, dass ich heute so protzig daherkomme, ich musste heute ein paar Stunden ins Büro.“

Aullie runzelte die Stirn. „Wo arbeitest du eigentlich?“

„Hast du schon mal vom Calloway-Gebäude gehört?“

Und wie. Es war ein riesiger Wolkenkratzer mitten in Downtown. Eine der größten Handelsgesellschaften des Landes. „Dort arbeitest du? Ich dachte, du arbeitest für deinen Vater.“

Er lächelte wieder verschmitzt. „Das tue ich auch. Mein Vater ist James Calloway.“

Aullies Herz rutschte ihr in die Hose. Sein Vater hatte ein Vermögen in Milliardenhöhe. Wenn Weston sein Sohn war, dann traf das auf ihn wahrscheinlich auch zu. Auf einmal fühlte sie sich von dem schicken Auto eingeengt und wollte wieder aussteigen.

Als sie nicht reagierte oder sich womöglich die Panik in ihrem Gesicht abzeichnete, fragte er: „Was möchtest du heute machen? Ich habe uns einen Tisch in einem schicken Restaurant in Downtown reserviert. Nachdem du Freitag so schick angezogen warst, dachte ich, heute Abend würde es ähnlich werden. Aber dort geht man nicht wirklich in Jeans hin. Wollen wir vielleicht Bowlen gehen?"

Sein Kommentar über ihre Jeans brachte das Fass zum überlaufen. Aullie fühlte sich lächerlich, wie ein kleines Kind, wie sie so in ihren legeren Klamotten dasaß. „Nein", sagte sie bestimmt. „Nein, danke. Eigentlich geht es mir so gar nicht gut. Ich glaube, ich bleibe lieber zu Hause." Sie öffnete die Tür und schickte sich an auszusteigen, aber Weston legte seine Hand auf ihren Arm, um sie aufzuhalten.

„Nein, warte", flehte er sie an. „Was ist passiert? Was ist los? Ich will es gut machen."

„Vielleicht fehlt mir einfach nur die Klasse", sagte sie schnippisch. Sie entriss sich seinem Griff und stolzierte einfach davon, obwohl er ihr verzweifelt hinterherrief.

Reiche Männer waren Lügner und Betrüger, und sie wollte ihre Zeit nicht verschwenden!

6

DER MÜNZWURF

Kapitel 6

E in tiefes, mechanisches Surren erklang und Aullie Greene verdrehte die Augen. Ihr Handy vibrierte kraftvoll auf der faden Resopal-Ablage ihres winzigen Badezimmers. Sie fuhr sich die Augen mit Eyeliner nach, manche hielten ihre Augen für blau, aber sie hatte sie bereits immer grau gefunden. Der dramatische, schwarze Lidstrich zusammen mit ihrem schnurgeraden, schwarzen Pony ließ ihre Augen leuchten wie Mondgestein.

Im Spiegel fiel ihr das verdammte Gemälde ins Auge. Die Rosa-, Rot- und Gelbtöne schienen sie zu verspotten, ihre Leidenschaft und Hoffnung, die sie nach dem ersten Date verspürt hatte.

„Scheiß auf Weston", befahl sie sich selbst. Seit sie aus seinem Auto gestürmt war, versuchte er sie alle fünf Minuten zu erreichen. Zumindest fühlte sich das so an. Bis zu dem siebten Anruf nach ihrem Abgang hatte sie noch überlegt, abzuheben, aber dann hatte sie sich zu sehr unter Druck gesetzt gefühlt.

Aullie versuchte, sich einzureden, dass 'er nach einem Date viel zu sehr klammert und du da echt noch glimpflich davongekommen bist', aber es wollte nicht in ihren Kopf rein. Klar, sie kannte ihn kaum, aber jedes Mal, wenn er sie anrief oder ihr schrieb, spürte sie einen kleinen Stich in der Brust. Auch vier Tage später tat es ihr weh, an die hässliche Verwöhnter-Reicher-Sprössling-Seite zu denken, die sie an ihm entdeckt hatte.

Sie blickte auf die Uhr, bemerkte, dass sie bereits spät dran war, warf noch einen letzten Blick in den Spiegel, schaltete das Badezimmerlicht aus und verließ ihre Wohnung. Aullie kämpfte mit dem Reißverschluss ihrer flauschigen Jacke, die hellgelb war wie das Gefieder eines Kükens, während sie die Treppe hinunterging. Ihre rutschfesten Sohlen machten ein lautes Geräusch, wenn sie auf den kalten Metallstufen aufschlugen. Ein kühler Wind fuhr ihr durch den Pony, während sie auf dem Parkplatz hinter dem Gebäude ihren verbeulten alten Accord suchte. Sie fand ihn, öffnete unter Knarzen die Tür und ließ sich in den Fahrersitz fallen.

‚Schon wieder ein Abend auf Arbeit', dachte sie missmutig. Ihr Tag an der Uni war bereits lang gewesen und sie verdaute immer noch die Predigt ihres Farbtheorielehrers, dass ihre Schattierungen zu dunkel waren. *Sollen Künstler nicht immer düster und launisch sein?*

Der klapprige, silberne Accord jaulte auf, als der Motor zum Leben erwachte, aber wenigstens fuhr er überhaupt an. Während sie die Straße zur Arbeit entlangfuhr, schickte Aullie ein Stoßgebet zu ihrem Agnostiker-Gott, dass sie heute endlich ein bisschen Geld verdienen würde. Als wären ihre Probleme mit Weston nicht genug, lief es in der Bar zurzeit schlecht, das Trinkgeld war mickrig und in einer Woche musste sie ihre Miete bezahlen.

Ja, siehst du? Ich muss mich auf jeden Fall auf wichtigere Dinge konzentrieren als Jungs.

Auf dem deprimierend leeren Parkplatz hinter der Bar stellte sie den Wagen ab. Dann wickelte sie ihre Jacke um sich und ging zur Bar hinüber. Sie grüßte die junge blonde Platzanweiserin, deren Name anscheinend Calli war, und ging in den hinteren Bereich der Bar, in dem die Luft vom Geruch alten Fettes schwer war.

Offensichtlich schlecht gelaunt nickte sie ihren Kollegen zu und grüßte sie murmelnd, während sie ihren Mantel auszog und ihn aufhängte. Als sie sich gerade ihre Schürze umband, brachte der Klang einer nasalen Stimme ihre Laune auf einen neuen Tiefpunkt.

„Du probierst also den Look eines Goth-Mädels mit Depressionen aus. Schon wieder." Eric hatte sein typisches verschlagenes, herablassendes Grinsen aufgesetzt. „Ja, diesen miesepetrigen Look hast du echt perfektioniert."

„Ich kann wohl die Hungerschübe nicht mehr ignorieren, seit ich eine verhungernde Künstlerin bin", konterte sie und blickte ihm mit einem stählernen Blick in die selbstgefälligen kleinen Augen. ‚Ich muss wirklich langsam meine Kunstwerke verkaufen', dachte sie, ‚wenn auch nur, um von diesem kleinen Widerling wegzukommen'.

Eric kicherte über ihren trockenen Witz, obwohl sie es nicht witzig gemeint hatte. Sie verdrehte die Augen, schüttelte den Kopf und drehte sich um, um davonzugehen. Doch bevor sie verschwinden konnte, sagte er: „Wirst du den ganzen Abend lang motzig sein? Das könnte sich negativ auf dein Trinkgeld auswirken. Wir wollen doch nicht, dass es noch einen Abend lang schlecht für dich läuft."

Wie konnte ein Mensch nur so unsensibel und nervig sein?

Sie ging davon, ohne sein aufgeblasenes Ego einer Antwort zu würdigen. Wütend hämmerte sie auf ihren Kassen-Computer ein und stempelte sich zu einer neuen, langen Nacht der Arbeit ein.

Eine schleppende Stunde später kam Brittany in einer auffälligen Kunstpelzjacke herein. Britt bezeichnete diesen Stil charmanterweise als Billigchic und sie kreierte immer wieder tolle Outfits damit.

Aullie nickte ihr zum Gruß zu; ihr Anblick war für sie wie Regen nach langer Trockenheit. Brittany war die ganze Woche lang in einer anderen Stadt gewesen, in der sie ihre laute, liebevolle, lateinamerikanische Familie besucht hatte, also hatte Aullie nicht einmal ihr ihr Leid klagen können.

Nachdem Britt ihr Zeug abgelegt und sich eingestempelt hatte, kam sie sofort auf Aullie zu, ein neugieriges Leuchten in den schokoladenfarbenen Augen. „Wie läuft's?" Diese Frage zielte offensichtlich nicht darauf ab, wie es Aullie in diesem Augenblick tatsächlich ging.

„Keine Ahnung. Wie läuft's mit den vertrockneten Kackehaufen in eurem Hinterhof?", sagte Aullie sarkastisch. Britt wohnte in einem winzigen Haus in der Stadt mit einem winzigen Hinterhof, der übersät war mit den kleinen, vertrockneten Hinterlassenschaften ihres riesigen Pitbull-Mischlings Tinkerbell.

Brittany blickte sie erschrocken an. „Was ist passiert?"

Aullie wusste ihr Mitgefühl zu schätzen, jedoch brachte sie nur ein Schulterzucken zustande. „Naja, am Montag hat er mich abgeholt. In einem Aston Martin."

Brittanys Kinnlade klappte nach unten; offensichtlich dachte sie an die alte Klapperkiste, die Aullie ihr nach dem ersten Date beschrieben hatte, und sah genauso verwirrt aus, wie Aullie es gewesen war. „Ja, ungefähr so habe ich auch geguckt. Ich habe also versucht darüber hinwegzusehen und bin eingestiegen, und da sagt er mir doch glatt, dass er ein Calloway ist."

Sie wartete, bis der Groschen fiel. Brittany runzelte erst die Stirn, dann schossen ihre Augenbrauen in die Höhe und sie rief aus: „Moment mal, der vom Calloway-Gebäude?"

„Genau! Also ist er kein nobler Chirurg oder sonst was, er ist sogar noch steinreicher!"

„Du bist die einzige Frau, die bei so was Ekel verspürt", lachte Brittany. „Aber das sind schon große Neuigkeiten. Das ist ... sehr viel Geld. Also, lass mich raten." Sie tippte sich mit einem Finger an die Lippen. „Du hast dich aus dem Staub gemacht."

Aullie seufzte. „Ich habe versucht, es auszuhalten. Ich mochte diesen Typen wirklich. Und ich hatte mir von meinen eigenen Klamotten angezogen."

„Du solltest dein Zeug wirklich bei Etsy verkaufen", unterbrach Brittany sie. „Es ist echt schön. Aber erzähl weiter."

„Mist, es setzt sich jemand an einen meiner Tische", Aullie blickte zu einem einzelnen Gast hinüber, der ihr den Rücken zugedreht hatte und sich von Calli zu einer der Nischen führen ließ. „Naja, um es kurz zu machen, er hat eine Bemerkung gemacht in der Art, dass meine Klamotten für irgendein Restaurant nicht schick genug wären, ich bin sauer geworden und bin beleidigt abgedampft.

Erst hatte ich ein schlechtes Gewissen, aber dann hat er mich hundert Millionen Mal angerufen und ich bin einfach nicht rangegangen. Das war's dann also."

„Himmel, ich hasse es auch immer, wenn sie einfach zu verdammt viel Geld haben", zwinkerte Brittany ihr zu. „Aber tut mir leid für dich. Hol ihn dir, Babe."

Aullie schnappte sich ein paar Untersetzer, für den Fall, dass ihr Gast noch Gesellschaft erwartete. Sie hatte sich ihr freundlichstes, gespieltes Lächeln aufgesetzt, aber sobald sie den Tisch erreichte, verschwand es schlagartig.

„Was willst du hier, Weston?"

Sein ungekämmtes Haar hing ihm lose um das Gesicht, es war länger, als Aullie erwartet hätte, und der fransige Schnitt ließ ihn jünger aussehen, weicher und schon fast menschlicher. Er lächelte bitter. „Offensichtlich hast du meine letzte Nachricht auf deinem Anrufbeantworter nicht abgehört."

„Nein, ich habe fast gar keine abgehört", erwiderte Aullie schnippisch. Sie war rasend vor Wut, ihn hier zu sehen. Es würde ihr nun bestimmt nicht leichter fallen, ihn zu vergessen, vor allem, da sie so viel Zeit damit verbracht hatte, zu versuchen, ihn zu vergessen, dass sie glatt vergessen hatte, wie gut er eigentlich aussah.

„Wieso nicht?"

„Weil ich es nicht wollte."

„Und wieso nicht?", wiederholte er.

Weil ich dich zurückrufen wollen würde, wenn ich deine Stimme hören würde. „Macht das einen Unterschied? Ich wollte es nicht, weil ich es nicht wollte. Ich habe kein Interesse, verstanden? Du bist nicht mein Typ. Ich bin mir sicher, dass du keinerlei Probleme damit haben wirst, eine andere Frau zu finden, die sich an deinem unendlichen Reichtum erfreut, also fände ich es super, wenn du einfach gehen würdest. Ich muss arbeiten."

„Aber ich will nicht gehen. Und angesichts der Tatsache, dass du Kellnerin bist und ich an einem deiner Tische sitze, warum bringst du mir nicht erst einmal ein Bier?", sagte er und grinste sie listig an.

Anstatt einer Antwort stampfte Aullie aufgebracht davon. Die Wut brannte ihr bis in die Fingerspitzen.

Was erlaubt er sich nur? Was für ein eingebildeter Penner!

Sie wollte ihren Tisch eigentlich jemand anderem überlassen, stellte aber fest, wie ihre Finger wie von selbst über die Tasten des Kassen-Bildschirms flogen und eine Bestellung für ein dunkles Bier aufgaben. Während sie ihn noch verfluchte, verfluchte sie auch gleichzeitig sich selbst dafür, sich noch an seine Bestellung vom letzten Mal zu erinnern. Als das Bier in Auftrag gegeben worden war, druckte sie die Rechnung der älteren Männer aus, um die sie sich auch gekümmert hatte, um die Zeit schneller vergehen zu lassen.

Sie schritt zur Bar hinüber und trommelte mit ihren kurzen Fingernägeln auf der metallenen Tischfläche. Brittany, die dieses Verhalten bereits von ihr kannte, erschien hinter ihr. „Was ist los?"

Immer noch sprachlos vor Wut ruckte Aullie ihren Kopf einfach in Richtung ihres Tisches und wartete, bis Brittany es selbst gesehen hatte.

„Ach du Scheiße! Das ist er, nicht wahr?", rief sie schließlich aus mit dem angemessenen Maß an Überraschung.

„So ist es", keifte Aullie. Das rhythmische Geklapper ihrer Nägel auf dem Metall beruhigten sie auch nicht gerade.

„Ich übernehme ihn, wenn du willst." Brittany blickte immer noch Weston an.

Doch auf einmal packte Aullie eine Woge der unangebrachten Eifersucht. „Nein, ist schon in Ordnung. Ich kümmere mich um ihn."

Die Barkeeperin, eine Blondine namens Teri mit einer schrecklich schiefgelaufenen Brustvergrößerung, stellte das überschäumende Glas auf der Ablage ab. Aullie schnappte sich das dunkle Beer und knallte es Weston vor die Nase. Ein neuer Tisch von ihr war besetzt worden, und sie konnte es kaum erwarten, weiterzugehen, also fragte sie ihn ungeduldig: „Willst du sonst noch was?"

„Gerade nicht", sagte er und sein geschmeidiger britischer Akzent hörte sich noch besser an, als sie ihn in Erinnerung hatte. „Sieht so aus, als hättest du einen ganz neuen Tisch dazubekommen, Süße.

Kümmer dich ruhig um sie, ich gehe nirgendwo hin. Du kannst später noch einmal nach mir sehen." Er zwinkerte ihr zu.

Wutentbrannt zischte sie ihm zu: „Ich würde mich nicht drauf verlassen ... Moment mal, woher weißt du, welche Tische meine sind?"

„Ich habe den Tischplan gelesen, als ich hereingekommen bin. Ich wollte wissen, wann du wirklich beschäftigt bist und damit einen triftigen Grund hast, nicht mit mir zu reden." Sein verschlagenes Lächeln trieb sie nur noch mehr zur Weißglut.

„Ich habe jede Menge triftige Gründe, nicht mit dir zu reden", fauchte sie und stolzierte davon.

Zum Glück hatte Aullie über die Jahre als Kellnerin gelernt, wie man schnell gute Laune vortäuschte. Sie begrüßte freudig ihre neuen Gäste, vier spießige Collegejungs, und ließ sich von ihnen die Ausweise zeigen. Als sie ihnen ihren Pitcher Bier brachte, konnte sie spüren, wie Weston sie anstarrte, obwohl sie ihm absichtlich den Rücken zugewandt hatte. Ihr lief ein Schauer über den Rücken. Obwohl sie es total unangebracht fand, dass er hier war, war sie auch ein wenig geschmeichelt, dass er sich überhaupt die Mühe machte zu kommen.

Langsam kamen die typischen alkoholdurstigen Gäste eines Freitagabends herein. Je mehr Körper sich in der kleinen Bar tummelten, desto heißer wurde es und desto mehr roch die Luft nach Schweiß und Bier.

Die Köche brüllten einander in der Küche Befehle zu, die Fritteusen zischten, die Kellnerinnen zankten sich und schubsten einander herum. Es herrschte Chaos in der Bar, aber Aullie war insgeheim froh darüber, nicht nur, weil es sie von Weston ablenkte, sondern auch, weil sie dann viel Geld verdienen konnte.

Aus dem Augenwinkel sah sie, wie Weston mit gerunzelter Stirn auf seinem Handy herumtippte. Sein Glas war leer bis auf eine dicke Schicht hellbraunen Schaumes. In der Hoffnung, dass er sich nicht allzu leicht davon ablenken lassen würde, blieb Aullie neben seinem Tisch stehen, beladen mit schmutzigem Geschirr und mit Schweißperlen auf der Stirn.

Als sie wieder einmal am Kassen-Computer stand, druckte Aullie die Rechnung für ihn aus und klatschte ihm das dünne Stück Papier auf den Tisch neben seinem leeren Bierglas.

Bevor sie wieder davonstolzieren konnte, fragte er sie: „Was ist das?"

„Deine Rechnung", antwortete sie. „Musst du nicht langsam los?"

„Nein, eigentlich nicht", gab er selbstgefällig zurück. Doch er schenkte ihr auch dieses sexy, teuflische Lächeln, das ihr Herz schneller schlagen ließ. „Ich habe vielmehr langsam Hunger. Kannst du mir eine Karte bringen?"

„Du bleibst nicht hier."

„Oh doch, das tue ich. Ich werde so lange hier sitzen bleiben, bis du dich endlich erweichst, mit mir zu reden."

„Worüber willst du reden?", fragte sie entnervt. „Du bist nicht mein Typ, kapierst du das?"

„Mein Vermögen schüchtert dich ein", stellte er ungerührt fest und sie verstand, dass er wusste, warum sie das Weite gesucht hatte.

„Nein!" *Nun ja. Ja.* „Ich mag einfach diese eingebildeten Männer mit ihren dicken Schlitten nicht, die dich in übertriebene Restaurants ausführen. Viele Frauen finden das aber ganz super. Ich wette, du könntest dir hier jede der Kellnerinnen aussuchen und sie würden ohne Widerrede mitgehen."

„Ich bin nicht wegen ihnen hier. Ich bin deinetwegen hier." Die Ehrlichkeit in seinen Augen, aus denen auch Verletztheit, Trauer und etwas Verzweiflung sprach, erweichten Aullies Herz ein wenig, aber sie gab sich Mühe, das Gefühl abzuschütteln.

„Wieso ich?" Zu ihrer eigenen Überraschung brach ihre Stimme, als sie ihn das fragte.

„Ich habe es dir doch schon gesagt", sagte er mit einem Lächeln, das ihr den Atem raubte. „Du hast mich verzaubert."

KAPITEL 7

Aullie seufzte geschlagen und sprachlos. „Willst du noch ein Bier oder so?"

„Ja, bitte." Weston schenkte ihr ein verschmitztes Lächeln. „Ich war übrigens ziemlich geschmeichelt, dass du dich an meine Bestellung erinnert hast."

Aullie verdrehte die Augen und ging davon. Sie konnte gar nicht glauben, wie forsch sich dieser offensichtlich verrückte Mann verhielt. Auf jeden Fall hatte sie zu viel Zeit damit vergeudet, mit ihm zu reden, und musste jetzt jede Menge Arbeit nachholen.

Der Gedanke an Weston rutschte schnell an letzte Stelle, als sie wieder anfing, ihre Runden durch die Bar zu drehen. Die Gäste bestellten Essen, Bier und Schnaps, und sie brachte sie ihnen, zog Kreditkarten durch die Maschine und brachte sie den Gästen zurück. Weston aß und Aullie wünschte, er würde danach gehen, aber er blieb.

Über eine Stunde später brachte sie ihm sein drittes Bier. „Und wann gehst du jetzt?"

„Ich weiß noch nicht. Kommt drauf an, wann wir uns wiedersehen."

„Du willst also wirklich hier sitzen, bis ich mich dazu bereit erkläre, noch einmal mit dir auszugehen?"

„So ist es. Ich muss ohnehin ein paar Mails abarbeiten."

„Ach, von deiner Arbeit bei dem kleinen Internet-Start-Up?" Aullie funkelte ihn wütend an, als sie die Halbwahrheit wieder ins Spiel brachte, die er ihr bei ihrer ersten Verabredung erzählt hatte.

„Hey, ich arbeite wirklich bei einem Start-Up", verteidigte er sich.

„Also, wann sehen wir uns?"

„Oh mein Gott. Von mir aus. Ich habe Montagabend wieder frei. Ich schreibe dir oder was auch immer, aber bitte geh einfach."

„Wieso? Lenke ich dich ab?", fragte er hinterlistig.

„Oh mein Gott, was auch immer, ja. Geh bitte", drängte Aullie ihn.

„Gut, dann sehen wir uns Montag." Er sah ziemlich selbstgefällig aus, während er einen Schein aus seiner Brieftasche nahm, ihn unter sein Glas legte und aufstand, um zu gehen. Bevor Aullie protestieren konnte, hob er seine Hand und sagte: „Bevor du jetzt einen Aufstand wegen Geld machst, ich habe deinen Tisch stundenlang belagert und angesichts dieser Tatsache ist das ein angemessenes Trinkgeld. Und jetzt wünsche ich dir einen guten Abend. Ich freue mich schon darauf, von dir zu hören."

Dieses verdammte Schnurren in seiner Stimme. Er war ihr so nah, dass sie sogar in der rappelvollen, stickigen Bar seinen herben Duft riechen konnte. Aullie musste sich größte Mühe geben, nicht die Nerven zu verlieren. „Ja. Bis dann."

Hin- und hergerissen zwischen Erleichterung und Enttäuschung machte Aullie sich wieder an die Arbeit. Sie musste heute den Laden nicht schließen und dafür war sie unglaublich dankbar. Ihre Füße schmerzten, aber sie musste noch ein paar Stunden durchhalten, also riss sie sich einfach zusammen. Miete, Miete, Miete, sagte sie vor sich her, während sie den Müll anderer Leute zusammenräumte. Ihre Arbeit war nichts, worauf sie besonders stolz war, aber wenigstens konnte sie bei der geistig wenig beanspruchenden Tätigkeit ausgiebig über Weston nachgrübeln.

Sollte sie ihm wirklich schreiben? Und wenn sie es nicht tat, würde er dann wiederkommen? Wollte sie ihn sehen? Ja, irgendwie schon, gab sie zu.

Die letzten zwei Stunden vergingen im Schneckentempo. Männer johlten und lärmten, stießen mit ihren Gläsern an und ließen ihre Stühle über den Boden scharren. Langsam sank der Geräuschpegel, als nach und nach mehr Gäste betrunken aus dem Lokal wankten.

Je stiller es in der Bar wurde, desto lauter schien die Musik zu hämmern, und Aullie konnte die Aufmerksamkeit der Barkeeperin erregen. Sie bedeutete ihr mit einem Drehen des Handgelenks, dass sie die Lautstärke herunterregeln sollte.

„Und, wie war deine Nacht?"

Der Stuhl Aullie gegenüber knarzte, als Brittany sich darauf niederließ. Zwei große Wannen voller Gabeln und Messer, ein Berg Servietten und eine Schachtel voller verklebter Rechnungen lagen zwischen ihnen. Wortlos machten sie sich daran, die Gedecke für den nächsten Tag vorzubereiten. Dieses nächtliche Ritual hatte sich zu einem der wichtigsten Klatschmomente für die Mädels des Tackleman's entwickelt. Nach und nach setzten sich alle an den Tisch, um diese letzte Aufgabe zu erledigen, und hörten dabei alles über die Geschichte zwischen Weston und Aullie, während diese ihren Frust abließ.

„Ooh, ein britischer Akzent also?", fragte eine mollige Rothaarige namens Tasha und blickte Aullie verträumt an.

„Ja, aber ich weiß nicht so recht. Das ist doch irgendwie stalkermäßig, oder? Scheint mir ein Warnsignal zu sein." Aullie sprach normalerweise kaum mit ihren Kolleginnen über persönliche Dinge, aber es fühlte sich irgendwie gut an, es sich von der Seele zu reden.

„Keine Ahnung. Mir schreibt nie auch nur ein Typ zurück. Deine Geschichte klingt da schon viel besser. Und außerdem ist er Brite", sagte Janelle, die gertenschlanke Mutter eines entzückenden, zweijährigen Jungen.

Brittany nickte. „Sein Akzent ist echt heiß."

Die Mädchen tratschten und kicherten und schon bald waren alle Gedecke zusammengerollt und in Körbchen verstaut worden. Sie waren zur Übereinstimmung gekommen, dass Aullie ihm wenigstens noch eine Chance geben sollte, weil er sich solche Mühe gegeben hatte, und außerdem, und dafür plädierten sie immer wieder, weil er Brite war.

Aullie dachte darüber nach, während sie ihre Schicht beendete. Nachdem sie ihren Mantel angezogen hatte, wagte sie es schließlich.

-Hey-

Mehr schrieb sie Weston nicht. Aullie verstaute das Handy wieder in ihrer Tasche und trat hinaus in den eiskalten, düsteren Regen.

‚Ich schaue erst wieder darauf, wenn ich zu Hause bin‘, schwor sie sich. ‚Ich lasse ihn warten‘. Doch trotz ihres Versprechens spürte sie ihr Handy schwer in ihrer Tasche legen. An jeder Ampel, an jedem Stoppschild kam sie in Versuchung, darauf zu blicken, aber stattdessen drehte sie einfach nur das Radio auf und fuhr weiter.

Der Asphalt war nass und leuchtete schwach im Glanz der schummrigen Straßenlaternen, während der Regen rhythmisch auf die Windschutzscheibe trommelte. Froh darüber, endlich zu Hause angekommen zu sein, parkte Aullie ihr Auto und ging die Treppen zu ihrer engen, kleinen Wohnung hinauf, wobei sie sich fest am Treppengeländer festklammerte.

Sie schaltete das Licht an und ihr kleiner Rückzugsort erwachte zum Leben. Das Licht und die vielen warmen Farben ihrer Wohnung waren ein starker Kontrast zu der melancholischen Welt da draußen. Jeder Zentimeter der Wand, der nicht mit einem Gemälde oder einer Skizze behängt war, war bunt tapeziert. Ihre große Matratze mit der Blumenbettwäsche lag auf einer Art Hochbettkonstruktion, unter der ein vollgestellter Schreibtisch stand.

Anstatt eines Wohnzimmers hatte Aullie sich eine Art Esszimmer eingerichtet. Sie sah ohnehin nicht gerne fern, also besaß sie auch keinen Fernseher, und sie hätte sich auch keinen Kabelanschluss leisten können. Stattdessen beherrschte der riesige, türkise Esstisch, den Aullie im Werkhof erstanden und eigenhändig gestrichen hatte, den Raum gegenüber dem Bett.

Auf einer Seite davon stand eine hellgelbe Couch mit einem Print aus aztekischen Blumen, auf der ihre dicke, graue Katze Bruce sich zusammengerollt hatte. Auf der anderen Seite standen zwei klobige Stühle, die zu dem Tisch gehörten. Die Tischplatte war übersät mit verschiedensten Kunstutensilien und Teilen von Skulpturen und Keramikprojekten, die Aullie im Laufe der Jahre hatte anfertigen müssen. Sobald man durch die Tür trat, sah man, dass hier eine Künstlerin wohnte, und genauso gefiel es Aullie.

Sie hängte ihren nassen Mantel an einen Kleiderständer aus abgebrochenen Zweigen, um die sie Seile gewickelt hatte. Während sie sich ihre Schuhe auszog, holte sie ihr Handy aus der Tasche und schaltete das Display an.

Obwohl sie gar nicht gemerkt hatte, dass sie die Luft anhielt, atmete Aullie tief und erleichtert aus. Da war sie.

Oder vielmehr: Da *waren* sie. Ein *–Hey!-* und ein *–Wie war die Arbeit?-* von Weston im Abstand von nur vier Minuten. Obwohl sie sich freute, von ihm zu hören, gab sie sich kühl.

-Schon in Ordnung. Wie war dein Abend noch?-, antwortete sie.

Sie legte ihr Handy auf die Ablage neben die Obstschale und zog sich aus, um den Geruch der Bar von sich abzuwaschen. Die blöde Dusche wurde nicht wirklich heiß, also wusch sie sich unter dem schwachen, lauwarmen Wasserstrahl das Fett, Bier und Ketchup ab, das ihr immer schlimmere Flecken machte, als es ihre Farben zu machen schienen.

Außerdem kaufte ihre Körperpflege ihr ein paar weitere Minuten, in denen sie nicht antworten und deshalb unnahbar wirken konnte. Sie zog sich eine übergroße, schwarz-weiß-karierte Schlafanzughose und ein ausgeleiertes T-Shirt von ihrer Uni an, das Flecken roter, weißer und gelber Farbe zierten. Aullie schnappte sich ihr Handy von der Ablage, sah noch einmal nach und wurde ganz aufgeregt, als sie wieder zwei Nachrichten entdeckte.

-Nicht besonders gut, nachdem ich nicht mehr bei dir war - Und sieben Minuten später: *-Tut mir leid, war das zu viel?-*

Aullie lächelte. Ihr kleines Spielchen schien zu funktionieren. Sie beschloss, ihn noch ein paar Minuten lang warten zu lassen, füllte währenddessen eine Teekanne mit Wasser und setzte sie auf. Sie holte eine gelbe Tasse mit einem schwarzen Smiley aus dem Schrank und hängte einen Beutel mit Kräutertee aus der Sammlung hinein, die sie auf der Küchenablage stehen hatte. Dann nahm sie ihr Handy und antwortete in nur drei Worten: -*Schon in Ordnung.*-

Die Minuten verstrichen, inzwischen kochte bereits das Wasser. Aullie nahm die pfeifende Teekanne vom Herd und goss das heiße Wasser in die Tasse, sodass der Tee anfing zu ziehen, während sanft der Dampf von der Tasse aufstieg. Sie überlegte müßig, was sie heute Abend wohl noch machen würde. Normalerweise ging sie erst gegen drei Uhr nachts ins Bett, denn sie arbeitete nachts am besten und hatte somit noch einige Stunden vor sich.

Sie blickte wieder auf ihr Handy, aber er hatte ihr noch nicht geschrieben. Überrascht und ein wenig enttäuscht schaltete sie ihren Laptop ein, der auf dem Schreibtisch unter ihrem Bett stand. Es war ja auch ihre eigene Schuld, dafür, dass sie so mit Weston gespielt hatte.

Es war bereits spät, die meisten normalen Menschen waren um diese Uhrzeit im Bett. Nach seinen drei Bier und angesichts der Tatsache, dass er nichts mehr wirklich unternommen hatte, nachdem er gegangen war, war es nicht gerade außergewöhnlich, dass Weston eingeschlafen war.

Das redete Aullie sich zumindest ein, nachdem aus einer Viertelstunde ohne Lebenszeichen eine halbe Stunde wurde. Sie scrollte durch Facebook und lenkte sich mit ein paar Nachrichtenstories ab, die ihre Freunde gepostet hatten. Sie schlürfte ihren Tee und die Wärme und Vertrautheit ihrer nächtlichen Routine entspannten sie. Trotzdem behielt sie immer noch ihr Handy im Auge und wünschte sich sehnlich, dass eine SMS eingehen würde.

Doch ihr Wunsch blieb unerfüllt. Sie schnappte sich ein abgenutztes Skizzenbuch und einen Bleistift, trank einen großen Schluck ihres Tees, der langsam abkühlte, und kletterte in ihr Bett hinauf.

Ihre Matratze war gut eingelegen und weich, und am Kopfende türmten sich große und kleine Kissen. Aullie kuschelte sich in ihren gepolsterten kleinen Schlupfwinkel und blätterte die Seiten des Skizzenbuches durch, bis sie auf eine leere stieß.

Sie tippte auf den Bildschirm ihres Handys und öffnete eine App für Gratismusik. Aus den winzigen Lautsprechern ertönte moderne klassische Musik, die mit einem Technobeat unterlegt worden war. Diese Art Musik, dynamisch und fließend, war Aullies Lieblingsmusik, wenn sie Kunst schuf. Der Beat, der sich ständig veränderte, war eine nicht enden wollende Quelle der Inspiration.

Heute jedoch inspirierte er sie nicht. Das dunkle, stumme Display ihres Handys lenkte sie sehr ab. Schließlich drehte sie es um und zwang sich, sich zu konzentrieren.

Sie fing an, vor sich hin zu kritzeln. Ganz zwanglos. Dann, als sie sich langsam in der Musik verlor, fingen die ziellosen Linien an, Form anzunehmen. Die rohe Skizze verwandelte sich in einen Hirsch, einen wunderschönen, kräftigen Bock mit einem majestätischen Geweih. Plötzlich hatte sie nur noch sein nobles Gesicht im Kopf und den Kranz aus Blumen, der sich fast wie von selbst um seinen eleganten Hals zu schlingen schien.

Erst eine Stunde später erwachte sie wieder aus ihrer Trance und kehrte schwer atmend auf den Boden der Tatsachen zurück. Sie liebte es, sich in ihrer Arbeit zu verlieren, und sie war ungeniert stolz auf ihre jüngste Kreation. Sie hatte den Kopf und den Körper bis zu seinem flauschigen Schwänzchen ausgearbeitet, aber der protzige Hirsch stand immer noch nur auf kleinen Streichhölzern von Beinchen. Doch auf einmal war Aullie erschöpft und die Musik war ihr zu laut, also drehte sie ihr Handy um und schaltete das Display an.

Ein Grinsen zog sich über ihr Gesicht.

-*Willst du dich immer noch mit mir treffen? Du darfst aussuchen, was wir machen*- Vor fünfundvierzig Minuten. Und dann, zweiundzwanzig Minuten später: -*Ich komme im Käfer, versprochen.*-

Vielleicht denkt er auch, dass ich schlafe, dachte Aullie, während sie das Licht ausschaltete und unter die Decke kroch. Sie war ohnehin zu müde, um zu antworten, und war froh, dass der reiche Flegel bis morgen früh würde warten müssen.

8
———

KAPITEL 8

Am nächsten Morgen war Aullie sehr dankbar für ihre tiefblauen Vorhänge. Die Farbe war nicht nur wunderschön, der dicke, seidige Stoff sperrte auch die grelle Sonne aus, die auf ihr Fenster an der Ostseite herunterbrannte. Da sie eine wahre Nachteule war und sie für ihre Arbeit selten vor elf Uhr aufstehen musste, genoss sie es, ausschlafen zu können.

Nachdem sie gegen halb elf aus dem Bett geklettert war, braute sie sich einen Kaffee. Während die dunkle Flüssigkeit langsam in eine weitere ausgefallene Tasse tröpfelte, dachte Aullie darüber nach, was sie wohl zu Weston sagen sollte. Sie war sich immer noch nicht sicher, dass sie ihn wirklich wiedersehen wollte, aber sie hatte sich zu achtzig Prozent dazu entschlossen und fand, dass das ausreichen müsse.

-Tut mir leid, ich bin gestern früh eingeschlafen. Solange du mit dem Käfer kommst, können wir machen, was du willst -

Sobald sie die Nachricht abgeschickt hatte, bereute sie es aber. Sie hatte damit nicht nur ihre unnahbare Fassade zerstört, sie hatte auch den verspielten Ton verfehlt, den sie hatte treffen wollen. Stattdessen klang es, als würde sie ihm Sex anbieten. Ihr Wortlaut konnte zumindest so interpretiert werden.

‚Verdammt', dachte sie und fragte sich, ob sie nicht doch noch absagen sollte. Bis vor Kurzem hatte Dating für Aullie keine große Rolle gespielt. Sie traf sich gerne mit Typen, freundete sich mit ihnen an, schlief mit ihnen und beließ es dann dabei. Sie war keine Schlampe, sie mochte nur einfach keinen Stress.

Mit ihrem ständig anwachsenden Schuldenberg und dem daraus resultierenden Druck konnte sie sich wirklich kein Theater leisten und dieser unnötige Stress mit Weston erinnerte sie auch daran, wieso.

„So bin ich nicht", grummelte sie vor sich hin, während sie den bitteren, schwarzen Kaffee in sich hineinkippte. Sie setzte sich mit ihrem knackigen Po auf den türkisen Tisch und dachte über das Gemälde nach, das sie in der Nacht ihres ersten Treffens mit Weston angefertigt hatte. Sie sinnierte über ihre gemeinsame Zeit nach; seinen süßen Käfer, das authentische Restaurant, in das er sie ausgeführt hatte, die Namen, die er den Plastikpapageien gegeben hatte.

Aullie hatte gedacht, dass sie einen guten Eindruck von dem Mann bekommen hatte. Er war schlau aber albern, bodenständig und arbeitete hart, um voranzukommen, genau wie sie selbst.

Aber nun war er nicht nur reich sondern so gut wie berühmt. Sie fragte sich, was er eigentlich arbeitete, wenn er es überhaupt tat, angesichts des ganzen Schotters, über den seinen Familie verfügte, wie sein Haus aussah und ob sein Aston Martin überhaupt sein einziger schicker Schlitten war.

Sie hatte ihre Gefühle so stark und unbekümmert zugelassen, dass sie sich emotional an einen Mann gebunden hatte, den sie kaum kannte. ‚So etwas Dummes' hatte sich in ihr neues Mantra verwandelt.

Es wurde langsam Zeit, zu duschen, wenn sie noch rechtzeitig auf Arbeit erscheinen wollte, und sie machte sich nicht einmal die Mühe, auf ihr Handy zu blicken. Nach ihrer kleinen Grübelei wusste Aullie nicht mehr so genau, was sie eigentlich wollte. Sie grübelte auch unter der Dusche weiter, schrubbte ihren Körper ab und verteilte ihr Rosmarin-Minz-Shampoo in ihrem langen, schwarzen Haar.

Nachdem sie sich abgetrocknet und ihre ebenholzfarbene Mähne geföhnt hatte, starrte sie sich im Spiegel an.

Aullie konnte ruhig zugeben, dass sie hübsch war, aber eben nur für eine Kellnerin in einer Bar. Sie war kein Model. Sie hatte hübsche Augen mit leichten Schlupflidern und volle Lippen, aber ihre Nase war ein wenig klein und sie kämpfte immer noch mit ein wenig Akne, also hatte sie normalerweise ein paar unreine Stellen im Gesicht.

Wieso ich?

Wenn dieser Mann, dieser reiche, sexy Mann mit Akzent, eine Frau wollte, dann bekam er sie wahrscheinlich in jedem Fall. Exotische Schönheiten, superdünne Models mit krassen Wangenknochen oder kurvige Playboyhäschen. Er hatte gesagt, dass er sie mochte, weil sie sich nicht für sein Geld interessierte, aber sie verstand einfach nicht, was ihm an ihr gerade so faszinierte.

Während sie ihre Gürtelschnalle festmachte, kam Bruce aus einem seiner vielen Verstecke hervor, in dem er sich den ganzen Morgen lang vergnügt hatte, und strich ihr um die Beine wie ein kleiner, schnurrender Dieselmotor. Obwohl es sie rührte, dass er sich offensichtlich darüber Sorgen machte, dass sie noch nicht genügend Katzenhaare an den Hosenbeinen hatte, scheuchte sie ihn weg.

Während sie ihre Schlüssel, ihren Mantel und ihr Portemonnaie aufsammelte, griff sie auch nach ihrem Handy. Sie hatte zwei Nachrichten bekommen, eine von Brittany, die sie fragte, ob sie etwas von Starbucks wollte, und dann noch eine von Weston.

-Ich habe schon ein paar Ideen - hatte er geschrieben und Aullie war froh, dass es ein normaler Smiley und kein Zwinkersmiley war. *–Ich rufe dich am Montag an, dann können wir eine Uhrzeit ausmachen. Aber jetzt steige ich gerade in einen Flieger ein und habe vielleicht bis morgen Abend keinen Empfang mehr. Schönes Wochenende.-*

Aullie war sogar froh darüber, ein paar Tage Ruhe zu haben, um zu überlegen, ob eine Beziehung mit einem Mann, der so viel zu heiß für sie war und für seinen fancy Job anscheinend auch mal auf Geschäftsreise ging, ihre Zeit wert war.

Leider, dachte sie mit einem bitteren Lächeln, während sie ihre Wohnung verließ, sind wir Künstler nicht gerade für unsere logische Denkweise bekannt.

KAPITEL 9

Das Wochenende bestand aus nichts anderem als Arbeit, Kaffee und wunden Füßen. Als es Montagmorgen wurde, freute Aullie sich sogar über eine Mail, in der ihre Kurse an diesem Tag abgesagt wurden. Obwohl sie sich sonst immer ärgerte, wenn eine Gelegenheit zum Schaffen an ihr vorbeiging, war sie heute so müde und wund, dass sie fast hoffte, Weston würde sich nicht melden und ihr erlauben, den ganzen Tag in ihre Decke eingewickelt zuzubringen.

Natürlich war der heiße Brite zum Klatschthema Nummer 1 im Tackleman's geworden. Aullie war so dankbar, dass Brittany schlau genug gewesen war, niemandem von seinem Vermögen zu erzählen. Wenn sie das getan hätte, hätte Aullie darauf geschworen, dass einige sich auf der Stelle in ihn verliebt hätten, und sie hätten nie mehr davon aufgehört. Aber ihre Ermutigungen hatten sie darin bestärkt, sich noch einmal mit Weston zu treffen.

Gegen Mittag beschloss Aullie schließlich aufzustehen, obwohl es sie leicht überraschte, dass sie noch nichts von ihm gehört hatte. Sie kochte sich einen energiespendenden Tee und zündete ein paar Räucherstäbchen an, froh über die Freizeit, in der sie nun ein wenig Yoga machen konnte. Sie rief die Yoga-App auf ihrem Handy auf und

verbrachte dann eine halbe Stunde damit, sich zu verrenken, zu stre-
cken und zu dehnen – zum ersten Mal seit Wochen.

Während sie in der Savasana-Pose dalag und sich bewusst von
Kopf bis Fuß entspannte, wandte sie ihre Gedanken nach innen. Ihr
wurde klar, wie viele Bereiche es in ihrem Leben gab, auf die sie zu
wenig Zeit verwendete. Kein Wunder, dass ich in letzter Zeit so
schlecht drauf bin, dachte sie.

Sie stand auf, berauscht von den Endorphinen des Sportes, ging
in ihre winzige Küche und durchsuchte den Kühlschrank. Viel gab es
dort nicht zu holen; sie musste wirklich mal wieder einkaufen gehen.
Allerdings setzte sich der Hunger gegen die nörgelnde Stimme in
ihrem Kopf durch, die sie daran erinnerte, endlich wieder gesund zu
essen, während sie sich ein Fertiggericht in der Mikrowelle zuberei-
tete. Es ist doch nur eine Hühnerbrust und Kartoffelbrei, wie
schlimm kann das schon sein?, rechtfertigte sie sich.

Bruce stand auf und streckte seinen gestreiften grauen Rücken zu
der nackten Betondecke hinauf, während Aullie sich neben ihm auf
der Couch niederließ. Das weiche Plastik verrutschte und verbog
sich, während sie ihr Essen in mundgerechte Stücke schnitt und alles
vermischte, sodass es nur noch ein brauner, soßendurchtränkter
Haufen war.

Dann aß sie, ihr träger, erschöpfter Körper dankbar für das fade
Essen, und sah auf ihr Handy. Es war kurz nach eins und immer noch
hatte sie keine Nachricht von Weston. Sie fragte sich, ob sie ihn
anrufen sollte, verdrängte den Gedanken aber sofort wieder. Das war
alles seine Idee gewesen, er hatte fast zu sehr darauf bestanden.

Doch was sollte sie jetzt tun? Es gab ein häusliches Malprojekt,
das sie nächste Woche einreichen musste und mit dem sie dummer-
weise noch nicht einmal angefangen hatte. Das Medium ihrer Wahl
war schon immer die Ölmalerei gewesen, ihre Textur und die Tiefe,
die sie bot, waren unvergleichlich, aber sie war berüchtigt dafür, dass
sie besonders lang zum Trocknen brauchte. Sie würde die unterste
Schicht in Acryl malen müssen, was wesentlich schneller trocknete,
und dann mit Ölfarbe weiterarbeiten, um das Gemälde fertigzu-
stellen.

Nachdem sie ihre Staffelei auf einer Plane aufgebaut hatte, um den Boden nicht dreckig zu machen, wählte Aullie eine mittelgroße Leinwand aus ihrem Vorrat aus. Sie ging oft zu Kunstflohmärkten und kaufte sich dort jede Menge, also hatte sie leere Leinwände immer zur Genüge.

Das Thema des Gemäldes sollte strukturelle Abstraktion sein und das bedeutete, dass den Studenten freie Hand gelassen wurde. Sie dachte an ihre Skizze des Hirsches von neulich zurück; wenn sie die Zeichnung ein bisschen weniger detailliert ausführte und die fehlenden Beine in einen bunten Hintergrund übergehen ließ, könnte es funktionieren.

Aullie trat einen Schritt zurück, betrachtete die Leinwand und dachte darüber nach, wie sie sich eigentlich fühlte. Eine Farbe schoss ihr durch den Kopf und dann eine zweite. Gelbliches Grün und ein warmes, entspannendes Blau. Schon bald hatte sie eine Palette gemischt und die ozeanischen Farben verschwammen ineinander, die zuvor leblose, weiße Fläche erstrahlte in lebendigen Farben. Der plastikartige Geruch des Acryls lag in der Luft und Aullie fühlte sich von der Muse geküsst.

Eine ganze Stunde verging, bevor sie wieder aus ihrer Trance erwachte, sie hatte sich wirklich verausgabt. Das Frustrierendste im künstlerischen Schaffensprozess war wahrscheinlich die Zeit, die man warten musste, dass das Gemälde trocknete, während die Inspiration und die Schaffenslust erst einmal auf Eis gelegt werden mussten.

Nun waren zwei Stunden verstrichen und er hatte sie immer noch nicht angerufen.

Aullie akzeptierte, dass sie ihn an diesem Tag wahrscheinlich nicht zu Gesicht bekommen würde. Sie war etwas enttäuscht, war sich aber sicher, dass er einen triftigen Grund dafür hatte. ‚Wahrscheinlich ist er mit seinem dicken Job beschäftigt', dachte sie verbittert.

Doch als sie gerade dabei war, sich in Selbstzweifeln zu verlieren, klingelte ihr Telefon. Er war es doch. Sie fühlte sich auf einmal dumm und nahm den Anruf an, um ihn höflich zu grüßen. „Hallo?"

„Hey Aullie", sagte er und sie konnte hören, dass er ganz außer Atem war. „Tut mir leid, dass ich erst so spät anrufe. Ich hoffe, du hast es dir nicht anders überlegt und dir inzwischen etwas anderes vorgenommen."

‚Also ist er wunderschön *und* kann Gedanken lesen', sinnierte sie. „Nein, noch nicht", witzelte sie.

„Gut, das freut mich." Aullie könnte hören, wie er in den Hörer lächelte.

„Und … was machen wir dann heute?", fragte sie, während kleine Schmetterlinge in ihrem Bauch zu flattern begannen.

„Na ja, ich habe eine Überraschung für dich, wenn du das in Ordnung findest."

Aullie hasste Überraschungen, aber wenigstens gab er sich Mühe. „Klar, um wieviel Uhr?"

„Wie schnell kannst du fertig sein?", fragte er.

„Wahrscheinlich in …" Sie verstummte, als ihr wieder einfiel, wie ungeduscht sie war. Sie war sich noch immer nicht ganz sicher, was sie von der Sache erwarten sollte, beschloss aber, dass sie nicht ihre Haare dafür waschen würde. „In einer halben Stunde?"

„Super, der Käfer und ich holen dich dann ab."

Aullie lächelte. „Super. Bis dann."

Nachdem sie aufgelegt hatte, sprühte sie sich Trockenshampoo auf den Haaransatz und bürstete es durch. Während Aullie ihren kurzen Pony zu einem engen Zopf verflocht, dachte sie über die Entscheidungen nach, die sie eher unterbewusst fällte. Sie hatte beschlossen, ihm ihr ganzes Gesicht zu zeigen, ihn möglichst früh in der Beziehung in einem natürlichen Zustand zu begegnen. Es war fast so, als wolle sie ihn herausfordern, es sich noch einmal anders zu überlegen, als wolle sie die magische Kraft brechen, die sie auf ihn auszuüben schien.

Sie beschloss, dass das in Ordnung für sie war.

10
―――――

KAPITEL 10

Aullie ließ sich auf den alten Beifahrersitz des Käfers fallen. Weston lächelte sie vom Fahrersitz aus an, das Haar leger nach hinten gekämmt, die haselnussbraunen Augen voller Bewunderung, und zeigte ihr seine für einen Briten ganz untypischen geraden, weißen Zähne. Selbst in einem rot-weißen Raglan-T-Shirt und Jeans sah er aus wie ein Million-Dollar-Baby. ‚Oder Milliarden-Dollar-Baby, schätze ich', dachte sie.

„Bist du soweit?", fragte er.

„Jap", antwortete sie und gab sich Mühe, dass ihre Stimme nicht verriet, wie nervös und unsicher sie war.

Weston rüttelte an der Schaltung herum und der tattrige alte Käfer ächzte und stöhnte, als sie anfuhren. Die Heizung brummte laut und pumpte heiße, trockene Luft ins Auto.

Während er fuhr, hielten sie Small Talk und es war zunächst ein wenig neutral und unbehaglich. Das Wetter wurde tatsächlich kälter, der Winter war unterwegs und es war ja unglaublich, wie früh manche Leute schon die Weihnachtsdeko hinaushängten, außerdem waren alle Geräusche, die der Käfer von sich gab, so ziemlich normal.

Als sie sich der Innenstadt näherten, konnte Aullie es nicht mehr erwarten. „Wo fahren wir hin, Weston?"

„Na gut, ich kann es dir auch gleich sagen. Es findet eine Wassily-Kandinsky-Ausstellung statt und laut Wikipedia ist er der erste echte abstrakte Maler und ein Genie der Kunsttheorie, der die Expressionskunst revolutioniert hat. Ich habe keine Ahnung, was das alles bedeutet, aber ich habe mir gedacht, du könntest es mir ja erklären.

Aullie wurde auf einmal ganz aufgeregt. Kandinsky war einer ihrer absoluten Lieblingsmaler, eine ihrer größten Inspirationsquellen, und als sie und ihre Freunde versucht hatten, Karten für die Ausstellung zu bekommen, waren sie bereits ausverkauft gewesen. Sie hätte sich wahrscheinlich fragen müssen, wie er an die Karten rangekommen war, aber sie freute sich zu sehr, um sich dafür zu interessieren.

„Ist das dein Ernst?"

Er grinste sie teuflisch an. „Ja, das ist es."

Er parkte den Käfer direkt vor dem Kunstmuseum. Die grauen Wolken und das silbrige Sonnenlicht, das an einigen Stellen durch sie drang, wurden von der Glasfassade des wunderschönen Gebäudes gespiegelt. Es war so ein einzigartiges Gebäude, eigens angefertigt von einem ausgefallenen, modernen Architekten, dass es ein Kunstwerk war, das sich ausgezeichnet eignete, um Kunstwerke zu beherbergen.

Immer noch überglücklich bemühte Aullie sich, nicht nervös auf und ab zu hüpfen, während sie in der Schlange vor dem Kartenabreißer warteten. Als sie endlich drinnen waren, klebte Aullie sich einen kleinen, quadratischen Sticker unter die linke Brusttasche ihrer weinroten Knopfbluse, der sie zum Eintritt in das Museum befugte.

„Wo würdest du gerne als erstes hin?", fragte Weston und stellte sich dicht neben sie. Ihre Schultern berührten sich fast, aber Aullie hatte nicht das Gefühl, er würde ihre Privatsphäre beeinträchtigen.

„Nun, du hast mich schließlich um eine Unterrichtsstunde gebeten, warum gehen wird also nicht erst in die Ausstellung und dann kann ich dir noch den Rest des Museums zeigen; ich komme oft hierher."

„Das habe ich mir gleich gedacht", sagte er mit einem entzückenden Lächeln. „Dir nach."

Aullie war sich beinahe sicher, dass er das nur eingefädelt hatte, damit er hinter ihr hergehen konnte. Sie trug eine dunkle, enge Jeans, auf deren Potaschen weiße Adlerflügel gestickt waren, beinahe wie ein Arschgeweih. Sie hatte schon mehrmals Komplimente dazu bekommen, spürte auch nun seinen Blick auf ihren Hüften und betonte ihren Hüftschwung ein wenig stärker. Sie war sich sicher, dass er Verlangen nach ihr verspüren musste, dass sie sexuelle Macht über ihn hatte, und es stärkte ihr Selbstbewusstsein und sie entspannte sich mehr.

Die Gastausstellungen fanden immer im dritten Stock statt und sie eilten die Treppen hinauf, über denen silberne Dekorationen aufgehängt waren. Die nackten, weißen Treppenstufen leuchteten im Sonnenlicht, das sich an den silbernen Verzierungen brach, und es fühlte sich fast so an, als befänden sie sich in einer Schneekugel. Es war wunderschön.

„Hier sind wir", sagte Aullie und öffnete die Tür zur Gastausstellung. Direkt vor ihr war ein riesiges Porträt von Wassily Kandinsky angebracht, in einem alten Sepiadruck. Er war ein unauffälliger Mann mit einem schmalen Kinn, einer runden Drahtbrille und einem ausdruckslosen Gesicht. Darunter war in Schreibmaschinenschrift eine Biografie des russischen Künstlers angebracht.

Das erste Gemälde war ohne Rahmen an einer beigen Wand angebracht und ein einzelnes, weiches Licht beleuchtete es von oben. Es war ein Raster im Verhältnis drei zu vier von Quadraten mit Kreisen in verschiedenen Größen und Farben.

„Das ist aber interessant", sagte Weston, obwohl er ein wenig unsicher klang.

„Witzigerweise heißt es einfach nur Quadrat in Mittigen Kreisen", antwortete Aullie.

„Das ist aber ein passender Name", witzelte er.

Der Großteil der Besucher waren ältere, schick angezogene Frauen, und Aullie schämte sich auf einmal für ihre Jeans. Diskret legte sie ihre Hände auf ihren Po und sie gingen durch das Labyrinth von Wänden, das Kunstmuseen immer konstruierten, um die Fläche eines Raumes zu vergrößern.

Sie redeten und kicherten leise, um die alten Damen nicht zu stören, und blieben dann vor einem neuen Bild stehen, einem interessanten Werk aus geometrischen Figuren auf einem schmutzig-weißen Hintergrund. Es hieß Der Reiter und Aullie wies Weston auf die vagen Formen in der Mitte hin, die den Kopf eines Pferdes und seinen Jockey repräsentierten.

„Es ist wirklich unglaublich", sagte Weston voller Bewunderung. „Ich meine, ich habe keine künstlerische Ader, also finde ich es immer toll, solche Dinge zu sehen. Zu sehen, wie andere Menschen die Welt sehen."

„Genau deshalb liebe ich es so sehr", schwärmte Aullie. „Es gibt so viele unterschiedliche Ansichtsweisen, so viele unterschiedliche Ideen und Visionen und Fehler und Leidenschaften. Zum Beispiel dieses hier." Sie zeigte auf ein dunkles Abstrakt in Brauntönen, durch das sich Streifen in lebendigen Farben zogen. „Komposition 6. Es hat keine Struktur, kein Subjekt. Diese Farben, diese Muster, so, wie das alles zusammenpasst, das ist pure Emotion. Ist es nicht wunderschön?"

„Ja", sagte Weston, schaute dabei aber nicht das Bild an, sondern sie. „Das ist es wirklich."

Oh, seine Stimme raubte ihr einfach den Verstand. Aullie wurde rot und senkte den Blick, sie wünschte sich fast, sie hätte ihren Pony nicht geflochten, damit sie sich dahinter verbergen konnte. Langsam und sanft trat Weston einen Schritt auf sie zu und legte seinen Arm um ihre Taille. Zunächst versteifte sie sich unter seiner Berührung, aber dann entspannte sie sich und schmiegte sich an ihn. Er war warm und so groß, dass sie mit dem Kopf kaum seine Schulter erreichte, und sein dunkler, herber Duft war heute besonders berauschend. Sie wusste nicht, was genau es war, aber sie fühlte sich langsam wie er: verzaubert. Beinahe so, als hätte sie jemand mit einem Zauber belegt.

Das Paar schlenderte durch die restliche Kandinsky-Ausstellung, wobei Aullie besonders von den Werken und Weston von Aullies

Leidenschaft beeindruckt war. Das seltsame, junge Band zwischen den beiden verstärkte sich noch, die Anziehung wurde noch magnetischer. Als sie zum Ende der Ausstellung kamen, hatten sie ihre Finger sanft verschränkt und Aullie stellte überrascht fest, wie gut und glücklich sie sich fühlte.

Sie gingen die Treppen wieder hinunter und ließen sich in jedem Stockwerk Zeit, die unterschiedlichen Kunstwerke zu betrachten; kühne Kunst von den amerikanischen Ureinwohnern in erdigen Farbtönen, grelle Klassiker des Expressionismus und riesige Zimmer, die bis an die Decke mit über hundert Jahre alten Porträts behangen waren. Sie unterhielten sich ungezwungen, bis Weston seine Ärmel nach oben krempelte.

Eine Zeit lang hatte Aullie es geschafft, Abstand von ihren Ängsten zu nehmen, aber die fette Rolex, die er um sein Handgelenk trug, brachte sie unsanft wieder auf den Boden der Tatsachen zurück. Beinahe unwillkürlich ließ sie seine Hand los und wurde still und reserviert.

Weston war nicht dumm, das musste sie eingestehen. Er bemerke ihr Verhalten sofort und folgte ihrem Blick, der sich an seine Uhr geheftet hatte.

„Verdammt", murmelte er und rollte seinen Ärmel wieder nach unten, um die protzige Armbanduhr zu verstecken. „Ich habe vergessen, dass ich die anhatte. Tut mir leid."

„Du musst dich nicht entschuldigen, ist schon in Ordnung", log sie. Doch die Stimmung war dahin, auch wenn sie wünschte, dem wäre nicht so.

„Diese Sache mit dem Geld ist wirklich ein Problem für dich, oder?", fragte Weston und blickte sie enttäuscht aus seinen goldbraunen Augen an.

„Ich weiß nicht", sagte sie und der Druck seines traurigen Blickes machte ihr zu schaffen. „Ich hoffe nicht, aber ich habe echt tiefe Wunden, was das angeht. Und ehrlich gesagt ist dein Vermögen auch ziemlich einschüchternd. Ich bin Künstlerin. Die Wahrscheinlichkeit, dass ich je auch nur einen winzigen Teil deines Gehaltes verdienen werde, ist so gering ..."

Er legte seine Hände sanft auf ihre Schultern und blickte ihr in die Augen. Die Anziehung zwischen ihnen war so magnetisch und Aullie wünschte, sie könnte es einfach ignorieren.

„Das ist mir egal", sagte er.

„Kann es ja auch sein." Sie zuckte mit den Schultern. „Aber mir eben nicht."

Aullie wollte sich von ihm abwenden, wollte davongehen, aber er musste sie noch nach Hause fahren und zu Fuß vom Museum war es ein ganzes Stück. Sie war sich nicht sicher, was sie tun sollte.

„Können wir es wenigstens versuchen?", fragte Weston und hob sanft ihr Kinn.

Bevor sie ihm antworten konnte, hatte er seine Lippen bereits auf die Ihren gelegt. Der Kuss fing sanft an, wurde aber immer leiden-schaftlicher. Die Luft zwischen ihnen wurde immer heißer und Aullie genierte sich fast, einen derart leidenschaftlichen Moment an einem öffentlichen Ort zu erleben. Er zog sie an sich; er war so groß und warm, und sein Duft legte sich wie eine sanfte Wolke um sie. Sie fühlte sich geborgen.

Weston löste sich von ihr. Aullie beugte sich vor, ihre Lippen hatten ihren eigenen Willen entwickelt und waren anscheinend noch nicht bereit, den Kuss zu unterbrechen.

„Willst du woanders hingehen?", fragte er. „Du hast mir schon Unterricht gegeben, aber jetzt möchte ich gerne ein paar von deinen Kunstwerken sehen."

Immer noch benommen willigte sie ein. „Ja, klar."

KAPITEL 11

Als der Käfer schließlich vor dem Wohnblock parkte, hatte Aullie schiere Panik überkommen. Natürlich, sie zeigte ihre Kunstwerke oft ihren Freunden, ihrer Mutter und ihrem Bruder, aber nur ganz selten irgendwelchen Typen, mit denen sie sich traf. Normalerweise interessierten sie sich nicht dafür und das war in Ordnung für sie. Vor allem, nachdem ihre letzte Ausstellung so ein Flop gewesen war, hatte sie an Selbstvertrauen verloren, und auf ihre Wohnung war sie noch weniger stolz.

Hatte sie alle Tassen in die Spüle gestellt? Oder waren sie überall in der Wohnung verteilt, wie kleine Ostereier, so wie immer? Sie wusste, dass sie ihr Bett nicht gemacht hatte. Sogar ihre Staffelei stand noch mitten im Zimmer.

Verdammt, dachte sie bei sich. Sie wünschte sich nichts sehnlicher, als eine Ausflucht, mit der sie ihn noch eine Weile von ihrer Wohnung fernhalten konnte, mit der sie den überreichen, überheißen Mann von ihrem Schuhkarton von einer Wohnung ablenken konnte. Aber ihr fiel nichts ein; sie waren schließlich schon da, und was hätte sie auch sagen sollen? Nun, redete sie sich zu, du wolltest doch, dass er dich in natürlichem Zustand sieht. Jetzt wird er auf die Probe gestellt.

Weston hielt ihr die Tür auf und schenkte ihr ein perfektes, charmantes Lächeln. Aullie hoffte, dass es nicht zu angestrengt wirkte, als sie sein Lächeln erwiderte, während er sanft ihre Hand packte und ihr half, sich aus dem niedrigen Sitz zu erheben.

„Dir nach", sagte er und gestikulierte in Richtung des unscheinbaren Gebäudes. Aullie ging vor ihm her an der Seite des vordersten Gebäudes entlang.

Sie wohnte in dem Gebäude hinten links, am hintersten Eck des zweiten Stockes. Sie hatte das Gefühl, sie bräuchten eine Ewigkeit, um ihre Wohnung zu erreichen, und ihr Schamgefühl wuchs mit jedem Schritt. Die metallenen Stufen klirrten laut, während sie sie erklommen, und sprachen Bände über die schlechte Qualität des Bauwerkes.

„Also dann", sagte sie und atmete tief ein, während sie den Schlüssel im Schloss der abgenutzten Tür umdrehte. „Da wären wir."

Weston sah neugierig und gut gelaunt aus, beinahe aufgeregt, als sie die quietschende Tür öffnete und sie in die bunte, geheime Welt eintraten. Es war, wie sie es befürchtet hatte – im Inneren herrschte Chaos. Ihre ausgefallenen Tassen waren überall im Raum verteilt, ihre Arbeitsjeans waren einfach auf dem Boden liegen gelassen worden, wo sie am Abend zuvor aus ihnen geschlüpft war, und ihre verrückt gemusterte Steppdecke hing seitlich an ihrem Bett herunter. Kleine, rote Punkte der Schamesröte befleckten ihr Gesicht, während Weston hinter ihr eintrat.

„Es ist sehr ... bunt." Er musterte die Kunstwerke an den Wänden. „Sind die alle von dir?"

„Ja", antwortete Aullie. „Manche davon sind Projekte aus der Schule, manche sind meine eigenen Kreationen. Ich habe versucht, sie bei verschiedenen Ausstellungen zu verkaufen, aber fürs Erste werde ich sie noch hier aufbewahren."

„Sie sind wunderschön", bemerkte er voller Bewunderung. „Ich kann gar nicht glauben, dass du die wirklich alle gemalt hast. Warum konntest du sie nicht verkaufen?"

Seine Frage war das sprichwörtliche Salz in ihrer Wunde. Aullie versuchte, einen passiven Gesichtsausdruck aufzusetzen und zuckte mit den Schultern. „Keine Ahnung", antwortete sie knapp.

Weston bemerkte ihre Verstimmung nicht, er war immer noch von den Werken an den Wänden fasziniert. Seine Augen waren geweitet und er schien die Gemälde ernsthaft zu bewundern. „Deine Wohnung finde ich auch toll, sie ist echt interessant."

So kann man es auch sagen, dachte Aullie. Ihre ganze Wohnung war wahrscheinlich so groß wie sein Schlafzimmer. Ihre ganze Wohnung war im Grunde ihr Schlafzimmer, da sie sich nicht einmal leisten konnte, eine Wohnung mit mehr als einem Zimmer zu mieten. Was hatte sie sich bloß dabei gedacht, ihn hierherzubringen? Warum hatte sie ihm wieder vorgeführt, in welch unterschiedlichen Ligen sie spielten, wie unterschiedlich ihre Leben waren?

Als Weston sich zu ihr umdrehte, hatte Aullie befangen die Arme vor der Brust verschränkt. Ihrem Gesicht konnte er vermutlich ihren inneren Aufruhr ablesen, denn er runzelte die Stirn und fragte, „Was ist los?"

„Nichts", sagte sie und zuckte wieder mit den Schultern.

Er glaubte ihr kein Wort. Weston kam auf sie zu, strich ihr eine Strähne hinter das Ohr und beugte sich dann vor, um ihren Blick zu erhaschen. „Was?", fragte er erneut.

„Immer noch der gleiche Kram", schüttelte sie schließlich den Kopf. „Diese Wohnung sieht wahrscheinlich lächerlich aus für dich. Sie passt wahrscheinlich in deinen Kleiderschrank. Und dann ist sie noch vollgemüllt mit buntem, verrücktem Billigscheiß ..."

„Hey", sagte er und schlang seine Arme sanft um ihre Hüften. Sie musste zugeben, dass sich das gut anfühlte, aber sie musste immer noch den Impuls unterdrücken, sich von ihm zu lösen. „Erstens ist mir das alles nicht wichtig. Wirklich nicht. Und zweitens: Für wie groß hältst du meinen Kleiderschrank?"

Sie musste lachen.

„Außerdem mag ich dich. Dich. Und diese Wohnung reflektiert dich perfekt."

Seine haselbraunen Augen blickten warm auf sie herab und seine Stimme war so seidig und geschmeidig, wie sein Lächeln sexy war.

Als er sich vorbeugte, um sie zu küssen, kam Aullie ihm auf halber Strecke entgegen.

Er hatte die richtigen Worte gefunden, er hatte gesagt, was sie hören musste, und sie genoss es, ihre Lippen auf seine zu legen. Weston zog sich enger an sie heran und Aullie legte ihre Arme um seinen Hals, während ihr Kuss immer leidenschaftlicher wurde und sich immer mehr Spannung zwischen ihnen aufbaute. Ihre Körper bewegten sich miteinander, wiegten sich fast in einem verführerischen Tanz. Seine Hände glitten noch weiter nach unten und umfassten ihren kleinen Knackpo, während sie ihre Hüften an ihm rieb.

Es fühlte sich so anders an, bemerkte sie, sich hier in ihrer Wohnung mit ihm zu küssen, als vorhin in der öffentlichen Galerie. Sein Körper war stramm, er verbrachte offensichtlich viel Zeit im Fitnessstudio, und Aullie ließ ihre Hände über seine festen, aufgepumpten Brustmuskeln gleiten. Seine Zunge erkundete langsam und sinnlich ihren Mund.

Als er sich von ihr löste, seufzte sie. Aullie war noch nicht bereit, aber als ihr Mund sich auf ihren Hals drückte, gaben ihre Knie beinahe nach. Sie wurden beide noch heißer, als er mit sanften Küssen ihr Schlüsselbein nachfuhr. Westons Hände strichen wieder zu ihrer Taille hinauf und er hob ihr T-Shirt an.

Als seine Lippen über ihren Bauch strichen, knapp über ihrem Hosenbund, spürte sie etwas weiter unten ein Flattern. Es war so unglaublich erotisch, dass sie das sanfte Stöhnen nicht zurückhalten konnte, das ihr entfuhr. Aullie beugte sich über ihn und vergrub ihre Finger in seinem goldenen Haar. Er küsste sie noch einmal und löste sich dann plötzlich von ihr.

Vom Rausch der Endorphine war Aullie ganz schwindelig geworden, und sie fühlte sich, als hätte sie die Orientierung verloren. Sie konnte nichts anderes denken als: Wo gehst du hin und warum?

Er stand auf, wandte seinen Blick ab und rückte seinen Hosenbund zurecht, hoffentlich um seine eigene Erregung zu verstecken.

„Warum hörst du auf?", fragte sie atemlos.

„Hör mal", sagte er und strich mit seinen Händen durch sein Haar. „Ich mag dich, Aullie. Ich mag dich wirklich."

Er hielt kurz inne und sie wurde plötzlich unsäglich unsicher; jetzt würde er ihr gleich sagen, dass er sie nicht sexuell attraktiv fand oder irgendetwas anderes, was ihren verletzlichen Zustand verschlimmern würde.

Doch zu ihrer großen Erleichterung sagte er: „Ich habe das schon einmal versaut. Ich will jetzt nichts mehr tun, was dich verstören könnte oder dich auf den Gedanken bringen, ich wolle nur Sex. Ich will nichts überstürzen."

Himmel, dieser Akzent, sie hätte ihm stundenlang zuhören können. Ihr Kopf verstand, was er sagte, aber die Hitze, die sich in ihrer Mitte ausbreitete, war ganz und gar nicht einverstanden.

„Ja", nickte sie und atmete immer noch schwer. „Das hört sich gut an."

Weston kicherte leise und ein liebevolles Lächeln legte sich über sein schönes Gesicht. „Du bist noch schöner, wenn du so ... durcheinander bist." Seine Stimme war süß und lieblich wie Honig. Aullie hätte sie am liebsten in ihren Tee geträufelt und getrunken.

„Ich sollte gehen", sagte Weston. Er drückte ihr einen Kuss auf die Stirn.

Immer noch sprachlos und außer Atem drehte Aullie sich um und sah ihm zu, wie er auf die Tür zuging. In diesem Augenblick sprang Bruce aus einem der Küchenschränke hervor, den Schwanz gehoben und versessen darauf, sich aus der Tür zu schleichen, wenn Weston ging. Er spitzte die Ohren und begrüßte den Fremden mit einem sanften Miauen; ohne Zweifel wollte er sich bei ihm beliebt machen, damit er ihn vielleicht hinauslassen würde.

„Hallöchen, mein Kater." Weston ging in die Hocke und kratzte Bruces weichen, grauen kleinen Kopf hinter seinen spitzen Ohren. Als Aullie ihn so sah und sah, wie lieb er mit ihrem Haustier umging, zog sie zum ersten Mal in Erwägung, ihm eine richtige Chance zu geben.

Ihrer Erfahrung nach waren reiche Typen oberflächlich, aber je mehr Zeit sie mit ihm verbrachte, desto klarer wurde ihr, dass er das wirklich nicht war. Sie erfreute sich einen Augenblick an dem Anblick, bevor sie die Katze zu sich rief.

„Komm her, Bruce." Sie klatschte in die Hände und schnalzte mit der Zunge. „Du kannst jetzt nicht nach draußen, Süßer."

„Hör auf deine Mama, Kätzchen." Weston packte den Kater sanft an den Flanken und drehte ihn zu Aullie um. Dann tätschelte er sanft seinen flauschigen Po und der verärgerte Kater miaute protestierend und ging missmutig auf seine kichernde Besitzerin zu.

Weston legte seine Hand auf die Türklinke und drehte sich zu ihr um. „Es hat mir mit dir heute echt Spaß gemacht, Aullie. Ich hoffe wirklich, dass du mir die Gelegenheit gibst, noch mehr Zeit mit dir zu verbringen."

„Ja." Aullie nickte. Dann lächelte sie verlegen und sagte: „Das fände ich schön."

Mit seinem sexy Akzent erwiderte er: „Gut." Dann drückte er die Klinke herunter und ging nach draußen, wobei er seinen breiten Körper durch einen schmalen Spalt zwängte, um den Kater nicht an sich vorbeizulassen.

Als er weg war, sperrte Aullie die Tür hinter ihm ab und fühlte sich wie die Protagonistin einer albernen Rom-Com, als sie sich daran lehnte und lächelte.

KAPITEL 12

Dienstags hatte sie frühmorgens zwei Stunden und danach eine Schicht in der Bar. Diese Schichten waren normalerweise ziemlich schlecht besucht, aber zu ihrer Überraschung war der Laden an diesem Abend vergleichsweise belebt. Als sie am Mittwoch immer noch auf Wolke Sieben schwebte, beschloss sie, sich etwas zu gönnen.

Mit Weston lief immer noch alles gut, er schrieb ihr oft genug und seine Nachrichten hatten genau das richtige Maß an Verspieltheit und Sinnlichkeit. In den letzten sechsunddreißig Stunden hatte nichts Aullie an der Richtigkeit ihrer Entscheidung zweifeln lassen, dem heißen Briten noch eine Chance zu geben.

Sie durchwühlte ihren chaotischen Kleiderschrank und fand darin ihre Lieblingsschuhe; ein Paar abgenutzte, weiße Chucks, die sie mit Edding bemalt hatte, als sie noch in der Schule gewesen war. Sie zog sie an, steckte sich ein wenig Geld in die Hosentasche und beschloss, einen Spaziergang zu machen.

Das Wetter war schön, es war vermutlich einer der letzten schönen Tage, bevor der Winter alles in Beschlag nahm. Die Luft war frisch, aber nicht eisig, und braune Blätter bedeckten die Gehsteige.

Aullie schloss den Reißverschluss ihrer ausgebeulten Kapuzen-

jacke und spazierte die Straße entlang. Am Ende der Straße befand
sich ein Kunstladen, in dem es speziellere Waren als in einem typischen Warenhaus gab. Sie verkauften gute Bleistifte, Farben von
höherer Qualität und Pinsel, und Aullies College war definitiv einer
der Gründe, warum es so gut bei ihnen lief.

Während ihre rhythmischen Schritte sie zu dem Laden trugen,
stellte Aullie im Geiste eine Liste der Dinge auf, die sie brauchte, und
dann noch eine kleine Liste der Dinge, die sie wollte. Sie fragte sich,
ob das plötzliche Schönwettergefühl in ihrem Leben, ihr neugefun-
denes Selbstbewusstsein und Glücksgefühl mit Weston zu tun
hatten.

Wenn sie ehrlich zu sich war, hatte sie sich ihr ganzes Liebesleben lang unter Wert verkauft; sie war mit jedem Typen ins Bett
gegangen, bei dem es irgendwie gefunkt hatte, aber sie hatte nie eine
echte Bindung oder Beziehung aufgebaut.

Sie wusste, dass es zu früh dafür war, zu wissen, ob sie ihn liebte,
aber zum ersten Mal seit langem hatte sie wirklich das Gefühl, ihre
Gefühle für ihn könnten sich weiterentwickeln. Es bestand tatsächlich die Möglichkeit, dass sie ihn eines Tages lieben würde, und
dieser Tag war gar nicht weit entfernt.

Das Geschäft, das sie aufsuchen wollte, befand sich im örtlichen
Einkaufszentrum und lag zwischen einem billigen Nagelstudio, in
dem Brittany öfters aufzufinden war, und einer winzigen Poststelle.
Am anderen Ende des Einkaufszentrums befand sich ein kleines
Café mit großen, offenen Fenstern. Aullie ging manchmal dorthin,
um Skizzen anzufertigen. Das Café hatte große, lederne Stühle, es
roch immer nach Kaffee und Vanille und die Atmosphäre war bedeu-
tend entspannter als bei Starbucks.

Als Aullie um die Ecke ging, fiel ihr Blick durch die Fenster des
Cafés und sie betrachtete mit leichter Neugier die Besucher. Auf
einmal hätte sie schwören können, dass auf einem der Stühle an den
hohen Tischen im hinteren Teil des Cafés Weston saß. Dann sah sie
noch einmal genauer hin und bemerkte, dass er es nicht war – nur
ein Kerl mit einer ähnlichen Haarfarbe.

Aullie schüttelte den Gedanken ab und lachte über sich selbst.

Verwandelte sie sich nun in einen liebeskranken Teenager? Sah sie ihr Herzblatt nun schon überall, weil sie nicht aufhören konnte, an ihn zu denken? Das sah ihr gar nicht ähnlich und sie war solches Verhalten nicht gewohnt, aber komischerweise störte es sie nicht. Ich verdiene das auch mal, versicherte sie sich. Es wurde ja langsam Zeit, dass ein wenig Schwung in ihr in letzter Zeit so eintöniges Leben kam.

Bevor sie an dem Café vorbei war, sah sie auf einmal, wie eine umwerfende Frau mit kurvigen Hüften und einem festen Po zu dem Tisch mit dem Kerl hinüberschritt, der aussah wie Weston. Sie hatte langes, wunderschönes, hellblondes Haar, das ihr in sanften Wellen über den Rücken fiel und wahrscheinlich stundenlang gestylt worden war, damit es schließlich so mühelos aussah. Sie trug eine enge Jeans, spitze Absatzstiefel und eine pfirsichfarbene Bluse, die ihre schmale Taille und ihren wogenden Busen betonten.

Der Mann drehte sich zu ihr um und lächelte sie kokett an, während die Frau eine Tasse Kaffee vor ihm abstellte. Sie legte ihre Hand auf sein Knie, um sich auf einen der Stühle zu heben. ‚Was für ein schönes Paar‘, dachte Aullie bei sich.

Aber Moment einmal.

Sie blieb stehen und riss sich zusammen, um ihr Gesicht nicht an der Scheibe plattzudrücken. Als der Mann sich wieder zu seiner wunderschönen Begleitung umdrehte, sah Aullie, dass sie sich vorhin getäuscht hatte.

Der Mann im Café, der Typ, den diese Schönheit gerade betatschte, war Weston!

Der Schock traf Aullie wie ein Schlag ins Gesicht. Klar, sie hatten sich erst zweimal getroffen und es war nicht völlig absurd, wenn er sich mit anderen Leuten traf. Der Gedanke war ihr einfach nicht gekommen. Schließlich hatte er sie so unbedingt wiedersehen wollen.

Sie kam sich auf einmal hochgradig dumm vor. Und wie sollte sie es jemals mit einer Frau diesen Kalibers aufnehmen? Aullie war vielleicht selbstbewusst, aber diese Frau war eine absolute Göttin. Wie konnte ein Mann eine solche Schönheit zurückweisen?

Aullie wurde schlecht. Sie konnte ihre Beine scheinbar nicht dazu überreden, sie von dieser Szene der Liebesidylle wegzutragen, die ihr ein solches Stechen in der Brust bescherte.

Die Frau hatte ihre Arme über ihrem ausladenden Busen verschränkt und blickte auf den Tisch herab. Sie schien zu sprechen, aber sie hatte das Gesicht von Aullie abgewendet.

Als Weston seine Hand auf ihren schlanken Unterarm legte, hatte Aullie genug gesehen.

Jegliche Ausreden, die sie in ihrem Kopf für ihn formuliert hatte, wurden durch diese eine intime Geste sofort disqualifiziert. Sie war durch mit ihm, und zwar endgültig. Sie winkte ihm mit großen Handbewegungen zu, um seine Aufmerksamkeit zu erregen.

‚Wahrscheinlich sehe ich total verrückt aus‘, dachte sie. Doch es war ihr völlig egal. Nach ein paar Sekunden blickte er endlich auf. Sein Gesicht verriet einen Augenblick lang Bestürzung, doch er rührte sich nicht vom Fleck.

Aullie streckte ihm den wütendsten Mittelfinger entgegen, den sie zusammenbringen konnte, und stolzierte davon. Sie bog um die Ecke des Ladens und legte noch einen Zahn zu, während sie nach Hause stampfte.

Weston kam ihr nicht hinterher und sie wünschte sehnlichst, es wäre ihr egal.

13

GOLDESEL

Kapitel 13

Das Erste, was Aullie tat, nachdem sie die Tür hinter sich zugeknallt hatte, war, ihr Handy zu zücken. Sie entsperrte den Bildschirm mit vor Wut zitternden Fingern und tippte dann darauf ein, bis sie Westons Kontaktdaten aufgerufen hatte. Sie scrollte bis zum Ende des Eintrages und wählte dann die Option „Kontakt blockieren" aus.

Ein kleines Fenster öffnete sich, in dem stand: „Sind Sie sicher, dass Sie diesen Kontakt blockieren möchten? Sie werden keine Anrufe, Nachrichten oder Videochat-Anfragen von diesem Kontakt mehr empfangen."

Und wie ich mir sicher bin!, dachte Aullie. *Ich hätte das einfach vor einer Woche tun und mir das Ganze ersparen sollen!*

Sie atmete tief ein, schlug alle Vorbehalte, die sie gegen das Blockieren noch haben konnte, in den Wind und bestätigte. Sie war so aufgeregt, so verletzt, so wütend, dass sie gar nicht wusste, wohin mit sich. Wie hatte sie es nur zulassen können, dass sie ihren Selbstwert über irgendeinen bescheuerten Typen bestimmte?

Sie konnte gar nicht glauben, wie dumm und naiv sie gewesen war. Natürlich traf er sich noch mit anderen. Aullie wusste, dass ihr das egal sein sollte, dass ihre Beziehung in Wirklichkeit noch jung war und sie es sich sogar selbst hätte erlauben können, sich noch mit anderen zu treffen.

Es störte sie vielmehr die Tatsache, dass sie sich so leicht eingeredet hatte, dass der sexy, charmante Milliardär nach gerade einmal eineinhalb Wochen bereits ihre sein könnte. Es war genau, wie sie es die ganze Zeit über befürchtet hatte, sie spielten nicht in der gleichen Liga, und die Frauen, die er sich neben ihr noch aussuchte, unterstrichen das nur noch.

Ich war zu dumm, zu dumm, zu dumm!, schalt sie sich.

Ihre Jeans fühlten sich auf einmal zu eng an; sie riss sie sich vom Leib, fühlte sich rastlos und gereizt. Sie zog auch ihren Sweater und ihren BH aus, ihre Haut war heiß und juckte und Aullie hatte das Gefühl, sie müsse ersticken. Sie fand in einer Ecke ein ausgeleiertes T-Shirt, das ihr Vater ihr als Mitbringsel von einem Golftrip mitgebracht hatte. Der „Pebble Beach"-Print, der es zierte, bröckelte bereits ab. Obwohl sie ihren Vater hasste, war das T-Shirt in schwierigen Zeiten immer ihr Trostspender gewesen.

Vielleicht sollte ich malen, dachte Aullie, während ihre Emotionen die Farben in ihrem Kopf nur so explodieren ließ. Dann schlug sie sich mit der Hand gegen die Stirn. Der einzige Grund, dass sie überhaupt ausgegangen war, waren ihre Malutensilien gewesen, und stattdessen hatte sie einfach Weston den Mittelfinger gezeigt und war nach Hause gestürmt.

Jetzt störte der dumme Idiot auch noch ihren Schaffensprozess, ihren Traum!

Immer noch neben sich stehend fand sie ihr Handy wieder und wählte Brittanys Nummer. Beim dritten Klingeln nahm sie ab und sagte: „Hey, ich wollte dich gerade anruf-"

Aullie unterbrach sie. „Ich habe gerade Weston mit einer anderen Frau gesehen."

„Wie bitte?!" Brittany kreischte so laut, dass Aullie das Handy von ihrem Ohr weghalten musste.

„Ja! Ich bin an dem Café im Einkaufszentrum vorbeigegangen und da saß er mit irgendeiner herausgeputzten Braut, die ihm ans Knie gefasst hat und alles."

„Ach du Scheiße, wirklich?" Brittany klang immer noch entsetzt. „Das hätte ich echt nicht erwartet. Ich dachte, ihr hättet gestern ein Date gehabt. Deshalb wollte ich dich anrufen, um zu hören, wie es gelaufen ist."

„Naja, es ist super gelaufen. Dachte ich zumindest." Aullie tigerte rastlos durch ihre Wohnung. „Er hat mich für eine ‚Kunststunde' ins Museum mitgenommen, und wir haben uns geküsst, und es war toll, dann habe ich ihn noch mit zu mir genommen, weil er gesagt hat, er würde gerne meine Kunst sehen. Er fand sie super, wir haben ein bisschen rumgemacht und wahrscheinlich wären wir noch weiter gegangen, aber er hat abgebrochen und gesagt, er wolle nicht, dass es bei uns nur um Sex geht."

„Das hört sich aber echt toll an. Was ist bloß mit diesem Typen los?"

„Mit ihm ist nichts los. Das ist meine Schuld. Ich hätte es besser wissen müssen. Ich meine, ernsthaft, welche Kellnerin wird schon von einem Milliardär abgeschleppt? Außerdem hatten wir nur zwei Dates. Wir sind ja schließlich nicht verheiratet. Es ist nicht ganz abwegig, wenn er sich mit anderen Frauen trifft." Aullie hörte ihrer eigenen Stimme die Verbitterung und Verletztheit an.

„Ich kann es einfach immer noch nicht glauben. Er wollte dich so unbedingt wiedersehen, man würde meinen, dass er sich kaum so viel Mühe geben würde,wenn es da noch ein anderes Mädel gäbe. Oh Mann, Mädchen, das tut mir echt leid", bekundete Brittany ihr Mitleid.

Gegen Aullies Willen stiegen ihr die Tränen in die Augen. Ihre Stimme zitterte, als sie sagte: „Ich kann es auch nicht glauben. Ich war wirklich dabei, mich in den Typen zu verlieben, Brit, auch wenn das jetzt vielleicht schnell geht. Und du weißt ja, dass ich nicht oft so bin."

„Das weiß ich, Süße. Hat er dir irgendwas gesagt?", fragte sie.

„Keine Ahnung. Ich habe ihn blockiert."

„Krass." Aullie war sich nicht sicher, ob Brittany schockiert oder beeindruckt war. „Du bist ja richtig sauer."

Bevor Aullie etwas erwidern konnte, klopfte es dreimal laut an ihrer Tür, sodass sie zusammenzuckte.

„Jemand ist hier", flüsterte sie. „Und hat gerade geklopft."

„Ach du Scheiße", erwiderte Brittany. „Glaubst du, er ist es?"

„Keine Ahnung. Ich rufe dich zurück."

Ohne sich zu verabschieden, beendete Aullie das Gespräch und legte ihr Handy auf die Ablage. Wie eine Verrückte jagte sie durch die Wohnung auf der Suche nach einer Hose, denn egal, wer es war, sie wollte ihrem Besucher nicht in Unterhosen öffnen. Vor allem bei dieser Kälte.

Sie entschloss sich für die Jeans, die sie vorhin ausgezogen hatte, besser als nichts, und stieg hinein. Ohne sie zu schließen, warf sie einfach ihr überlanges T-Shirt darüber, um ihren geöffneten Knopf und Reißverschluss zu verbergen. Noch zweimal klopfte es an der hölzernen Tür, diesmal mit etwas mehr Nachdruck.

Verdammt, dachte Aullie, während sie auf die Tür zuging und sich auf einen Wutanfall vorbereitete, sollte es Weston sein, und auf Enttäuschung, wäre er es nicht.

Einatmen. Ausatmen. Sie öffnete die Tür.

Da stand er in seiner vollen Pracht, goldenes Haar und goldene Augen. Er sah beinahe übermenschlich aus; seine Haltung, seine Eleganz, sein makelloses Gesicht und die reine Haut. Sein trauriger Blick änderte nichts an Aullies wütendem Funkeln und ihrer rasenden Wut.

„Was willst du hier?", forderte sie.

„Lass mich das erklären …" , brachte er heraus, bevor sie ihn unterbrach.

„Hör mal", sagte sie und hob die Hände in spöttischer Ergebung. „Es ist mir wirklich egal. Du darfst dich gerne mit anderen Frauen treffen, viel Spaß dabei, und du hast ja scheinbar eine glatte 10 eingesackt, aber ich stehe da einfach nicht drauf, ok?"

Aullie legte ihre Hand auf die Tür, um sie zu schließen. Sie hörte ihn noch sagen: „Es ist nicht so, wie es aussieht", aber mehr hörte sie nicht, da sie ihm dann bereits die schwere Holztür vor der Nase zugeknallt hatte. Seine Worte erklangen noch als Gemurmel, also entfernte sie sich so weit von der Tür wie möglich. Es interessierte sie nicht die Bohne, was Weston ihr zu sagen hatte.

Sie hörte ihn immer noch draußen reden, mittlerweile musste er fast brüllen, also schnappte sie sich ihr Handy von der Ablage und schloss es an eine alte Lautsprecheranlage an, die sie manchmal verwendete, wenn sie malte.

„Tut mir leid, Nachbarn", dachte sie, bevor sie die Lautstärke hochregelte und auf Zufallswiedergabe drückte.

Wütende Gitarrenklänge barsten aus den Lautsprechern, ein wenig lauter, als sie erwartet hatte, aber es schien ihr perfekt. Aullie hatte keinen festen Musikgeschmack, sie sammelte gerne Musik in unterschiedlichen Stimmungen, damit sie sich beim Malen inspirieren lassen konnte. Obwohl sie selten wütend malte, war sie nun ausgesprochen dankbar um die Musik und das Zeichen, das sie hoffentlich für Weston setzte.

Wenn er überhaupt noch vor der Tür stand. Sie konnte ihn zumindest nicht mehr hören und das gefiel ihr.

Ich bin durch mit dir, dachte sie glückselig, während sie in ihrer Wohnung herumwuselte und zum lauten Kreischen der Gitarren Tassen einsammelte und Schmutzwäsche wegräumte. *Ein für alle Mal durch!*

Aullie verfiel in einen Rhythmus, während sie ihre Wohnung aufräumte. Sie spielte die Musik immer noch laut, aber der Soundtrack in ihrem Kopf war nur der Klang der Tür, wie sie sie zugeknallt hatte. Wieder und wieder rief sie sich seinen traurigen, erbärmlichen Gesichtsausdruck ins Gedächtnis und dann den lauten Knall, mit dem sie ihn hoffentlich aus ihrem Leben befördert hatte.

Diese emotionale Achterbahnfahrt war einfach zu viel für sie, es brachte eine Seite an ihr zum Vorschein, die sie gar nicht mochte, und sie war froh, dass er weg war.

Und tschüss!

Das redete sie sich zumindest ein.

14

KAPITEL 14

Eine ganze Woche verging. In jeder ihrer sechs Schichten drehte Aullie den ganzen Abend lang durch, bis die Schicht vorüber und Weston wieder nicht aufgetaucht war. Sie wusste nicht, ob er ihr geschrieben oder sie angerufen hatte, denn sie war stark geblieben und hatte ihn nicht deblockiert.

Zugegeben, es war eine schwere Zeit gewesen, aber jedes Mal, wenn sie auch nur daran dachte, mit ihm zu sprechen und ihm zuzuhören, sah sie diese lange Mähne erdbeerblonden Haares vor sich. Diese wunderschöne Frau, in dessen Begleitung er in dem Café gewesen war. Es war eine Sache, zu denken, dass er tollere Frauen als sie haben könnte, aber es tatsächlich zu sehen ...

Nun freute sich Aullie darüber, ausnahmsweise mal an einem Dienstag frei zu haben, und packte ihre Sachen für die Schule. Heute war offener Zeichenunterricht und Aullie wollte aus der Wohnung heraus. Vielleicht würde sie der Tapetenwechsel zu etwas inspirieren.

Sie hievte ihren schweren Rucksack in ihr Auto und fuhr dorthin, Gott sei Dank ohne dass die alte Kiste unter ihr zusammenbrach. Das Quietschen hatte sich wieder gelegt und obwohl das wahrscheinlich in Wirklichkeit ein schlechtes Zeichen war, redete sie sich ein, dass es in Ordnung war.

Die Bäume wurden immer kahler, je weiter der Winter ins Land zog, und selbst die letzten Blätter, die sich noch an die Zweige klammerten, waren braun und vertrocknet. Die Heizung in Aullies Accord schepperte und befeuerte das kalte Innere mit Stößen heißer Luft.

Sie atmete tief durch und genoss ihre gute Laune. Die ersten paar Tage, nachdem sie Weston die Tür vor der Nase zugeknallt hatte, hatte sie ohne Unterbrechung an ihn gedacht, aber je mehr Zeit verging, desto weniger dachte sie an ihn. Natürlich vermisste sie ihn noch, aber sie war auch einfach froh, sich wieder auf ihre Kunst konzentrieren zu können – das Einzige, was ihr wirklich wichtig war.

Aullie parkte ihr Auto auf dem Parkplatz der Schule hinter den kleinen, langweiligen Ziegelgebäuden, in denen bereits einige ihrer Werke entstanden waren. Sie trug ihren Rucksack nach drinnen und zog ihre Karte durch den Schlitz, um sich als Studentin zu identifizieren. Das große, helle Zimmer hatte zwei Wände aus hohen Fenstern, durch die jede Menge Tageslicht trat, und mehrere Reihen Neonröhren, die vom Bewegungsmelder angeschaltet wurden, als sie eintrat.

Eine Szene, die einer der Professoren geschaffen hatte, dominierte die Mitte des Raumen, große Tücher bunter Stoffe, die über Tafeln und Kisten drapiert waren, auf denen weiße Objekte wie Eier oder Keramikstatuen platziert waren. Ein Kreis aus mehreren Dutzend farbverschmierten Staffeleien war um das Werk aufgestellt, alle in einem anderen Blickwinkel. Aullie suchte sich nach dem Zufallsprinzip einen aus; bei den Staffeleien hielt sie es wie bei den Männern: Ihr gefielen sie am besten groß und fest.

Sie fing an, die Staffelei zu verstellen und auf eine angemessene Höhe für ihre mittelgroße Leinwand zu bringen. Sie hatte gedacht, dass sie alleine war, aber als sie sich endlich eingerichtet hatte, kam auf einmal eine weitere Person aus einem kleinen Büro, das in der Seitenwand verschwand, und jagte ihr einen gehörigen Schreck ein.

„Oh, hey! Aullie! Tut mir leid, ich wusste nicht, dass noch jemand hier ist. Ich habe mich gefragt, warum die Lichter an sind." Es war ihr Lehrassistent für ihren Fortgeschrittenenkurs in Ölmalerei, Gerald Woodley.

Er war nur fünf Jahre älter als sie und etwa genauso groß, trug eine dicke, schwarze Brille und hatte einen Kopf voller schwarzer Locken. Sie konnte schon verstehen, wie andere Leute ihn attraktiv finden konnten, er strahlte diesen androgynen Hipster-Vibe aus, auf den manche Mädchen zu stehen schienen, aber ihr Typ war er überhaupt nicht.

„Hey, Gerald", sagte sie und versuchte immer noch, ihren Herzschlag auf normales Tempo zu senken.

„Normalerweise kommst du dienstags nie", sagte er.

„Ja, ich hatte heute unerwartet von der Arbeit frei, also habe ich mir gedacht, ich erledige ein paar Gemälde."

„Cool", sagte er lächelnd. „Ich arbeite um die Zeit immer und normalerweise ist hier dann tote Hose. Ich bin aber froh, dass du hier bist. Ich wollte dich nämlich was fragen."

„Was gibt's?", fragte sie. *Was um alles in der Welt konnte er sie bloß fragen wollen?*

„Ein Freund von mir veranstaltet dieses Wochenende eine Kunstausstellung und ein Platz ist gerade frei geworden. Sie haben jede Menge Platz an ihren Wänden und es geht vor allem um abstrakte Kunst, also habe ich an dich gedacht."

„Echt jetzt?", fragte Aullie fassungslos. Das hätte sie niemals erwartet.

„Ja. Ich weiß schon, dass deine letzte Ausstellung ein wenig ... enttäuschend war", sagte er und blickte sie entschuldigend an. „Also habe ich mir gedacht, dass du es vielleicht nochmal probieren möchtest. Glaubst du, du kannst bis dahin ein paar Bilder zusammenstellen?"

„Ja, auf jeden Fall", nickte sie enthusiastisch und lächelte ihn breit an. „Irgendjemand wird meine Schicht in der Arbeit übernehmen müssen, aber wenn das klappt, dann bin ich auf jeden Fall dabei."

„Cool", sagte er grinsend. „Wenn du mir deine Nummer gibst, schreibe ich dir nachher noch die Einzelheiten."

Aullie öffnete ihren Rucksack und holte ihr Skizzenheft und einen Kohlestift hervor. Auf einer leeren Ecke kritzelte sie ihre Nummer nieder und riss sie dann heraus, um sie Gerald zu überreichen. Sie dankte ihm wieder und er ging zurück in sein Büro, wofür Aullie ausgesprochen dankbar war. Sie war von neuem Arbeitsmut gepackt und ziemlich aufgeregt, dass sie bald eine zweite Chance bekommen würde.

Sie drückte Tuben aus, mischte Farben und spritzte sie achtlos über die Leinwand. Was sie nun malte, war ohnehin egal. Es würde nicht bis zur Ausstellung trocken werden, doch als der prismenartige Regenbogen zum Leben erwachte, wurde ihr klar, dass sie ihren Flow wieder gefunden hatte. Diese Gelegenheit war genau das Richtige gewesen, um sie aus ihrer künstlerischen Blockade zu befreien.

Die nächsten zwei Stunden vergingen wie im Flug. Nachdem sie alles getan hatte, was sie konnte, wusch Aullie ihre Pinsel und Hände und packte all ihre Sachen zusammen. Ihre Finger und Unterarme waren immer noch voller Farbe und wahrscheinlich auch ihr Gesicht und ihr Hals, wie immer, aber das machte ihr nichts. Schließlich wollte sie niemanden beeindrucken.

Sie winkte Gerald durch das Fenster seines Büros und dankte ihm innerlich noch einmal, dass er sie für die Ausstellung vorgeschlagen hatte. „Ist es in Ordnung, wenn ich meine Leinwand zum Trocknen hier lasse? Ich kann sie abholen, wenn ich morgen zum Unterricht komme."

„Klar!", gab er zurück. „Ich bringe sie nachher in dein Fach, wenn sie etwas trockener ist."

„Danke!", sagte Aullie, während sie nach draußen ging.

Nachdem sie ihr Auto angelassen hatte und sich auf dem Weg nach Hause befand, fing sie an, ernsthaft über die Ausstellung nachzudenken. Das Ereignis war für Aullie von großer Bedeutung und sie musste sicherstellen, dass sie sich von ihrer besten Seite zeigte. Und zwar nicht nur ihre Kunst, sondern auch sich selbst.

Während ihrer ersten Ausstellung war sie nervös gewesen und da sie von Natur aus introvertiert war, hatte sie sich eher im Hintergrund gehalten und nicht so viel Zeit damit verbracht, sich selbst zu vermarkten, wie vielleicht ratsam gewesen wäre.

Doch ihr kleines Debakel mit Weston lag hinter ihr und obwohl sie immer noch unglücklich darüber war, hatte es ihr einige Hemmungen vor Augen geführt, die sie davor nicht gekannt hatte.

Sie wusste nun, dass sie Erfolg haben wollte. Sie wollte das Gefühl haben, sie sei eines erfolgreichen Mannes wert, damit sie das nächste Mal, wenn sie einen fand, sich nicht mit ihren eigenen dummen Unsicherheiten blockieren würde.

Als sie zu Hause angekommen war, legte sie sofort los. Aullie schenkte sich etwas Kaffee ein, den sie an diesem Morgen gekocht hatte, gab noch ein wenig Sahne aus dem Kühlschrank dazu und erwärmte ihn in der Mikrowelle. Während er dort seine Runden drehte, studierte sie ihre Wände und versuchte, ihre Werke mit kritischem Blick zu beäugen.

Die meisten ihrer schulischen Arbeiten eigneten sich nicht zum Ausstellen, obwohl sie stolz auf sie war. Mit Schularbeiten war es immer so eine Sache, da alle die gleichen Dinge lernen mussten und deshalb alle die gleichen Dinge malten. Von diesen Werken würde keines wirklich hervorstechen.

Sie hatte endlich den Hirsch gemalt, den sie vorskizziert hatte, sein stolzer Hals von Blumen umringt, das helle Fell, das sich gegen den bläulichen Hintergrund abhob, und es war auf jeden Fall eines ihrer besten Werke. Hoffentlich würde es rechtzeitig trocknen.

Aber was noch?

Auf einmal war sie nicht mehr optimistisch, sie fühlte sich überwältigt. Sie hatte so viele Auswahlmöglichkeiten, und dann waren da noch die Gemälde in ihrem Schrank, die nicht mehr an die Wand gepasst hatten. Aullie malte schon so lange, dass sie Gemälde im Überfluss hatte.

Obwohl andere ihre Arbeit respektierten und zu schätzen wussten, sah sie in jedem Gemälde die winzigsten Details; die Fehler, die Schichten um Schichten Farbe, die es gebraucht hatte, um sie auszubessern, die Stellen, an denen die Farbe verlaufen war, Gemälde, die sie nicht so zu Blatt hatte bringen können, wie sie es vor ihrem geistigen Auge gesehen hatte. Wo sie auch hinsah, sie fand Fehler über Fehler über Fehler! Ihr Selbstbewusstsein ging auf Sturzflug.

Was stelle ich hier bloß mit meinem Leben an?

In letzter Zeit hegte Aullie immer öfter derartige Gedanken. Sie hatte in einer Ausstellung nichts zu suchen, dachte sie auf einmal, sie war noch gar nicht bereit.

Würde sie je bereit sein? Oder war sie dafür bestimmt, bis an ihr Lebensende zu kellnern?

Die Mikrowelle piepste, wahrscheinlich bereits zum dritten oder vierten Mal, seit Aullies Kaffee wieder aufgewärmt worden war, und sie zog die Tasse heraus und knallte wütend die kleine Tür zu.

Sie trank einen Schluck, der Kaffee war nicht einmal mehr warm, aber sie wollte einen Energieschub. Sie brauchte einen klaren Kopf, damit sie die notwendigen Schritte einleiten konnte, um die Person zu werden, die sie sein wollte.

Aullies Augen Blick fiel auf das Gemälde, das sie nach ihrem ersten Abend mit Weston angefertigt hatte. Sie hatte nach ihrem zweiten Date noch daran weitergearbeitet, hatte lebendige Pinselstriche in Weiß, Lavendel und Hellblau hinzugefügt, und sie hoben sich schön gegen das feurige Violett des Hintergrundes ab. Es war ein schönes Gemälde, das musste sie zugeben, aber sie konnte es auf keinen Fall für die Ausstellung verwenden. Ein Teil von ihr wollte daran festhalten; die einzige Erinnerung, die sie an den Mann hatte, der ihr wieder Emotionen eingehaucht hatte. Ihre Beziehung war vielleicht in die Brüche gegangen, aber dennoch hatte sie bei ihm Dinge gespürt, die sie schon lange nicht mehr gespürt hatte, wenn überhaupt.

Das Gemälde hatte eine Art Dominoeffekt, ein Gedanke an Weston führte zum nächsten und Aullie hatte das Gefühl, sie würde einfach umgeworfen werden von der schieren Menge obsessiver Gedanken, die auf sie hereinprasselten.

Sie blickte auf ihr Handy. Ein kleiner Knopfdruck, das genügte, um ihn wieder in ihr Leben zu lassen. Er war schließlich vorbeigekommen, um sich zu entschuldigen, oder nicht? Was, wenn er eine gute Erklärung gehabt hatte? Aber was, wenn nicht?

Sie wusste nicht, ob sie noch eine Achterbahnfahrt der Gefühle aushalten konnte; die Arbeit, die Uni und ihre generelle Armut waren als Aufgaben schon wichtig genug. Aber in Wirklichkeit hatte sie die unerwarteten Adrenalinschübe gemocht. Und wie ein Junkie sehnte sie sich nun nach dem nächsten Hit.

Aullie nahm ihr Handy. Sie scrollte bis zu seinem Kontakt hinunter. Ihr Daumen zögerte über dem „Kontakt deblockieren"-Knopf.

Ein Anruf könnte doch keinen Schaden anrichten. Sie wollte nur hören, was er ihr zu sagen hatte.

Doch dann legte sie das Handy wieder ab, ohne die Blockade aufgehoben zu haben. Sie wollte nicht einmal die winzigste Türe öffnen, durch die Weston wieder in ihr Leben kriechen konnte.

So, wie sie es auch die letzten Male in dieser Woche getan hatte – also alle paar Stunden ungefähr –, redete Aullie sich den Einfall wieder aus. Am meisten hielt sie dabei die Angst zurück, die Beziehung sei von Anfang an zum Scheitern verurteilt.

Aullie beneidete die Reichen dieser Welt beinahe so sehr, wie sie sie hasste, und Weston gehörte zu dieser Bevölkerungsgruppe. Bei seinem Job und seinen Wurzeln würde sich das auch nie ändern.

Vielleicht würde Aullie ihren Durchbruch als Künstlerin schaffen, vielleicht würden sie sich eines Tages in Sachen Vermögen sogar annähern, aber vielleicht auch nicht. Sie hatte sich schon immer geschworen, dass sie sich niemals von einem Mann abhängig machen würde und sie würde sich nicht in eine gescheiterte Künstlerin verwandeln, die einem reichen Mann zum Accessoire diente. Nur über ihre Leiche!

Sie gab sich die größte Mühe, sich einzureden, dass die wunderschöne andere Frau nichts mit alledem zu tun hatte.

„Ich bin durch damit", rief Aullie sich ins Gedächtnis. „Ich bin durch damit, durch, durch, durch", wiederholte sie immer wieder, als sei es ein Mantra, und sagte es jedes Mal mit mehr Nachdruck.

Sie dachte an eines ihrer Lieblingssprichwörter, das ihr einer ihrer Yogalehrer beigebracht hatte. Atme das Gute ein: Erfolg, Wohlstand, Selbstbewusstsein und Vergebung, und atme das Schlechte aus: Zweifel, Wut, Trotz und Eifersucht. Und Weston, hängte sie noch an und atmete mit einem keuschen Lächeln aus.

Sie würde ihn einfach ausatmen, ja, das musste sie tun, und dieses dumme Gemälde weiterhin anzustarren, würde ihr gar nichts bringen. Aullie packte das Gemälde, das sie an ihrer alten, hölzernen Staffelei angelehnt hatte, vermutlich nicht so sanft, wie sie es mit einem anderen Gemälde getan hätte, und räumte es in den Schrank. Es landete auf seiner Ecke und lehnte dann hinter ihren Mänteln an der Wand.

Da hast du's, dachte Aullie ein wenig triumphierend. Sie schloss die Tür etwas zu nachdrücklich und genoss das Gefühl der Entschlossenheit. Weg mit dem Alten, mit dem Versagen und der Unsicherheit, und her mit dem Neuen, mit Erfolg und hoffentlich einer Beziehung mit einem ehrlichen, realistischeren Mann.

Irgendwann, zumindest.

KAPITEL 15

Glücklicherweise fand Aullie jemanden, der ihre Schicht übernahm, aber am Samstagmorgen war sie trotzdem am Ausflippen. Gerald hatte ihr alle Infos zur Ausstellung zugeschickt und sie hatte bereits dreizehn der benötigten vierzehn Gemälde ausgesucht, doch sie konnte sich einfach nicht entscheiden, welches das letzte Gemälde werden sollte.

Es gab so viele Möglichkeiten und gleichzeitig gab es keine einzige. Sie hatte nur drei Stunden, bis sie dort sein und aufbauen musste, und obwohl sie eigentlich jede Menge Zeit hatte, fühlte es sich so an, als müsse sie sich sputen.

„Wie soll ich das bloß je auswählen?", fragte Aullie sich besorgt. Wahrscheinlich zum millionsten Mal innerhalb der letzten fünf Tage überlegte sie sich ernsthaft, die Ausstellung sausen zu lassen. Es musste doch irgendeine ehrgeizigere Person geben, oder eine besser vorbereitete, oder einfach eine bessere, die für sie einspringen könnte, oder nicht?

Nein – Aullie ballte ihre Hände zu Fäusten. Sie würde nicht mehr an sich zweifeln. Sie machte sich auf die Suche nach ihrem Handy und wählte schon bald Geralds Nummer. Das Handy klingelte dreimal, bevor er mit einem neugierigen „Hallo?" abhob.

„Hey, Gerald, hier spricht Aullie."

„Hey Aullie!", erwiderte er. „Was gibt's?" Im Hintergrund hörte sie Stimmengemenge.

„Du bist schon dort, nicht wahr?", fragte sie und Verzweiflung war in ihrer Stimme hörbar. „Ich habe mich gefragt, ob du zu mir kommen und mir dabei helfen könntest, das letzte Gemälde für meine Sammlung auszusuchen. Ich flippe irgendwie gerade aus hier. Ich kann mich einfach nicht entscheiden."

„Klar, das verstehe ich", sagte Gerald einfühlsam. „Ich bin schon dort, aber ich kann ganz kurz vorbeischauen. Ich werde hier gerade nicht gebraucht. Kannst du mir deine Adresse schicken?"

„Das wäre einfach toll. Ich schicke sie dir. Danke." Vermutlich leicht übereifrig legte sie sofort auf und schickte ihm bereits die Adresse, als er seine Abschiedsgrüße in die tote Leitung sprach.

-Du bist ganz in der Nähe!-, antwortete er. *–Bin in 5 Minuten da.-*

Aullie freute sich, dass sie endlich eine zweite Meinung einholen konnte. Die fünf Minuten zogen sich in die Länge, wurden sieben Minuten, während Aullie ungeduldig zwischen den Gemälden hin und her tigerte, die sie bereits ausgewählt hatte. Vor Nervosität hätte sie sich am liebsten die Haare gerauft, aber sie hatte sich schon für die Ausstellung hergerichtet, also widerstand sie der Versuchung.

Als es an ihrer Tür klopfte, eilte Aullie durch die vollgestellte Wohnung, um zu öffnen. Sie schloss aufgeregt die Tür auf und lächelte Gerald an, der davorstand. Sie strich mit der einen Hand den Rock ihres Kleides glatt und steckte sich mit der anderen eine Strähne hinter ihr Ohr.

„Hey", sagte sie atemlos.

„Selber hey", bemerkte Gerald, beeindruckt und überrascht zugleich. „Du siehst fantastisch aus."

„Wa-? Ach! Danke", sagte Aullie verlegen und blickte auf das klassische Vintage-Kleid herab, das sie trug. Der tiefe Schulterausschnitt betonte ihr blasses, zerbrechliches Schlüsselbein und der breite A-Linien-Rock betonte ihre schlanke Taille. Die schwarze Seide und das dunkle Rosenmuster sah künstlerisch und eigenwillig aus zu ihrem geglätteten, langen, schwarzen Haar. Sie hatte ihre

Schuhe noch nicht angezogen und ihre rot lackierten Fußnägel waren sichtbar. „Komm doch rein."

„Danke", sagte er, als er über die Schwelle trat. Er war wie üblich in seinem modernen Nerdy-Chic gekleidet, nur ein wenig eleganter; enge, khakifarbene Röhrenjeans hatte er mit gestreiften Socken und Oxfordschuhen kombiniert, dazu ein Hemd mit Tupfenmuster und ein dunkelblauer Blazer. Bei seiner dicken, schwarzen Brille und der grauen Fedora, unter der er seine Locken versteckte, musste sie zugeben, dass der Look ihm gut stand.

Aullie führte ihn in ihre Wohnung und zeigte ihm die dreizehn Gemälde, die auf der Couch, dem Tisch, den Stühlen und der Anrichte auslagen. „Die habe ich schon ausgesucht", sagte sie und zeigte dann auf die anderen, die an den anderen freien Stellen rumlagen, sogar in dem offenen Kleiderschrank. „Und das sind all die anderen. Ich habe mich noch nicht entscheiden können und ich habe mir gedacht, wo du doch so erfahren und gut hierin bist, könntest du mir vielleicht helfen."

Gerald legte eine Hand über seinen Mund, während er auf und ab ging und ihre Auswahl begutachtete. „Die gefallen mir", sagte er. „Sie gefallen mir sogar sehr. Auf was für eine Stimmung bist du aus?"

„Ich weiß nicht", gab sie zu. „Zumindest keine übersteigerte Nervosität und lähmende Selbstzweifel?"

Gott sei Dank kapierte er ihren trockenen Witz und lachte. „Das ist schon in Ordnung, das ist völlig normal bei deiner ersten Show."

Er drehte sich um und musterte die anderen Gemälde, die wie Herbstlaub überall in der Wohnung verteilt waren, mit ebenso viel Aufmerksamkeit. Aullie wartete ungeduldig, während er sich umsah. Gerald schritt vorsichtig durch die Gemälde auf dem Boden und ging auf den Kleiderschrank zu.

Was suchte er bloß dort?, fragte sie sich. Schließlich bewahrte sie im Schrank nichts Gutes auf.

Oh!

Oh nein!

Er kam wieder und hatte tatsächlich das schicksalhafte Gemälde in der Hand, das sie vor ein paar Tagen im Schrank vergraben hatte. *Westons Gemälde.*

Verdammt!

„Das hier ist sensationell", sagte er ehrlich. „Wieso versteckst du das in deinem Schrank? Das hier musst du mitnehmen, es ist so ... lebendig."

Das Wort war für Aullie wie ein Schlag in die Magengrube. Sie hatte sich in dieser Nacht auch lebendig gefühlt, aber was zählte das jetzt noch? „Du meinst also wirklich, ich soll das verwenden?", fragte sie unsicher.

„Unbedingt", nickte er. „Es ist wunderschön."

Zwischen zwei Gemälden war noch ein Platz frei, in den Westons Gemälde wunderbar hineinpasste. Aullie musste zugeben, dass es sich ausgezeichnet in ihre bunte Kollektion einfügte.

Es ist ein Zeichen, sagte sie sich. Ein Zeichen, dass ich ein für alle Mal die Seile kappen und das Gemälde verkaufen muss.

Sie trat einen Schritt zurück und bewunderte die gesamte Kollektion. Gerald hatte recht, es passte perfekt. Sie drehte sich um, um sich bei ihm zu bedanken, doch auf einmal drückte er seine Lippen auf ihre.

Alarmglocken schrillten in ihrem Kopf, sein Mund fühlte sich kalt an, seltsam und falsch. Es war nicht einmal ansatzweise die Leidenschaft vorhanden, die sie bei Weston verspürt hatte, außerdem war der Überraschungsangriff unheimlich und abtörnend. Er schlabberte sie praktisch ab und hatte ihren Kopf mit beiden Händen gepackt. Aullie stolperte nach hinten, wich vor ihm zurück und löste sich aus seinem Griff.

„Gerald!", rief sie aus und wischte sich mit dem Handrücken über den Mund. „Was zum Teufel war das bitte?"

„Aullie! Es tut mir leid." Er streckte die Hand nach ihr aus, aber sie schlug sie weg. „Ich habe da wohl etwas falsch verstanden ..."

„Was falsch verstanden?", schnaubte Aullie, rasend vor Wut.

„Na, du weißt schon, ich habe dir den Platz bei dieser Ausstellung verschafft, du hast mich zu dir in die Wohnung eingeladen ..."

„Du hast mich nur für diese Ausstellung ausgewählt, weil du dachtest, dass ich dann mit dir schlafen würde?!" Ihr Blut kochte.

Wie konnte er es wagen! Sie hätte es besser wissen müssen, wieso hätte er sie sonst zu so einer außerschulischen Ausstellung eingeladen?

Aullie hätte ihm am liebsten eine gescheuert. Dieses Schwein!

„Nein!" beharrte er. „Nein, nein. So war das überhaupt nicht gemeint. Es tut mir leid. Wirklich. Du bist eine tolle Künstlerin. Ich wollte damit nicht andeuten …"

„Andeuten, dass du gehofft hast, dass ich dich für deine Hilfe auch mal ranlassen würde?" Sie spürte, wie ihre Wangen rot und heiß wurden. Tränen stiegen ihr in die Augen, aber sie war fest entschlossen, sie nicht laufen zu lassen.

„Es tut mir leid, dass sich das jetzt so angehört hat. Ich finde dich schon seit Langem gut. Ich habe zu viel in die Situation hineininterpretiert und das tut mir leid. Soll ich dir helfen, deine Bilder zur Ausstellung zu fahren? Lass mich dir helfen, ich will es wieder gut machen. Es tut mir leid."

Seine Augen flehten um Vergebung. Doch in seinem erbärmlichen, kleinen Gesicht sah sie nur Schwäche und ihr Magen zog sich angewidert zusammen. So überraschend seine Geste und Beiche auch gewesen waren, Aullie hatte keine derartigen Gefühle für ihn.

Außerdem hatte sein Kuss nur Salz in die offenen Wunden gestreut, die Weston in ihrem Herz hinterlassen hatte. Sich mit Weston zu küssen, war … überirdisch gewesen.

Die schreckliche Erinnerung, dass sie die gleiche Leidenschaft bei niemandem sonst finden könnte, war deprimierend und entmutigend. Ihre Stille und der höchstwahrscheinlich verzweifelte Blick auf ihrem Gesicht ließ Gerald schier verzweifeln.

„Es tut mir leid, okay? Wirklich. Du bist so eine gute Künstlerin und so hübsch und …"

„Hör auf damit", sagte sie streng. „Das passt schon. Ich habe gerade eine … Trennung hinter mir? Ich schätze, so könnte man das nennen. Ich weiß auch nicht. Es ist nicht deine Schuld, es ist nur, dass ich in Gedanken und mit dem Herzen bei jemand anderem bin."

Während sie das so sagte, wurde Aullie klar, dass ihr Herz tatsächlich immer noch Weston gehörte. Auch wenn sie nur auf zwei Dates gewesen waren, auch wenn sie so verschieden waren, auch wenn sie kaum etwas über den Kerl wusste, hatte es sie ganz schön erwischt.

Sie blickte wieder auf die Sammlung ihrer Gemälde und wie die bunten, fröhlichen Farben zu Aullies sonst dunklen und aggressiven Werken passten.

‚Denkt er womöglich das Gleiche?‘, fragte sie sich verzweifelt. Hatte sie den Mann, der Licht und Inspiration in ihr sonst so fades Leben brachte, zu voreilig ausgeschlossen?

„Ich verstehe“, sagte Gerald und nickte, als verstünde er es wirklich. „Tut mir leid, dass ich die Grenze überschritten habe, das war echt nicht in Ordnung und ich kann mich gar nicht genug entschuldigen.“

„Ernsthaft“, sagte Aullie, die langsam genervt war von seinen unaufhörlichen Entschuldigungen. „Das passt schon. Wenn du mir dabei helfen könntest, die hier zu der Ausstellung zu fahren, wäre das toll. Mein armer, kleiner Accord schafft diesen ganzen Haufen wohl kaum.“

„Super.“ Endlich atmete Gerald auf und schien erleichtert zu sein, dass sich die Dinge wieder ein wenig beruhigt hatten. „Sollen wir es jetzt hinfahren? Wir können schon alles aufbauen, damit wir ausprobieren können, wie es dir am besten gefällt.“

Aullie blickte ihre Sammlung wieder an und dachte über die harte Arbeit nach, die sie in jedes einzelne Gemälde gesteckt hatte. Das war ihr Leben, ihre Leidenschaft, ihr Traum. Das war das Gesicht, das sie heute der Welt zeigen würde, genauer gesagt, einer Ansammlung hochnäsiger Kunstkritiker und Sammler.

Vielleicht wird es ihnen nicht gefallen.

Es war ihr egal. „Ja“, sagte Aullie und richtete sich auf. „Ja, ich bin bereit. Packen wir sie zusammen und fahren wir sie hin.“

Gerald nahm vorsichtig die zwei größten Gemälde, ein beiges Bild mit schwarzen und roten Flecken, und ein symbolisches, vom Wasser inspiriertes Werk, das sie in jeder erdenklichen Schattierung von Blau gemalt hatte, und trug sie zur Tür. Aullie stapelte ein paar kleinere auf ihren Armen und folgte ihm zur Tür.

Bruce, der ganz wild darauf war, die Welt da draußen zu erkunden, kauerte vor der Tür, bereit, den Sprung zu wagen. Gerald blickte sie fragend an.

„Das ist schon in Ordnung, er kommt wieder", erklärte sie.

Gerald nickte und öffnete die Tür weit. Bruce schoss hinaus, als stünde sein Schwanz in Flammen. Aullie folgte ihm auf den Fersen, aber Gerald hielt sie auf, bevor sie nach draußen trat.

„Willst du keine Schuhe anziehen?", fragte er. „Draußen ist es ziemlich kalt."

Aullie zuckte mit den Schultern. „Ich will mit meiner kostbaren Last nicht in Stöckelschuhen die Treppe hinuntergehen", witzelte sie.

Er lächelte sie an und sagte: „In Ordnung." Dann führte er sie die Treppen hinunter.

Das Metall der Treppe fühlte sich eiskalt an ihren Fußsohlen an und der kühle Wind blies unter ihren Vintage-Rock. Glücklicherweise war der Rock lang und bedeckte ihre Beine fast zur Gänze, sodass Gerald nichts Unanständiges zu sehen bekam.

Sie folgte ihm um die Ecke des Gebäudes auf den Parkplatz hinter dem Wohnblock. Er lehnte die Gemälde an einen silbernen Prius und drückte auf einen Knopf am Schlüssel, um die Türen aufzusperren.

„Ist es in Ordnung, wenn ich die so staple?", fragte er und öffnete die Tür zum Rücksitz. „Sonst passen sie wahrscheinlich nicht rein. Mein Auto ist leider auch nicht größer als deines."

„Ja, das ist in Ordnung", erwiderte sie. Sie wartete, während er vorsichtig die Leinwände gegen den Sitz lehnte und sie ins Auto schob. „Kannst du den Kofferraum für mich öffnen, damit ich da auch ein paar reinlegen kann?"

„Ähm, klar", erwiderte er, öffnete die Vordertür und zog an dem Hebel, der den Kofferraum öffnete. „Ich räume ihn nur ein bisschen aus, nicht, dass da noch irgendwas Peinliches rumliegt."

Aullie fragte sich, was für peinliches Zeug ein Lehrassistent wohl in seinem Kofferraum horten könnte und beschloss dann, dass sie es lieber nicht wissen wollte.

„Alles klar!", rief Gerald. „Du kannst sie jetzt herbringen."

Sie ging um das Auto herum und überreichte ihm den Stapel kleinerer Gemälde, die sie mitgenommen hatte. Der kalte Wind blies ihr um die Arme und Beine und sie wünschte, sie hätte zumindest eine Jacke mitgebracht. Eines nach dem anderen überreichte sie ihm ihre großen, flachen Schätze und sah zu, wie er sie vorsichtig in dem so gut wie leeren Kofferraum stapelte. Sie mochte, wie er besonders aufpasste, dass sie alle gut in Balance waren. Schließlich waren ihre Gemälde so etwas wie ihre Babys.

„Es passen wahrscheinlich noch ein oder zwei rein", bot er an.

„Nein, das ist schon in Ordnung. Ich bin mir sicher, dass ich mit dem Rest gut klarkomme. Aber danke für die Hilfe, ich weiß das zu schätzen", sagte sie ehrlich.

„Natürlich. Und nochmals, es tut mir so leid ..."

„Nein", unterbrach sie ihn. „Hör auf. Es ist in Ordnung. Du bist ein guter Typ, es liegt nicht an dir, es liegt an mir." Als die schlappe Ausrede ihr über die Lippen kam, konnte sie sehen, welch Trauer aus seinen schokoladenfarbenen Augen hinter seiner Brille sprach.

Da wurde es ihr klar: *Dieser Typ mag mich wirklich.*

Aullie war nicht sicher, wie sie ihre Schuldgefühle zum Ausdruck bringen sollte, ohne dass es wie Mitleid rüberkam, also lächelte sie einfach nur und dankte Gerald erneut für seine Hilfe.

Er lächelte sie an, als er in seinen Prius einstieg und davonfuhr. Sie hoffte, dass sie ihm bald folgen könnte, denn er hatte recht: Sie musste früh dort sein, um alles angemessen für heute Abend vorzubereiten.

Nun war ihr wirklich kalt und sie joggte die wackeligen Stufen zu ihrer Wohnung hinauf. Bruce wartete ihm Gang auf sie, rieb sich an der Tür und miaute, als hätte man ihn in der Kälte ausgesetzt.

„Du kleiner Racker", sagte sie. Aullie öffnete die Tür und sie gingen beide zurück in die Wohnung.

Dann trug Aullie ihre restlichen Gemälde zum Auto, wobei sie sich diesmal einen Mantel und Hausschuhe anzog. Sie packte ein paar in den Kofferraum, ein paar auf den Rücksitz, und ehe sie sich's versah, hatte sie nur noch ein Gemälde übrig.

Sah ganz danach aus, als würde Westons Gemälde auf dem Beifahrersitz mitfahren, dachte sie verbittert. Sie war sich immer noch nicht sicher, ob sie es überhaupt mitnehmen wollte, aber sie hatte nicht wirklich mehr Zeit, sich noch eine andere Lösung zu überlegen.

Sie stellte das Gemälde auf dem Sitz ab. Ihre unsichere Seite, die sich noch immer von dem Flop der letzten Ausstellung erholte, redete ihr ein, dass das Gemälde sich ohnehin nicht verkaufen würde, es war also nicht so, als würde sie es verlieren.

Und was machte es ihr schon aus, wenn sie es doch tat?

Mit einer Mischung aus Nervosität, Verwirrung und Trauer ging sie ein letztes Mal zurück zur Wohnung, um sich weinrote Mary Janes mit hohen Absätzen anzuziehen. Sie prüfte noch einmal ihr mysteriöses, romantisches, pechschwarzes Augenmakeup und zog ihren weinroten Lippenstift nach. Aullie musste schon zugeben, sie sah ziemlich gut aus, und trotz dem ganzen Drama des Tages und der kontroversen Bedeutung, die das Gemälde für sie hatte, fühlte sie sich endlich bereit.

‚Los geht's‘, dachte sie, während sie sich ihre Schlüssel von der Anrichte schnappte.

Es wurde Zeit, der Welt zu zeigen, wozu sie, Aulora Greene, verdammt noch mal fähig war.

KAPITEL 16

Selbst nachdem Gerald und sie mehr als eine Stunde damit zugebracht hatten, ihren Beitrag zur Ausstellung zu organisieren, war Aullie immer noch nicht ganz zufrieden damit, wie er aussah. Irgendetwas stimmte nicht, aber das Problem war, dass sie keine Ahnung hatte, was das sein könnte.

„Das ist schon in Ordnung so", hatte Gerald immer wieder bekräftigt. „So geht es jedem Künstler. Als Außenstehender kann ich dir sagen, dass es toll aussieht. Versuch einfach, dich zu entspannen."

Seine beruhigende Stimme hatte allerdings nichts dazu beigetragen, ihr zu helfen, und ebenso wenig hatten es die zwei Stunden getan, die seitdem vergangen waren. Oder die zweieinhalb Gläser Champagner. Selbst mit einem leichten Schwips war Aullie immer noch total nervös.

Sie verfluchte sich innerlich, als sie bemerkte, dass sie die gleichen Fehler machte, die sie bei der letzten Show gemacht hatte. Anstatt in der Ecke zu stehen und ihre eigene Arbeit kritisch zu beäugen, sollte sie durch den Raum gehen, sich mit anderen Künstlern unterhalten und sie kennenlernen, und versuchen, Galeriebesitzer ausfindig zu machen und sie von ihr zu überzeugen.

‚Von mir aus', beschloss sie. Sie leerte die letzte Hälfte ihres

Champagnerglases, richtete sich auf und brachte den Mut und das Selbstbewusstsein auf, das sie brauchte, um zu tun, was sie tun musste.

So sehr soziale Gelegenheiten sie auch beängstigten und so introvertiert sie auch war, sie würde nicht schon wieder eine Chance an ihr vorbeiziehen lassen. Das war ihr Leben, ihre Leidenschaft, und sie musste sich dafür einsetzen, dass ihr Traum wahr wurde.

Aullie stellte ihr leeres Glas auf das Tablett eines fliegenden Kellners und nahm sich gleichzeitig ein neues. Sie schenkte dem armen Kellner dabei ein ehrliches Lächeln. Ich weiß, wie du dich fühlst, wollte sie ihm sagen. Sie wusste es wahrscheinlich wirklich; so viel Rennerei und Arbeit für so wenig Geld, so wenig Respekt und dieses Gefühl der Unsichtbarkeit. Sie fühlte sich ein wenig schlecht, weil dieser kleine Kontakt sie derart motivierte und sie daran erinnerte, wie bereit sie war, die Kellnerei an den Nagel zu hängen und diesen ersten Schritt in die richtige Richtung zu wagen.

Während sie durch die Ausstellungsräume ging, spürte sie, wie die Knoten in ihrem Magen sich langsam lösten. Es gab hier wirklich ein paar talentierte Künstler. Es war eine Ehre, für die gleiche Ausstellung wie sie ausgewählt geworden zu sein.

Aullie blieb vor einem besonders interessanten Gemälde stehen, einer riesigen Leinwand, die ungerahmt an einem Draht von der Decke hing und dessen sanfte Bespannung dazu führte, dass der Beobachter jedes Mal ein neues Gemälde zu betrachten schien, je nachdem, aus welchem Winkel er dazu aufblickte. Sie ging auf und ab und bewunderte das beeindruckende, innovative Werk.

„Wie gefällt es dir?"

Aullie drehte sich um und sah ein kleines, kurviges Mädchen in ihrem Alter mit blondem Haar, das auf Kinnlänge geschnitten war, und einer schmalen, schwarz gerahmten Brille. Sie trug weite Hosen, eine bunte Bluse mit Blumenmuster und etwas zu viel blumiges Parfüm.

„Ich finde es umwerfend", sagte Aullie ehrlich. „So eine innovative Arbeit."

„Oh, danke sehr", sagte das Mädchen bescheiden.

„Ach, du bist die Künstlerin?", fragte Aullie und hoffte, dass das nicht beleidigend klang.

„Ja, das bin ich." Sie reichte ihr die Hand. „Ich bin Maggie Griswold."

„Aulora Greene", erwiderte sie und schüttelte ihre Hand. Obwohl sie ihren Namen hasste, weil er zu aufgeblasen klang, mochte sie doch, wie künstlerisch und individuell er klang, wenn sie sich in der kreativen Gesellschaft vorstellte. „Freut mich, dich kennenzulernen, Maggie."

„Freut mich auch. Schöner Name", erwiderte Maggie.

„Und wie lange machst du bereits Kunst?"

Und damit wurden die beiden sofort zu Freunden. Ein Werk nach dem anderen zeigten sie einander die eigene Kunst, besprachen sie und gaben sich Komplimente, bevor sie sich weiter im Raum umsahen, um die Konkurrenz in Augenschein zu nehmen.

Aullie war froh darüber, jemanden gefunden zu haben, mit dem sie durch die Ausstellung gehen konnte, vor allem, da diese Person auch noch viel gesprächiger war als sie. Dank Maggie und ihren beinahe aggressiven Selbstvermarktungstechniken hatte Aullie mehrere Leute kennengelernt, manche von ihnen wichtige Kontakte und manche einfach nur nette Gesellschaft. Schon bald hatte sie vier Gläser Champagner intus und fühlte sich ausgezeichnet.

Die beiden trafen auf einen anderen Künstler, der selbst in dieser Gruppe ausdrucksstarker Künstler hervorstach. Er hatte einen kurzen, gepflegten Irokesen, den er dunkelblau gefärbt hatte, und seine schlanken Arme waren über und über tätowiert. Er war offensichtlich sehr stolz darauf, denn er trug ein ärmelloses Top zu einem eher formellen Anlass und wurde damit schnell zum Gesprächsthema. Ein Spatz auf seinem Bizeps trug ein Spruchband im Schnabel, auf dem ‚Alberts' stand.

„Wofür steht das?", fragte Maggie. Aullie kannte das Mädchen erst seit einer halben Stunde und konnte ihr schon jetzt ansehen, dass sie komplett in den tätowierten Jüngling verschossen war.

„Ach, das ist einfach mein Nachname", erklärte er. „Troy Alberts, dieser Name ist doch total spießig, oder nicht?"

„Na ja, so schlimm ist er nicht", sagte Maggie mit einem süßen, kleinen Grinsen.

Die Mädchen folgten ihm zu seiner Ausstellung, einer interessanten Kollektion schwarzweißer Gemälde mit unheilvollen, versteckten Totenköpfen und Rosen mit spitzen, überzeichneten Dornen.

„Ich weiß nicht, was das ist", sagte er. „Schon in der High School habe ich diesen Gothic-Stil geliebt, der für Tattoos so typisch ist."

„Das ist total cool", schwärmte Maggie. „Oh, hey, Aullie, sieh dir das mal an!"

Sie zeigte auf ein kleines Gemälde, einen der wenigen Farbtupfer seiner Kollektion. Es hatte einen feurigen, orangen Hintergrund und darauf einen traditionellen Totenkopf im Tattoo-Stil, den eine unscharfe, schwarze Grenze umgab. Aullie musste schon zugeben, dass es wunderschön war, irgendwie bemerkenswert, und es erinnerte sie an einige ihrer eigenen Gemälde.

„Das habe ich eigentlich nur so zum Spaß gemalt", sagte Troy lachend.

„Es gefällt mir wirklich", gab Aullie zu. „Deine Linienführung ist so sauber. Ich bin da immer eher schlampig."

„Ach, falsche Bescheidenheit", verdrehte Maggie die Augen. „Sie ist umwerfend. Komm, wir zeigen ihm deine Sachen, Aullie."

Sie schätzte, dass sie dem kaum widersprechen konnte, und war froh darüber, Freunde gefunden zu haben, also folgte sie ihnen durch das Labyrinth der Ausstellung. Von überall ragten Wände in den Raum, um die Ausstellungsfläche optimal auszunutzen, und so wurde ein eigentlich kurzer Weg zu einer langen Wanderung.

Während sie gingen, suchte Aullie aus den Augenwinkeln nach den kleinen roten Aufklebern, die anzeigten, ob ein Gemälde bereits verkauft worden war. Sie sah nicht viele, aber einige gab es trotzdem, und Aullie schöpfte Hoffnung, dass vielleicht ein oder zwei davon neben ihren Gemälden kleben würden, wenn sie sie erreichten.

Als sie zu ihrem Teil der Ausstellung um die Ecke bogen, verspürte sie eine leichte Enttäuschung, als sie keine roten Aufkleber sah. Zu früh gefreut, dachte sie entmutigt.

Sie versuchte, ihre Enttäuschung nicht durchblicken zu lassen, während Maggie von Aullies mutiger Farbwahl und ihrem expressiven Stil schwärmte.

„Das hier gefällt mir richtig gut", sagte Troy und zeigte auf ein besonders düsteres Werk von Aullie. Auf dem schwarzen Hintergrund tummelten sich geometrische Formen in unterschiedlichen Größen, alle in dunklen Schattierungen von grün und lila. „Hat wirklich Tiefgang, diese optische Täuschung."

Aullie trank den letzten Rest ihres vierten Champagnerglases. Künstler sind so ein seltsames Volk, warum müssen sie immer so komische Wörter verwenden, um Dinge zu beschreiben? Ich sollte wirklich aufhören zu trinken, dachte sie.

„Danke." Sie hörte ihr leichtes Lallen und riss sich zusammen. „Es hat Spaß gemacht, das zu malen. Das ist eigentlich das Wichtigste für mich. Wenn es Spaß macht, dann fühlt es sich nicht an wie Arbeit, wisst ihr?"

„Ja. Ich kann es kaum erwarten, meine Kunst zu verkaufen, damit ich endlich mit dem Kellnern aufhören kann", sagte Maggie.

„Ich bin auch Kellnerin! Mir geht es ganz genau so", sagte Aullie.

Maggie sagte noch etwas. Troy lachte. Aber Aullie konnte weder hören noch sprechen noch atmen.

Dort im Eck der Ausstellung, beinahe nicht zu entdecken, stand Weston. Sie war sich ganz sicher. Er hatte sie Gott sei Dank nicht gesehen. Er stand dort mit einem Glas Scotch auf Eis in der Hand und sprach mit einem anderen Mann.

Aullie hatte sich beinahe zu vornehm gefühlt in ihrem schicken Kleid, aber Weston sah in seinem maßgeschneiderten Smoking fast lächerlich aus, angesichts der Tatsache, dass manche Leute auch einfach dunkle Jeans trugen.

Der Mann neben ihm war ebenso übertrieben angezogen, er trug sogar eine makellos geknüpfte Fliege. Das Gespräch zwischen den beiden Männern schien hitzig zu sein und wurde noch hitziger, als Weston die Zähne zusammenbiss und sich mit einem räuberischen, finsteren Blick zu dem kleineren Mann herabbeugte.

Aullie war überrascht. Nicht nur darüber, dass er hier war,

schließlich stand ihr Name erst seit ein paar Tagen auf der Liste der Ausstellung, er hätte also gar nicht wissen können, dass sie hier sein würde, aber weil sein Aufzug und sein Benehmen so gar nicht zu dieser Veranstaltung passten. Irgendetwas war da faul.

Der Mann mit der Fliege knirschte mit den Zähnen und blickte Weston mürrisch an, sagte aber nichts.

Aullie entfernte sich von ihren neuen Freunden. Ihr oberflächliches Gespräch interessierte sie nicht, und sie hoffte, dass die Menge sie verschlucken würde, während sie sich Weston näherte, um hoffentlich einen Teil seiner Unterhaltung mitzubekommen.

Sie hatte ihn überhaupt nicht so wütend und einschüchternd eingeschätzt, aber seine Körpersprache war unnachgiebig und bedrohlich, und sie wollte wissen, was da vor sich ging.

Sie kam ihm näher, immer näher, und blieb dann stehen, um so zu tun, als bewundere sie eine Skulptur, damit sie nicht wie eine totale Stalkerin aussah. Aullie hatte nie wirklich verstanden, warum Skulpturen aus Müll so gut ankamen, aber die hier war irgendwie nett, jede Menge Blumen aus Kaffeefiltern.

Aullie ging rückwärts, ganz langsam, und tat so, als bewundere sie lediglich aus einiger Entfernung eine Wand mit Kunst. Außerdem war alles, was Weston sehen würde, wenn er in ihre Richtung blickte, ein dünnes Mädchen mit schwarzem Haar. Die gab es zuhauf, er würde nicht gleich wissen, dass es sich um sie handelte.

‚Das ist doch verrückt‘, meldete sich Aullies Gewissen. Aber ihr betrunkener Zustand überwand jeden Zweifel und sie führte ihr langsames und möglicherweise irrsinniges Unternehmen fort, um sich einem Mann zu nähern, den sie eigentlich gar nicht sehen wollen sollte, nur um zu hören, was genau ihn so wütend machte.

Überraschenderweise war sie ihm nahe genug, um ihre leisen Stimmen zu vernehmen. Sie betrachtete ein Gemälde an der Wand neben ihnen. Es war nicht besonders berührend, aber das machte ja nichts.

„Du verdammter Idiot! Du bist wirklich zu nichts zu gebrauchen!“, spuckte Weston wütend. Aullie hatte ihn noch nie so fluchen hören und mit seinem Akzent klang es irgendwie noch gemeiner.

„Ich habe dir sehr klare Anweisungen gegeben und ich will einen verdammt guten Grund, warum du sie nicht befolgt hast."

„Nun, ich ...", murmelte der Mann.

Weston unterbrach ihn. „Weißt du was? Ich will nicht einmal deine dummen Entschuldigungen hören. Kümmere dich sofort darum, oder ich verspreche dir, das wird nicht gut für dich enden."

Der andere Mann, ein hässlicher, molliger Mann mit kurz geschorenem, dunklen Haar und einem leichten Queens-Akzent senkte ergeben seinen Kopf. „Ich werde es berichtigen."

„Das will ich dir auch geraten haben", knurrte Weston.

Ist er so, wenn man für ihn arbeitet?, fragte Aullie sich entsetzt. Wahrscheinlich musste man etwas aggressiv und sehr diszipliniert sein, um seinen Job zu erledigen, aber das war nun wirklich gemein.

Aullie entfernte sich wieder, sie hatte genug gehört. Weston hatte sich schon als Lügner herausgestellt und eigentlich sollte es sie gar nicht überraschen, dass er so falsch war.

Als sie Troy und Maggie wiederfand, rief Maggie aus: „Da bist du ja!"

„Ja, tut mir leid", entschuldigte Aullie sich. „Ich musste kurz auf Toilette."

„Hey, die Natur hat ihren eigenen Willen", zuckte Maggie mit den Schultern.

Aullie schenkte ihr ihr bestes erzwungenes Lächeln für diesen lahmen Witz und sie setzten ihren Rundgang fort. Während sie sich von ihrer Ausstellung entfernten, blickte sie sich noch ein letztes Mal um.

Immer noch keine roten Sticker.

Aullie diskutierte Kunst, lernte Leute kennen, schüttelte Hände und war am Ende des Abends völlig erschöpft. Nicht nur von den ganzen sozialen Kontakten, sondern auch, weil sie nicht damit aufhören konnte, sich nach Weston umzublicken.

Wieso war er hier? War das so wie dieser eine Abend auf Arbeit und er würde sie konfrontieren und wieder versuchen, sie zu manipulieren, sich noch einmal mit ihm zu treffen?

Ehrlich gesagt schien es ein zu seltsamer Zufall zu sein, vor allem angesichts seines Aufzuges und der seltsam hitzigen Unterhaltung, der sie gelauscht hatte. Sie war nicht nur verwirrt, sie wollte unbedingt wissen, was los war.

Sie hoffte sehr, dass er sie nicht sähe, und ebenso sehr, dass er es täte. Ihre widersprüchlichen Gefühle machten sie völlig paranoid, und ihre periphere Sicht machte Überstunden, um sicherzugehen, dass er sich nicht plötzlich von hinten an sie heranschlich.

Es war erst halb zehn und die Ausstellung würde noch bis elf Uhr dauern. ‚Immer diese nachtaktiven Künstler‘, meckerte Aullie heuchlerisch.

Das würde eine lange Nacht werden.

17

KAPITEL 17

Aullie war betrunken. Der ganze Gratis-Champagner hatte sie völlig benebelt und sie wandelte ziellos durch das riesige Labyrinth der Ausstellungshalle. Die Gemälde, all die grellen Farben, schienen zu verschwimmen und es war alles so überwältigend. Sie war auf der Suche nach ihren neuen Freunden, aber sie konnte sie nirgends finden.

‚Na, dann', dachte Aullie und trank einen Schluck aus ihrem sechsten oder siebten Glas Champagner.

Hatte sie nicht auch noch nach etwas anderem Ausschau gehalten?

‚Ach, stimmt', fiel es ihr wieder ein.

Weston!

Sie hatte ihren Stalker im Smoking seit seiner seltsamen Unterhaltung nicht mehr gesehen und war davon ausgegangen, dass er nach Hause gegangen war. Es hatte wirklich nicht danach ausgesehen, als wäre er der Kunst wegen hier gewesen. Aber warum war er dann gekommen?

Aullie hatte nicht die geringste Ahnung. Sie langweilte sich langsam, natürlich gab es jede Menge Kunst zu bewundern, aber Geralds überraschender Kuss und Westons plötzliches Auftauchen hatten sie ganz schön aus der Bahn geworfen und Aullie war nun erschöpft.

‚Ich gehe nach Hause‘, beschloss sie. In ihrem Zustand sollte sie vermutlich nicht mehr fahren, und sie war sicher, dass der immer noch von Schuldgefühlen geplagte Gerald sie nur zu gerne nach Hause fahren und ihre Gemälde noch bis morgen aufbewahren würde, also würde sie sie nicht wegräumen müssen, bevor die Ausstellung vorbei war. Sie musste ihn nur finden.

Langsam bahnte Aullie sich einen Weg an einer freistehenden, weißen Wand vorbei und stand auf einmal wieder in ihrem Abteil der Ausstellung. Ihre Kinnlade klappte herunter.

Jedes einzelne ihrer Gemälde, ob groß oder klein, ob hell oder düster, hatte einen kleinen roten Aufkleber daneben kleben. Jedes Gemälde war verkauft worden. Aullies benebelter Kopf versuchte, zu rechnen, aber es war verwirrend, denn jedes der vierzehn Gemälde war zu einem anderen Preis angeboten worden. Allerdings kostete jedes über hundert Dollar, also hatte Aullie an diesem Abend über tausend Kröten verdient.

Der Atem schnalzte aus ihrer Brust. Das wäre das erste Mal seit unglaublich langer Zeit, dass ihr Konto einen vierstelligen Betrag führen würde. Sie könnte davon ihre Miete bezahlen und auch die Schicht, die sie für die Ausstellung hatte sausen lassen, spielte jetzt keine Rolle mehr.

Viel wichtiger war aber, dass das endlich ihren Durchbruch als Künstlerin bedeutete!

Zugegeben, es war ein kleiner Anfang, aber auch die Besten fingen klein an, und sie hätte sich am liebsten alles in bar auszahlen lassen und es Eric unter seine kleine Schweinsnase gerieben.

Aullie konnte ihren Blick von den kleinen, roten Punkten nicht losreißen. Sie war so abgelenkt, dass sie leicht zusammenzuckte, als Gerald ihr freundlich den Arm tätschelte.

„Himmel“, sagte sie und legte eine Hand auf ihr hämmerndes Herz. „Tut mir leid, du hast mich erschreckt.“

„Bist du abgelenkt von den Dollarzeichen in deinen Augen?“, fragte Gerald scherzhaft. Sein Gesicht strahlte vor Stolz, und er freute

sich wirklich, dass Aullie so erfolgreich gewesen war, vor allem bei
der Ausstellung, bei der er ihr einen Platz verschafft hatte.

„Könnte man wohl sagen", sagte Aullie und ein stolzes Lächeln
legte ich auf ihre Lippen.

„Willst du wissen, was das Verrückteste daran ist?", fragte Gerald
aufgeregt und gut gelaunt.

„Ist daran noch was verrückt?", erwiderte Aullie.

„Sie sind alle von einem Typen aufgekauft worden. Irgendein
überreicher Sammler. Er hat alle zu einem viel höheren Preis gekauft,
als sie angesetzt waren, und hat darauf bestanden, dass du einen
festen Platz in der Galerie bekommst! Der Manager ist total ausge-
flippt, er hat sogar auf der Stelle und in bar bezahlt. Ich habe ja schon
so manchen exzentrischen Sammler kennengelernt, aber so etwas
habe ich noch nie gesehen."

Aullies Seifenblase der freudigen Erregung platzte und ihr Herz
rutschte ihr in die Hose. Sie hätte das gesamte Geld, das sie soeben
verdient hatte, gewettet, dass sie genau wusste, wer die Gemälde
gekauft hatte.

„Das war nicht zufällig ein eher großer Typ mit eher blondem
Haar, total overdressed in einem schicken Smoking?", fragte Aullie
bitter.

Geralds Stirn runzelte sich über seiner Hipsterbrille. „Ja, genau so
war es", sagte er und klang dabei überrascht. „Woher wusstest du
das?"

„Er ist ein ..." *Was war das richtige Wort dafür? Er war nicht wirklich
ihr Ex. Er war mit Sicherheit nicht ihr Freund.* „Er ist ein Problem, mit
dem ich mich in letzter Zeit herumschlage", sagte sie schließlich.

„Oh", sagte Gerald und sah verwirrt aus. „Nun, auf jeden Fall bist
zu bezahlt worden. Und du hast einen Ausstellungsplatz. Also solltest
du noch ein paar Originale kreieren und deine Gemälde hierher-
schaffen, ich glaube, sie haben überlegt, dir zwei ganze Wände zu
überlassen!"

All ihre leidenschaftlichen, künstlerischen Träume wurden
soeben erfüllt und Aullie hätte nicht wütender sein können. Ihre
Hände hatten sich zu Fäusten zusammengeballt und ihr hübsch

zurechtgemachtes Gesicht hatte sich zu einer wütenden Fratze verzogen, während der zornige Adrenalinschub sie mit einem Mal ausnüchterte.

„Ist der Typ noch hier?"

„Ähm, weiß ich nicht genau", antwortete Gerald. Er sagte noch etwas anderes, aber Aullie hörte es nicht und es tat auch nichts zur Sache.

Weston starrte sie direkt an.

In weniger als zehn Metern Entfernung stand er in seinem übertriebenen Smoking und verströmte Selbstbewusstsein und Macht. Er hatte ein Glas mit Scotch in seiner Hand, aber sein Blick war messerscharf und er sah nüchtern aus. Er hätte wahrscheinlich verdammt sexy ausgesehen, wenn Aullie nicht so unglaublich wütend gewesen wäre.

Weston lächelte sie an.

Aullie erwiderte wütend funkelnd seinen Blick. Er rührte sich nicht vom Fleck, während sie auf ihn zumarschierte und dabei das Gefühl hatte, die Funken sprühten ihr aus den Ohren.

„Was ist los mit dir?", forderte sie, wahrscheinlich ein wenig zu laut und wutentbrannt für die ruhige, vornehme Atmosphäre der Ausstellung, aber in diesem Augenblick war ihr das völlig egal.

„Freut mich, dich zu sehen", schnurrte er mit seiner sanften, britischen Stimme, immer noch dieses widerliche Lächeln auf den Lippen. Aullie hatte noch nie jemandem so sehr eine scheuern wollen.

„Wieso kaufst du alle meine Gemälde? Willst du sie an deine anderen Freundinnen verschenken?"

„Verschenken? An andere Freundinnen? Himmel, Aullie, natürlich nicht, so bin ich nicht", erklärte er. „Ich habe doch versucht, es dir zu sagen, als ich zu deiner Wohnung gekommen bin, aber du hast mir die Tür vor der Nase zugeschlagen. Ich habe dich ein paar Mal angerufen, aber du hattest mich blockiert, also habe ich gedacht, ich respektiere deine Privatsphäre. Aber was du da gesehen hast, war nicht das, was du denkst."

„Ach, also warst du nicht auf einem morgendlichen Date mit

einer wunderschönen, kurvigen Blondine? Sie hat ihre Hand nicht auf dein Knie gelegt und du deine nicht auf ihren Unterarm?"

Weston schüttelte den Kopf und sah entnervt aus. „Ein paar dieser Dinge stimmen, aber es war kein heißes Date. Die Frau, in deren Gesellschaft du mich gesehen hast, die sich bestimmt ausgesprochen über diese schönen Komplimente freuen würde, ist meine Cousine."

„W-Was?", stotterte Aullie. Auf einmal kam sie sich vor wie die dümmste Person auf Erden. Sie hatte den Mann weggeworfen, der etwas Neues, Gutes in ihr zum Vorschein brachte, weil sie ihn mit seiner Cousine gesehen hatte? Sie hätte ihn nur eine Sekunde zu Wort kommen lassen müssen, als er an diesem Tag auf ihrer Türschwelle stand, oder einen einzigen Anruf beantworten müssen.

„Ja. Sie heißt Hayley und wir stehen uns schon immer sehr nahe, also kann ich schon verstehen, wie unser Körperkontakt dir ein falsches Bild vermittelt hat. Ich habe versucht, sie zu trösten, da sie vor Kurzem ihren Ehemann verloren hat."

„Oh", sagte Aullie und war überkommen von Scham und Schuldgefühlen. „Und du hast sie alleine gelassen, um zu mir zu kommen? Oh Gott, jetzt fühle ich mich schrecklich ..."

„Hey", sagte Weston mit einem warmen Lächeln. „Das ist schon in Ordnung. Sie hatte Verständnis und ich bin ja auch zu ihr zurückgekehrt und habe den restlichen Nachmittag mit ihr verbracht, das ist alles kein Problem."

„Wie hat sie ihren Ehemann verloren?"

„Er wurde erschossen", sagte Weston, auf einmal ernst.

„Oh mein Gott!", rief Aullie aus. „Von wem? Haben sie den Täter gefunden?"

„Nein, keine Spur." Auf Westons plötzliche Verschlossenheit war Aullie nicht vorbereitet und sie machte sie misstrauisch, aber es erschien ihr besser, nicht weiter nachzubohren. Sie hatte vorhin schon gesehen, wie zornig er werden konnte.

„Warum bist du dann überhaupt hier? Woher wusstest du, dass ich hier ausstellen würde?"

„Das wusste ich tatsächlich gar nicht", gab er zu. „Ich wollte mich hier mit einem Freund treffen und dich zu sehen war nur ein netter Bonus. Ich habe ein paar von deinen Gemälden erkannt und habe mir gedacht, wenn ich schon nicht dich haben könnte, dann könnte ich wenigstens einen Teil von dir haben. Ich weiß, wie viel dir das alles bedeutet und ich wollte, dass dir ein Platz sicher ist, an dem du deine Träume verwirklichen kannst."

„Also hast du deine Kohle eingesetzt, um meine Ausstellung aufzukaufen und mir einen Platz in der Galerie zu verschaffen? So sehr bemitleidest du mich also?", sagte Aullie empört. Sie konnte es gar nicht glauben.

„Hör mal, Aullie, mein Reichtum hat damit nichts zu tun. Du hast Talent, ich bin nicht der Einzige, der für deine Werke ein Angebot eingereicht hat. Ich habe sie nur alle überboten", sagte er mit einem koketten Lächeln.

Nun, dachte sie sich. Wenigstens hatten andere Leute noch Interesse. Wenn er tatsächlich die Wahrheit sagte.

„Ich will wirklich, dass du Erfolg hast", sagte er. „Das meine ich ernst."

„Das ... weiß ich zu schätzen", sagte Aullie und wusste nicht, was sie sonst noch sagen sollte. Zwischen ihnen war die Stimmung seltsam. Sie hatte überreagiert und dennoch war er hier und versuchte, ihr das Leben zu ermöglichen, das sie sich erträumte.

Sie war normalerweise ziemlich immun gegen den Gedanken an einen Retter in schillernder Rüstung und hatte auch nie eine Jungfrau in Nöten sein wollen.

Aber da stand er nun und schillerte.

„Ich mache mich nicht gerne von Männern abhängig", platzte es auf einmal aus ihr heraus und beide erschraken.

„Du bist nicht von mir abhängig, ich bin lediglich ein interessierter Sammler mit einer lauten Meinung. Außerdem ist die Galeriebesitzerin eine Frau und ihr scheint alle auf diesen britischen Akzent abzufahren", sagte er mit einem Augenzwinkern.

„Der schadet jedenfalls nie", stimmte Aullie zu. „Du könntest wahrscheinlich jede Frau haben, die du willst."

„Stimmt nicht", sagte er.

„Was meinst du damit?"

„Naja, weißt du, die einzige Frau, die ich wirklich will, hat meine Nummer blockiert. Ich komme einfach nicht an sie ran, um sie erneut um ein Date zu bitten."

Bei diesen Worten wurde Aullie rot. Ihr Benehmen war ihr jetzt peinlich, und sie konnte gar nicht glauben, dass er sie trotzdem noch wollte.

„Nun, vielleicht hat er mittlerweile gerade genug ihrer Gemälde gekauft, dass sie ihn deblockiert", sagte sie mit einem amüsierten Schulterzucken.

„Meinst du?", fragte er strahlend.

„Ja", sagte sie mit gesenktem Blick. „Das meine ich."

Mit einer sanften Hand hob er Aullies Kinn an und zwang sie, ihm in die goldenen Augen zu blicken, sodass sie das Gefühl bekam, sie ertrinke darin. Er war einfach so wunderschön, nicht nur äußerlich, sondern auch innerlich.

Vielleicht hatten sie ihre Differenzen gehabt, aber es schien eine dumme Entscheidung zu sein, vor jemandem davonzulaufen, der sie so unbedingt unterstützen und ihr dabei helfen wollte, ihre Träume zu verwirklichen.

Als er sie sanft küsste, erwiderte sie seinen Kuss mit feuriger Leidenschaft. Die gleiche Elektrizität, die schon zuvor die Luft zwischen ihnen zum Brennen gebracht hatte, war wieder da, sogar stärker noch als zuvor.

Aullie war endlich imstande, sich dem unglaublichen, mysteriösen, verwirrenden Mann hinzugeben und sich herausfinden zu lassen, wo die Funken hinführen würden, die zwischen ihnen sprühten.

Als sie sich voneinander lösten, blieb Weston mit seinem Gesicht nah an dem Ihren und legte seine Arme um ihre Taille, während er ihr ins Ohr flüsterte: „Du siehst in diesem Kleid übrigens hinreißend aus."

„Danke", flüsterte sie kichernd.

„Du hast ja keine Ahnung, wie schön du bist", sagte er und strahlte zu ihr herab. Sein Mund war leicht verschmiert von Aullies dunklem Lippenstift und er schien ihn sich nicht abwischen zu wollen.

Es ist beinahe so, als gehöre er jetzt zu mir, dachte sie. Es war irgendwie sexy zu wissen, dass dieser Mann der Ihre sein wollte und auch wollte, dass die ganze Welt es wusste.

In diesem einen wunderschönen Moment begriff Aullie, dass sie bereit war.

Sie war bereit herauszufinden, was es bedeutete, sich zu verlieben.

18

REICH VERLIEBT

Kapitel 18

Die Luft war eiskalt, als sie an Westons Arm aus der Tür trat. Ihre Nase rümpfte sich automatisch, als sie mit der kalten Luft in Berührung kam. Sie kuschelte sich an seine Seite und er zog sie an sich und schlang seine Arme um sie.

„Du bist ein bisschen beschwipst, nicht wahr?", fragte er, während er sie zu seinem Aston Martin brachte.

Sie nickte, während sie misstrauisch das Auto beäugte. Es war das protzige Gefährt, das bei ihrem zweiten Versuch von einem Date eine so heftige Reaktion bei ihr ausgelöst hatte. „Mit dem bist du also gekommen?"

„Das bin ich und du wirst in dieses verdammte Auto einsteigen und tun, was du tun musst, damit das hier funktioniert. Ich habe eine Menge Geld, komm einfach darauf klar!" Er öffnete ihr die Tür und half ihr dabei, sich auf dem Beifahrersitz niederzulassen. „Übrigens siehst du fantastisch aus in diesem Auto. Und du könntest es betrachten, wie du ein Kunstwerk betrachtest. Jede Menge überlegte Planung steckt hinter dieser tollen Maschine. Du als Künstlerin solltest so etwas zu schätzen wissen."

Sie lehnte sich zurück und legte den Sitzgurt an, während seine Worte sich in ihren störrischen Kopf bohrten. Sie hatte sich daran gewöhnt, Reichtum zu hassen. Wenn sie an ihren Vater dachte, erfüllten sie nur Misstrauen, Zweifel und Angst. Er war der erste Mann, der sie je verlassen hatte, und er hatte sie und ihre arme Mutter völlig im Stich gelassen.

Sie trug seinen Nachnamen. Sein Name stand auf ihrer Geburtsurkunde. Doch Charles Wohrl war nur dem Namen nach ihr Vater. Es schien ihr eine Ewigkeit her zu sein, dass er wirklich ihr Vater gewesen war.

Sie hatte gedacht, dass ihre Eltern sich liebten. Aullie hatte sich gefragt, wie sich die Liebe im Herzen eines Menschen so schnell verändern konnte. Sie hatte sich auch gefragt, ob sie diese Charaktereigenschaft von ihrem Vater geerbt hatte.

Sie musste schon zugeben, dass sie nie jemanden nah genug an sich herangelassen hatte, um verletzt werden zu können. Zumindest bevor sie Weston kennengelernt hatte. Was ihn anging, war sie beinahe machtlos gegenüber der Chemie, die sie beide verband.

Als Weston sich in den Fahrersitz setzte, lehnte sie ihren Kopf an die Kopfstütze und blickte ihn versonnen an. Er war ein wunderschöner Mann. Ein echter Adonis. Und er wollte sie. Er wollte sie für mehr als nur Sex. Er wollte sie wirklich.

Aber wusste Aulora Greene, geborene Wohrl, überhaupt selbst, wer sie war?

„Ich hole uns was zu Essen und dann fahre ich dich nach Hause", verkündete er ihr und verwendete einen Tonfall, der ihr signalisierte, dass er damit keine Frage stellte, sondern eine Tatsache erklärte.

Es machte sie nicht wütend. Sie wurde nicht irritiert und regte sich darüber auf, dass er ihr scheinbar sagte, was sie tun sollte. Stattdessen fühlte sie sich einfach gut aufgehoben und murmelte: „Okay." Sie beobachtete, wie sich ein Lächeln über seine vollen, eben noch geküssten Lippen zog und stellte fest, dass auch ihre Mundwinkel nach oben zuckten.

Sie kaute auf ihrer Unterlippe und erinnerte sich an den Kuss, der sich in Rekordschnelle von lieblich zu intensiv gewandelt hatte. Seine Hand strich über ihren Oberschenkel, während er aus der Parkgarage ausfuhr. „Ich schätze, du bist ziemlich aufgeregt, dass du jetzt einen Ort hast, an dem du auf lange Sicht deine Kunst zum Verkauf stellen kannst, Aulora." Seine Hand strich immer wieder über den Stoff, der ihren Schenkel bedeckte, und sie spürte, wie kleine Hitzewallungen sich in ihrem Innersten breit machten.

Als er an einer roten Ampel anhalten musste, beugte sie sich vor. Forsch nahm sie sein schönes Gesicht zwischen die Hände und küsste ihn erneut, voller Wärme und süßer Versprechen der Dinge, die später folgen würden. Als ihre Lippen sich von einander lösten und das Auto hinter ihnen zu hupen begann, da die Ampel bereits grün geworden war, blickte sie ihn sehnsüchtig an. Das Hupen scherte beide wenig.

Weston schüttelte den Kopf, um wieder zu Sinnen zu kommen, und trat dann auf das Gaspedal. „Aulora, darf ich dich heute Nacht zu mir mitnehmen?"

„Darauf hatte ich gehofft." Sie strich mit ihrer Hand über seine breite Schulter, dann über seinen prallen Bizeps, über dem das Material seines Smokings spannte. „Weston, warum hast du einen Smoking angezogen? Du warst schon ein wenig übertrieben angezogen für so eine Ausstellung."

„Ich habe dir doch gesagt, ich war nicht deswegen dort. Ich war davor noch bei einem anderen Termin, für den ich mich so kleiden musste." Seine Fingerspitze strich über ihr entblößtes Schlüsselbein und sie erbebte bei dem Gedanken, dass sie diesen Finger schon bald überall auf ihrem Körper spüren würde.

„Willst du mich vielleicht einweihen?", fragte sie ihn, während sie seine Hand nahm und seinen Finger in den Mund steckte, sanft an ihm saugte und ihn vor und zurück gleiten ließ.

Als er sanft stöhnte, löste sie ihren Blick von seinem schönen Gesicht, um zu beobachten, wie sich ein Zelt in seiner Hose aufstellte. Sie fühlte sich auf einmal wie eine Sexgöttin. So hatte sie sich noch nie gefühlt.

„Eine Hochzeit. Eine intime Familienangelegenheit. Mein Onkel hat seine vierte Frau geehelicht. Ich musste ohne Begleitung hin, da du ja nicht mit mir reden wolltest. Es wäre schön gewesen, dich bei mir zu haben. Aber ich weiß schon, dass du auf Geld allergisch reagierst. Vielleicht wäre es doch keine so gute Idee gewesen, dich dorthin mitzunehmen."

„Wahrscheinlich nicht." Sie zog den nassen Finger aus ihrem Mund und strich damit über die Haut zwischen ihren Brüsten.

„Aulora, Süße, wie viel hast du eigentlich getrunken?"

„Weiß ich nicht mehr." Sie zog seine Hand wieder an ihren Mund und leckte über seine Handinnenfläche.

„Aulora!" Er fuhr von der belebten Straße ab und musterte sie von oben bis unten. „So kenne ich dich gar nicht."

Sie nickte. „Da hast du recht. Ich will das tun, Weston. Ich will alles tun. Ich will dich nicht verschrecken, wirklich nicht. Aber ich will dich. Ich will dich mit Haut und Haar, ich will alles von dir. Ich will jeden Zentimeter deines Körpers kosten. Ich will jede Spalte, jede Fuge von dir kennenlernen und ich will, dass du meinen Körper genauso gut kennenlernst. Ich will unter deine Haut kriechen und herausfinden, was dich antreibt."

Er starrte sie ungläubig an. Konnte sie sich wirklich seit ihrem letzten Treffen derartig verändert haben? Konnte es wirklich wahr sein, dass sie ihm eine echte Chance geben wollte?

„Aulora, wenn du heute Nacht bei mir schläfst, werden wir höchstens Kuscheln und ein bisschen plaudern. Dann geht es ab ins Bett, und zwar schläfst du im Gästezimmer und ich in meinem Bett. Morgen, wenn du wieder nüchtern bist, können wir dann schauen, ob du immer noch die gleichen Gedanken hegst." Er blickte sie bestimmt an und legte seine Hand wieder auf das Lenkrad.

„Okay", sagte sie unaufgeregt. „Ich kann warten. Und ich werde morgen noch genauso denken. Ich will, dass das funktioniert. Ich will es wirklich mit dir versuchen. Ich habe so etwas bei niemand anderem auch nur in Erwägung gezogen."

„Du bist Jungfrau?", keuchte er erschrocken auf und musterte sie von Kopf bis Fuß.

Sie prustete los. „Nein! Nein, natürlich nicht. Ich meine eine Beziehung. Du bist so witzig, West."

„West?", fragte er, als er wieder auf die Straße auffuhr.

„Ja, du nennst mich auch so wie niemand sonst. Ich will auch einen Namen haben, den ich dir geben kann. Und du hast mich schon zweimal Süße genannt."

„Du merkst dir, wie oft ich das getan habe?", fragte er und musste bei diesem Gedanken lächeln.

„Ich merke mir so ziemlich alles, was du jemals zu mir gesagt hast", sagte sie und schlug sich dann mit der Hand über den Mund. „Verdammt! Dieser Champagner ist echt ein Wahrheitselixir."

„Bei dir scheint er diese Wirkung zu haben. Das merke ich mir für die Zukunft, wenn ich etwas aus dir herauskitzeln will", sagte er kichernd.

„Die Zukunft", murmelte sie in sich hinein. „Ich habe noch nie mit jemandem eine Zukunft gehabt. Das fühlt sich komisch an. Aber auf eine gute Art. West, bist du dir sicher? Ich meine, ich bin eine arme, kleine Kunststudentin, die offensichtlich introvertiert und die meiste Zeit über irgendwie verschlossen ist. Und du bist cool, sexy, schlau, witzig und wahrscheinlich auch noch toll im Bett. Ich will ja nicht sagen, dass ich schlecht bin, aber ich sehe dir einfach an, dass du super darin bist. Bestimmt bist du von mir enttäuscht."

„Das wirst du nicht. Und ich will nicht, dass du dich weiter unter Wert verkaufst. Du siehst dich auf eine Art, aber ich sehe dich auf eine ganz andere. Wenn ich dich sehe, sehe ich eine wunderschöne Frau, die nicht einmal weiß, wie schön sie ist, und ein Talent, mit dem sie sicher ihre Träume verwirklichen kann. Zumindest, wenn sie die Selbstzweifel beiseite räumt und endlich erkennt, wer sie wirklich ist."

„Und wer bin ich wirklich, West?" Ihre stahlgrauen Augen bohrten sich in seine, während sie sich fragte, ob er die Antwort haben würde, nach der sie schon so lange suchte.

Er nahm ihre Hand, als er erneut an einer roten Ampel anhalten musste. Sein Blick wich ihrem nicht aus, als er sagte: „Du bist eine Seltenheit von einer Person, meine Süße. Du trägst das Licht der

Welt in dir, das sich einen Weg nach draußen kämpft und zeigen will, wozu du fähig bist. Vertraue dir selbst. Du bist stärker, als du jemals gedacht hast. Ich sehe das. Ich sehe es in deinen Augen aufleuchten. Und ich will es schon bald in aller Öffentlichkeit sehen. Ich will sehen, wie dieses Licht dich ausfüllt und dich dein volles Potential erreichen lässt. Es wird dich in ungekannte Höhen katapultieren. Und ich will bei jedem Schritt deiner unglaublichen Reise dabei sein, Aulora."

Sie atmete ein und hielt dann die Luft an, während sie in seine goldenen Augen blickte. „Bist du ein Engel, geschickt um mich zu retten, Weston Calloway?"

„Das Gleiche denke ich über dich, Aulora."

Und während sie einander so in die Augen blickten, spürten sie, dass etwas Magisches passieren könnte, wenn sie es nur zuließen.

KAPITEL 19

Gekleidet in ein T-Shirt von Weston saß Aulora auf dem Boden des Gästezimmers der Villa in Upstate New York, in der Weston zu Hause war. Ein Stück Apfelkuchen lag in einer weißen Styroporbox vor ihr und sie hielt bereits ihre Gabel darüber, kurz davor, den ersten Bissen davon zu kosten.

Zu Abend hatten sie eine Cheeseburger und Pommes gegessen und dazu ein Schokoladenmilchshake getrunken, während sie irgendeinen Film auf dem riesigen Flatscreen in dem riesigen Zimmer angesehen hatten.

Sie hatte dem Film kaum Aufmerksamkeit geschenkt, während sie und Weston mühelos geplaudert und sich an dem Essen gelabt hatten, das sie gekauft hatten, kurz bevor sie auf sein Anwesen aufgefahren waren. Aullie hatte versucht, beim Anblick der zahlreichen Autos in der Garage nicht gleich auszuflippen. Mercedes, Porsche, BMW, Autos der luxuriösesten Marken standen in Reih und Glied neben dem verbeulten, orangen Käfer, mit dem er sie zu ihrem ersten Date abgeholt hatte.

Sie sagte sich, dass es nicht seine Schuld war, dass er in eine reiche Familie geboren worden war, und dass sein Vater ihn tatsächlich liebte. *Im Gegensatz zu ihrem Vater.* Es war nicht seine Schuld,

dass die Eingangshalle aus Marmor war und die riesige Wendeltreppe aus Mahagoni geschnitzt war. Es ähnelte so sehr der Wiege
ihrer Kindheit.

Es versetzte ihr einen Stich ins Herz, als sie in das Bad ging, das
zum Gästezimmer gehörte. Er hatte ihr zuvor ein T-Shirt gereicht
und ihr gesagt, sie solle sich umziehen, während er sich auch umzog
und sich danach zu ihr ins Gästezimmer gesellen würde. Die italieni-
schen Fliesen, in denen das Bad gedeckt war, waren die Gleichen, die
sie in dem Badezimmer ihrer Eltern gehabt hatten in der Villa, in der
sie gelebt hatten, bevor ihr Vater sie in die kleine Wohnung in
Queens abgeschoben hatte.

Sie schluckte den Kloß herunter, der sich in ihrem Hals breit
gemacht hatte, und betrachtete ihr Spiegelbild.

„Es ist nicht die Schuld von West, dass das Badezimmer des
Gästezimmers, in dem er dich untergebracht hat, die gleichen Fliesen
sind, Aullie. Komm mal klar. Ja, du hattest mal Geld. Mehr Geld als
du ausgeben konntest. Aber das ist jetzt vorbei und Weston Calloway
ist daran nicht schuld. Charles Wohrl ist schuld."

Sie hatte sich das starke Makeup abgewaschen und die Haare
gebürstet und war dann in das Schlafzimmer zurückgegangen, das
größer war als ihre ganze Wohnung. Sie fand dort Weston in dem
gleichen T-Shirt vor, das er ihr gegeben hatte, und einer dünnen
Schlafanzughose.

Seine Füße waren nackt und sie sah, dass sogar sie perfekt waren.
Sie ging zu ihm hinüber, wo er auf dem Boden ein improvisiertes
Picknick hergerichtet hatte, und setzte sich im Schneidersitz neben
ihn. Er hatte den Fernseher angeschaltet und einen Film aufgelegt,
aber sie interessierte sich nicht dafür.

„Ich glaube, der Burger wird dir schmecken. Sie verwenden
echtes, einhundert Prozent reines Rindfleisch." Er legte den Burger
auf die braune Papiertasche, in der er ihnen gereicht worden war,
und leerte die Packung Pommes daneben aus. „Willst du Ketchup?"

Sie nickte und ehe sie sich's versah, hatten sie außer dem einen
Stück Apfelkuchen bereits alles aufgegessen, das er gekauft hatte,
damit sie es sich teilen konnten. Obwohl sie sich in einer Villa im

Millionenbereich befanden, fühlte es sich an wie ein intimer Ort, an
dem Geld keine Rolle spielte.

Ihre Plastikgabeln kamen einander in die Quere, als sie sich beide
gleichzeitig über den Kuchen hermachen wollten. Sie lachten und
führten einen kurzen Gabelkrieg, bevor er sie gewinnen ließ. Sie
spießte den ersten Bissen auf und hielt ihn dann an seine Lippen.
„Der Bissen ist für dich."

Seine goldenen Augen leuchteten, als er seinen Mund öffnete
und den Bissen verschlang, den sie ihm angeboten hatte. Dann
spießte er den nächsten Bissen auf und verfütterte ihn an sie. Nach
und nach fütterten sie einander so mit dem ganzen Kuchen, bis er
vertilgt war und Weston sich keine Sorgen mehr machte, dass der
Alkohol Auloras Urteilsvermögen beeinträchtigte. Er drückte ihre
Schultern sanft nach hinten und legte sie auf den weichen Teppich.

Er strich ihr rabenschwarzes Haar zurück und blickte sie so
versonnen an, wie sie ihn auch anblickte. „Du bist schön." Er küsste
ihre Schulter, nachdem er das T-Shirt zur Seite geschoben hatte.

„Du auch", flüsterte sie und strich mit ihren Händen über seine
Schultern und seine Arme.

Seine Lippen fühlten sich warm auf ihrer Haut an, ihr Körper
entbrannte langsam vor Verlangen, die Verspieltheit gehörte der
Vergangenheit an, und eine Hitze schlich sich in Teile ihres Körpers,
in denen sie sie noch nie verspürt hatte. Während er ihre Haut mit
Küssen bedeckte und sich so von ihrer Schulter zu ihrem Hals vortas-
tete, strichen seine Hände über ihren Körper und liebkosten sie mit
einer ungekannten Zärtlichkeit. Er konnte das ausgesprochen gut.
Besser als alle anderen, mit denen sie sich je geliebt hatte. Sie hatte
doch gewusst, dass er toll im Bett sein würde. Und sie machte sich
weniger Sorgen, wie sie wohl abschneiden würde.

Als seine Lippen sich an ihr Ohr drückten, spürte sie ihre Hitze,
während er flüsterte: „Kannst du es fühlen, Aulora?"

Ihr Herz schlug schneller denn je. Es fühlte sich anders an. Nicht
übereilt. Nicht so hitzig, dass sie kaum noch einen klaren Gedanken
fassen konnte. Es war anders als alles andere, was sie zuvor gespürt

hatte. „Ich fühle mit dir mehr, als ich je mit einem anderen gefühlt habe."

„Ich auch. Und ich will, dass das etwas ganz Besonderes wird. Also verstehst du hoffentlich, wenn ich dich beim ersten Mal noch nicht ganz nehme?" Seine Worte ließen sie innehalten und sie löste sich von ihm, um ihm ins Gesicht zu blicken.

„West, warum willst du unbedingt so lange abwarten?", fragte sie ihn, denn sie verstand es wirklich nicht.

So, wie seine Hand über ihre Wange strich, während er ihr tief in die Augen blickte, fühlte sie sich gut, ja, sie wagte sogar zu denken, sie fühlte sich geliebt.

„Ich möchte, dass du weißt, dass du etwas Besonderes bist. Ich will, dass wir beide wissen, dass wir uns wirklich lieben, bevor wir uns einander völlig hingeben. Ich will, dass du dir sicher bist, Aulora. Wenn wir intim miteinander werden, lasse ich dich nicht wieder vor mir davonlaufen. Der Platz, den ich dir freihalte, wird dann verschwinden."

Seine Worte hätten sie beängstigen sollen, das wusste sie. Diese dominante Ader, die sie zuvor bei ihm entdeckt hatte, als er sich im Museum mit dem Mann unterhielt, schoss ihr durch den Kopf. Der Mann, der nun über ihr lag, war lieb, fürsorglich und ehrlich. Aber er konnte auch dominant werden. Konnte sie das akzeptieren?

„Vielleicht sollten wir einander besser kennenlernen."

Er lächelte und zog sie hoch. Sie saßen nebeneinander und blickte einander an, während ihre Hände immer noch nicht vom Körper des anderen ablassen konnten. Sie strichen über Arme, Beine, Bäuche. „Frag mich, was du willst."

Sie senkte verlegen den Kopf. „Ich habe dich heute Abend mit einem Mann reden sehen."

Die Überraschung, die sich auf seinem Gesicht breit machte, wurde schnell von einem Stirnrunzeln ersetzt. „Du hast mich gesehen und hast mich nicht begrüßt?"

Sie nickte. „Wie gesagt, ich habe dich gesehen, wie du dich mit diesem Mann unterhalten hast. Ich habe gehört, was ihr besprochen habt. Du warst gemein zu ihm, West. Bist du bekannt für deine dominante Art?"

„Gemein? Zu ihm? Oh Süße, wenn du nur wüsstest. Dieser Mann ist eine Last für die Gesellschaft. Ich habe ihm eine Aufgabe gegeben. Diese Aufgabe darf ich leider nicht mit dir besprechen. Aber bei Menschen wie ihm muss man dominant auftreten, sonst machen sie, was sie wollen. Es ist eine Art Schauspiel. Aber so werde ich mich mit dir nicht verhalten." Sein Finger strich sanft über ihre Lippen. „So werde ich mich nie bei dir verhalten. Ich sehe dich als mir ebenbürtig an. Auf allen Ebenen."

Sie atmete erleichtert auf, fragte sich aber dennoch, ob sie ihm glauben sollte. Ihr Vater war dominant gewesen. Er hatte sich um sie und ihre Mutter gekümmert. Er hatte sich so umfassend um sie gekümmert, dass es schwer für sie gewesen war, als er sie so plötzlich verlassen hatte.

„Ich will nicht, dass du für mich sorgst."

„Dann werde ich das nicht tun."

„Tust du aber gerade schon irgendwie."

„Vielleicht verwechselst du ‚für dich sorgen' mit ‚mir Sorgen um dich machen'."

Tat sie das wirklich? War sie schon wieder leichtsinnig? Würde sie sich wirklich dem Mann hingeben können, der ihr gegenüber saß und sie mit sanften Fingern streichelte, die ihr verrieten, dass sie ihr Höhenflüge bescheren konnten, die sie nie zuvor gekannt hatte?

Aber mit ihm zu schlafen würde auf eine Art bedeuten, dass sie ihre Unabhängigkeit aufgeben würde. Wenn sie wieder vor ihm weglief, würde er sie nicht wirklich loslassen.

„Gibt es Umstände, die du akzeptieren könntest, wenn ich es notwendig fände, diese Sache zwischen uns zu beenden?", fragte sie, dachte kurz darüber nach und fügte dann hinzu: „Wenn wir bereits miteinander geschlafen haben."

Er blickte sie an und schien gut über seine Worte nachzudenken. Schließlich sagte er: „Die gibt es mit Sicherheit. Ich will damit auch nicht sagen, dass ich mir alles leisten kann. Ich will damit nur sagen, dass du mit mir reden muss und mich reden lassen musst, bevor du wieder deine eigenen Schlüsse ziehst und einfach die Flucht ergreifst, wie du es dir zur Gewohnheit gemacht hast."

„Und wenn der Grund triftig ist, dann lässt du mich das Ganze beenden und machst darum kein Aufhebens? Du wirst nicht zu mir auf Arbeit kommen und versuchen, meine Entscheidung zu ändern?"

Er schüttelte den Kopf. „Nein", sagte er. „Das hätte ich dann nicht nötig. Du müsstest ja vorher mit mir reden und mir erklären, was dich wütend gemacht hat. Dann hätte ich eine Gelegenheit, dir zu erklären, was schief gelaufen ist. Ich könnte dir sagen, wie ich das sehe. Verstehst du?"

„Du willst also, dass ich mich ganz und gar in dich investiere?", sagte sie, während sie seine Worte abwägte.

„Ja." Er nahm ihr Kinn in seine Hände. „Ich würde das Gleiche für dich tun, Süße."

„Wie eine Art Ehe", sinnierte sie, während sie zur Seite blickte.

Er lächelte, beugte sich vor und küsste sie sanft und lieblich.

„So was in der Art."

Sie wusste nicht, was sie sagen sollte. Es ähnelte sehr dem Arrangement, das ihre Eltern gehabt hatten. Und sie wollte auf keinen Fall eine Beziehung, die deren Beziehung glich. Aber sie wagte sich trotzdem weiter vor.

„Wäre eine echte Ehe je etwas, was für dich in Frage kommen würde, in der Zukunft? Oder geht es zum Beispiel gegen die Tradition deiner Familie, eine arme Frau wie mich zu heiraten?"

„Eine echte Ehe?", fragte er sie mit gerunzelter Stirn. „Was bringt dir ein Stück Papier, Süße?"

Ihr Herz rutschte ihr in die Hose, als sie sich erinnerte, wie ihr Vater ebendiese Worte zu ihrer Mutter gesagt hatte. Beinahe wäre sie aufgesprungen und sofort davongelaufen. Aber irgendetwas bewog sie dazu, sitzen zu bleiben. Sie musste mehr herausfinden.

KAPITEL 20

E r konnte sie besser entziffern, jetzt wo er sie bereits länger kannte und wusste, wie schnell sie vor ihm davonlief. Seine Hand legte sich auf ihre, während sie wohl einen Gesichtsausdruck trug wie ein Kaninchen, das kurz davor stand, Haken zu schlagen.

Weston wusste, dass sie von hier nicht wegkommen konnte. Sie gehörte ihm heute Nacht, ob es ihr nun gefiel oder nicht. Diese Sache mit der Ehe schien sie aufgebracht zu haben und schnell lenkte er das Gespräch auf ein anderes Thema. Jemand mit viel Geld durfte eine Ehe nicht leichtfertig eingehen.

Es mussten dafür Eheverträge aufgesetzt und Anwälte angerufen werden. Es war der totale Albtraum. Völlig unromantisch. Nein. An einer Ehe war er kein bisschen interessiert. Aber an einer Beziehung schon. Er wollte mit Aulora in einer festen Beziehung sein. Und er würde tun, was er tun musste, um sie dazu zu bekommen, einzuwilligen.

Seine Hände strichen über ihre Schultern und zogen sie an ihn heran.

„Wie wäre es, wenn ich dir ein Weilchen zeige, wie eine Beziehung mit mir aussehen könnte?"

Sie nickte und fragte: „Erst muss ich wissen, ob du wirklich total gegen die Ehe bist?"

„Dagegen nicht. Ich bin nur nicht scharf darauf. Papierkram ist weder sexy noch romantisch. Er ist mühselig und langweilig. Ich will, dass du und ich pure Romantik erleben. Eine echte Romanze."

„Die meisten Romanzen enden entweder in einer Tragödie oder in einer Ehe", sagte sie und beobachtete seine Reaktion.

„Aber es gibt auch Ehen, die eher einer Tragödie gleichen, findest du nicht?" Er stand auf und nahm ihre Hand, um sie auch hochzuziehen.

Sie hatte keine Ahnung, was sie zu ihm sagen sollte. Er verhielt sich ihrer Meinung nach wie ein typischer Bonze. Komm, wir spielen ein bisschen ernste Beziehung, aber wir investieren nicht unser ganzes Leben. Aber ihre Neugier war geweckt.

Eine Romanze, selbst eine fehlgeschlagene, könnte erfüllend und ihrer künstlerischen Karriere zuträglich sein. Große Liebe und auch großer Herzschmerz konnten zu großartigen Gemälden führen, die vielleicht eine Karriere befeuern könnten, die gerade noch in den Startlöchern stand.

Sie ließ zu, dass er sie zum Bett führte. Eine dunkelblaue Tagesdecke, die aussah, als sei sie mit Gänsedaunen gefüttert, bedeckte das riesige Doppelbett. Nicht etwa zwei, sondern sechs weiche Kissen waren von hellblauer Seide bedeckt. Daraus schloss sie, dass die Laken aus dem gleichen Material sein würden.

Sie hatte bereits zuvor auf seidener Bettwäsche geschlafen. Sie hatte das Beste vom Besten besessen, damals. Und genau diese Erinnerungen überschwemmten ihren Geist, als er die Decke zurückschlug und die gleichen hellblauen Laken zum Vorschein brachte, von denen sie bereits gewusst hatte, dass sie dort sein würden.

„Möchtest du dich hinlegen, Aulora?", fragte er und zog sein Hemd aus, wobei er den Sixpack enthüllte, den sie bereits unter seinen Klamotten vermutet hatte.

Sie konnte nur nicken, während sie ihren Blick nicht von seiner gebräunten, straffen Haut losreißen konnte. Sie legte sich wie Satin über seinen Bauch und seine Brust. Bevor sie sich hinlegte, strich sie sanft mit ihrer Hand über seinen Bauch. „Straff."

„Ja, ist er", gab er zu. „Vielleicht darf ich jetzt auch sehen, was an dir so alles straff ist?"

Ihr stockte der Atem, während sie ihn mit wilden Augen anblickte. „Weston, wenn ich dich das sehen lasse, bedeutet das dann ...?"

Seine Finger legten sich auf ihre Lippen und unterbrachen sie. „Nein, das bedeutet es nicht. Ich werde dich für nichts verantwortlich machen, bis ich dich nehme. Aber wenn ich dich genommen habe, Aulora, werde ich dich als Mein ansehen. In jeder Art und Weise. Ich möchte, dass du das sehr gut verstehst."

Sie erschauderte beim Klang seiner Worte. *Sein, und zwar völlig.* Also fragte sie: „Und du wirst völlig Mein sein?"

Er nickte und ihr Herz setzte einen Schlag lang aus. Er würde der Ihre werden. Der wohlhabende, umwerfende Mann, der vor ihr stand, würde ihr gehören. *Yeah, das wäre echt der Hammer!*

Wie sich seine Brust und seine Bauchmuskeln unter ihren Fingern anfühlten, inspirierte sie bereits jetzt zu unzähligen Gemälden und Skulpturen, und sie wusste, dass diese Sache, die er sich in den Kopf gesetzt hatte, auch für sie Früchte tragen würde. Außerdem musste sie zugeben, dass sie das Gleiche wollte.

„Ja", hörte sie sich sagen, ohne dass sie sich dessen bewusst gewesen wäre.

Ein Leuchten in seinen Augen entlockte ihr ein Lächeln. „Ja?", fragte er sie. „Du meinst damit, ja, du willst mit mir zusammen sein?"

Sie nickte. „Das will ich." Sie legte ihre Arme um seinen Hals. „Ich habe mich noch nie so gefühlt, Weston. Ich liebe dich. Ich weiß, dass ich das tue. Ich will nicht warten. Ich will das ebenso sehr wie du. Vielleicht sogar noch mehr. Ich will mich dir verschreiben, Weston Calloway."

„Warte", sagte er, während er ihre Arme von seinem Hals nahm und stattdessen ihre Hände griff. „Sag das noch einmal, Aulora."

„Was?", fragte sie mit einem hinreißenden Lächeln. „Dass ich mit dir zusammen sein will?"

Er zog sie fest an sich und drückte seine Stirn an ihre. „Nein. Die andere Sache."

„Dass ich mich noch nie so gefühlt habe?", fragte sie grinsend. Sie wusste, was er noch einmal hören wollte, und sie spielte nur mit ihm.

„Das andere", sagte er und gab ihr einen Klaps auf den Po.

„Ach so! Wahrscheinlich meinst du, als ich gesagt habe, ich liebe dich."

Er seufzte auf und sagte, „Ja, genau das wollte ich aus deinem süßen Mund hören. Und ich liebe dich, Aulora. Ich glaube, ich liebe dich bereits, seit ich dich zum ersten Mal erblickt habe."

Sie starrte ihn an, konnte kaum glauben, dass er die Worte ernst meinte, die da aus seinem Mund kamen.

„Bitte lüge mich nicht an, West."

„Dich anlügen?", fragte er, während er sich neben sie ins Bett legte und mit seiner Hand durch ihr seidiges, schwarzes Haar strich.

„Ich liebe dich wirklich, Aulora. Wirklich."

Sie blinzelte zweimal und entspannte sich ein wenig, während seine Hand, die sanft durch ihr Haar strich, ihre Anspannung löste.

„Weston, darf ich heute Nacht schon Dein werden?"

„Nicht heute Nacht, Süße. Weißt du, ich will, dass nicht auch nur ein Tropfen Alkohol in deinem Blut ist. Ich will, dass du die echte Entscheidung triffst, wenn du zu hundert Prozent nüchtern bist. Und das trifft im Moment nicht zu, auch wenn du dich vielleicht so fühlst."

„Du bist wirklich ein ehrbarer Mann, oder?", fragte sie ihn und küsste ihn dann auf die Nasenspitze. Eine gerade Nase, eine mächtige Nase. Alles an dem Mann war königlich, ja sogar majestätisch. Und er wollte, dass sie ein exklusives Paar wurden.

„Das bin ich", sagte er und strich ihr über die Wange. „Und du bist umwerfend. Der Versuchung zu widerstehen, mit dir intim zu werden, ist ganz schön hart. Aber ich werde mich angemessen verhalten."

„Schade", stöhnte sie, während sie ihren Körper näher an den seinen schmiegte und sich über ihn beugte, um ihn zu küssen.

Sie war ein wenig überrascht, als er dies zuließ, und erkundete dann mit ihrer Zunge jeden warmen Winkel seines Mundes. Seine Arme schlangen sich um sie und sie ruhte auf seiner breiten Brust, ihre Brüste an seine straffen Muskeln gepresst.

Aulora spürte, wie seine Hand über ihren Rücken strich, während ihr Kuss immer leidenschaftlicher wurde. Er bewegte sich immer weiter nach unten, bis er ihren Arsch mit seinen Händen packte. Er drückte sie zusammen und sie stöhnte auf, es fühlte sich doch alles zu richtig an.

Sie sinnierte darüber nach, dass sie, ähnlich ihrer Mutter, gerade einem Mann verfiel, der Menschen ein- und verkaufen konnte. Sie akzeptierte das Gleiche, was ihre Mutter von ihrem Vater akzeptiert hatte. Zum Schluss hatte ihre Mutter alleine dagestanden mit einer Tochter im Teenageralter, um die sie sich selbstständig kümmern musste.

Aber so, wie seine Lippen sich auf ihren anfühlten, dachte sie einfach nicht mehr logisch. Sie hatte noch nie so etwas verspürt. Sein Körper gab sich ihren hin und ihrer seinen und es glich keinem ihrer wildesten Träume.

Er spürte auch, wie anders es sich mit ihr anfühlte, als mit all den anderen Frauen, die er bisher gekannt hatte. Durch seinen Geist strömten jede Menge Zweifel. Aulora könnte tatsächlich die einzige Frau sein, die sein Herz voll und ganz brechen könnte. Und sein Herz war bereits zuvor gebrochen worden. Es war einmal beinahe unwiederbringlich zerstört worden.

Weston war noch jung gewesen, als es geschehen war. Aber die Narbe war noch nicht verheilt, wahrscheinlich würde er sein ganzes Leben lang daran leiden.

Seine Liebe für sie wuchs mit jedem Augenblick, und ehe sie sich's versahen, verschlangen sie einander bereits, rieben sich an den sinnlichsten Stellen des anderen und stöhnten hemmungslos.

Weston löste sich von ihrem Mund und küsste ihren Hals hinab. Ihre Nägel bohrten sich in seinen Bizeps, an dem sie sich festklammerte. Ihre Füße strichen seine Beine auf und ab und sie entledigte ihn so seiner Schlafanzughose. Nun trennte sie nur noch die Unterwäsche von einer Penetration.

Ihr T-Shirt hielt ihn von ihren weichen Titten fern, und er hielt es nicht mehr aus, also zog er es ihr aus und hielt inne, um ihre perfekten, vollen, straffen Brüste anzublicken, dann biss er sich auf die Lippen, lehnte sich vor und nahm eine davon in den Mund.

Sie gab ein wundervolles Geräusch von sich, während er an ihr saugte. Ihre Hände strichen seinen Rücken auf und ab, während sie sich zu ihm aufbäumte. Sie brauchte ihn, wollte ihn, aber er musste sie hinhalten. Er musste sie so lange warten lassen, bis sie sich nach ihm verzehrte. Er musste ihr zu Verstehen geben, wo sie hingehörte.

Als sein Mund sich von ihrer Titte löste, spielten stattdessen seine Hände mit ihren Nippeln, während er sich mit Küssen einen Weg über ihren Bauch bahnte. Seine Zunge bohrte sich in ihren Nabel und dann wagte er sich noch weiter nach unten. „Nach meinem intimen Kuss verstehst du besser, welch köstliche Gefühle ich dir bescheren kann, Süße."

Ihre Hände ballten sich zu Fäusten um die seidenen Laken, während sie sich darauf vorbereitete, seinen Mund an einer Stelle auf ihr zu spüren, die förmlich nach Aufmerksamkeit schrie. „Du bescherst mir jetzt schon köstliche Gefühle. Aber dich dort zu spüren, wäre wirklich das Sahnehäubchen auf diesem köstlichen Törtchen. Mach mit mir, was du willst. Ich bin Dein, du darfst mich rannehmen."

Sie spürte sein Lächeln auf ihrer pulsierenden Klit und dann strich er mit seiner Zunge darüber und ließ ihren ganzen Körper vor Lust erbeben. „Mein", flüsterte er, packte dann ihren Arsch und riss sie nach oben.

Sie stöhnte laut auf, als er sie dort noch viel leidenschaftlicher küsste, als er sie auf den Mund geküsst hatte. „Ja", war alles, was sie hervorbrachte, immer und immer wieder, bis sie schließlich schrie: „West! West!"

Sein Kuss ließ nicht nach und ihr Körper zog sich unter tausenden Wellen markerschütternder Lust krampfhaft zusammen. Seine Zunge bohrte sich in sie, er fickte sie damit bis zur Ekstase.

Ihr Atem ging rau, ihr Körper war schweißüberströmt, und sie schwebte im siebten Himmel von der Behandlung, mit der er ihren

Körper verwöhnte. Und nun wollte sie, dass er herausfand, wie sich ihr intimer Kuss anfühlte.

Als er von ihr abließ, um nach Luft zu schnappen, drehte sie den Spieß um. Schnell drehte sie ihn auf den Rücken, bevor er überhaupt begreifen konnte, was vor sich ging.

Er sah, wie ihr dunkles Haar seinen Bauch bedeckte, während sie mit der Zunge darüber strich und seine Unterhose herunterzog, um sein geschwollenes Glied zu befreien. „Aulora, du musst nicht ..." Ein Stöhnen unterbrach seine Worte, als ihr Mund, heiß und feucht, seinen Schwanz in sich aufnahm.

Sein Kopf fiel in den Nacken und er konnte keinen klaren Gedanken mehr fassen. Sie bewegte sich hoch und runter und bedeckte seinen langen Schaft immer dann mit den Händen, wenn ihr Mund ihn freigab. Ihr Kopf wippte auf und ab, und er konnte das Stöhnen nicht mehr kontrollieren, das sie ihm entlockt hatte, als ihr Mund ihn zum ersten Mal berührt hatte.

Er war kein Anfänger beim Sex. Er hatte bereits jede Menge davon gehabt. Aber nichts glich dem, was sie nun gemeinsam erlebten. Er hatte es bereits gewusst, als er sie zum ersten Mal erblickt hatte. Er hatte gewusst, dass sie etwas Besonderes war. Etwas, das sich nicht erklären ließ. Und er hatte Recht behalten.

Ihr Mund bewegte sich im perfekten Rhythmus und er war kurz davor zu explodieren. Er zog sanft an ihrem Haar, um sie zu unterbrechen, damit er nicht in ihrem Mund kam, aber sie protestierte und stöhnte, sodass er sich nicht länger zurückhalten konnte. Er zuckte zusammen und spritzte seine Ladung direkt in ihren Hals, während sie weiterhin stöhnte und ihn streichelte.

Die Klänge, die seiner Kehle entfuhren, waren roh und animalisch. Er schwebte wie auf Wolken, als ihr Mund ihn endlich freigab. Er konnte nur um Luft ringen, während sie nach oben gekrochen kam und ihren Oberkörper auf seinen legte. Er schlang einen Arm um sie, küsste sie auf den Kopf und flüsterte: „Ich liebe dich so sehr, Aulora."

„Und ich dich, Weston. Können wir jetzt schlafen?"

„Das können wir", sagte er und innerhalb von Minuten waren sie beide eingeschlafen.

KAPITEL 21

Als Aullie erwachte, schmerzte ihr ganzer Körper. Die Aktivitäten der letzten Nacht waren echter Sport für sie gewesen. Und der Morgen markierte einen Neuanfang für sie und Weston. Zumindest dachte sie das.

Aber als sie sich umdrehte, stellte sie fest, dass er verschwunden war. Er hatte sich davongeschlichen, während sie noch geschlafen hatte, und es verstimmte sie, dass er zu so etwas Kaltem fähig war.

Er hatte ihre Träume beherrscht. Und ihr Körper hatte sich bereits darauf vorbereitet, nun mit ihm aufs Ganze zu gehen. Kein Vorspiel mehr, sie wollte ihn voll und ganz spüren.

Als sie sich aufsetzte und dabei die Augen rieb, fand sie ihr Handy auf dem Nachttischchen und hob es auf. Eine SMS von ihm wartete auf sie. Sie wischte über das Display, um sie zu lesen. *—Bin Frühstück holen gegangen, das Personal hat dieses Wochenende frei. Dusch dich und zieh dir die Klamotten an, die ich im Bad für dich ausgelegt habe-*

Sie stand aus dem Bett auf und ging ins Bad hinüber. Sie hatte gehofft, dass sie an diesem Morgen gemeinsam duschen würden, nachdem sie sich geliebt und ihre Beziehung damit besiegelt hätten.

Sie kicherte, als sie sich im Spiegel erblickte und die Spuren sah, die er überall auf ihrer hellen Haut hinterlassen hatte. Sie fuhr die

Spuren mit dem Finger nach und erinnerte sich daran, wie es sich angefühlt hatte, als er sie damit gezeichnet hatte.

Aullie blickte auf den Waschtisch und sah, dass er dort eine Zahnbürste und Zahnpasta für sie ausgelegt hatte. Während sie ihre Zähne putzte, entdeckte sie Kleidung, die an einem Haken an der Badezimmertür hing. Es war ein blaues Kleid mit passender blauer Unterwäsche. Außerdem waren schwarze Lackpumps mit Zehn-Zentimeter-Absätzen dabei. Sie spülte sich den Mund aus und sah nach, was sich in der kleinen Tasche befand, die von dem obersten Haken hing, und fand darin eine schwarze Schachtel. Als sie diese öffnete, entdeckte sie ein wunderschönes Set aus Halskette und Ohrringen, die mit Saphiren und Diamanten verziert waren. Sie atmete tief ein, während sie das wunderschöne Set betrachtete.

Und da war er wieder, der Ekel, den sie sich selbst gegenüber verspürte, als sie bei den teuren Gegenständen, die er ihr überlassen hatte, beinahe zu sabbern anfing. Seine Geschenke als Dank für eine Nacht der Lust. Sein Kaufpreis für ihren Körper.

Sie ging zur Toilette und würgte und keuchte in die Schüssel hinein, bis sie nicht mehr konnte. In was verwandelte sie sich da bloß gerade? Eine geldgierige Hure? Oder eine dumme Frau, die ernsthaft glaubte, dass die Liebe all ihre Probleme auflösen würde?

Jedenfalls blieb sie sich nicht gerade selbst treu. Sie drehte den Duschhahn auf, um die Nacht von sich abzuwaschen, und gab etwas von dem teuren Shampoo in die Handfläche. Es war eine teure Salonmarke, die sie auch benutzt hatte, als sie noch Geld besessen hatte.

Sein Duft versetzte sie in alte Zeiten zurück. In die Zeiten, in denen sie nicht jeden Penny zweimal umdrehen und sich um Miete und Rechnungen keine Sorgen machen musste. In die Zeiten, in denen Dustin, der Chauffeur, sie überall hinfuhr, wo sie hinwollte. In die Zeiten, als ihr Vater sie und ihre Mutter noch liebte.

Sie fragte sich, was danach passiert war. Ihre Mutter hatte es ihr nie wirklich erklärt. Sie hatte ihr gesagt, dass ihr Vater gewollt hatte, dass sie auszogen, und dass sie ihm gehorcht hatten. Später, wenn

Aullie gefragt hatte, warum er nie zu Besuch kam, hatte sie gesagt, dass er von ihnen in Ruhe gelassen werden wollte.

Aullie hatte immer gedacht, dass sie das Wichtigste in seinem Leben waren. Aber scheinbar waren sie das gar nicht gewesen. Obwohl er sie beide mit Geschenken überhäuft und ihnen das Gefühl gegeben hatte, sie seien besonders.

Es war alles eine Lüge.

Ihr Vater hatte das Geld gehabt, ihnen diese Dinge zu schenken. Es war kein Opfer für ihn gewesen, ihnen all das zu geben. Und es war auch kein Opfer für Weston, ihr diese Luxusgüter zu schenken.

Das Kleid war von einem Designer, den sie bereits kannte. Es musste um die sechshundert oder tausend Dollar kosten. Ein Tropfen auf dem heißen Stein für Weston. Die Schuhe waren mindestens siebenhundert Dollar wert und der Schmuck sicher mehrere tausend. Und all das für eine lausige Nacht.

Was würde er versuchen, ihr zu schenken, wenn sie sich ihm gänzlich hingab? Ein Haus? Ein Auto? Den Mond?

Sie wusch das Shampoo aus und gab ein wenig Haarkur in ihre Handfläche. Er war dickflüssiger als der Conditioner, den sie für gewöhnlich verwendete, und sie wusste, dass ihr Haar nach dieser Dusche noch tausendmal besser aussehen würde. Sie würde aus diesem Badezimmer treten und genauso majestätisch aussehen, wie Weston es immer tat.

Aber es wäre auf Zeit, so wie damals auch. Es wäre gespielt, unecht, so wie damals auch. *Was tat sie da bloß?*

Nachdem sie ihr Haar ausgewaschen und die Seife von ihrem Körper gespült hatte, drehte sie den Hahn ab und stieg aus der Dusche, die über so viele Düsen verfügte, dass jemand, der noch nie so viele Düsen gesehen hatte, total ausflippen würde. Aber sie hatte bereits solche Duschen gesehen und sie wusste, dass sie praktisch zum Inventar gehörten, wenn man eine Villa bauen ließ.

Sie trocknete sich ab und sah in den Schrank unter dem Schminktischchen, ob sich darin ein Föhn verbarg. Sie fand mehrere Styling-Werkzeuge, darunter ein Glätteisen, einen Lockenstab und ein Kreppeisen. Und dann sah sie eine schwarze Schachtel, auf die er mit weißem Filzstift ihren Namen geschrieben hatte.

„Was zum Teufel?", fragte sie sich, als sie die Schachtel herauszog. Als sie sie öffnete, fand sie darin eine komplette Palette teuren Make-ups, das genau ihre Schattierung hatte. „Was hat er sich dabei gedacht? Hat er schon immer gewusst, dass er mich irgendwann hierherbekommen würde? Sollte ich mich besser aus dem Staub machen?"

Plötzlich erklang ein schnelles Klopfen, drei helle Töne, und sie hörte ihn sagen: „Süße, hast du alles gefunden?"

Sie wickelte sich in dem Handtuch ein, um sich zu bedecken, und riss die Tür auf. „Weston! Woher hast du bloß gewusst, dass ich eines Tages hierherkommen würde?" Sie piekste ihm mit dem Zeigefinger in die Brust. Eine Brust, die mit einem Kaschmirpullover in der Farbe von Vanilleeis bedeckt war. Seine dunkelblaue Hose passte farblich zu ihrem Kleid und sie merkte, wie ihr schwindelig wurde. *War sie eine Barbie für ihn als Ken?*

Sein Lächeln war echt, als er sagte: „Ich habe es einfach gespürt. Du kannst mich einen Hellseher nennen."

„Eher einen Psychopathen", sagte sie und ihre Stimme klang panisch. „Das ist mehr als nur ungewöhnlich. Das grenzt an, nein, es grenzt nicht nur daran ... so etwas würde nur ein Stalker tun. Wer kauft bitte Dinge für eine Person, mit der er die meiste Zeit überhaupt nicht redet?"

„Ich wusste, dass du dich beruhigen würdest." Er streckte eine Hand aus und zog sie in seine Arme. Sie wusste, dass sie hätte protestieren sollen, aber so, wie er sie eng umschlungen hielt, war sie zu keinem logischen Gedanken mehr fähig. Seine Lippen drückten sich auf ihre und sofort erlosch jeglicher Kampfgeist in ihr.

Wie gelang es ihm bloß, sie innerhalb von Sekunden umzustimmen?

Nachdem er den Kuss beendet hatte, lehnte er seine Stirn an ihre. „Ich will heute mit dir ausgehen. Ein echtes Date mit Blumen und Pralinen. Ich habe tolle Pläne für uns gemacht. Und ich möchte, dass du dich gut dabei fühlst, also habe ich dir Klamotten gekauft, bei denen du dich fühlst, als würdest du dazugehören."

„Darf ich fragen, wo du mich mit hinnehmen willst?", fragte sie
und strich über den weichen Stoff seines Pullovers.

„In den Club, in dem ich Mitglied bin. Ich würde dich gerne
meiner Familie und meinen Freunden vorstellen. Ich will, dass alle
wissen, dass du meine Freundin bist. Und du bist doch meine Freundin, oder nicht?" Ein kleiner Kuss beendete seinen Satz und brachte
ihr Herz zum Dahinschmelzen.

„West, du weißt, dass wir über so etwas reden sollten, bevor du
mich einfach vor vollendete Tatsachen stellst ..."

„Ich dachte, wir hätten gestern bereits darüber geredet. Willst du
damit etwa sagen, dass du es dir anders überlegt hast?" Er packte sie
auf einmal fester, als wolle er sie nicht mehr loslassen, wenn sie ihm
nun verkünden würde, dass sie das alles nur in betrunkenem
Zustand gesagt hatte.

„Bei Tageslicht betrachtet sehe ich besser, wie deine Lebensweise
mich beeinträchtigen könnte. Ich halte das einfach für keine gute
Idee ..."

„Ich liebe dich. Liebst du mich?" Seine Frage wog schwer auf
ihrer Brust.

Schließlich musste sie jedoch zugeben: „Ich liebe dich. Aber ich
habe Angst davor, wie das hier enden könnte."

„Mach dir doch um die verdammte Zukunft keine Sorgen. Denk
an jetzt und was wir einander bedeuten. Brich das nicht ab, weil
irgendwann mal etwas schieflaufen könnte. Ich werde ganz sicher
nicht dich lieben und wissen, dass du mich liebst und gleichzeitig
akzeptieren, dass die Dinge weiterhin so laufen wie bisher. Also, was
sagst du, Aulora? Willst du meine Freundin sein?"

„Darf ich dann immer noch ich selbst sein, wenn das passiert?
Darf ich die Person sein, die ich schon immer gewesen bin?"

„Etwas anderes würde mir gar nicht einfallen. Ich versuche gar
nicht, dich zu ändern. Du bist toll! Wieso sollte ich je etwas an dir
ändern wollen?"

„Die Klamotten, der Schmuck ...", sagte sie.

„Das ist nur, damit du dich wohlfühlst, wenn ich dich an Orte
bringe, an denen die Leute auf so etwas achten. Ansonsten liebe ich

deine lässige Art, dich zu kleiden. Ich will nur nie, dass du dich fehl am Platz fühlst. Deine Gefühle sind mir wichtig, Süße. Also zieh heute bitte das an, was ich dir gekauft habe, damit ich dich den Leuten vorstellen kann, die mir wichtig sind. Ich habe ihnen schon so viel von dir erzählt. Sie sind ganz wild darauf, dich kennenzulernen. Und du könntest ein paar neue Fans deiner Kunst kennenlernen. Das wäre doch toll, oder nicht?"

Das wäre es, dachte sie. Schließlich kauften vor allem reiche Leute Kunst. Und es war ja nicht so, als hätte sie noch nie mit der Elite abgehangen. Sie wusste genau, wie man sich in all ihren schicken Clubs zu verhalten hatte. *Warum sollte sie es nicht wagen?*

Weston war ohnehin derjenige, der eine ganz neue künstlerische Seite in ihr weckte. Warum sollte sie ihn nicht dabei helfen lassen, die beste Künstlerin und der beste Mensch zu werden, der sie sein konnte?

„Ich werde deine Freundin sein, Weston. Das hört sich ziemlich toll an."

„Und ich bin dein Freund, Aulora Greene."

KAPITEL 22

litzer und Glamour strömten aus jeder Pore des eleganten Clubs, dem Weston und seine Familie zugehörig waren. Manchmal fühlte sie sich wie ein Zirkuspferd, wenn er sie Leuten vorstellte.

Aulora wusste, dass sie ihre Wangenknochen musterten, um abzuschätzen, ob sie aus einer reichen Familie stammte. Solche Dinge taten wohlhabende Menschen, sie fällten Urteile über andere aufgrund ihres Erscheinungsbildes. Aber es war ihre Kunst, die alle wirklich zu beeindrucken schien.

„Mensch!", rief eine ältere Frau namens Emily Snodgrass aus, die Weston ihr vorgestellt hatte, als er ihr erzählte, dass Aulora Greene eine Künstlerin mit einer festen Ausstellung in einer der renommiertesten Galerien des Staates New York war. „Des ganzen Staates?", fragte sie.

Weston nickte und Aulora wurde ein wenig rot, während er der Frau mehr von ihr erzählte, als sie selbst für gewöhnlich über sich durchblicken ließ. „Sie hat bereits eine gesamte Kollektion verkauft und hat ihren Abschluss noch nicht einmal in der Tasche. Ich wette, dass ihr noch großer Erfolg vorbestimmt ist, meiner kleinen Süßen."

„Und wo hast du dieses Juwel gefunden, Weston?", fragte Emily

Snodgrass und betrachtete Auloras hübsch geschminktes Gesicht mit einem Stirnrunzeln.

Ein ranziger Pub ist kein Ort, an dem ein Bürger der Oberschicht arbeiten geht. Aber sie blickte voller Anbetung zu Weston auf, als er sagte: „In einem Pub am Rande von Queens habe ich mein Herz gefunden. Als Künstlerin hat sie sich die Rolle wirklich zu Herzen genommen und hat einen bescheidenen Job und eine bescheidene Wohnung angenommen, um zu lernen, wie man eine richtig gute Künstlerin wird. Du weißt schon, Großartiges entsteht nur aus großem Leid."

Irgendwie stimmte es ja!

„So klug und so wahr", erwiderte Emily Snodgrass mit einem breiten Lächeln. „Du hast entweder deine Eltern sehr stolz gemacht oder sie sind jetzt gerade sehr enttäuscht. Ich weiß ja, wie Eltern sein können. Als ich auf die Uni ging und mit der verrückten Idee wieder rauskam, dass ich gerne Reporterin werden wollte, haben sie mich nur kritisiert. Leider habe ich nachgegeben und bin einfach nur die Frau von Seville Snodgrass dem Vierten geworden, anstatt einen Weg einzuschlagen, den meine Eltern damals für unangemessen hielten."

„Ein Jammer", sagte Weston und blickte Aulora mit einem breiten Lächeln auf seinem schönen Gesicht an. „Meine Aulora würde durchs Feuer gehen, um in der Kunstwelt Fuß zu fassen. Nicht wahr, Aulora?"

Sie nickte und beobachtete, wie ein Tablett mit alkoholhaltigen Getränken an ihnen vorbeigetragen wurde. „Meine Mutter ist stolz auf mich. Mein Vater nicht so." Sie hätte so gerne die Hand ausgestreckt und sich ein Glas Betäubungssaft genommen, aber Weston hatte bestimmt, dass sie heute nicht trinken durfte, da er sie sonst aus Respekt wieder nicht anfassen würde.

Und sie wollte seine Berührung mehr als alles andere auf der Welt!

Der Tag verstrich und es gelang ihr, die Ruhe zu bewahren und neue Bekanntschaften zu schließen. Viele hatten ihr versprochen, die Galerie zu besuchen und vielleicht eines ihrer Werke zu kaufen, also wusste sie, dass sie so schnell wie möglich anfangen musste zu schaffen, und mit Weston als Muse war sie sich sicher, dass alles gut laufen würde.

Während sie in seinem Mercedes zu ihm nach Hause fuhren, blickte sie verträumt aus dem Fenster in den dämmernden Abendhimmel. Vielleicht würde sie eines Tages wirklich von ihrem Geld als Künstlerin leben können. Vielleicht könnte sie wirklich ihren Traum in die Tat umsetzen.

Sie blickte Weston an, als er ihre Hand nahm und sie küsste.

„Was denkst du gerade?"

„Ich habe einfach über die Dinge so nachgedacht. Danke, West. Ich glaube, du bist vielleicht meine Eintrittskarte ins Glück."

Sein Lächeln ließ ihr Herz schneller schlagen und sie stellte fest, wie sie selbst Lächeln musste. Er hob ihre Hand noch einmal an und drehte sie um, um ihre Handfläche mit Küssen zu übersäen. „Wenn wir zu Hause sind, will ich, dass du dich aus diesem hübschen Kleid schälst und dich in meine Arme legst. Was hältst du davon?"

Mit einem Schauer purer Lust sagte sie: „Ich halte davon, dass ich dich am ganzen Körper küssen möchte, und dass es schön wäre, wenn du das auch tätest."

Sie konnte es kaum erwarten, wieder in der Villa anzukommen, um herauszufinden, was ihn heiß machte. Doch als sie in die Garage einfuhren und er seufzte, als er ein neues Auto dort erblickte, sah er stirnrunzelnd zu ihr herüber.

„Mein Vater ist hier. Wir können nicht gleich loslegen."

„Willst du zu mir nach Hause fahren?", fragte sie in der Hoffnung, sich schleunigst verziehen zu können, bevor man sie noch jemandem vorstellte. Noch dazu der wichtigsten Person in Westons Leben.

„Nein, ich will dich in meinem Bett." Seine Augen musterten sie lustvoll. „Ich will dich in meinem Haus, in meinem Schlafzimmer, zu der Meinen machen, Aulora."

Seine Stimme war tief und bestimmend. Und sie brannte innerlich lichterloh.

„Okay", antwortete sie schwach. Sie konnte kaum denken, ganz zu schweigen davon, einen vollständigen Satz zu formulieren.

Er ging um das Auto herum, öffnete ihr die Tür, nahm dann ihre

Hand und führte sie in das Haus. Sie hörten im Inneren bereits Gelächter und als sie dem Geräusch folgten, trafen sie auf seinen Vater, einen Mann, der Weston sehr ähnlich sah, nur dass sein Haar silbergrau war. Auf dem Schoß seines Vaters saß eine hoch gewachsene, schlanke Blondine mit langen, roten Nägeln und Dollarzeichen in den hellgrünen Augen.

„Weston, mein Sohn! Wer ist denn das an deinem Arm?", rief sein Vater aus und stand auf, wobei er die Frau abwarf, die ziemlich irritiert aussah.

„Das ist meine Freundin, Vater. Die, von der ich dir erzählt habe. Das ist Aulora Greene. Aulora, das ist mein Vater, Joshua Calloway."

„Nenn mich Josh", sagte er, streckte seine Hand aus und schüttelte die von Aulora.

„Freut mich, dich kennenzulernen, Josh. Und deine Begleiterin ist ...?", fragte Aullie.

„Ich bin Stephanie", sagte die Frau, während sie auf sie zutrat und ihre Hand ausstreckte. Aulora schüttelte sie und merkte dabei, dass Josh nicht besonders begeistert aussah.

„Steph, bring den Kindern doch etwas zu Trinken, hm? Was trinkst du gerne, Aulora?"

Weston kam ihr zuvor. „Sie und ich waren gerade auf dem Weg nach oben. Es läuft ein Film, den wir sehen wollen, und er fängt gleich an. Wir wollen euch außerdem nicht im Weg herumstehen. Gute Nacht, Vater."

Mit einem Lächeln und einem Nicken winkte Josh ihnen hinterher und Aulora verspürte Erleichterung, dass sie nun endlich an diesem Tag keine neuen Leute mehr kennenlernen musste. Während sie die Treppen hinaufgingen, sah sie, wie die andere Frau sie beobachtete. Sie sah Trauer in ihren Augen und meinte, sie wiederzuerkennen.

Die Frau wollte das, was Aulora hatte: eine Beziehung. Aber Aulora wusste etwas, was diese Frau nicht wusste. Wenn man mit reichen Männern zu tun hatte, konnte man nie wissen, wann so eine Beziehung zu Ende sein würde.

Dennoch würde sie es mit Weston probieren und sich größte Mühe geben, sich darum keine Sorgen zu machen!

Seine Augen verengten sich, als er sie mit in sein sehr maskulines Zimmer nahm. „Zieh dich aus." Er schloss die Tür hinter sich, drehte den Schlüssel um und trat dann ein paar Schritte zurück, bis er mit seinem riesigen Bett zusammenstieß und sich darauf setzte. Aulora fühlte sich, als stünde sie auf dem Präsentierteller, und als er sich eine Fernbedienung schnappte und auf einmal Musik erklang, fühlte sie sich wie eine Stripperin, die nur dazu da war, seine Bedürfnisse zu befriedigen.

Es hätte sie wütend machen sollen. Doch es hatte den gegenteiligen Effekt. Stattdessen erregte es sie. Er hatte sie ausgeführt und seinen Leuten vorgestellt. Er schämte sich nicht für seine kleine Kellnerin und Kunststudentin. Er war stolz auf sie.

Sie schleuderte einen Schuh nach dem anderen von ihrem Fuß und knöpfte dann langsam ihr Kleid auf. Er lehnte sich zurück und stützte sich mit seinen Händen ab, während er sie beobachtete.

Langsam und mit Eleganz ließ sie das Kleid auf den Boden sinken, bis sie darin stand wie in einer seidenen Pfütze. Ihre frisch gepflegten Füße waren hellrosa lackiert und ihre Fingernägel trugen den gleichen Farbton. Er hatte sie herausgeputzt, und sie hasste irgendwie, wie gut ihr das alles gefiel.

Als nächstes schälte sie sich aus ihrem dunkelblauen BH und bemerkte dabei, wie er sich auf die Unterlippe biss. Schließlich wand sie sich aus dem passenden Höschen und stand dann da, wartete auf ihn.

Er rief sie mit seinem Finger zu sich und sie ging mit langsamen Schritten auf ihn zu. Seine Hände packten ihre Hüften und er küsste sie zunächst auf den Bauch und bahnte sich dann einen Weg weiter nach unten.

Sie spannte sich zunächst leicht an, als er seine Lippen an ihre Klit drückte. Seine Hände griffen um sie, um ihren Arsch zu packen, und er hielt sie fest, während er diesen Bereich mit jeder Menge Aufmerksamkeit verwöhnte, nachdem ihm zuvor so wenig davon zuteil geworden war.

Aulora blickte herab und betrachtete ihn, während er sie in den Mund nahm. Seine brünett-blonden Locken bewegten sich im Rhythmus seines Kopfes und sie stand kurz davor, die Fassung zu verlieren.

Auf dem Weg nach Hause hatten sie sich über die Frage der Empfängnisverhütung unterhalten und er war froh, als er herausfand, dass sie die Pille nahm und sie war ebenso froh, als sie herausfand, dass er sich vor Kurzem hatte testen lassen und an keiner sexuell übertragbaren Krankheit litt. Sie würden einander ungehemmt erkunden können, ohne Kondom. Nichts konnte sich zwischen sie schieben. Haut an Haut würden sie einander berühren, liebkosen, sich vereinen.

Sie war bereits feucht, und so stand Weston auf und zog sie zum Bett. Er warf die Bettdecke zurück, legte sie hin und zog sich dann aus, während sie ihn beobachtete. Sie leckte sich immer wieder über die roten Lippen, während er sich seiner Kleidung entledigte. Ihr lief das Wasser im Mund zusammen, während er immer mehr von sich freilegte.

Sein Verlangen nach ihr war deutlich und sein großes Glied leistete ihr Stehbeifall. Ihre Schenkel bebten, als er ihre Beine auseinanderschob und sich zwischen ihnen auf das Bett legte.

Seine Hand legte sich auf ihr Geschlecht und er sprach seine Worte deutlich und bestimmt. „Das gehört mir, mir allein."

Sie schluckte heftig, als ihr Herz ihr in die Kehle stieg. Sollte sie das wirklich tun? Sollte sie wirklich diesem Mann so viel von sich überlassen?

Sein Blick wurde wieder weich, verlor seinen harten Einschlag. Er nickte, während er sanft ihre warme Spalte streichelte und sie daran erinnerte, wie gut er sie behandeln konnte.

„Das gehört dir und dir allein", sagte sie ihm.

Er packte seinen Schwanz und strich damit sanft über ihr Geschlecht. „Und im Gegenzug bekommst du das. Und nur du bekommst es."

Sie blickte sein massives Organ an und dachte, dass sie wirklich

Glück hatte, so ein Geschenk zu bekommen. Es schien ihr ein fairer Deal zu sein. „Meins", flüsterte sie.

„Soll ich dir jetzt zeigen, was ich alles mit dir anstellen kann?", fragte er sie.

Sie nickte. „Ich bitte darum." Ihr Körper war angespannt. Er war riesig und sie wusste, dass sie Schmerzen verspüren würde, aber sie wusste auch, dass es ihr schließlich intensive Lustgefühle bescheren würde, so etwas Langes, Dickes in sich zu spüren.

„Leg deine Hände hinter deinen Kopf."

Sie gehorchte ihm und beobachtete ihn, während er sich darauf vorbereitete, in sie einzudringen. Seine Eichel war gigantisch. Er schob ihre Beine nach oben, sodass ihre Knie gebeugt waren, und spreizte sie weit für ihn.

Er stützte sich über ihr ab und drang langsam und Stück für Stück in sie vor. Sie hielt den Atem an, während ihr Körper sich ausdehnte, um ihn in sich aufzunehmen. Sie blickten einander an, während sie sich vereinten, und als eine einzelne Träne aus ihrem Auge kullerte, küsste er sie weg und drang dann schließlich ganz in ihren Körper vor.

„Geht es dir gut?", flüsterte er ihr ins Ohr, während er auf ihr lag, ohne sich zu bewegen.

„Ich glaube schon. Er ist so groß, West."

„Tut es weh?", fragte er und blickte sie dann an. „Sag es mir, wenn ich dir wehtue."

Sie lächelte und strich mit der Hand über seine Wange.

„Sag mir, dass du das auch spürst. Dieses Gefühl, endlich ein Ganzes zu sein."

Er nickte und schenkte ihr einen sanften Kuss. Er ließ sich langsam einmal hinein und wieder hinaus gleiten und spürte, wie ihr Körper sich langsam an ihn gewöhnte. Sie öffnete sich nun besser seinem großen Glied und er bewegte sich freier, sodass sie vor Lust stöhnte. Ihre lustvollen Geräusche waren wie Musik in seinen Ohren.

Ihre Herzen hämmerten, während sie sich liebten. Sanfte Berührungen und zärtliche Liebkosungen verwandelten sich in kratzenden Fingernägel und hämmernde Stöße, die beiden den Atem raubten.

Das klatschende Geräusch ihrer Körper gegeneinander und ihre Lustschreie erfüllten die Luft, bis sie beide klangvoll ihren Höhepunkt erreichten und die Wände seines Zimmers ihr süßes Echo zu ihnen zurückwarfen.

Weston hatte sie zu der Seinen gemacht. Sie würde nirgendwo hingehen. Es war nicht länger eine Möglichkeit, vor ihm davonzulaufen.

Als er sich zwischen ihre Schenkel legte, um ihre Körper zur Ruhe kommen zu lassen, blickte er sie voller Liebe und Verständnis an.

„Ich liebe dich, Aulora Greene."

„Ich liebe dich auch, Weston Calloway."

„Du darfst nie wieder weglaufen."

Sie kicherte und wurde rot.

„Ich glaube, nach dieser Partie kann ich vielleicht nicht mal mehr gehen!"

Er lachte und küsste sie. „Gut. Dann werde ich dich noch oft in diesen Zustand versetzen. Dann kannst du nicht einfach sauer werden und abdampfen."

„Mach mich bloß nicht wütend, West. Wenigstens eine Zeitlang nicht. Benimm dich!" Sie zog ihn wieder an sich und küsste ihn.

„Du dich auch, in Ordnung?"

Sie nickte zustimmend. Das konnte sie tun. Sie musste ohnehin jede Menge Zeug erledigen. Sie musste in die Uni, auf Arbeit und sie musste malen.

Sie dachte nicht einmal daran, davonzurennen. Sein Körper drückte ihren gegen die weiche Matratze und sein Gewicht fühlte sich bezaubernd an. Sie musste jetzt keine Szenarien analysieren.

Er rollte sich von ihr ab, sodass sie sich plötzlich leer fühlte, aber schnell schloss er sie in eine innige Umarmung. Er gab ihr einen Kuss auf den Kopf, sodass sie sich geliebt und geborgen fühlte und sie schlief völlig ohne Probleme ein.

Als die Morgensonne aufging und sie weckte, stellte sie mit Freuden fest, dass sie immer noch in seinen Armen lag. Sie lag still, um ihn nicht zu wecken, doch er schien bereits wach zu sein.

„Da ist ja meine kleine Süße", flötete er. „Und, wie haben wir geschlafen?"

„Wie ein Baby", sagte sie und drehte sich zu ihm um. „Und du?"

„Meinen Engel in den Armen zu halten, hat Wunder gewirkt. Ich habe die ganze Nacht durchgeschlafen. Und das habe ich schon nicht mehr getan, seit ich die High School verlassen habe. Jetzt hängst du wirklich bei mir fest, Aulora. Du bist meine Durchschlafhilfe."

Sie kicherte und küsste ihn auf die Wange. „Normalerweise bin ich die totale Nachteule. Scheint so, als wirkten deine Liebeskünste besser als ein Glas heiße Milch."

„Wo wir schon davon reden. Wir sollten zu dir nach Hause fahren und Bruce ein wenig Auslauf geben und ihm was zu Essen hinstellen. Wir waren gestern nur kurz da, um ihn zu besuchen. Und danach können wir brunchen."

„Du bist unglaublich. Hat dir das schon mal jemand gesagt, West?" Sie küsste ihn erneut auf die Wange. Die leichte kratzige Textur seines unrasierten Gesichts fühlte sich auf ihren Lippen gut an. Sie konnte sich gut vorstellen, noch oft neben ihm aufzuwachen.

„Unglaublich? Vielleicht nicht mit genau diesen Worten, nein." Er drückte sie. „Erst duschen wir, und dann geht es los."

„Willst du dann heute bei mir bleiben, bis ich abends zur Arbeit muss?", fragte sie ihn, während er aufstand, und er drehte sich um und nahm sie wieder in die Arme.

„Diesen Job musst du nicht länger machen, Süße. Du bist jetzt eine erfolgreiche Künstlerin."

„Ähm, nein", sagte sie und blickte ihn an. „Ich meine, ich habe mit den Verkäufen gerade genug verdient, um meine Rechnungen zu bezahlen, aber ich brauche ein gefestigtes Einkommen."

Die Art, wie er sie anblickte, verriet ihr, dass er versuchen würde, sie zu überzeugen, ihren Job an den Nagel zu hängen. Sein Kiefer spannte sich an und dann sagte er: „Aulora, die Uni und deine Malerei werden den Großteil deiner Zeit einnehmen. Wenn du diesen Job behältst, dann werden wir kaum Zeit für uns haben. Und ich will jeden Abend, den ich frei habe, mit dir verbringen."

„Ich finde, du überstürzt das Ganze. Ich muss den Job behalten,

bis ich herausgefunden habe, ob ich mit meinen Gemälden ausrei-
chend Geld verdienen kann, um meine Rechnungen zu bezahlen.
Wenn das geschieht, dann kündige ich. Aber ich werde nicht einfach
so ins Blaue hinein kündigen. Ich muss ohnehin zwei Wochen
Kündigungsfrist einhalten."

„Wie viele von den Leuten, mit denen du zusammengearbeitet
hast, haben diese zwei Wochen eingehalten, Aulora? Ich nehme mal
an, kein Einziger. Und wenn dein Arbeitsverhältnis beendet würde,
würden sie das auch nicht mit zwei Wochen Vorlauf tun. Die
Tatsache ist, dass du ein paar Wände mit Kunstwerken bestücken
musst, und dafür wirst du Zeit brauchen. Ich habe dir das organisiert,
damit du deinen Traum in Angriff nehmen kannst. Die verdammte
Bar wird dich nirgendwohin führen."

Sie blinzelte, während sie ihn anblickte und langsam verstand,
worum es bei dieser Diskussion ging. Sie und er waren ein Paar. Und
Paare taten Dinge wie einen Job aufgeben, um mehr Zeit miteinander
verbringen zu können. Sie taten Dinge, die dem anderen dabei
halfen, seinen Karrieretraum zu verwirklichen. Sie wusste das alles,
aber es war ihr trotzdem unbehaglich.

„Ich will nicht, dass du weitere Gemälde von mir kaufst, West. Ich
warte noch einen Monat. Wenn meine Kunst sich gut verkauft und
ich genug Geld damit verdiene, um meine Rechnungen bezahlen zu
können, auch wenn ich nicht mehr in der Bar arbeite, dann kündige
ich dort. Aber eher kündige ich nicht."

„Du wirst keine Rechnungen zu begleichen haben, wenn du bei
mir einziehst", sagte er. „Du und Bruce könnt bei mir wohnen."

„Zu schnell, Weston! Viel zu schnell!"

„Warum sagst du so etwas? Willst du etwa nicht mit mir
zusammen sein?"

„Das will ich. Aber ich will es einfach langsam angehen."

„Nein", antwortete er trotzig wie ein verwöhnter, reicher Bengel.
„Zieh bei mir ein!"

„Nein!", brüllte sie ihn an. „Ich brauche mindestens einen Monat,
um zu sehen, wie es läuft, bevor ich mich dir noch mehr aushändige,
als ich es ohnehin schon getan habe."

Er drehte sich um und stieg aus dem Bett, und sein perfekt geformter Arsch ließ ihr das Wasser im Mund zusammenlaufen, als er ihn ihr so nackt präsentierte. „Von mir aus!", schrie er und ließ sie alleine im Bett zurück. „Einen Monat, Aulora. Nicht einen Tag mehr!"

„Du bist vielleicht herrschsüchtig", murmelte sie, während sie sich wieder in das gemütliche Bett kuschelte.

Sie wusste nur zu gut, dass die meisten Frauen wegen so etwas niemals einen Streit angefangen hätten. Sie hätten alles getan, was der heiße, sexy Mann ihnen geheißen hätte. Aber Aulora Greene war nicht wie die meisten Frauen. Nein, Aulora Greene war ein störrischer Esel von der ganz besonderen Sorte.

Während Weston sich die Zähne putzte und die Knutschflecken betrachtete, mit denen Aulora ihn übersät hatte, verwandelte seine Wut auf sie sich in etwas anderes. Sie war stark, unabhängig und hatte einen unbeugsamen Willen.

Wieso sollte er das ändern wollen?

Seine Haltung änderte sich, er ging wieder ins Schlafzimmer und hob sie in seine Arme. „Tut mir leid, dass ich versucht habe, dein Leben zu kontrollieren, meine kleine Süße."

Sie schlang ihre Arme um seinen Hals und küsste seine Wange. „Danke. Wie wäre es jetzt mit einer sexy Dusche?"

Er trug sie in die Dusche, um sie gehörig einzuseifen. Sie war schwieriger zu zähmen als die anderen Frauen, die er bisher in sein Leben gelassen hatte, aber er fand, dass sie ihm vielleicht ein paar Dinge beibringen konnte, im Gegensatz zu den anderen Grazien.

Und manche Dinge musste er wirklich noch lernen.

23

ALLES VERLOREN

Kapitel 23

Lebendige Rottöne bedeckten ihre Palette, kombiniert mit ein paar Gelbtönen und einem Orange. Aulora war berauscht von ihrem eigenen Enthusiasmus, während sie die Farben miteinander vermischte, um eine tolle Stimmung damit zu erzeugen. Weston und sie hatten sich früher oder später an jedem Tag der letzten Woche gesehen. Es lief zwischen ihnen besser, als sie es sich je erträumt hatte.

Er schien genau zu wissen, wie viel Zeit sie für sich selbst brauchte und überließ ihr diese Zeit auch ohne jegliche Widerrede. Das überraschte sie freudig. Wie jeden Montag war sie heute in der Uni gewesen und musste abends nicht arbeiten. Er hatte ihr versprochen, sie bis zehn Uhr in Ruhe malen zu lassen, und wollte sie dann besuchen, um die Nacht bei ihr zu verbringen.

Und ihre Nächte, manchmal sogar ihre Nachmittage, waren einfach toll gewesen. Mit jedem Tag festigte sich das Band zwischen ihnen. Über den Tag hinweg schickten sie einander häufig liebe

Worte zu. Selbst, wenn sie in der Bar war und arbeitete, gelang es ihnen, einander wissen zu lassen, dass sie an den anderen dachten und ihm eine gute Nacht wünschten.

Britt hatte sich darüber lustig gemacht, dass Aullie bereits einige für Weston typische Worte in ihren Sprachgebrauch übernommen hatte. Sie behauptete, dass sein britischer Akzent auf sie abfärbte. Aullie leugnete dies vehement.

Aulora war bereits um zwei Uhr nachmittags mit der Uni fertig gewesen und hatte seitdem den ganzen Tag gemalt. Die Zeit war so schnell vergangen, dass es sie überraschte, als es schließlich an ihrer Tür klopfte. Sie blickte zu der alten Uhr, die an der Wand über ihrem Bett hing. Ohne dass sie es bemerkt hätte, hatte sich der Tag zur Nacht gewandelt.

Ihre Haare sahen schrecklich aus. Sie hatte sie zu allem Überfluss mit einem Schnürsenkel zusammengebunden. Über und über war sie mit Farbe bekleckert und ihr ranziges, altes T-Shirt hatte sie auch noch verkehrtherum an. Sie sah aus wie die Inkarnation eines geistesabwesenden Künstlers. Mit einem Schulterzucken legte sie ihren Pinsel ab und ging zur Tür.

Weston schenkte ihr ein neugieriges Lächeln. „Na, da sieh mal einer an." Er pfiff durch die Zähne. „Sexyyyy!" Er griff den Saum seines makellosen, weißen T-Shirts und zog es sich über den Kopf. „Das ziehe ich besser aus, bevor ich dich umarme."

„Hast du Angst vor ein wenig Farbe?", neckte sie ihn, während sie sich umdrehte, um wieder nach drinnen zu gehen. Er folgte ihr, zog sein T-Shirt aus und beschloss, auch seine dunkle Hose auszuziehen.

Dann streifte er seine Schuhe ab und hatte somit nur noch seine Unterhose an, als sie sich zu ihm umdrehte. Ihre Kinnlade klappte herunter, als er sie in seine Arme zog. „Ich habe dich vermisst, Süße."

Sie seufzte und schlang ihre Arme um ihn, als ihre Lippen sich trafen. Süß, liebenswert und ein wenig feucht ließ er viel zu früh von ihren Lippen ab. „Ich habe dich auch vermisst."

Er wiegte sie hin und her und blickte sich in dem kleinen Raum um, doch er fand nichts, was auf ein abgehaltenes Abendessen hindeutete. „Du hast nichts gegessen."

„Ich habe gefrühstückt und Mittag gegessen", sagte sie und sein Stirnrunzeln entging ihr nicht.

„Ich bestelle Lieferservice. Was auch immer du willst", sagte er und ließ sie los, um sein Handy aus der Tasche seiner Hose zu holen, die er auf dem Boden hatte liegen lassen, und erkannte dann, dass das ein Fehler gewesen war, da ihr Kater Bruce bereits schnurstracks darauf zusteuerte, wahrscheinlich mit dem Vorhaben, eine dicke Schicht Katzenhaare darauf zurückzulassen.

Weston sammelte seine Klamotten vom Boden auf und fand einen sichereren Ort für sie an einem Kleiderbügel in Aullies kleinem Kleiderschrank. Währenddessen räumte Aulora ihre Farben weg. „Ich hätte voll Lust auf Asiatisch. Du suchst aus, ich esse alles."

„Ich habe schon gegessen. Ich hatte ein Treffen mit meiner ..." Er hielt inne und schien die richtigen Worte nicht zu finden.

„Mit wem?", fragte Aullie, während auch sie innehielt und zu ihm hinüberblickte, um zu sehen, was ihn seinen Satz hatte unterbrechen lassen.

„Mit meiner Cousine", sagte er, kam wieder aus dem Kleiderschrank und schloss die Tür. „Hayley. Ich musste ihr etwas über ihren Ehemann erzählen."

„Was hast du herausgefunden?", fragte sie neugierig.

„Oh, darüber kann ich nicht sprechen. Glaub mir, es ist besser, wenn du nichts davon weißt. Rein gar nichts", sagte er, setzte sich auf das kleine Sofa und tätigte einen Anruf, um das Essen zu bestellen.

Sie zog ihr altes T-Shirt aus und stellte fest, dass sie es auch auf links getragen hatte. „Ich hatte dieses Gemälde heute schon im Kopf, bevor ich überhaupt durch die Tür getreten bin." Sie hatte weder Jeans noch Shorts angezogen, als sie nach Hause gekommen war. Sie hatte nur ihre Klamotten ausgezogen, ihren BH und ihre Unterhose anbehalten und das T-Shirt angezogen, bevor sie sich direkt an die Arbeit gemacht hatte.

„Und was hat dich dazu inspiriert, wenn ich fragen darf?" Er legte seinen Arm um sie, als sie sich neben ihn setzte.

„Du. Deine Art. Das Gefühl, das du mir gibst." Sie küsste seine

Wange und stand dann wieder auf. „Ich werde mein Gesicht und meine Hände waschen und dann komme ich gleich wieder zurück."

„Ja, aber bitte mach diesen heißen Schnürsenkel nicht raus. Dann kann ich ihn später dazu verwenden, um deine Handgelenke zu fesseln", witzelte er und sie streckte ihm die Zunge heraus, bevor sie aus dem Zimmer ging.

Als sie in den Spiegel blickte, sah sie, wie verwahrlost sie aussah. Überall hatte sie Farbe, sogar im Gesicht und am Hals. Ihre Haare sahen irgendwie zerzaust aus, da sie sie nur zurückgestrichen und den Schnürsenkel darum gebunden hatte, sodass überall lose Strähnen aus dem Zopf hingen.

Schnell wusch sie sich und bürstete ihr Haar. Den Schnürsenkel nahm sie raus. Als sie herauskam, frisch gewaschen, sah sie, dass er sie anlächelte.

„Die Kriegsbemalung hat mir gefallen, Aulora."

„Ich habe wirklich ein wenig wild ausgesehen, nicht wahr?" Sie setzte sich wieder neben ihn und er zog sie auf seinen Schoß.

Der Blick, den sie wechselten, sprach Bände. Als er es nicht mehr aushielt, küsste er sie einfach. Der Kuss war lieblich gemeint, aber die Chemie sprühte nur so zwischen ihnen und schon bald saß sie auf ihm, während sie immer schwerer atmeten.

Bis ein Klopfen an der Tür sie unterbrach. „Das Essen", sagte er, während er seinen Mund von dem ihren löste.

„Ich habe nicht einmal Hunger", sagte sie, während sie versuchte, wieder zu Atem zu kommen.

Er gab ihr einen kleinen Kuss, schob sie von seinem Schoß und nahm dann eine Kuscheldecke von dem Sofa, um sie zuzudecken. Dann schnappte er sich eine zweite und wickelte sie um seine Hüften, um anschließend die Tür öffnen zu können.

Sie beobachtete jede seiner Bewegungen, fasziniert von seinem perfekten Körper. Ihre Finger strichen über ihre Lippen, die noch immer von ihrem Kuss pulsierten. Als er mit dem Essen zurückkam, versuchte sie, es von sich wegzuschieben.

„Nein, Süße. Du musst essen", sagte er und holte die Gerichte aus der Tüte.

„Wie wär's, wenn ich danach esse?"

Er schüttelte den Kopf und damit war die Frage vom Tisch. „Erst isst du. Ich will dich heute Nacht ganz schön beanspruchen."

Sie setzte sich auf, damit sie schnell essen und dann herausfinden konnte, was er mit ihr vorhatte. „Wirklich?"

Er nickte und lächelte ein verschmitztes Lächeln. Sie nahm erst einen Bissen der Frühlingsrolle, bevor sie den Container der sauer-scharfen Suppe öffnete und einen Plastiklöffel darin versenkte.

„Ja, wirklich."

Ihre Neugier war geweckt und sie hatte das Gefühl, das Essen würde ihr die nötige Energie für seinen großen Plan geben. Schon bald hatte sie die Suppe leergelöffelt und die Frühlingsrolle aufge-gessen und wischte sich den Mund mit einer Papierserviette ab.

„Fertig!"

Er hob die Container auf und wollte sie in den Müll schmeißen, doch er stellte fest, dass er voll war. „Okay, der Müll ist voll. Wo sind deine Mülltüten?"

„Ach so, die", sie zuckte mit den Schultern. „Ich habe keine mehr. Steck es einfach alles in die Tüte vom Lieferservice und lass es auf dem Tisch stehen. Ich versuche, morgen daran zu denken, welche zu holen. Aber ich habe ziemlich viel vor, also werde ich vielleicht erst Ende der Woche dazukommen."

„Und bis dahin tummelt sich hier das Ungeziefer. Ich wünschte wirklich, du würdest bei mir einziehen. Dann müsstest du dir um so etwas keine Sorgen machen. Auf jeden Fall", sagte er, während er die Tüte auf den Tisch stellte und zu ihr herüber kam. „Ich möchte, dass du dieses Wochenende bei mir verbringst. Bring auch Bruce mit. Ich will dir zeigen, was ich für dich gemacht habe."

Sie kniff die Augen zusammen und wiederholte, was er gesagt hatte. „Was hast du für mich gemacht?"

„Etwas, das die dabei helfen wird, die Künstlerin zu werden, die du sein möchtest. Und zwar keine, die am Hungertuch nagt." Er küsste sie auf die Nasenspitze, nahm dann ihre Hand und führte sie zu ihrem Hochbett. Er hob sie hinauf und sprang dann nach ihr hoch. „Hier oben sitzt man wie im Baumhaus."

„Schon irgendwie", gab sie zu, während sie sich umblickte. „Wegen dieses Wochenendes, West. Ich muss am Samstag arbeiten. Aber Sonntag und Montag habe ich frei. Ich kann am Sonntag bei dir übernachten, aber ich will nicht, dass du am Samstagabend auf mich warten musst."

Er seufzte, während er ihren BH öffnete. „Dieser dumme Job, Aulora. Mal im Ernst, wie viel Geld hast du letzte Woche verdient?"

In der Bar war es die ganze Woche schon nicht gut gelaufen. Ihr Trinkgeld war ausgesprochen mickrig ausgefallen. Und jeder hatte ihr gesagt, dass sie wie eine Idiotin gehandelt hatte, weil sie sein Angebot nicht angenommen hatte, bei ihm einzuziehen. Obwohl sie einander kaum kannten, versicherten ihr alle, dass ihre Liebe echt war. Auloras Verhalten hatte sich grundlegend geändert.

Sie war Hals über Kopf verliebt und konnte das auch nicht verbergen!

24

KAPITEL 24

Seine Hände hielten ihre über ihrem Kopf fest, während er ihren empfindsamen Nippel mit seinem Mund liebkoste und mit seiner freien Hand mit ihrer pulsierenden Klit spielte. Er hatte Wort gehalten, spielte mit ihr, brachte sie wieder und wieder zum Höhepunkt und trieb sie an den Rand der Erschöpfung.

Als sie zum fünften Mal ihren Orgasmus in den Raum hinausstöhnte, sah er den Zeitpunkt endlich gekommen, ihre Hände loszulassen und in sie vorzudringen. Sie keuchte, als er in sie eindrang, und war klatschnass. „Ja!", stöhnte sie, während sie mit ihren Händen über seinen muskulösen Rücken strich. „Danach habe ich mich verzehrt!"

Er freute sich, dass sie ihn so sehr begehrte. Die vergangene Woche hatte sie einander näher gebracht und sie hatten so viel darüber gelernt, was den jeweils anderen im Schlafzimmer ebenso wie im sonstigen Leben glücklich machte. Er küsste eine weiche Hautstelle hinter ihrem Ohr. Das brachte sie jedes Mal dazu, sich zu ihm aufzubäumen. Er flüsterte, „Ich liebe dich."

Sie stöhnte ihm die Gleichen Worte entgegen, wie es mittlerweile zur Gewohnheit geworden war. Ihre Körper kannten sich miteinander aus. Er konnte nicht leugnen, dass Aulora etwas in ihm erweckte, was sonst noch nie jemand in ihm erweckt hatte.

Eines Nachmittags hatte Weston sich Verlobungsringe angesehen, während er im Einkaufszentrum auf sie wartete, um mit ihr zu Mittag zu essen. Der Juwelier war nicht annähernd von dem Kaliber, das er für einen Ring gewählt hätte, aber er war stehengeblieben und hatte sie sich angesehen. Einer von ihnen erweckte seine Aufmerksamkeit und er hatte mit dem Gedanken gespielt, einen echten Verlobungsring für sie auszusuchen.

Als er seinem Freund Dylan erzählt hatte, was er getan hatte, hatte sein Kumpel ihm auf den Rücken geklopft und ihm geraten, er solle es wagen. Er hatte ihm erzählt, er habe ihn noch nie von einer Frau so hingerissen gesehen. „Worauf wartest du?", waren seine Worte gewesen.

Aber er hatte beschlossen, dennoch zu warten. Gerade lief es prima. So glatt. Gar nicht mehr so, wie es zu Anfang mit ihnen gelaufen war. Er wollte sein Glück nicht überstrapazieren. Und er hatte bereits früher Pech gehabt damit, die Dinge zu überstürzen.

Weston bewegte sich gleichmäßig und leicht und blickte dabei in ihre stahlblauen Augen. Ihre Hände strichen über seine Wangen, während sie seinen Blick erwiderte. Sie hatten eine tiefgehende Verbindung, daran bestand kein Zweifel. Er wusste, dass er ihr die Wahrheit sagen sollte. Aber das hatte ihm bisher immer nur Mitleid eingebracht und so etwas hörte er gar nicht gerne.

Die meiste Zeit ließ er die dunklen Erinnerungen gar nicht an die Oberfläche treiben. Es schmerzte ihn zu sehr. Es lag bereits zehn Jahre zurück, dass alles sich so dramatisch verändert hatte. Seine Zukunft hatte sich geändert, aber nur einen Augenblick lang. Dann schien alles wieder seinen gewohnten Gang zu gehen. Doch in seinem Herzen blieb ein Loch zurück, von dem er wusste, dass es sich nie wieder schließen würde.

Er hörte Aulora keuchen und konzentrierte sich wieder auf ihr Gesicht, während sie ihm gab, was er wollte. Ihr Körper zog sich um seinen zusammen und er hatte keine Wahl: Er musste ihr geben, was ihr Körper von ihm verlangte.

Sie betrachteten einander, während sie beide zum Höhepunkt kamen. Danach flüsterten sie beide: „Ich liebe dich."

Noch nie hatte er so viel für jemanden empfunden. Für keine Menschenseele. Aulora war die Richtige für ihn. Er wünschte sich nur, dass die Zeit schneller verstreichen würde, damit er ihr endlich die Frage stellen konnte, die ihm so sehr auf den Lippen brannte.

Er strich ihr den leicht verschwitzten Pony aus der Stirn und stellte ihr eine Frage, die er bereits mit sich herumtrug, seit sie beschlossen hatten, ernst zu machen. „Aulora, glaubst du, dass du eines Tages Kinder haben möchtest?"

Sie lachte auf, was ihm einen Stich ins Herz versetzte. „Kinder? Zumindest demnächst noch nicht."

Er nickte, küsste sie auf die Nasenspitze und rollte sich von ihr herunter. Dann lehnte er sich auf die Matratze zurück, zog sie an sich, sodass sie ihren Kopf an seine Schulter legte, und schlang seinen Arm um sie. Er tastete sich ein wenig weiter vor und fragte deshalb: „Magst du Kinder?"

„Ich habe noch nicht genug Zeit mit welchen verbracht, um das zu wissen. Ich nehme an, dass ich meine schon mögen würde", sagte sie und lachte dann wieder. „Ich bin erst zweiundzwanzig, ich habe noch jede Menge Zeit, um an Kinder zu denken. Ich will mich jetzt erst mal auf meine Kunst konzentrieren. Ich habe ja für dich schon kaum Zeit."

Er nickte. Er wusste, dass sie recht hatte. Aber er wusste auch, dass er eher früher als später Kinder haben wollen würde. Und ihm war ein Angebot unterbreitet worden, das er kaum ignorieren konnte.

Er hatte noch nicht ernsthaft darüber nachgedacht, worum man ihn gebeten hatte. Bis zu dem Augenblick, als Aulora ihm enthüllte, dass sie noch nicht einmal im Traum daran dachte, jetzt bereits Kinder zu bekommen.

„Aulora, wie lange glaubst du, dass es dauern wird, bis du dir Kinder wünschst?"

„Keine Ahnung, ehrlich gesagt." Sie stützte sich auf ihrem

Ellbogen ab und blickte lächelnd zu ihm herab. „West, willst du mich etwa sofort schwängern, oder was?"

Sein Lächeln verriet ihr, dass sie richtig gelegen hatte, aber stattdessen sagte er ihr: „Nein. Ich will nur wissen, wann du glaubst, dass du so etwas wollen könntest."

„Also willst du mich nicht schwängern?", fragte sie stirnrunzelnd, auf einmal irritiert darüber, dass er das Gespräch auf Kinder lenkte und dann nicht mal mit ihr welche haben wollte.

„Nicht, wenn du das nicht willst. Zu so etwas würde ich dich nie drängen. Man sollte nicht aus Zwang Eltern werden. Wenn du keine Kinder willst, dann will ich das einfach wissen."

„Ich habe ja nicht gesagt, dass ich nie welche will. Nur jetzt einfach noch nicht. Mit der Uni, der Arbeit und meiner Kunst wäre das einfach zu kompliziert."

„Du machst in sechs Monaten deinen Abschluss", erinnerte er sie. „Deine Arbeit in dieser Bar geht auch bald zu Ende. Deine Arbeit als Künstlerin kommt sich gar nicht mit einer Schwangerschaft oder Kindererziehung in die Quere. Ich finde, dass du Kinder bereits in einem Jahr in Erwägung ziehen könntest."

„In einem Jahr?", fragte sie und ihre Stimme klang leicht panisch. „In einem Jahr? Echt jetzt? Ich finde, dreiundzwanzig ist noch reichlich jung fürs Kinderkriegen. Vor allem, wenn man keine Ahnung hat, was man damit anfangen soll. Ich habe noch nie eine Windel gewechselt, und du?"

Er blickte sie einen Augenblick an und wägte seine Worte ab. „Ich schon. Es ist nicht schwer."

„Und was ist mit dem Füttern? Wie soll man sich überhaupt daran erinnern, sie ständig zu füttern?", fragte sie ihn. „Ich muss mir den Wecker stellen, um mich daran zu erinnern, Bruce zu füttern."

„Ein Baby gibt mehr oder weniger Bescheid, wenn du es füttern sollst." Er zog sie zurück in seine Arme, versuchte sie wieder zum Liegen zu bekommen. Ihre Augenbrauen waren zusammengezogen, und sie sah aus, als würde sie sich womöglich aufregen. „Schlafen wir besser einfach, Süße. Ich hätte gar nicht davon anfangen sollen. Es ist noch viel zu früh in unserer Beziehung, um solche Dinge zu fragen."

Sie nickte und sie schlossen ihre Augen, während er darüber nachdachte, warum er so etwas derart Wichtiges so früh bereits forcieren wollte. Er wusste tief in seinem Inneren, dass es mit dem Angebot zu tun hatte, das ihm unterbreitet worden war.

Einst, vor langer Zeit, hatte er eine andere Frau geliebt. Sie hatten sich einst eine Zukunft erträumt. Doch all das war verloren gegangen und er wusste nun, dass diese junge Liebe kein Vergleich zu dem war, was er mit Aulora hatte. Aber etwas an dem Verlust nagte doch an ihm.

Er fragte sich, ob er diesen Wunsch noch länger unterdrücken könnte, lange genug, bis Aulora ihm von sich aus schenken wollte, was er sich so sehr wünschte. Oder würde er schließlich dem Angebot nachgeben, das man ihm gemacht hatte?

KAPITEL 25

Mit einem schnellen Kuss verließ Weston früh am nächsten Morgen Auloras Wohnung, damit er nach Hause fahren und sich für die Arbeit fertigmachen konnte. Aulora hatte erst um zehn Uhr Unterricht, also ging sie wieder ins Bett, nachdem sie den Kater gefüttert und ihn kurz nach draußen gelassen hatte. Die kalte Luft hatte ihn schon bald lauthals miauend wieder zur Tür hereingetrieben.

Sie kuschelte sich mit ihm auf ihr kleines Sofa, hörte ihr Handy klingeln und sah, dass es Brittany war.

„Du bist ja früh wach", sagte sie beim Abheben.

„Bin ich", erwiderte Britt. „Und wie war dein Abend, wenn ich fragen darf?"

„Toll. Nun, wenn ich mit Weston zusammen bin, ist es immer toll. Es hört sich so komisch an, das zu sagen. Aber es stimmt. Und dein Abend?"

„Ich habe gestern jemanden kennengelernt", erzählte Britt ihr. „Er ist groß, dunkelhaarig, gutaussehend, und ich weiß, dass sich das ein bisschen verrückt anhört, aber Aullie, ich glaube, er ist mein zukünftiger Ehemann!"

Aullie setzte sich kerzengerade auf. „Wie bitte?"

„Ich habe ihn zu Beginn meiner Schicht kennengelernt und er war dann den ganzen Abend da. Als ich dann Schichtende hatte, sind wir frühstücken gegangen und haben uns unterhalten, bis die Sonne aufgegangen ist. Deshalb rufe ich so früh an. Ich war noch nicht einmal im Bett. Es war unglaublich!"

„Wie heißt er?", fragte Aullie, während sie sich mit dem Finger ans Kinn tippte. Die Neuigkeiten ihrer Freundin hatten etwas in ihr zum Leben erweckt. *Verspürte sie etwa Eifersucht?*

„Sein Name ist Julio Garcia. Er ist ein Latino. Meine Eltern werden begeistert sein", schwärmte sie. „Wir haben über alles geredet. Unsere Zukunftspläne ..."

„Und die wären?", unterbrach Aullie sie.

„Kinder, ein großes Haus, tolle Jobs. Er hat bereits einen. Er ist der Manager eines Autohauses. Er wohnt in einer Wohnung in Queens, aber er würde sich zu gerne ein Haus kaufen. Und er hat mich schon gebeten, nachher noch bei dem Autohaus vorbeizuschauen, damit er mit ein Demoauto zur Verfügung stellen kann. Kannst du das glauben?"

„Ich kann nicht glauben, dass du das von ihm annimmst", sagte Aullie und schüttelte den Kopf. „So sehr lässt du dich von ihm verwöhnen?"

„Wieso sollte ich nicht?", sagte Brittany leicht verstimmt. „Er und ich sind quasi Seelenverwandte. Das würdest du nicht verstehen."

„Und wieso nicht?", fragte Aullie und klang dabei ziemlich zornig. „Ich denke, dass Weston und ich ziemlich nah dran sind, uns als Seelenverwandte bezeichnen zu können. Also verstehe ich wohl sehr gut, wovon du redest, Britt."

„Ja, aber ihr meint es nicht so ernst wie wir", zickte Brittany und machte Aullie damit noch aggressiver. „Er will drei Kinder, genau wie ich schon immer. Wir mögen beide Hunde. Wir lieben beide Enchiladas mit Rind und Himbeertee. Es ist, als wären wir aus einem Holz geschnitzt. Als er mich berührt hat, hatte ich das Gefühl, mich durchzucken elektrische Blitze."

„Du hattest schon Sex mit ihm?", fragte Aullie, während ihr ein Schauer über den Rücken lief. Als sie und Weston sich zum ersten Mal berührt hatten, war genau das Gleiche geschehen. Sie hatte gedacht, dass das bedeutete, dass sie und er eine besondere Verbindung zu einander hatten. Aber wenn Brittany das Gleiche bei einem völlig Unbekannten verspürt hatte, dann konnte es so besonders gar nicht sein.

„Sex nicht", sagte Britt. „Aber wir haben ziemlich heftig rumgemacht. Ich hätte gedacht, dass du dich mehr für mich freuen würdest, Aullie. Irgendwie habe ich das Gefühl, das interessiert dich gar nicht."

„Es interessiert mich", sagte Aullie und bekam ein schlechtes Gewissen, weil sie für ihre einzige richtige Freundin nicht da war. „Ich freue mich für dich. Ich kann es kaum erwarten, ihn kennenzulernen."

„Ich bin mir ziemlich sicher, dass er heute Abend wieder in die Bar kommen wird. Dann kannst du ihn kennenlernen", sagte sie. „Aullie, geht es dir gut? Du hörst dich ein wenig niedergeschlagen an."

„Das war ich nicht. Ich war ziemlich super gelaunt."

„Bis ich dich angerufen habe?", fragte sie.

„Naja, ja. Es ist nicht deine Schuld. Es ist meine Schuld. Weißt du, gestern Abend hat Weston mich gefragt, ob ich schon bereit dazu wäre, Kinder zu bekommen, und ich habe gesagt, dass das für mich noch ganz weit weg sei. Und du warst selbstbewusst genug, einem Mann, den du kaum kennst, bereits zu enthüllen, wie du über Kinder denkst. Jetzt fühle ich mich, als stimme etwas nicht mit mir."

„Mit dir stimmt alles. Es ist nur so, dass ich mein Herz auf der Zunge trage. Du schnürst dich zusammen wie ein kleines Paket und kaum einer lernt dich wirklich kennen."

Aullie dachte darüber nach, was Britt gesagt hatte, und kam zu dem Schluss, dass ihre Freundin recht hatte. „Ich will keine verschlossene Person sein. Zumindest nicht, was Weston angeht."

„Dann sprich offen mit ihm über alles. Zeige ihm, wer du wirklich bist und was du denkst."

„Das weiß ich ja nicht einmal selbst. Das Einzige, was ich wirklich weiß, ist, dass ich für mein Leben gerne male und es selbst dann noch tun würde, wenn ich kein einziges meiner Gemälde verkaufen könnte. Und ich liebe diesen Kerl. Das weiß ich auch." Bruce krabbelte auf ihren Schoß, als wolle er sie an seine Existenz erinnern, und schnurrte laut. „Oh, und ich liebe auch meinen Kater Bruce."

„Okay. Aber was ist mit den anderen Dingen, Aullie? Denk mal drüber nach. Wie viele Kinder siehst du in deiner Zukunft?"

„In den letzten Stunden habe ich so viel Gerede über Kinder gehört. Ich habe noch nie über sie nachgedacht. Frag mich nicht, wieso, denn das weiß ich auch nicht. Ich habe nur nie über irgendwas nachgedacht, das weiter von mir weg ist als mein Abschluss vom College."

„Das ist aber schon ein bisschen seicht, findest du nicht, Aullie?"

„Vielleicht. Mist! Ich muss los, Britt. Ich freue mich für dich und ich kann es kaum erwarten, diesen Kerl kennenzulernen, von dem du so hin und weg bist. Schönen Morgen noch und bis später auf Arbeit."

„Du hörst dich wütend an", sagte Brittany und Aullie bekam ein noch schlechteres Gewissen.

„Ich bin nicht wütend. Ich ärgere mich einfach nur über mich selbst. Ich will einfach nur ein langes Bad nehmen und über das Leben nachdenken."

„Okay, tut mir leid, wenn ich dich sauer gemacht habe. Das wollte ich nicht. Tschüs."

Aullie beendete das Gespräch, ohne sich richtig zu verabschieden. Sie hatte andere Dinge im Kopf. Auf der einen Seite fand sie, dass ihre Freundin die Dinge überstürzte. Auf der anderen fragte sie sich, warum sie sich so sehr zügelte.

Sie kitzelte Bruce hinter seinem Ohr und murmelte: „Ich bin echt ein Chaos, Käterchen."

Er miaute und sie war sich nicht sicher, ob er ihr zustimmte oder ihr versichern wollte, dass sie gar nicht so ein Chaos war. Doch sie wusste, tief in ihr drin, dass sie es doch war. Und Weston hatte versucht, mit ihr ein erwachsenes Gespräch über Kinder zu führen und sie hatte nur gelacht.

Wie ein Kind, das zu jung war, um die Beziehungen der Erwachsenen zu verstehen, hatte sie gelacht, als der Mann, den sie liebte, versucht hatte, ein ernstes Gespräch mit ihr darüber zu führen, was er vom Leben wollte.

Was stimmte bloß nicht mit ihr?

KAPITEL 26

Süße, ich habe ein Geschäftstreffen außerhalb. Ich werde heute Nacht nicht in der Stadt sein", sagte Weston ihr am Telefon, während sie auf Arbeit fuhr. Sie bemerkte einen brandneuen Nissan Sentra auf dem Angestelltenparkplatz und dachte sich, dass er wohl Brittany gehören musste.

„Ah, okay. Das ist in Ordnung, ich muss morgen ohnehin früh in die Uni. Ich werde dich vermissen", sagte sie ihm. „Und wenn wir am Sonntag wieder zusammen sind, möchte ich nochmal mit dir über diese Babysache reden, die du gestern angesprochen hast. Ich habe noch einmal darüber nachgedacht."

„Hast du?" Er klang glücklich und ziemlich überrascht. „Dann kann ich es kaum erwarten!"

Seine offensichtliche Vorfreude löste seltsame Gefühle in ihr aus. „Willst du mir nicht verraten, wo du hin musst?"

„Das kann ich nicht. Es geht schon wieder um die Sache, von der du besser nicht zu viel weißt."

„Bist du ein Spion, West?", fragte sie kichernd.

Sein Schweigen brachte ihr Kichern zum Verstummen. „Aulora, natürlich bin ich kein Spion. Ich muss da nur etwas regeln. Ich rufe dich morgen an, wenn ich wieder da bin."

„Und wo fährst du hin?", fragte sie und fand seine Geheimnistuerei auf einmal merkwürdig. Sie würde doch wohl erfahren dürfen, in welche Stadt er fuhr.

„Nach Los Angeles", sagte er. „Ich rufe dich morgen an. Liebe dich, Süße."

„Liebe dich auch", sagte sie und beendete das Gespräch.

Irgendetwas beunruhigte sie an der ganzen Sache. Was war da in L.A. und warum tauchte das jetzt auf einmal auf?

Brittany holte sie an der Tür ab und zeigte auf ihr neues Auto. „Hast du es gesehen, Aullie?"

„Das habe ich", sagte sie und lächelte sie an. „Es sieht wirklich toll aus. Und ich bin mir sicher, dass du dich besonders über die Heizung gefreut hast, die dein altes Auto nicht hatte."

„Und wie", sagte sie, während sie versonnen zu ihrem neuen Auto blickte und dann die Tür schloss. „Julio hat meinen als Tausch dafür angenommen. Die Rostlaube gehört der Vergangenheit an."

„Und jetzt musst du ihn abbezahlen, was?", fragte Aullie, während sie in den Hinterbereich ging, um ihren dicken Mantel auszuziehen und ihre Kellnerschürze anzulegen.

Sie nickte. „Aber die Raten sind wirklich niedrig, ich kann sie mir leisten. Nicht, dass ich das müsste. Julio hat gesagt, er übernimmt sie für mich."

„Und bezahlt er auch die Versicherung?", fragte Aullie und spürte, wie das grüne Monster wieder in ihr hochstieg.

„Du klingst irgendwie, wie sagt man noch, zickig! Ja, genau, zickig!" Brittany drehte sich auf dem Absatz um und ging davon.

Aullie hielt inne und dachte darüber nach, ihrer Freundin zu folgen und sich für ihr benehmen zu entschuldigen. Sie wusste, dass sie damit nicht recht hatte, ihre eigenen kleinlichen Eifersüchteleien an ihrer Freundin auszulassen.

Weston hatte ihr auch ein Auto angeboten. Sie hatte sich entschieden, das Angebot abzuweisen. Er hatte ihr angeboten, in seine Villa einzuziehen. Sie hatte auch dieses Angebot selbstständig ausgeschlagen. Warum war sie also sauer auf ihre Freundin, wenn diese nicht den gleichen Weg einschlug wie sie?

Sie ging noch weiter nach hinten und hörte Erics nervige Stimme, wie er am Telefon mit dem Management redete, wie sie vermutete. Er verwendete dann immer Worte wie ‚unterm Strich' und ‚Inventarkosten'. Sie war leise dabei, ihre Dinge wegzuräumen, aber irgendwie hörte er sie trotzdem.

Als er aufgelegt hatte, rief er zu ihr hinaus.

„Ich brauch dich mal hier drinnen, Aullie."

Mit einem leisen Seufzen band sie sich ihre Schürze um und ging hinein, um herauszufinden, was dieser kleine Troll von ihr wollen könnte. „Ja, Eric?" Sie trat in sein Büro.

Er blickte sie einen Moment lang an und sagte dann: „Ich befördere dich zur Direktionsassistentin. Das Management ist zufrieden mit deiner Arbeit und sie haben mir gesagt, ich solle dir diesen Posten übertragen. Das bedeutet, dass du ein Gehalt bekommst und ich dich öfter hier brauche als bisher. Ab morgen kommst du um vier und gehst um eins. Ich bleibe bis acht hier und danach ist die Bar ganz dir überlassen. Super, oder?"

„Gar nicht super!", sagte sie und wunderte sich, wie jemand denken konnte, er könne ihr so viel aufbürden, ohne sie überhaupt erst zu fragen. „Ich will das gar nicht!"

„Du bekommst mehr Geld", sagte er und blickte sie verblüfft an. „Ich höre dich doch die ganze Zeit über das mickrige Gehalt meckern, Aullie. Jetzt musst du dich nicht mehr beschweren. Du verdienst jetzt fast so viel wie ich."

„Das ist nicht meine Karriere. Frag Brittany, ob sie es tun will. Sie will das von ihrem Leben. Ich nicht. Ich bin Künstlerin", sagte sie und zeigte auf ihre Brust. „Das hier ist nicht die Endstation für mich. Für sie schon."

„Wie bitte?", erklang auf einmal Britts Stimme hinter ihr. „Redest du da von mir?"

„Tut sie", sagte Eric mit der Stimme einer widerlichen Petze. „Ich habe ihr einen tollen Job angeboten und sie will ihn dir überlassen. Aber sie scheint nicht zu verstehen, dass das Management beschließt, wer diesen Job bekommt. Ich kann ihn nicht einfach jemandem anderen geben."

Brittany stampfte mit dem Fuß auf und schnaubte, dann drehte sie sich um und ging davon. Aullie blickte Eric an. „Ich will diesen Job nicht. Sag das dem Management." Dann drehte sie sich auf dem Absatz um und verließ ebenfalls sein Büro, während er ihr mit heruntergeklappter Kinnlade hinterherstarrte und ohne Assistent dasaß.

Die Nacht war für eine Schicht mitten in der Woche sehr gut besucht und als eine Frau durch die Tür trat, ließ Aullie beinahe ihr Tablett mit Getränken fallen. Als die Frau sich an einen ihrer Tische setzte, stellte sie fest, dass sie ganz nervös war. Es war Westons Cousine, Hayley.

Sie war ihr noch nicht vorgestellt worden. Sie wusste nicht, ob sie sich selbst vorstellen sollte oder nicht. Doch sie dachte bei sich, dass Weston seiner Lieblingscousine bestimmt von sich erzählt hatte. Wenn sie der wunderschönen Frau ihren Namen sagen würde, würde diese bestimmt wissen, wer sie war, und dieses unbehagliche Gefühl würde sich auflösen.

Sie legte einen Untersetzer vor der Frau auf den Tisch und sagte: „Hallo, ich heiße Aulora und ich werde mich heute Abend um Sie kümmern. Was darf ich Ihnen bringen?"

„Aulora?", fragte Aullie und sie dachte einen Augenblick lang, dass die Frau wüsste, wer sie war. Dann zeigte sie auf ihr Namensschild. „Da steht aber was anderes."

Aullie berührte ihr Namensschild. „Ja, stimmt. Das ist mein Spitzname. Man spricht ihn Ollie aus."

„Wie auch immer, Aullie, ich hätte gerne ein Gin Tonic und etwas zu Essen. Was kannst du mir empfehlen?"

„Ähm, die Chicken Wings mit den Nachos. Aber zu einem Gin Tonic empfehle ich eher unseren frittierten Gemüseteller." Sie hielt ihren Stift bereit und wartete, bis die Frau sich entschieden hatte, wobei sie sich in Gegenwart der Frau unzulänglicher denn je fühlte.

„Igitt", sagte diese angewidert. „Wenn ich es mir so recht überlege, warte ich lieber, bis ich in Los Angeles bin."

Der Gedanke, dass sie auch in Los Angeles sein würde, war zu viel für sie, und sie fragte: „Ach so. Wann reisen Sie denn ab?"

„Schon bald", sagte sie und trommelte mit ihren langen, teuren Nägeln auf dem Tisch. „Ich warte noch darauf, dass mein Freund mit der Arbeit fertig ist, und dann fahren wir los."

Als sie ihren Freund erwähnte, fragte Aullie sich, wer zum Teufel das sein könnte. Die Frau hatte schließlich gerade erst ihren Ehemann verloren. Sie formulierte ihre nächste Frage ausgesprochen vorsichtig. „Ach, tatsächlich? Dann trefft ihr euch wahrscheinlich am Flughafen, der fünfzehn Minuten von hier entfernt ist?"

„Ja." Sie beugte sich vor und flüsterte ihr zu: „Er kommt oft hierher. Ich habe mich gefragt, wieso er das tut, und ehrlich gesagt verstehe ich es nicht. Er ist wohlhabend und um ehrlich zu sein ist er zu gut für dieses Lokal. Ich versuche, herauszufinden, was er treibt, wenn er nicht bei mir ist. Und als ich herausgefunden habe, dass er ganz oft hier ist, hat mich das neugierig gemacht."

„Wenn er dein Freund ist, warum weißt du dann nicht mehr darüber, warum er hierher kommt? Ich meine, wie nahe steht ihr euch wirklich?" Aullie hörte sich eine Frage stellen, die sie eigentlich gar nichts anging.

Die Art, wie Hayley sie musterte, machte sie schon wieder ganz nervös. „Ich spreche normalerweise nicht über mein Privatleben, aber du hast so eine weise Aura. Als hättest du auch schon jede Menge Scheiße erlebt. Hast du kurz Zeit, um einer Leidensgenossin einen Rat zu geben? Ich habe nicht viele Freunde, die mir die Wahrheit sagen werden, wenn sie mich verletzt."

„Gib mir eine Sekunde, ich hole deinen Drink und dann komme ich zurück." Aullie eilte davon, um die Bestellung aufzugeben und jemanden zu finden, der ihre anderen Tische übernehmen konnte, damit sie herausfinden konnte, was diese Frau ihr sagen wollte. Als Britt an die Bar kam, um eine Bestellung aufzugeben, fragte sie: „Britt, ich weiß, dass du sauer auf mich bist. Die Frau, die gerade hereingekommen ist, ist Westons Cousine. Sie weiß nicht, dass ich mit ihm zusammen bin. Sie will mit mir reden und ich will ihr unbedingt zuhören. Könntest du währenddessen meine Tische übernehmen? Danach darfst du Pause machen, so lange du willst."

Sie blickte sie einen Augenblick lang an und sagte: „Klar."

„Danke", sagte Aullie, nahm dann das Getränk und ging zu dem Tisch zurück, an dem Hayley auf sie wartete. Sie stellte ihr Getränk vor ihr ab und setzte sich dann ihr gegenüber hin. „Okay, jemand übernimmt meine Tische. Ich bin Ihnen ganz Ohr, Miss ...?"

„Oh, wie unhöflich." Sie hielt ihr die Hand hin. „Mein Name ist Hayley Stiller."

„Hi, Hayley, schön, dich kennenzulernen. Also, worüber willst du reden?"

„Okay, zunächst mal, danke, dass du dir Zeit für mich nimmst. Jemanden, der so etwas für jemand Unbekannten tut, findet man nicht oft. Aber ich bin einfach verzweifelt."

„Kein Problem. In Bars kann man sich über alles ausschütten, was man auf dem Herzen trägt. Was bereitet dir solche Sorge?"

„Mein Ehemann, mit dem ich zehn Jahre verheiratet war, ist vor ein paar Wochen getötet worden. Das war eine echte Tragödie."

„Und doch hast du einen Freund", konnte Aullie es sich nicht verkneifen.

„Okay, was ihn angeht. Er ist nicht wirklich mein Freund. Ich will, dass er es wird, aber momentan ist er nur ein Mann aus meiner Vergangenheit, der mir dabei hilft, herauszufinden, wer meinen Ehemann ermordet hat."

Aullies Logik sagte ihr, dass Weston nicht der Cousin dieser Frau war. „Ein Mann aus deiner Vergangenheit?"

„Nun ja, Weston ist mehr als nur ein Mann aus meiner Vergangenheit."

Aullies ganzer Körper spannte sich an in dem Augenblick, in dem sie seinen Namen sagte. Nun wusste sie mit Sicherheit, dass sie nicht Cousins waren. „Was ist er denn dann?"

„Er und ich waren mal verheiratet. Und wir haben ein Baby bekommen."

Aullies Herz blieb stehen. Weston war verheiratet gewesen mit der umwerfenden, reichen Frau, die ihr gegenüber saß, und sie hatten gemeinsam ein Kind bekommen. „Und wo ist das Kind jetzt?"

„Er starb bei einem Autounfall, als er erst zwei Monate alt war", verriet sie Aullie, deren Herz wie wild hämmerte.

Sie streckte ihre Hand über den Tisch aus und nahm Hayleys Hand, die nervös auf der Tischplatte trommelte. „Meine Güte! Es tut mir so leid, das zu hören. Das verfolgt dich bestimmt."

„Das tut es. Es ist so unglaublich schwer. Verstehst du, Weston und ich haben uns so sehr gestritten, nachdem das geschehen ist. Er saß am Steuer. Wir haben damals noch in Los Angeles gelebt. Ich habe ihm die Schuld gegeben. Obwohl er eigentlich nicht wirklich Schuld war. Das Auto vor uns ist einfach plötzlich stehengeblieben und er ist ihm aufgefahren und dann hat uns von hinten ein Lastwagen gerammt. Das Baby hat in seinem Autositz in der Mitte der Rückbank gesessen, der sicherste Ort in einem Auto, aber trotzdem wurde er verletzt. Sie haben ihn eine Woche lang an lebenserhaltende Maßnahmen angeschlossen, bevor wir beschlossen haben, ihn gehen zu lassen. Er hat uns am morgigen Datum verlassen. Deshalb fliegen er und ich nach L.A., wir waren noch nie an seinem Grab, seit wir ihn vor zehn Jahren begraben haben."

„Und warum nicht?", fragte Aullie.

„Weston und ich waren in der High School ein Paar. Es war nicht geplant, aber einen Monat nach dem Abschluss stellte ich auf einmal fest, dass ich schwanger war. Er hat mich geheiratet und wir waren ziemlich glücklich, bis unser Sohn gestorben ist. Wie gesagt, ich habe ihm die Schuld dafür gegeben, und nur ein paar Monate nach dem Tod unseres Babys habe ich ihn verlassen und eine Scheidung verlangt, die er mir ohne Murren bewilligt hat. Ich habe eine dicke Abfindung kassiert, deshalb bin ich jetzt so reich."

„Das ist ja schön für dich", sagte Aullie und versuchte, die Wut zu unterdrücken, die in ihr brodelte.

„Tja, Weston ist eben ein toller Mann. Das ist er immer schon gewesen. Das habe ich aus den Augen verloren, nachdem mich der Tod unseres Sohnes so wütend gemacht hat. Ich bin einfach abgedampft, habe einen anderen Mann kennengelernt und ihn im gleichen Jahr noch geheiratet. Und Weston und ich haben überhaupt nicht mehr miteinander geredet. Bis mein Ehemann vor ein paar Wochen getötet wurde."

„Und warum hast du ihn dann kontaktiert?", fragte Aullie, denn ihr war nicht ganz klar, was die Frau nun eigentlich für Weston empfand.

„Ich habe ihn in den letzten Jahren vermisst. Mir ist klar geworden, dass ich nicht recht damit hatte, ihm die Schuld an dem Unfall zu geben, und dass es falsch von mir war, ihn zu verlassen und mit seiner Trauer über den Verlust unseres Sohnes alleine zu lassen. Ich wollte nicht nur Frieden schließen, ich wollte ihn wieder zurück. Und als mein Ehemann getötet wurde, war ich auf einmal wieder in der Lage, ihn in mein Leben zurückzuholen."

„Also hast du ihn um Hilfe gebeten, den Mörder deines Ehemannes zu finden?"

Hayley nickte. „Ja. Das habe ich als Ausrede benutzt, um an ihn ranzukommen. In Wirklichkeit muss ich gar nicht herausfinden, wer meinen Ehemann getötet hat. Er war in der Mafia."

„Ach du Scheiße!", sagte Aullie mit gedämpfter Stimme.

„Ja", sagte Hayley. „Ich wusste, dass ihm das passieren kann. Und ich habe das ausgenutzt, um mit Weston ins Gespräch zu kommen. Er ist ein guter Mann. Wie schon gesagt. Und ich dachte, dass wir einfach wieder von vorne anfangen könnten, da er ja noch unverheiratet war. Ich wünsche mir nichts sehnlicher, als noch ein Kind von ihm zu bekommen. Ich sehne mich danach, dieses kleine Gesicht wiederzusehen. Eine perfekte Mischung aus ihm und mir."

Aullie spürte einen Knoten in ihrer Magengegend, der sich schnell in einen Kloß in ihrem Hals verwandelte. Sie schluckte ihn herunter und sagte: „Und er möchte das nicht?"

Als Hayley traurig den Kopf schüttelte, verspürte Aullie einen Anflug von Erleichterung. *Weston hatte sie abgewiesen!*

„Ich hoffe, dass er mein Angebot noch einmal überdenken wird, wenn wir das Grab unseres Sohnes besuchen. Ich habe ihm nämlich gesagt, dass ich ihn zurückwill und dass ich sofort ein Kind mit ihm will."

„Und was hat er dazu gesagt?", fragte Aullie und bekam es mit der Angst zu tun.

„Naja, heute Morgen hat er mir gesagt, er würde darüber nachdenken."

Aullie kippte fast aus ihrem Stuhl. Sie wollte davonlaufen und ihre Augen ausheulen, aber ihre Intuition riet ihr, noch mehr zu fragen. „Heute Morgen? Und vor heute Morgen hatte er noch abgelehnt?"

Sie nickte. „Gestern Abend, als wir zu Abend gegessen haben, habe ich ihn gefragt, ob wir heute Abend nach L.A. fliegen können. Ich habe ihn gebeten, das noch als Letztes mitzumachen, und dann würde ich ihn gehenlassen. Wenn er dann wirklich keinen Neuanfang wollte, würde ich es auch nicht mehr versuchen."

„Wärst du dazu wirklich fähig?", fragte Aullie, da sie sehen konnte, dass die Frau Weston unbedingt zurückwollte und ein weiteres Kind mit ihm zeugen wollte.

„Das wäre ich. Er ist so ein guter Mensch, ich kann ihn nicht weiter bedrängen. Aber ich will ihn so unbedingt zurück, ich habe Angst davor, was ich tun werde, wenn er mich nicht zurücknimmt. Ich bin nicht selbstmordgefährdet oder so. Ich würde mich einfach nur lächerlich machen. Also frage ich dich, eine Person, die eine völlig Außenstehende ist: Was soll ich tun? Meine Freunde sagen, ich soll ihn weiter unter Druck setzen, irgendwann gibt er schon nach. Aber irgendwie vermute ich, dass es eine andere Frau in seinem Leben gibt, von der er mir nichts gesagt hat."

„Und wenn er tatsächlich jemand anderen hätte, warum würde er dir dann nichts von ihr erzählen?"

„Weil er Angst hätte, mich zu verletzen. Er ist ein guter Mann. Und am Todestag unseres Sohnes würde er nie etwas tun, um mich zu verletzen. Aber vielleicht bilde ich mir das alles auch nur ein. Vielleicht mache ich mir auch falsche Hoffnungen. Wenn sie enttäuscht werden, wird es vielleicht ebenso weh tun wie der Tag, an dem wir Weston Junior verloren haben."

Aullie biss sich auf die Unterlippe. Wie sollte sie die Frage dieser Frau beantworten, mit der sie nun größtes Mitleid hatte? Sie war keine neutrale Außenstehende in der Sache zwischen Hayley und Weston. Aullie stand an einer Kreuzung, an der sie sich nie im Leben vermutet hätte.

„Glaubst du wirklich, dass es zwischen ihm und dir so werden könnte wie früher?", fragte Aullie. „Ich meine, wenn er wirklich jemanden hat?"

Sie kniff die Augen zusammen, nahm ihr Handy in die Hand und suchte ein Bild von Weston heraus. „Sieh ihn dir doch an. Er ist umwerfend. Wenn er öfters hier ist, dann würdest du ihn doch sicher erkennen und könntest mir sagen, ob er mit einer Frau hierherkommt?"

Westons schönes Gesicht erschien auf dem Display des Handys der anderen Frau und Aullie hätte sich am liebsten in einem Loch im Boden verkrochen. „Nein, den habe ich noch nie gesehen", log sie.

Sie wusste nicht, was sie sonst tun sollte. Sollte sie der Frau sagen, dass er sie, Aullie, liebte?

„Bist du dir sicher? Er kommt oft hierher. Ich habe ihm schon so oft geschrieben und er hat mir gesagt, er sei hier und trinke grade einen mit seinen Freunden. In der Nacht nach der Beerdigung meines Ehemannes war er sogar auch hier, als ich ihn angerufen habe. Er hat sich dann noch mit mir getroffen."

Sie war also der Grund, dass er an diesem Abend verschwunden war!

Mittlerweile war Aullie fuchsteufelswild auf den Mann. Vom ersten Tag an hatte er gewusst, dass seine Ex-Frau und die Mutter seines toten Kindes ihn zurückwollte und trotzdem versuchte er, mit ihr eine Beziehung auf die Beine zu stellen. Er hatte genau gewusst, was er da tat, und er hatte es alles vor ihr geheim gehalten!

„Wenn es eine andere Frau in seinem Leben gibt, was wird das dann für dich bedeuten?", fragte Aullie.

„Ich bin mir nicht sicher. Das kann ich nicht sagen. Verstehst du, er verhält sich nicht wie früher. Als ich versucht habe, ihn zu küssen, hat er mich abgehalten und gesagt, er könne sich nicht so schnell wieder in mich verlieben. Nicht nach allem, was geschehen ist. Ich habe ihn schrecklich verletzt, als ich ihm die Schuld in die Schuhe geschoben und verlassen habe. Und vielleicht ist es das, was uns davon abhält, wieder zusammenzukommen. Aber ich glaube, wenn es eine andere Frau in seinem Leben gibt, kann es ihm mit ihr nicht so ernst sein, sonst würde er mir nicht sagen, er denke darüber nach."

„Da hast du recht. Was er mit ihr hat, kann nicht so stabil sein, wie es vielleicht scheint. Ich frage mich, ob er dieser anderen Frau von dir erzählt hat", sinnierte Aullie, während sie spürte, wie ihr langsam schwindelig wurde.

„Ich weiß es nicht. Ich weiß gar nichts mehr. Ich weiß nur, dass ich ihn zurückwill und noch ein Baby von ihm will."

Aullie nickte und sagte dann: „Wenn du wissen willst, was ich täte: Ich täte nichts. Ich würde nie zu dem zurückkehren wollen, was ich früher einmal gehabt habe. Ich würde mir eine neue Zukunft aufbauen. Aber so denke eben ich." Sie hatte ein wenig ein schlechtes Gewissen bei dem, was sie sagte. „Vielleicht willst du ja genau das Gegenteil. Ich habe schon gehört, dass ich nicht unbedingt die beste Kandidatin für eine feste Beziehung bin. Früher habe ich das nicht erkennen können, aber jetzt weiß ich langsam, was die anderen meinen."

„Wenn ich ihn will, sollte ich alles tun, was in meiner Macht steht, um ihn mir zu holen. Meinst du das?", fragte Hayley.

Aullie nickte und gab der Frau damit die Antwort, die diese hören wollte. Aullie war nicht dumm. Sie wusste, dass es bei ihr zum einen Ohr hinein und zum anderen wieder hinausgehen würde, wenn sie dieser Frau sagte, dass sie Weston vergessen sollte. Also sagte sie ihr einfach, was sie hören wollte. „Gib alles." Dann fügte Aullie hinzu: „Aber vielleicht bedeutet das Krieg, wenn eine andere Frau im Spiel ist. Eine Frau, die ihn vielleicht ebenso sehr liebt wie du, wenn nicht sogar noch mehr."

„Das weiß ich", sagte Hayley und nahm einen Schluck von ihrem Getränk. „Aber er muss mich doch mehr lieben als jemanden Neues, oder nicht?"

Aullie blieb nichts anderes übrig, als mit den Schultern zu zucken. „Ich habe keine Ahnung, Hayley. Keine Ahnung."

Aulora fühlte sich hohl und beunruhigt. Innerhalb weniger Minuten war ihre ganze Welt in sich zusammengebrochen. Atmete sie noch? Ja, aber nur gerade so.

„Auf jeden Fall glaube ich, dass ich es versuchen muss", sagte

Hayley und legte zwanzig Dollar auf den Tisch. „Danke für deine Hilfe, Aullie. Ich weiß sie wirklich zu schätzen."

„Kein Problem, Hayley. Ich hoffe, dass für dich alles nach Plan läuft. Das hoffe ich wirklich. Und es tut mir so leid für dein Baby. Solchen Schmerz sollte niemand erleiden müssen."

Es kam ihr in den Sinn, dass Weston auch diese Schmerzen durchlitten hatte, ohne ihr je von so etwas Persönlichem zu erzählen. Vielleicht standen sie einander gar nicht so nah, wie sie dachte. Und nachdem er das Gespräch über Babys angeleiert hatte, war sie sich sicher, dass er mit einem neuen Baby seine Wunden verheilen lassen wollte, ebenso wie Hayley.

Wäre es falsch, Weston mit der ganzen Sache zu konfrontieren?

Er war auch verletzt worden. Und offensichtlich hatte er nicht so starke Gefühle für sie, wie sie gedacht hatte. Sonst hätte er ihr von dem Baby und der Ex-Frau erzählt.

Aullie brachte die andere Frau zur Tür und als Hayley sie in den Arm nahm, hielt sie es fast nicht mehr aus und wollte ihr alles erzählen. Aber sie hielt sich zurück.

„Viel Glück, Hayley."

„Danke. Das werde ich brauchen", erwiderte Hayley und verließ die Bar.

Schweren Herzens verkroch Aullie sich auf der Frauentoilette und hatte dort einen kompletten Zusammenbruch.

KAPITEL 27

Als sein Handy an diesem Abend um viertel nach neun klingelte, spürte er, wie ihm ein Schauer über den Rücken lief. Es war Aulora und er war kurz davor, in den Jet einzusteigen, in dem Hayley auf ihn wartete.

Nachdem er einen Augenblick lang tatenlos das Display angestarrte hatte, entsperrte er es. „Hallo, Süße."

„Hey", erklang ihre traurige Stimme.

„Was ist los?", fragte er sie besorgt.

„West, ich weiß, dass du mir gesagt hast, dass du nach Los Angeles fliegst und es besser ist, wenn ich nicht erfahre, warum. Aber kannst du mir erklären, warum ich es nicht wissen darf?"

Er fand keine Antwort. Wie sollte er ihr erklären, dass es ihr wehtun würde, wenn sie wüsste, dass er mit seiner Exfrau das Grab ihres toten Sohnes besuchen würde? Wer konnte so etwas leicht verarbeiten?

„Wie wäre es, wenn wir morgen darüber reden, wenn ich wieder da bin?", versuchte er sie hinzuhalten.

„Ich fände es wirklich besser, wenn du es mir jetzt sagen könntest."

„Ich bin kurz davor, in den Jet einzusteigen. Ich muss mich echt beeilen."

„West, liebst du mich wirklich, so wie du es behauptest?" Ihre Frage ließ sein Herz schneller schlagen.

„Natürlich, Aulora. Warum stellst du so eine Frage?"

„Ich weiß es nicht", sagte sie und seufzte dann so tief, dass er es sogar am anderen Ende der Leitung hörte. „Bist du dir sicher, dass du mir nicht sagen willst, warum du fliegst?"

Er war sich ganz sicher, dass er ihr gar nichts darüber sagen wollte, warum er mit seiner Ex-Frau überhaupt irgendwas machte. Er hatte ihr noch nicht einmal erzählt, dass er eine Ex-Frau hatte. Und keine Freundin verträgt es gut, wenn sie hört, dass ihr Freund mit seiner Ex irgendwo hin fährt. „Aulora, wir können darüber reden, wenn ich wieder da bin."

„Bist du sicher?", fragte sie ihn und er hätte schwören können, dass er Tränen in ihrer Stimme hörte. „Wirst du mir alles erzählen, wenn du wieder da bist?"

Würde er das?

Er wusste nicht, was er dazu sagen sollte. Er hatte Hayley gesagt, dass er darüber nachdenken würde, wieder mit ihr zusammen zu kommen. Er wollte auch wieder ein Baby bekommen. Er liebte Aulora, aber in seinem Herzen war auch noch Liebe für Hayley. Und Hayley wollte gleich aufs Ganze gehen. Sie wollte sofort eine Familie mit ihm gründen.

Sie waren glücklich gewesen bis zu dem Unfall, redete er sich immer wieder ein. Und er hatte keine Ahnung, ob er es fertigbringen würde, mit Aulora über seinen Sohn zu reden, den er verloren hatte, und die Ehefrau, die er gleich mit verloren hatte. „Das werden wir sehen."

„Das werden wir sehen?", fragte sie und klang verletzt.

„Gibt es etwas, was du mir mitteilen möchtest, Aulora?", fragte er, denn er hatte auch das Gefühl, dass sie etwas vor ihm verbarg.

„Nein", sagte sie leise. „Nein, Weston. Ich möchte nur, dass du weißt, dass ich dich liebe. Ich möchte, dass du weißt, dass ich mir mit dir eine Zukunft vorstellen kann. Ich möchte, dass du weißt, dass in dieser Zukunft auch Kinder vorkommen. Ich werde nicht lügen und dir erzählen, was du hören willst. Es wird noch ein paar Jahre dauern, bis ich dafür bereit bin. Wenn du mich wirklich liebst, dann kannst du das abwarten. Wenn nicht, dann wirst du jemanden anderen suchen. Ich will dir nur sagen, dass eine Beziehung auf Liebe gründen sollte. Und sonst auf nichts. Denkst du da genau so?"

Er war sich da nicht ganz sicher. „Ich finde, Liebe sollte die Grundlage sein. Doch dann muss man auch noch ein paar andere Dinge bedenken. Zum Beispiel, wie beide ihre Zukunft gestalten möchten. Verstehst du, ich möchte dich auch nicht anlügen. Ich will ein Kind. Ich will eine Familie gründen."

„Wir sind erst seit einer Woche zusammen, Weston."

Ihre Worte jagten ihm einen weiteren Schauer über den Rücken und er zitterte. Sie hatte schließlich recht. Und es war nicht ihre Schuld, dass seine Ex ihm den Gedanken eingepflanzt hatte, schon bald ein Baby sehen zu können, dem er seine Augen vererbt hatte. „Du hast recht. Du hast völlig recht."

„Also?", fragte sie.

„Also hast du recht. Du und ich sind erst seit einer Woche wirklich zusammen. Und es ist nicht einmal fair von mir, dass ich dich um so etwas bitte. Das weiß ich. Wirklich. Und wenn ich wieder da bin, können du und ich uns hinsetzen und das alles besprechen. Aber jetzt muss ich in den Jet einsteigen und mich um einige Dinge kümmern."

„Kommst du wieder zu mir zurück, West?" Ihre Worte kamen überraschend.

Würde er zurückkommen?

Oder dachte er ernsthaft darüber nach, was Hayley ihm anbot? „Wir können darüber reden, wenn ich wieder da bin", war das Einzige, was er zustande brachte.

Er wusste, dass er sie damit hängen ließ. Und dass er genau genommen gerade zweigleisig fuhr. Aber er wusste nicht, was er sonst tun sollte. Er musste schließlich auch sich selbst treu bleiben, oder nicht?

Es war nicht seine Schuld, dass zwei Frauen am gleichen Abend (wieder) in sein Leben getreten waren. Oder?

„Ich liebe dich", sagte er. „Ich rufe dich an, wenn ich wieder da bin."

„Ich liebe dich auch", sagte Aullie und beendete das Gespräch.

Ihr Herz war so schwer, dass sie kaum denken konnte. Sie ging ins Hinterzimmer, nahm ihre Schürze ab, zog ihren schweren Mantel an und verließ die Bar, ohne auszustempeln oder sich von den anderen zu verabschieden.

KAPITEL 28

Das Innere des Jets war klein. Aber die Lederstühle und die Tischplatten aus Granit ließen ihn viel glamouröser erscheinen, als er es wirklich war. Weston ging die letzten Stufen in die Kabine hinauf und sah, dass Hayley bereits Platz genommen hatte und nun mit einem Glas Wein in der Hand dasaß. „Hi", sagte er mit einem schwachen Lächeln.

Ihr Lächeln war genauso schwach, während sie auf den Sitz auf der anderen Seite des Ganges klopfte. „Bist du bereit?"

Er nickte und setzte sich. Der Pilot kam aus dem kleinen Cockpit zu ihnen. „Sind wir abflugbereit, Mr. Calloway?"

„Das sind wir", sagte er ihm.

Ihr Plan war, an diesem Abend noch nach L.A. zu kommen. Er hatte bereits zwei Hotelzimmer für sie reserviert und am nächsten Morgen würden sie frühstücken und dann das Grab ihres Sohnes besuchen. Sie würden Blumen dort ablegen und dann wieder nach New York fliegen. Aber er wusste, dass Hayley die Gelegenheit nicht ungenutzt verstreichen lassen würde, sich seiner anzunehmen.

Sie leckte sich die Lippen und stellte ihr Glas in der Halterung neben sich ab. Der flüssige Mut floss bereits durch ihre Adern und die Tür zum Schlafzimmer im hinteren Teil der Kabine stand offen. Sie war schon dort drin gewesen und es machte ihn nervös.

„Ich habe heute Abend mit jemandem geredet, während ich darauf gewartet habe, dass du mit der Arbeit fertig wirst", sagte sie.

Der Motor wurde angelassen und das Flugzeug setzte sich in Bewegung. Aus irgendeinem Grund fing Westons Herz an zu schmerzen. „Du hast mit jemandem gesprochen? Worüber?"

„Über dich und mich und was wir verloren haben und dass ich das zum größten Teil verschuldet habe", sagte sie.

Er hasste es, wenn sie das sagte. „Ich habe dir schon tausendmal gesagt, dass du das nicht sagen sollst. Du und ich waren nur Kinder, Hayley. Du warst erst neunzehn, um Himmels willen. Du hattest deinen ersten Sohn verloren und du hast ihn verloren, während ich am Steuer saß. Ich kann es dir nicht zum Vorwurf machen, wie du dich danach gefühlt hast."

Ihre Hand legte sich auf seine, und er ließ sie ihre Hand halten. „Ich habe dich verlassen und dich alleine trauern lassen, nicht nur um deinen Sohn, sondern auch um unsere gescheiterte Beziehung. Wir waren eineinhalb Jahre zusammen, bevor unser Sohn geboren wurde. Ich war deine erste Liebe, Weston."

„Und ich deine", sagte er und blickte in ihre violetten Augen.

Er hatte so oft mit Liebe in diese Augen geblickt. Ein Teil dieser Liebe war noch da, aber der Großteil hatte sich in Luft aufgelöst. Zehn Jahre waren eine lange Zeit, zu versuchen, etwas am Leben zu erhalten, das einfach weggeworfen worden war.

„Das warst du", sagte sie, als das Flugzeug in den Nachthimmel aufstieg. Sie hielten sich an den Händen, während es anstieg, und Weston musste zugeben, dass ihn das nicht völlig kalt ließ.

Als der Jet abhob, stand er auf und goss sich einen Scotch ein, bevor er ihren Wein nachschenkte. „Ich habe ein Geheimnis vor dir bewahrt, Hayley. Und ich glaube, es ist an der Zeit, ein Geständnis zu machen."

„Du hast eine Freundin", sagte sie, als er ihr das Weinglas überreichte.

Sie überraschte ihn und er nickte, bevor er sich wieder setzte. „Und ich liebe sie."

„Mehr als du mich liebst?", fragte sie und nippte an ihrem Getränk.

Er nickte wieder und fühlte sich schlecht, als sie ihre Augen schloss. „Aber sie und ich sind noch weit davon entfernt, zu heiraten und eine Familie zu gründen."

Hayley atmete erleichtert auf. „Im Gegensatz zu uns."

Er zuckte mit den Schultern und trank einen großen Schluck. „Aber ich liebe sie. Du verstehst also mein Dilemma."

„Das verstehe ich. Glaube mir. Die junge Frau, mit der ich geredet habe, hat mir geholfen, die Sichtweise einer anderen Frau besser zu verstehen. Verstehst du, ich habe mir schon gedacht, dass es eine andere Frau in deinem Leben gibt."

„Ich würde sie nicht einfach eine andere Frau nennen, Hayley. Sie ist die einzige Frau in meinem Leben. Dein Ehemann ist noch keinen Monat tot und du willst schon wieder mich heiraten. Das ist doch besorgniserregend, oder nicht?"

„Nein", sagte sie und stellte ihr Weinglas wieder in die Halterung. „Sieh mal, wir haben zehn Jahre verschwendet. Ich finde nicht, dass wir noch mehr Zeit verschwenden sollten. Wir wissen, dass wir einander lieben."

Er hielt seine Hände hoch. „Hör mal, natürlich ist da Liebe zwischen uns. Vielleicht wird sie immer da sein. Aber ich habe nur mit dir geredet, um herauszufinden, wer deinen Ehemann ermordet hat, aus keinem anderen Grund. Ich hatte nicht im Geringsten vor, unsere Beziehung wiederaufleben zu lassen."

„Wo wir schon dabei sind", sagte sie verlegen. „Du kannst deine Spione wieder zurückrufen. Mein Mann war in eine Organisation verwickelt, mit der weder du noch deine Spione sich einlassen sollten. Mir waren die Risiken bewusst, die er auf sich nahm. Ich will nicht, dass du noch mehr Risiken eingehst und einer deiner Leute ums Leben kommt."

„Scheiße! Ist das dein Ernst?" Weston stand auf und ging in der winzigen Kabine auf und ab. „Hayley, wie konntest du nur?"

„Ich will dich schon seit Jahren zurück. Ich wusste nur nicht, wie ich meine Ehe beenden und dich zurückholen soll", gab sie zu.

„Wie egoistisch! Wie verdammt egoistisch!" Er ging nach hinten und sah, dass jemand auf dem Bett Rosenblätter verteilt hatte. Das hatte er auch für sie getan, als sie sich zum ersten Mal geliebt hatten.

Er nahm eines der pinken Blütenblätter und rieb sie zwischen seinen Fingern. Sein Herz fühlte sich warm an und als er spürte, wie ihre Arme sich um seine Taille legten und sie ihren Kopf an seinen Rücken lehnte, spürte er etwas. Er war sich nicht sicher, was genau er spürte, aber er spürte etwas.

„Ich vermisse ihn", murmelte sie.

„Da bin ich mir sicher. Du warst zehn Jahre mit ihm verheiratet. Ist ja klar, dass du ihn vermisst."

„Nein, ich meine den jungen Mann, der du mal warst. Ich vermisse ihn. Den Typen vermisse ich. Den Typen, der mit mir zum Strand gegangen ist und mit dem ich in den Wellen gespielt und dann im Sand rumgemacht habe oder in einem verlassenen Schwimmwächter-Häuschen."

Er kicherte, hielt dann aber inne, als er darüber nachdachte, dass sie den Mann vermissen sollte, mit dem sie zehn Jahre lang verheiratet gewesen war. Er drehte sich zu ihr um und hielt sie in den Armen, dann küsste er sie auf den Kopf.

„Hayley, du solltest an deinen Ehemann denken und nicht an mich."

„Du bist mein Ehemann. Wenn ich an dich denke, dann denke ich genau das. Du warst meine erste Liebe. Mein erster Ehemann. Der erste Mann, von dem ich ein Kind bekommen habe. Du warst bei allem mein Erster."

„Und auch deine erste Scheidung", erinnerte er sie.

„Kannst du mir das nicht vergeben?", fragte sie und blickte zu ihm auf.

Er nahm ihr Kinn in die Hände. „Ich habe dir das im gleichen Augenblick noch vergeben. Aber ich kann es nicht vergessen und ich kann nicht aufhören, daran zu denken, wie du immer sagst, dass du die letzten drei Jahre an mich gedacht hast, obwohl du immer noch mit deinem Ehemann verheiratet warst. Das schreckt mich ziemlich ab."

„Soll ich dich über meine Gefühle anlügen?", fragte sie ihn und griff dann nach unten, um ein Blütenblatt aufzuheben. „Ich habe in all den Jahren nicht vergessen, wie du das Bett mit diesen Blüten in der Nacht bedeckt hast, in der wir uns zum ersten Mal in deinem Schlafzimmer geliebt haben. Ich will, dass wir unter diese Decke kriechen und diese Nacht wieder aufleben lassen. Ich schwöre dir, wenn du nichts spürst, dann können wir sofort wieder aufhören. Aber wenn du doch etwas spürst, dann möchte ich, dass du uns noch eine Chance gibst."

„Dir ist schon klar, dass ich mir denken kann, dass du die Pille nicht nimmst? Wenn ich das tue und nichts dabei spüre, dann müsste ich trotzdem riskieren, dass du schwanger wirst und ich das beenden muss, was ich gerade mit einer anderen Frau aufbaue?"

Sie nickte und lächelte. „Wenn ich schwanger werden würde, dann wäre das Schicksal. Meinst du nicht?"

Er blickte sie an und fragte sich, wie sie so denken konnte. Er konnte nicht leugnen, dass die Chemie immer noch stimmte. Aber es war nicht annähernd so stark wie das, was ihn mit Aulora verband.

Weston saß auf der Bettkante und zog Hayley zu sich herab. „Ich kann dir das nicht antun. Ich kann dir nicht das sagen, was du hören willst. Ich liebe eine andere Frau."

„Aber die ist nicht bereit, sich so zu dir zu bekennen, wie ich es bereit wäre", fügte sie hinzu.

„Aber was würden wir tun, wenn wir ein zweites Kind bekämen und auch das verlören? Dann würdest du mich vielleicht wieder verlassen. Wir wissen beide, dass du schnell in die gleichen Denkmuster verfällst, wenn so etwas passiert. Und ich hätte dafür eine echte Liebe aufgegeben. Nicht, dass du keine wärest – du warst damals auch eine. Aber ich hätte eine Zukunft mit einer tollen Frau verloren. Vielleicht mit einer Frau, mit der ich zusammengehöre."

„Bin ich eine Idiotin?", fragte sie ihn, während sie ihren Kopf auf seine Schulter legte. „Die Kellnerin in der Bar hat mir gesagt, ich sei keine Idiotin, wenn ich darum kämpfen würde, was ich wirklich will.

Sie hat mir gesagt, ich solle alles geben. Und jetzt, da ich das getan habe, fühle ich mich irgendwie dumm. Vielleicht war es falsch, Aullies Ratschlag anzunehmen."

Er blinzelte ein paar Mal und fragte sie dann: „Aullie? Das ist aber ein komischer Name."

„Ich weiß. Und die junge Frau, die ihn trägt, hat sich irgendwie selbst widersprochen, wenn du mich fragst. Sie hat sich mir als Aulora vorgestellt, und als ich sie auf ihr Namensschild hingewiesen habe, hat sie mir etwas anderes erzählt. Und sie war irgendwie ein Hippie-Mädchen, aber ich konnte auch etwas Majestätisches in ihr erkennen. Irgendwie Reichtum. Weißt du, wie manche reiche Leute einfach etwas ausstrahlen? Das hat sie auch umgeben, aber gleichzeitig hat sie eine Art Überheblichkeit wie einen Schleier darübergelegt. Sie war ein seltsames Mädchen. Jetzt wird mir klar, dass sie irgendwie traurig gewirkt hat. Vielleicht war ihr Herz erst kürzlich gebrochen worden und sie konnte mir deshalb keine besseren Ratschläge geben."

Weston wusste nur zu gut, wie kürzlich ihr Herz gebrochen worden sein musste. Sie hatte seine Geheimnisse erfahren, und zwar nicht von ihm. Was würde er vorfinden, wenn er nach Hause zurückkam?

UNERWARTETER REICHTUM

Kapitel 29

Weston und Hayley sahen sich den Sonnenaufgang über dem pazifischen Ozean an, während sie Kaffee tranken. Der Dampf stieg von ihren beigen, hohen Tassen auf, während sie still beieinander standen und sich an das Baby erinnerten, das sie gezeugt hatten, und wie sehr sie ihn und einander zehn Jahre zuvor geliebt hatten.

„Wenn sie nicht wäre, würdest du dann darüber nachdenken, uns noch eine Chance zu geben, Weston?", fragte Hayley, während sie weiterhin den Blick über den Horizont schweifen ließ.

„Ich bin mir nicht sicher, Hayley. Weißt du, ich vergebe dir ja dafür, dass du mich verlassen hast, aber ich kann es nicht vergessen. Ich musste ganz alleine trauern. Mein Vater war zu der Zeit keine große Hilfe. Immer, wenn ich auch nur das kleinste bisschen traurig aussah, hat er gesagt, dass ich viel besser dran sei und dass Gott keine Fehler macht. Es sollte mir helfen, aber es hat genau das Gegenteil bewirkt."

„Das wette ich", stimmte sie zu und drehte sich zu ihm um. „Es tut mir leid. Das kann ich gar nicht oft genug wiederholen."

„Ich weiß schon. Aber ich war an einem Tiefpunkt und ich hätte die Person, die ich liebe, gebraucht. Du hast mich im Stich gelassen. Ich habe dich geliebt. Ich habe das überhaupt nicht kommen sehen. Ich kann dir vergeben, aber ich kann es nicht vergessen."

Sie nickte und nippte an ihrem Kaffee. „Sollen wir zu seinem Grab fahren?"

Er nahm ihre Hand und führte sie zu dem Auto, das sie gemietet hatten. Er setzte sich ans Steuer und konnte nicht anders, als einen Blick auf sein Handy zu werfen, das er auf dem Armaturenbrett liegen hatte lassen. Obwohl es bereits neun Uhr morgens in New York war, hatte Aulora immer noch nicht die dringende Nachricht beantwortet, die er ihr am Abend zuvor geschickt hatte.

Er versuchte, sie anzurufen, doch sie nahm nicht ab, wie er es sich bereits gedacht hatte. Also schrieb er ihr eine SMS in der er sie daran erinnerte, dass sie in einer festen Beziehung waren und dass es keine Möglichkeit war, die Geschichte mit ihm zu beenden, indem sie ihn einfach ignorierte.

Doch sein Handy blieb stumm und so wusste er, dass Aulora sich vielleicht nicht an diese Kardinalregel halten würde. Er tippte auf das Display und sah in seinen sozialen Netzwerken nach, ob sie dort aktiv gewesen war, und stellte fest, dass sie nicht wie sonst immer einen Post in ihrem trockenen Humor verfasst hatte.

„Hat dir noch nicht geantwortet, was?", fragte Hayley, als er sein Handy wieder wegsteckte. „Wenn ich ihren Namen gewusst hätte, hätte ich ihr nie all die Dinge erzählt, die ich ihr erzählt habe, Weston. Du hättest mir von ihr erzählen, ihren Namen sagen und mir sagen sollen, wo sie arbeitet."

Er ließ den Wagen an und fuhr ich Richtung Friedhof. „Ironischerweise dachte ich, wenn du von ihr wüsstest und wüsstest, wo sie arbeitet und zur Uni geht, dass du dann zu ihr gehen würdest und ihr genau das alles erzählen würdest."

„Das ist wirklich ironisch", murmelte sie. „Und traurig. Ich hätte dir das nie angetan. Es macht mich traurig, dass du so über mich denkst. Ich bin keine hinterlistige Zicke, Weston."

„Ich kenne dich doch gar nicht mehr, Hayley. Woher hätte ich wissen sollen, zu was für einer Person du in den letzten zehn Jahren geworden bist? Du hast mir erzählt, dass du die letzten drei Jahre deiner Ehe an mich gedacht hast. Ich hatte keine Ahnung, wozu du fähig gewesen wärst."

Trauer breitete sich in ihrem Gesicht aus und er bekam sofort ein schlechtes Gewissen. „Ich glaube nicht, dass du mir je wieder wirklich vertrauen wirst."

„Das kann ich nicht", sagte er, obwohl er wusste, dass er ihr damit auch wehtat. Er musste ihr die Wahrheit sagen.

Als er das Auto abbremste, um in den Friedhof einzufahren, gefror ihm sein Herz in der Brust. Das geschah immer, wenn er seinen Sohn an dessen Todestag besuchte. Er reiste in der Zeit zurück. Er fühlte sich dann wieder wie ein neunzehnjähriger Junge, der gekommen war, um sein Baby zu begraben.

Die Tränen stiegen ihm bereits in die Augen, während er der schmalen Straße zwischen den Gräbern folgte, bis sie beinahe am Ende des riesigen Geländes angekommen waren. Als er das Auto parkte, blickte er zur Seite und sah, dass Hayley bereits weinte.

Er stieg aus, öffnete ihr die Tür und half ihr aus dem Auto. Sie lehnte sich an seine Schulter, während er seinen Arm um sie legte. Es ähnelte so sehr dem Tag, an dem sie ihren zwei Monate alten Sohn an diesem Ort beigesetzt hatten. Ein Ort, der nicht für Babys oder Kinder bestimmt war.

„Glaubst du, dass er wirklich in den Himmel gekommen ist, Weston?"

„Das weiß ich. Daran musst du keinen Zweifel hegen. Er war ein unschuldiges Kind. Gott hat ihn mit offenen Armen wieder aufgenommen." Er drückte beruhigend ihre Schulter und küsste sie auf die Schläfe.

Sie zitterte, als sie sich dem Grab näherten und sie den Grabstein sah. „Ich war schon fünf Jahre nicht mehr hier", beichtete sie. „Ich habe ihn nie zusammen mit meinem Ehemann besucht."

„Hast du ihm von unserem Sohn erzählt?"

„Das habe ich. Aber ich habe ihn nicht eingeweiht, wie sehr wir einander geliebt haben. Ich habe damals immer noch dir die Schuld gegeben, also habe ich es einfach auf sich beruhen lassen. Ich habe dich nur gehasst. Aber ich hätte kommen und ihm Blumen auf das Grab legen sollen. Es war falsch von mir, dass ich das nicht getan habe."

„Er ist nicht hier", sagte Weston in dem Versuch, ihre Schuldgefühle zu lindern. „Du hast wahrscheinlich ab und zu an ihn gedacht. Das weiß er."

„Ich muss zugeben, dass ich ihn ziemlich verdrängt habe. Bis vor drei Jahren, als er mir plötzlich in den Sinn gekommen ist. Und da habe ich dann auch wieder angefangen, an dich zu denken. Und wie gut du zu mir warst."

„Ich war ziemlich gut zu dir, nicht wahr?", fragte er mit einem leisen Kichern.

„Das warst du", sagte sie, und ehe er wusste, wie ihm geschah, hefteten sich ihre Blicke aneinander und ihre Lippen folgten schon bald nach.

30
_____

KAPITEL 30

Aullie starrte ihr Handy an, das ihr eine Nachricht von Weston anzeigte, in der er sie darauf hinwies, dass ihr Beziehungsstatus es ihr nicht erlaubte, einfach von ihm wegzulaufen oder ihn auszusperren, und unterdrückte einen Schwall Tränen. Während ihrer langen, schlaflosen Nacht waren dieselben Tränen bereits oft über ihre Wangen gekullert.

Weston war in Los Angeles mit der Mutter seines toten Kindes. Mit seiner Ex-Frau. Und er hatte immer noch nicht das Bedürfnis verspürt, ihr davon zu erzählen. Sie war wie betäubt und fühlte sich zum ersten Mal völlig verloren.

Liebe Tat unglaublich weh und nun verstand sie endlich die Verzweiflung in den Kunstwerken mancher Menschen. In diesem Augenblick glaubte sie auch, die tiefe Schwärze der Hölle erblickt zu haben. Sie fühlte sich wie ein leerer Abgrund. Und sie hasste es. Sie hasste es so viel mehr als das, was ihr Vater ihrer Mutter damals angetan hatte.

Weston Calloway war ein Lügner!

Gleichzeitig hatte sie auch Mitleid mit ihm. Denn er würde sie dazu zwingen, mit ihm zu reden, und was sie ihm dann zu sagen hätte, würde ihm nur wehtun. Aullie wollte ihm nicht noch mehr

Schmerzen zufügen, als er bereits wegen dem Tod seines Babys verspüren musste. Aber sie konnte nicht mit ihm zusammen sein. Er hatte sie in einer sehr wichtigen Sache belogen. Und er war gerade mit seiner Ex-Frau unterwegs.

Das war unverzeihlich!

Aullie schrieb ihm eine Nachricht, um ihm eine Gelegenheit zu geben, den Streit zu vermeiden, den sie mit Sicherheit führen würden, wenn er sie zwingen würde, mit ihr zu reden.

-Weston, ich weiß, dass du mit mir reden willst, aber ich versichere dir, dass es dir gar nicht gefallen wird, was ich dir zu sagen habe. Also sage ich es dir gleich: Sei mit deiner Ex-Frau zusammen, wenn du das möchtest. Ich will dich nicht mehr sehen. Ich kann dir nicht vertrauen. Ich wusste, dass das schlecht enden würde. Danke für den Liebeskummer, ich schlage sicher ein paar richtig düstere Gemälde daraus. Peace-

Nachdem sie ihr Handy auf den Tisch gelegt hatte, stand sie auf und ein lauter Schluchzer entfuhr ihr, ohne dass sie etwas dagegen unternehmen konnte. Sie rannte zum Badezimmer und stolperte dabei über Bruce, der auf sie zugeeilt gekommen war, um nachzusehen, was mit ihr los war.

Sie fiel wie ein Häufchen Elend zu Boden und heulte vor Trauer, Liebeskummer und dem Schmerz in ihrem linken Knöchel. Bruce schnurrte, während er auf und ab stolzierte und sich an ihr rieb, als wolle er sie trösten.

„Deine Mami hat einfach einen Zusammenbruch, Bruce. Mach dir keine Sorgen", murmelt sie schluchzend. Sie musste ja ihren Kater nicht auch in das Chaos zerren, in das sich ihr Leben verwandelt hatte.

Als ihr Handy klingelte, ignorierte sie es. Sie wollte nicht reden.

Und zwar mit niemandem!

KAPITEL 31

Als ob sich auf einmal der Himmel aufgetan hätte, fielen die ersten Regentropfen auf Westons Rücken, als er am Fuße des Grabes seines Sohnes seine Ex-Frau küsste. Das Wasser war fast eiskalt, und das war selten für Kalifornien, sogar im Januar.

Er nahm ihre Hand und sie rannten zurück zum Auto, stiegen ein und blickten einander schwer atmend an. Der Kuss war leidenschaftlich gewesen. Beide hatten es gespürt.

Weston keuchte und nahm dann sein Handy. Hayley rief aus: „Nein! Nein, tu das nicht! Du weißt, dass du etwas gespürt hast! Vergiss sie. Ich weiß, dass du sie vergessen kannst, wenn du mir eine Chance gibst, dich daran zu erinnern, wie sehr wir einander geliebt haben. Ich weiß es! Also leg das verdammte Handy ab. Lösch ihre Nummer!"

Er saß da und starrte die Frau an, die er einst geliebt hatte. Die einzige Frau, die ihm je ein Kind geschenkt hatte. Er wägte das alles ab, während er sie anblickte. Hayley wollte Nägel mit Köpfen machen. Sie wollte eine Familie, genau wie er. Aulora war nicht nur ein unsicheres Los, sie hatte ihm auch gesagt, dass es noch dauern würde, bis sie bereit für Kinder war.

Als seine Atmung sich wieder normalisierte, hatte sein Hirn die Antwort gefunden. „Ich liebe sie, Hayley."

„Dieser Kuss ..."

Er hielt eine Hand hoch, um sie zu unterbrechen. „Der Kuss war schön. Und vielleicht haben wir ihn gebraucht. Aber es war eine einmalige Sache. Ich liebe sie. Es ist mir egal, wenn ich warten muss, bevor sie Kinder will. Ich werde mit ihr warten. Es tut mir leid, dass wir uns geküsst haben und dass es dir mehr bedeutet hat als mir."

„Die Wahrheit ist, dass du mir eine Chance geben würdest, wenn sie nicht in deinem Leben wäre", sagte sie, als er die Nachricht öffnete, die Aulora ihm geschickt hatte, während sie am Grab gewesen waren.

Als seine Augen auf einmal traurig wurden, entriss sie ihm das Telefon und lächelte dann, als sie sah, was Aulora ihm geschrieben hatte. Sie hatte ihn nicht nur gehen lassen, sie hatte ihm auch gesagt, er solle mit ihr zusammen sein. Sie gab ihm wortlos das Handy zurück. Sie hatte jetzt Heimvorteil und das wusste sie auch.

„Sie ist einfach nur sauer", sagte er, während er das Handy auf die Ablage zwischen den Sitzen legte.

„Ich werde mich trotzdem mit ihr unterhalten. Wir hatten einen Deal und das war ein Teil davon."

„Dieses Mädchen wird dich in Stücke reißen. Sie sieht schon so aus. Bist du dir sicher, dass du dir das antun willst?"

Er wischte sich über die Augen und fuhr von dem Grab weg, während es weiterhin in Strömen regnete. „Selbst wenn ich niemand anderen habe, fange ich nicht wieder mit dir etwas an. Diese Reise war ein Fehler. Ich wollte dir den Abschluss ermöglichen, den du scheinbar gebraucht hast. Ich habe das nicht gebraucht. Ich habe schon mit uns abgeschlossen, als du jemand anderen geheiratet hast. Es war falsch, dass ich deinen Bitten nachgegeben habe. Ich wollte dir helfen und du willst nur das, was du willst."

„Also bin ich egoistisch. Das sagst du gerade. Dass ich ein egoistisches Miststück bin!"

„Ich habe dich nie ein Miststück genannt. Aber du verhältst dich wirklich egoistisch und ich hätte meinem Verstand gehorchen sollen, als er mir geraten hat, die Finger von dir zu lassen. Ich wusste schon, dass das schlecht ausgehen würde. Und jetzt habe ich vielleicht die Frau verloren, die Dinge in mir weckt, die ich noch nie verspürt habe."

Hayley seufzte tief und brach dann in Tränen aus. „Ich liebe dich! Verdammt noch mal, Weston! Sie ist durch mit dir! Bitte, gib mir die Chance, dir zu beweisen, dass ich diejenige sein kann, die du dir wünschst."

Er fuhr zum Flughafen, ohne ihr zu antworten. Er gab sich Mühe, ihr Geheule zu ignorieren. Er hatte ganz vergessen, was für eine Drama Queen sie sein konnte. Wie er das geschafft hatte, war ihm selbst nicht ganz klar.

Hayley wusste, wie sie ihn bearbeiten konnte. Das hatte sie schon immer gewusst. Er erinnerte sich an das erste Mal, dass er sie um ein Date gebeten hatte. Sie bemitleidete sich eines Nachmittags gerade selbst in der Kantine der High School, die sie beide besuchten. Der Kerl, in den sie verliebt war, hatte sie abgewiesen, als sie ihn gefragt hatte, ob er mit ihr zum Sadie-Hawkins-Ball gehen wollte. Weston sah sie, als sie allein an einem Tisch saß und weinte, und ging hinüber, um zu fragen, was los war. Als er ihre herzerweichende Geschichte hörte, inszenierte er sich als Retter in der Not und führte sie anstelle des anderen Typen zu dem Ball aus, und zwar mit großen Gesten.

Ganz langsam entwickelten sich die Gefühle zwischen den beiden. Nach diesem ersten Date tauchte sie immer wieder in den Gängen ihrer High School auf. Sie ging neben ihm her, wenn er zum Unterricht ging. Er erwiderte die Geste und brachte von da an sie zum Unterricht. Er behauptete, es sei die Aufgabe eines Mannes, eine junge Frau zum Unterricht zu begleiten, und nicht umgekehrt.

Bevor ihm klar wurde, was da eigentlich geschah, hatte Hayley sich in sein Leben gekämpft. Sie kam spontan freitagabends bei ihm vorbei und so musste er sie zu den Fußballmatches mitnehmen, die er sich ansah, und danach mit ihr Burger essen gehen. Tag für Tag schlich sie sich näher an ihn heran, bis er meinte, die Liebe gefunden zu haben. Seine erste Liebe.

Er behandelte sie besonders, als ihm klar wurde, dass sie wirklich zusammen waren. Und als er ihre Jungfräulichkeit nahm, machte er auch das besonders für sie. Weston verstand nun, dass er die Sorte Mann war. Er war die Sorte Mann, die gerne Frauen rettete.

Und in diesem Augenblick wurde ihm auch bewusst, dass das sein Untergang sein würde. Er musste mit einer Frau zusammen sein, die seine Hilfe nicht nötig hatte. Aulora hatte ihn nie um Hilfe gebeten, dennoch hatte er sie ihr auf jede erdenkliche Art angeboten.

Sie war sogar sauer gewesen, als er bei dieser Ausstellung ihre gesamten Kunstwerke aufgekauft hatte. Obwohl sie das verdammte Geld bitter nötig hatte, war sie sauer geworden und hatte ihn geboten, keine ihrer Kunstwerke mehr zu kaufen.

Aulora wollte alles ganz alleine schaffen und er hatte sich dem in den Weg gestellt. Er hatte versucht, alles für sie zu richten, anstatt bei ihr zu bleiben und ihr dabei zu helfen, mit den Schwierigkeiten fertigzuwerden, die sich ihr dabei in den Weg stellten.

„Danke, Hayley", sagte er, als sie vor dem belebten Flughafen LAX vorfuhren.

„Wofür?", fragte sie und schniefte.

„Dafür, dass du mir gezeigt hast, was ich die letzten Jahre immer falsch gemacht habe. Ich habe immer versucht, den Frauen zu helfen."

„Das ist doch nichts Schlimmes, Weston."

„Ist es schon, wenn du sie dadurch daran hinderst, sich selbst zu helfen. Als ich dich weinen sah, wollte ich einfach nur, dass es aufhört. Und dadurch habe ich bei dir den Gedanken eingepflanzt, dass ich derjenige bin, zu dem du automatisch mit deinen Sorgen, deinen Ängsten und deiner Einsamkeit hinmusst."

„Und du bist darin wirklich toll, Weston. Nicht alle Männer machen sich so viele Gedanken", sagte sie ihm, während sie über sein Gesicht strich. „Das ist eine tolle Eigenschaft."

Er nahm ihre Hand, legte sie wieder in ihren eigenen Schoß und ließ sie dort liegen, und sie verstand, dass er nicht mehr von ihr angefasst werden wollte. Aber sie dachte, dass es vielleicht daran lag, wie er auf ihre Berührung reagierte. Mit Sicherheit löste es etwas in ihm aus, sonst würde er nicht davor fliehen.

Er sah, wie sie sich auf die Unterlippe biss und ihre Hand wieder nach ihm ausstreckte. „Lass das", warnte er sie. „Ich weiß, was du da tun willst. Ich will dir nicht wehtun. Zwing mich nicht dazu."

„Sie will dich nicht mehr", sagte sie, während sie in der Warteschlange vor dem Flughafen standen.

„Sie ist einfach sauer und so reagiert sie, wenn sie sauer ist."

„Sie blockt dich ab? Das ist kein gesundes Beziehungsverhalten", sagte Hayley und machte Weston damit wütend.

„Du hast das auch getan, also verurteile sie jetzt nicht!", schrie er sie an. „Weißt du was, sei einfach still. Sei bitte einfach mal still."

Er nahm wieder sein Handy und schrieb eine Nachricht an Aulora.

-*Ich nehme das Risiko in Kauf. Wenn ich wieder da bin, komme ich zu dir und erkläre dir alles. Ich bin durch damit, Dinge zu verbergen.*-

Aulora antwortete ihm schnell.

-*Mach dir nicht die Mühe!*-

-*Ich werde mit dir reden. Versuch nicht mal, mich zu meiden. Ich werde dich finden und wenn du auf Arbeit bist oder in der Schule oder irgendwo in der Öffentlichkeit, dann wird mich das nicht davon abhalten, mit dir zu reden. Ich weiß, dass du Szenen hasst, also sorgst du besser dafür, dass wir uns an einem privaten Ort unterhalten können. Bei dir oder bei mir?*-, antwortete er ihr.

Es verstrich eine lange Zeit. Er rückte sehr weit in der Schlange voran, bevor sie ihm antwortete.

-*Wie du willst, es wird ein Trauerspiel für dich werden. Ich bin zu Hause. Ich habe mich schon von der Arbeit abgemeldet. Mir ist schlecht. Beim Gedanken an dich!*-

„Du solltest auf ihre Warnung hören, Weston. Wieso kämpfst du gegen sie an? Sie wird dich nicht zurücknehmen. Du hast sie angelogen und bist mit deiner Ex-Frau abgehauen. Die du anschließend geküsst hast."

Weston blickte sie stirnrunzelnd an. „Das weiß sie nicht."

Ein hinterlistiges Lächeln legte sich über ihre Lippen. „Du wirst es ihr aber sagen müssen. Wenn du schon ehrlich sein willst."

Er sah auf die Autos, die vor ihm warteten. Die Schlange schien sich endlos hinzustrecken und er wusste, dass er noch eine Weile hier sein würde. Und er spürte, wie sich ihm langsam ein Stein auf die Brust legte.

Wenn er ehrlich sein wollte, würde er ihr von dem Kuss erzählen müssen. Er würde ihr alles offenbaren müssen. Er durfte nichts mehr vor ihr verstecken. Er hatte das Gefühl, er würde besiegt werden, doch dann lächelte er, als er es sich noch einmal genau überlegte.

Aulora hatte ihm auch nichts von ihrer Vergangenheit erzählt!

Wie konnte sie ihm das jetzt zum Vorwurf machen? Sie war genauso geheimniskrämerisch gewesen wie er! *Ein Schlupfloch!*

Der Verkehr bewegte sich langsam, als wolle er ihm ein Zeichen geben, dass er recht hatte. Wenn sie ihm die Lügner-Karte zuspielte, weil er bestimmte Tatsachen ausgelassen hatte, dann konnte er das gleiche Manöver wagen. Sie hatte ihm nicht das Geringste aus ihrer Vergangenheit erzählt. Nicht, dass er sie nicht gefragt hätte. Sie schien einfach immer das Gespräch auf andere Themen zu lenken.

„Wenn wir wieder in New York sind, möchte ich, dass du weißt, dass ich keinen Grund mehr sehe, mit dir in Kontakt zu bleiben, Hayley."

Ihre Kinnlade klappte runter und sie machte große Augen. „Weston! Dich und mich verbindet ..."

Seine Stimme war auf einmal ganz streng. „Dich und mich verbindet nichts mehr. Es liegt zehn verdammte Jahre zurück, dass uns etwas verbunden hat. Das ist alles vorbei. Es tut mir leid, dass wir ihn verloren haben, wirklich. Aber wir haben ihn nun mal verloren. Und wir haben unsere Ehe und unsere Beziehung verloren. Es ist vorbei, Hayley. Das war's. Es ist alles aus."

„Sie wird dich nicht zurücknehmen, Weston. Und was willst du dann machen? Mich anrufen und schauen, ob du diese Worte zurücknehmen kannst? Vielleicht lasse ich das dann nicht mehr durchgehen." Sie verschränkte schmollend die Arme vor der Brust.

„Wir wissen beide, dass du das doch tun würdest, Schätzchen.

Belüg dich doch nicht selbst. Aber das würde ich so oder so nicht tun. Verstehst du, ich liebe diese Frau. Ich weiß, dass sie eine störrische Ader so breit wie der Ganges hat. Und ich glaube, die habe ich auch. Denn ich werde um sie kämpfen. Ich werde dafür sorgen, dass sie weiß, dass ich nicht einfach aufgeben werde."

„Also hängst du deinen Traum, Kinder zu bekommen, an den Nagel?", fragte sie. „Das kaufe ich dir nicht ab."

„Ich kann auch abwarten, bis sie dazu bereit ist. Sie ist jung. Ich hätte sie um so etwas nicht einmal bitten sollen. Sie verdient es, ihre Jugend zu genießen. Nur, weil wir unsere Jugend zu früh beendet haben, heißt das nicht, dass alle den gleichen Pfad wählen müssen. Ich liebe sie, also kann ich damit auch warten."

„Wie nobel von dir", kommentierte Hayley bitter.

Er nickte. „Weißt du was, das höre ich nicht zum ersten Mal. Aulora hat es auch zu mir gesagt und ich habe ihr genau das Gleiche erwidert: Ich bin nobel."

Endlich waren sie an der Reihe, ihr Mietauto abzugeben, und er fuhr auf den dafür vorgesehenen Parkplatz ein. Er stellte das Auto ab, stieg aus und merkte, wie Hayley darin sitzen blieb. Er nahm an, dass sie erwartete, dass er sich wie ein Gentleman verhielt und ihr die Tür öffnete. Er schüttelte den Kopf und bedeutete ihr „Nein" mit dem Zeigefinger.

Er öffnete den Kofferraum und stellte die zwei kleinen Taschen auf das Golfwägelchen, das gekommen war, um sie abzuholen. Hayley stieg endlich aus dem Auto aus und in diesem Augenblick fiel ihm ein, dass er sein Handy im Auto vergessen hatte.

Er öffnete die Tür, um es zu holen und noch einmal nachzusehen, ob er auch nichts im Auto vergessen hatte, und musste feststellen, dass sie eine SMS an Aulora geschrieben hatte, in der stand, dass sie miteinander geschlafen hatten und dass sie sich sicher war, er wolle es ihr nicht erzählen, aber dass sie sie hatte warnen wollen, von Frau zu Frau.

Das Grinsen auf Hayleys Gesicht weckte zum ersten Mal in seinem Leben das Verlangen in Weston, eine Frau windelweich zu prügeln!

KAPITEL 32

I hre Tränen rannen ihr heiß über die Wangen, als eine SMS von der Frau, in dessen Begleitung Weston sich befand, auf ihrem Display aufleuchtete. Wutentbrannt donnerte sie das Handy gegen die Wand. Aulora hatte es geschafft, sich einigermaßen zusammenzureißen. Dann war die verdammte SMS gekommen und sie hatte wieder völlig die Fassung verloren.

Wann würde diese Qual endlich enden?

Als es leise an ihrer Tür klopfte, versuchte sie verzweifelt, sich die Tränen aus den Augen zu wischen und ihre geschwollenen Augen zu beruhigen, während sie auf die Tür zuging. Sie wollte es nicht tun, doch sie wusste, dass es vielleicht ihre Vermieterin war, die sie um die Miete bitten wollte, die sie an diesem Tag hätte einreichen sollen, doch sie hatte sich noch nicht motivieren können, sich anzuziehen und die Wohnung zu verlassen.

Während sie die Tür öffnete, murmelte sie: „Tut mir leid. Ich habe das Geld ..." Mitten im Satz brach Aulora ab und rieb sich die Augen. Sie sah etwas verschwommen, aber sie war sich sicher: Vor ihr standen ...

„Aulora, wir versuchen schon die ganze Zeit, dich zu erreichen", sagte ihre Mutter.

„Und es sieht so aus, als hättest du geheult", sagte ihr Vater.

„Dad?", fragte sie und war sich noch immer nicht ganz sicher, ob sie ihn wirklich dort stehen sah.

„Dürfen wir reinkommen?", fragte er.

Sie trat einen Schritt zurück und fühlte sich noch benommener. „Wieso bist du hier?"

„Aulora!" Ihre Mutter ermahnte sie scharf. „Dein Vater möchte dir etwas sagen. Bitte lass ihn ausreden."

„Wieso?", fragte sie überrascht.

Als er ihre Hand nahm und sie zum Sofa führte, sagte er: „Weil ich ein Idiot war, Liebes. Ich bin hier, um die Fehler zu begleichen, die ich damals bei euch gemacht habe."

„Aber ...", brachte sie hervor, doch ihre Mutter unterbrach sie erneut.

„Aulora, lass ihn ausreden."

Sie saß still da und wartete ab, was der Mann, der sie damals im Stich gelassen hatte, zu sagen hatte. Aber sie wollte nicht warten. Wenn sie nicht gerade das mit Weston erlebt und dies nicht der schwächste Moment ihres Lebens gewesen wäre, hätte sie ihm die Tür vor der Nase zugeknallt.

„Schätzchen, ich habe vor ein paar Jahren eine Frau geheiratet und wir bekommen ein Kind", sagte ihr Vater.

„Herzlichen Glückwunsch?", meinte sie, während sie sich ihre vom Weinen geschwollenen Augen rieb.

„Ja, das ist eine angemessene Reaktion", sagte ihre Mutter, während sie sich neben sie setzte und den Arm um sie legte. „Möchtest du uns erzählen, warum du geweint hast?"

„Nein", antwortete sie schnell. „Ich wüsste lieber, warum ihr glaubt, diese Neuigkeiten könnten mich interessieren. Und ich frage mich vor allem, warum es dich interessiert, Mom."

„Dein Vater ist gekommen, um Frieden zu schließen, Aulora. Gib ihm eine Chance. Er ist dein Fleisch und Blut, weißt du."

Aullie blickte ihren Vater an. Er lächelte sie an und sah fast genau so aus, wie sie ihn in Erinnerung hatte. Sie hatte seine hellblauen Augen geerbt. Sein definierter Kiefer war eine weitere Sache,

in der sie ihm ähnelte. Er war ihr Vater, aber er hatte sich nie so
verhalten.

„Fleisch und Blut? Was ist mit der Tatsache, dass du uns verlassen
hast, Dad? Soll ich das einfach vergessen und dir vergeben? Und
wieso sollte ich das tun?"

„Ich erwarte nicht von dir, dass du mir sofort vergibst", sagte er.
„Ich weiß, dass es einige Zeit dauern wird. Aber ich werde dich nicht
mehr aus meinem Leben ausschließen. Du wirst eine große Schwester, Aulora. Ich möchte, dass du am Leben deiner Schwester
teilhast."

„Du bekommst eine Tochter?", fragte sie und lehnte sich an ihre
Mutter.

„Ja. Verstehst du, die Frau, die ich geheiratet habe, hat ein
unglaublich großes Herz. Sie hat mir gesagt, ich solle mit dir und
deiner Mutter Frieden schließen. Als ich noch einmal darüber nachgedacht habe, was ich euch angetan habe, habe ich mich sehr
geschämt. Und ich weiß, dass ich nicht erwarten kann, dass ihr mich
einfach mit offenen Armen in euer Leben aufnehmt. Aber Schätzchen, ich will nicht, dass dir und deiner kleinen Schwester eine tolle
Geschwisterbeziehung entgeht, nur, weil ich mich damals so dumm
verhalten habe."

Die Gedanken überschlugen sich. Das Leben beutelte sie hin und
her und sie fühlte sich völlig benommen. Sie wurde mit zweiundzwanzig noch einmal Schwester. Das fühlte sich komisch an, gelinde
gesagt.

„Dad, ich weiß nicht, was du von mir erwartest", sagte sie und
stand auf, um eine Flasche Wasser aus dem Kühlschrank zu holen.

„Ich erwarte, dass du mich die Dinge berichtigen lässt. Ich
erwarte, dass du dich in meinem Haus bei deiner Stiefmutter Clara
willkommen fühlst. Ich erwarte, dass du die Zeit mit deiner kleinen
Schwester genießt. Und ich erwarte, dass du eines Tages akzeptierst,
wie sehr ich dich liebe, und ich hoffe, dass du diese Liebe vielleicht
sogar erwidern kannst. Aber ich werde dich nicht dazu drängen",
sagte er und folgte ihr zur Küchenzeile. „Aber zunächst einmal ..." Er
hielt ihr einen Schlüsselbund mit drei Schlüsseln hin. Einer von

ihnen gehörte zu einem Auto, sie erkannte die Schlüsselart. Er war mit dem Mercedes-Emblem verziert.

„Du hast mir ein Auto gekauft?", fragte sie schockiert.

„Das habe ich. Ein brandneues. Deine Mutter hat gesagt, dass du grelle Farben liebst, also habe ich dir ein neonblaues gekauft. Ich musste es eigens anfertigen lassen. Hoffentlich gefällt es dir. Wenn nicht, dann können wir ihn immer noch eintauschen gegen etwas, was dir doch gefällt. Das wäre kein Problem, Schätzchen", antwortete er.

Sie nahm die Schlüssel und hielt den hoch, der aussah, wie ein Haustürschlüssel. „Ist der zu deinem Haus?"

„Nicht der. Der andere. Ich möchte, dass du frei ein und aus gehen kannst in meinem Zuhause. Es liegt in Upstate New York. Clara kann es kaum erwarten, dich kennenzulernen. Sie hofft, dass du die Wände im Zimmer deiner kleinen Schwester verzieren kannst. Was hältst du davon?"

„Und wofür ist dann der Schlüssel, Dad?", fragte sie, während sie versuchte, damit klarzukommen, was ihr da gerade passierte.

„Das ist der Schlüssel zu deinem Penthouse auf der Fifth Avenue, Schätzchen. Es ist nicht allzu extravagant. Es hat nur fünf Schlafzimmer, drei Wohnzimmer und mindestens zwei Esszimmer. Und natürlich das dazugehörige Personal", sagte er mit einem breiten Grinsen.

„Dad, das kann ich mir nicht …"

Sein Finger legte sich auf ihre Lippen. „Doch, das kannst du. Verstehst du, ich schulde dir ein Vermögen an Unterhaltszahlungen. Ich habe einen Anwalt konsultiert und er hat berechnet, was ich dir und deiner Mutter schulde. Ich habe für euch beide Konten eingerichtet und sie mit diesem Geld gefüllt." Er griff wieder in seine Tasche und zog eine Bankkarte hervor. „Du musst so bald wie möglich bei der Bank vorbeischauen und ein paar Dokumente unterzeichnen, und dann gehört das Geld dir."

„Ist das nicht fantastisch, Süße?", fragte ihre Mutter sie, als sie zu ihnen in die Küchenzeile kam. „Er hat mir ein Penthouse im gleichen Gebäude gekauft. Du musst nur einmal umfallen und schon bist du bei mir."

„Ich nehme an, du hast auch ein Auto bekommen", sagte Aullie stirnrunzelnd.

Ihre Mutter nickte und lächelte. „Ja, dein Vater ist sehr großzügig gewesen. Du solltest zumindest versuchen, so zu tun, als wärst du glücklich."

„Und was, wenn ich das alles nicht will?", fragte Aullie sie beide.

„Du bist zu alledem berechtigt, Aulora", sagte ihr Vater ihr, während er sie an seine Brust zog. „Es tut mir leid, dass ich euch so verletzt habe. Aber das ist nun alles ein Teil der Vergangenheit. Du bist meine Tochter. Meine Erstgeborene. Ich habe dir nun nicht nur all das gegeben, was dir ohnehin die ganze Zeit zugestanden hätte, du wirst auch in mein Testament aufgenommen. Du bist eine Wohrl. Das bedeutet etwas."

„Ich habe diesen Namen abgelegt. Ich verwende schon lange Moms Nachnamen."

„Aber du hast es nie legal ändern lassen", erinnerte ihre Mutter sie.

„Gesetzlich gesehen bist du meine Tochter, Aulora. Und jetzt komm mit. Ich will, dass du dir etwas anziehst und diesen verlotterten Bademantel ablegst. Es gibt so viel, was ich dir zeigen möchte. In diesem Loch wirst du auf jeden Fall nicht versauern. Deine Kleiderschränke in deinem neuen Penthouse sind bereits von einem Stylisten ausgestattet worden, dem deine Mutter deine Konfektionsgröße und deine Vorlieben verraten hat."

„Du wirst die Klamotten und die Schuhe lieben, die Handtaschen, den Schmuck!", schwärmte ihre Mutter.

„Das ist überhaupt nicht das, was ich will", sagte Aullie, doch ihre Eltern schenkten ihr keine Beachtung.

Ihre Mutter übernahm sie, führte sie zum Bad und bugsierte sie hinein. „Ich suche dir etwas zum Anziehen aus. Dusch dich!"

Was zum Teufel war gerade geschehen?

KAPITEL 33

Starke Regenfälle hatten den Abflug des Privatjets um mehrere Stunden verzögert. Als sie am JFK-Flughafen in New York ankamen, war es bereits zehn Uhr abends, Hayley war die ganze Reise über seltsam still gewesen. Doch Weston schien das egal zu sein.

„Möchtest du dir ein Taxi teilen, Weston?", fragte sie ihn, während sie durch die Schiebetüren nach draußen traten.

„Nein, ich fahre zu Aulora. Wie gesagt, es tut mir leid, wie die Dinge gelaufen sind, aber ich bin durch mit dir, Hayley. Ich wünsche dir noch ein schönes Leben." Er öffnete die Tür zu einem wartenden Taxi und sie stieg ein. Dann schloss er die Tür, während sie den Mund öffnete, um noch etwas zu sagen. Er wollte es ohnehin nicht mehr hören.

Er stieg in das Taxi, das direkt hinter ihrem wartete, und gab dem Fahrer Auloras Adresse. Dann holte er sein Handy hervor und rief sie an. Sie ging nicht ran. Aber das hatte er bereits erwartet.

Er schrieb ihr eine SMS.

-Ich bin unterwegs zu dir.-

Er blickte das Display des Handys an und wartete auf eine Antwort, bekam aber keine. Als sie vor dem Wohnkomplex vorfuhren, sah er, dass ihr Accord dort stand, wo er immer geparkt war, nahm seine Übernachtungstasche und stieg aus dem Taxi. Schnellen Schrittes gelangte er an ihrer Wohnung an.

Ihre Tür war leicht geöffnet. Er schob sie auf und sah, wie eine ältere Frau die Wohnung säuberte. „Wissen sie zufällig, wo die Bewohnerin dieser Wohnung ist?", fragte er sie.

Sie zuckte lediglich mit den Schultern. „Ist umgezogen", antwortete sie.

„Sie ist umgezogen?", sagte er und klang dabei schockiert.

Sie nickte. „Ist umgezogen."

„Aber ihr Auto ist hier", sagte er und lehnte sich an den Türrahmen.

Die Frau zuckte erneut mit den Schultern und er drehte sich um, um zu gehen, da es ziemlich offensichtlich war, dass sie ihn nicht weiterbringen würde. Er rief sich ein neues Taxi. Als es ankam, stieg er ein und fuhr zur Bar.

Es war kalt und verregnet, und Tackleman's war aus irgendwelchen Gründen proppenvoll. Er ging hinein und fragte die Platzanweiserin, ob Aullie heute arbeitete, musste sich aber sagen lassen, dass sie an diesem Tag gekündigt hatte.

Er verließ die Bar wieder, schockiert und besorgt. Anstatt sich ein weiteres Taxi zu rufen, rief er sie an, während er unter dem dünnen Stoffdach stand, das nur einen Teil des Eingangsbereiches bedeckte. Sie ging nicht ran und er gab seine Suche für diesen Abend auf.

Auf der langen Fahrt nach Hause dachte er darüber nach, was wohl mit ihr geschehen sein könnte. Doch an diesem Abend würde er offensichtlich nicht mit ihr reden können.

-Du bist umgezogen. Du hast deinen Job gekündigt. Du bist ohne dein Auto weg. Ich muss wissen, dass es dir gut geht. Bitte gib mir Bescheid. Ich werde nicht schlafen können, bis ich nicht weiß, dass du lebst und es dir gut geht, Aulora. Bitte.-, schrieb er ihr und wartete dann eine Antwort ab.

Ein Piepsen benachrichtigte ihn, dass eine SMS eingegangen war und er drückte die Daumen, bevor er das Handy entsperrte.

-Ihr geht es gut. Sie möchte nicht mit dir reden.-

Die Nachricht kam von ihrer Nummer, aber jemand anders

schrieb an ihrer Stelle. Das machte ihn ein wenig nervös. Er antwortete also.

-Ich möchte mit ihr reden. Wenn ich ihre Stimme nicht höre, werde ich die Cops anrufen und sie als entführt melden!!!-

Er hoffte, dass sie das dazu bringen würde, ihn anzurufen, und als sein Telefon klingelte, hatte er bereits vor dem zweiten Klingeln abgehoben. „Aulora!"

„Mit geht es gut. Lass mich in Ruhe, Weston", erklang ihre liebliche Stimme. Ja, sie klang wutentbrannt, aber es war ihre Stimme und in seinen Ohren klang sie lieblich.

„Aulora, warte. Ich muss mit dir reden. Du hast mir geschworen, dass du mir das erlauben würdest. Wir hatten einen Deal. Ich werde verlangen, dass du dich daran hältst. Du und ich müssen uns unterhalten."

„Nein", sagte sie. „Und ich werde auch deine Nummer blockieren. Ich habe mit deiner Ex-Frau geredet. Sie hat mir alles erzählt. Sie hat mir gesagt, dass du mich anlügen würdest. Sie hat mir gesagt, dass ihr beide Sex hattet. Vielleicht bekommst du ja schon bald dein Baby. Dem will ich mich nicht in den Weg stellen."

„Sie lügt", brachte er heraus.

„Sie hat auch gesagt, dass du das sagen würdest. Sie hat gesagt, ihr hättet miteinander geschlafen und dann hättest du ein schlechtes Gewissen bekommen und ihr gesagt, ihr könntet nicht zusammen sein, weil du mich liebst. Aber die Tatsache ist, dass sie schwanger sein könnte, und ich werde mich da nicht hineinziehen lassen. Du hast mit einer anderen gevögelt, das beendet jeglichen Deal, es ist vorbei. Du hast deine Chance gehabt. Ich schulde dir nichts weiter."

„Sie lügt, ich schwöre es dir, Aulora, ich schwöre es!" Er versuchte verzweifelt, seine Fassung zu bewahren, aber es fiel ihm immer schwerer.

„Sie hat keinen Grund zu lügen, aber du hast jede Menge", sagte Aullie.

„Das hat sie wohl. Sie will mich zurück und sie denkt, dass ich zu ihr zurückkommen werde, wenn ich dich nicht habe. Aber ich werde nie zu ihr zurückgehen, niemals. Und ganz besonders nicht, nachdem sie das durchgezogen hat. Bitte, Aulora. Lass mich zu dir, wo auch immer du jetzt bist. Bitte, du wirst mir glauben, wenn ich dir alles von Angesicht zu Angesicht erklären kann. Ich weiß, dass du mir dann glauben wirst."

„Du hast recht, dann würde ich dir wahrscheinlich glauben. Und weißt du auch, wieso? Weil ich dann dein wunderschönes Gesicht sehen und du mich so gekonnt berühren würdest und ich dir einfach glauben wollen würde. Aber das wäre dumm und dumm bin ich nicht", sagte sie.

Eine Männerstimme im Hintergrund ließ Westons Haare zu Berge stehen.

„Wer ist da bei dir?"

„Das geht dich nichts an. Ich habe dir gesagt, dass es mir gut geht. Mir geht es besser denn je, wenn du es genau wissen willst. Geld ist jetzt kein Problem mehr. Ich bin keine arme Künstlerin mehr, die am Hungertuch nagt. Ich muss nicht gerettet werden. Und ich glaube, du würdest feststellen, dass ich nicht mehr so ganz dein Ding bin. Ich glaube deiner Ex und ich glaube auch, dass du schnell das Interesse an mir verlieren würdest. Ich brauche jetzt rein gar nichts mehr."

„Und wie ist das bitte innerhalb eines Tages passiert, Aulora?", fragte er sie verdattert. „Du hast deinen Job gekündigt, bist umgezogen und hast dein Auto hiergelassen. Wer ist bitte angekommen und hat dich in ein neues Leben entführt?"

„Das geht dich nichts mehr an, Weston. Hayley Stiller geht dich was an. Vielleicht denke ich darüber nach, freundschaftlich mit dir zu reden, wenn der Schwangerschaftstest in ein paar Monaten negativ ausfällt. Aber sonst nichts weiter. Wenn er positiv ausfällt, will ich nie wieder mit dir reden."

„Was soll das bitte heißen?", fragte er sie völlig verwirrt.

„Hayley hat gesagt, sie würde mich in ein paar Monaten anrufen, wenn sie einen Schwangerschaftstest machen kann. Sie will mir mitteilen, ob du wieder Vater wirst oder nicht. Wenn ich mir das erlauben darf, ich finde es feige von dir, sie zu vögeln, wenn du wusstest, dass sie ein Kind von dir will, und ihr dann zu sagen, dass du nicht bei ihr bleiben willst. Ich hätte nicht gedacht, dass das deine Art ist."

„Das ist auch nicht meine Art!", brüllte er sie an. „Sie lügt! Sie will, dass ich sie anrufe, um sie zur Sau zu machen. Ich habe ihre gesagt, dass ich nie wieder mit ihr reden werde. Wenn du mich zu dir lassen würdest, könnte ich dir alles erklären. Bis ins letzte Detail. Ich wollte völlig ehrlich zu dir sein. Du musst mir glauben!"

Sie schwieg und er verstand das als ein Zeichen, dass sie ihm die Möglichkeit geben wollte, sich zu erklären. Doch dann vernahm er auf einmal die Stimme eines Mannes. „Sie weint. Ich kenne dich nicht, aber mir gefällt gar nicht, dass du sie zum Weinen bringst. Als ich sie vorhin angetroffen habe, hat sie schon geweint und wollte mir nicht sagen, wieso. Ich glaube, mittlerweile weiß ich es. Lass sie in Ruhe, sonst bekommst du es mit mir zu tun."

„Und wer bist du?", fragte Weston.

„Charles Wohrl. Und du?"

„Weston Calloway."

„Toll. Weston Calloway, halt dich von Aulora fern." Und damit wurde das Gespräch beendet.

Als Weston versuchte, erneut anzurufen, musste er feststellen, dass sie ihn blockiert hatte. Wut und Frust breiteten sich in ihm aus. Er rammte seine Faust gegen seinen Stuhl und fluchte.

Sie war bei einem anderen Mann!

34

———

KAPITEL 34

Aulora ging an diesem Abend mit einem Glas Wein und Kopfschmerzen ins Bett, die ein Pferd in die Knie gezwungen hätten. Sie hatte noch nie in ihrem Leben so viel geheult. Als sie den Anruf von Hayley bekommen hatte, hatte sie sofort gewusst, dass es zwischen ihr und Weston vorbei war. Vorbei sein musste.

Ihr Vater hatte dafür gesorgt, dass sie sich in ihrem neuen Schlafzimmer wohlfühlte, bevor er gegangen war. Er hatte versprochen, am nächsten Tag gegen Mittag seinen Chauffeur vorbeizuschicken, damit sie zu ihm nach Upstate New York fahren und ihre neue Stiefmutter kennenlernen konnte. Sie freute sich nicht gerade darauf. Aber andererseits freute sie sich überhaupt nicht darauf, noch einmal aufzuwachen.

Ihr neues zu Hause war umwerfend. Ihre Mutter hatte bei der Einrichtung geholfen. Die Geheimniskrämerei in Bezug auf ihren Vater hatte sie ziemlich verstört. Aber dass sie Dinge ausgesucht hatte, die Aullie dabei helfen würden, sich zu Hause zu fühlen, war eine Wohltat.

Eines der Wohnzimmer war zu einem Kunststudio umfunktioniert worden und war bereits mit Leinwänden in verschiedenen

Größen und jedem Pinsel der Welt ausgestattet worden. Jeder andere Mensch wäre völlig hin und weg von diesem Geschenk. Und sie wusste, dass es ihr Geburtsrecht war, diese Dinge zu besitzen. Aber es überwältigte sie, dass sie Weston verloren hatte.

Liebe war einfach scheiße, beschloss sie.

Um alles, was ihr solche Schmerzen bereiten konnte, sollte sie in Zukunft besser einen großen Bogen machen!

Als ihr Handy um Mitternacht klingelte, zuckte sie zusammen, sah dann aber, dass Brittany sie anrief. „Hallo", ging sie ran.

„Was geht ab, Aullie? Du hast gekündigt, bis umgezogen, hast Weston abserviert."

„Ich weiß. Man hat mich irgendwie mitgenommen", murmelte sie.

„Mitgenommen?", brüllte Brittany. „Etwa gekidnappt?"

„Ähm, nein. Nicht wirklich. Ich bin bloß wieder in mein altes Leben zurückversetzt worden. Ich war nicht immer bettelarm", sagte sie und nippte an ihrem Wein.

„Was soll das bitte bedeuten?", fragte Britt.

„Ich bin die Tochter eines reichen Mannes. Er ist aufgetaucht und wollte alles wiedergutmachen. Er hat mir das gegeben, was sein Anwalt berechnet hat, das mir zusteht. Er hat mir ein Penthouse gekauft und ein Auto und hat ein Konto für mich eingerichtet, das viel zu gut gefüllt ist, als dass ich noch rechtfertigen könnte zu arbeiten und Leuten das Geld wegzunehmen, die es wirklich brauchen."

„Du bist jetzt reich?", fragte Britt. „Ich meine, was geht ab, Mädel? Du wolltest es nicht annehmen, als Weston es dir angeboten hat, aber von deinem Vater, der dich so gut wie vergessen hat, nimmst du es dankend an? Das verstehe ich nicht."

„Ich verstehe es auch nicht wirklich. Ich bin wie gelähmt und ich bin total durch den Wind von dem, was Weston getan hat", sagte Aullie und weckte damit Britts Neugier.

„Was hat Weston getan?"

„Es ist eine lange Geschichte mit einem schlechten Ende. Niemand will sie hören." Sie trank ihren Wein leer und schenkte sich dann mehr aus der Flasche ein, die sie mit ins Bett genommen hatte. „Ich könnte hier drin wirklich eine Bar gebrauchen. Dad hat nur Wein mitgebracht."

„Ich könnte vorbeikommen und dir etwas mitbringen", bot Brittany an. „Wir könnten uns unterhalten. Du klingst gerade so, als hättest du eine gute Freundin nötig."

Aullie blickte zur Decke. Die aufwändig verzierte Decke, die an die aufwändig verzierten Wände anschloss, die mit Dingen dekoriert waren, die eine Menge Geld kosteten. Sie lang unter teuren Laken und Decken. Ihr Kopf ruhte auf einem teuren Kissen. Es ähnelte sehr der Erfahrung, die sie in Westons Villa gemacht hatte.

Sie schloss die Augen. „Heute nicht. Ich bin zu weinerlich. Ich werde keine gute Gesellschaft sein. Ich würde mich im Moment niemandem aufzwingen, den ich wirklich mag. Ich bin total fertig."

„Sag mir dann wenigstens, dass du glaubst, dass du das überleben wirst", sagte Brittany mit einem leichten Lachen.

„So sehr, wie mein Herz mir wehtut, ist das fraglich", sagte sie und meinte es wirklich ernst.

„So schlimm also?"

„Schlimmer", gab sie zurück. „Sind schon Menschen an gebrochenen Herzen gestorben?"

„Nein", sagte Britt. „Zumindest glaube ich das nicht. Es gab schon dieses eine Pärchen. Aber sie waren echt alt und waren über neunzig Jahre lang zusammen gewesen. Aber niemand konnte beweisen, dass die Todesursache des anderen dreißig Minuten später tatsächlich ein gebrochenes Herz war."

„Also willst du damit sagen, dass es passieren kann." Aullie trank einen großen Schluck Wein. „Super!"

„Nein, Aullie. Du solltest mich wirklich zu dir kommen lassen. Du hörst dich halb betrunken und total verrückt an"

Ein seltsames Lachen schallte aus ihrer Kehle. „Verrückt? Ja, genau so fühle ich mich auch. Wie eine totale Spinnerin! Wir können morgen reden, wenn ich meine neue Mami kennengelernt und mit ihr darüber geredet habe, wie wir das Zimmer für meine kleine Schwester einrichten können."

„Eine neue Mami und eine kleine Schwester, was? Du liebe Zeit! Du musst ja echt ganz schön viel verdauen."

„So ist es. Selbst mit Weston an meiner Seite wäre das schwer gewesen. Aber jetzt, wo er nicht mehr bei mir ist, ist es fast unerträglich." Sie trank ihr Weinglas leer und kuschelte sich ins Bett. „Tschüs, ich weine mich jetzt hoffentlich in den Schlaf."

„Traurig", sagte Brittany. „Ich hab dich lieb."

„Ich hab dich auch lieb, Britt. Du bist eine gute Freundin." Aullie legte auf und starrte die Decke an, bis der Schlaf sie etwa drei Stunden später übermannte.

ALS SIE VON Stimmen im Gang geweckt wurde, öffnete sie die Augen und stellte fest, dass Sonnenlicht durch eines ihrer Fenster fiel, vor dem ein durchsichtiger, olivfarbener Vorhang zugezogen war. Ihre Augen schmerzten, ebenso wie ihr Körper.

Sie stöhnte, während sie aus dem Bett stieg. Ihr seidenes Nachthemd war beim Schlafen verrutscht und sie rückte es zurecht.

Sie vernahm leise Stimmen aus dem Gang. „Findet den Kater."

Sie schüttelte den Kopf und ging zur Tür, um herauszufinden, worüber sie redeten. „Wenn der Kater verschwunden ist, wird sie so traurig sein", erklang die Stimme einer Frau.

Aullie riss die Schlafzimmertür auf und fragte entsetzt: „Mein Kater ist verschwunden?"

Ein Mann, gekleidet in einen schwarzen Anzug, der wahrscheinlich der Butler war, blickte sie ungerührt an. Eine Frau in einer schwarzen Dienstmädchenuniform schenkte ihr den gleichen Blick. Es war die ältere Frau, die hellblaue Kleidung trug, die der eines Kochs ähnelte, die zu ihr sprach. „Verschwunden?"

„Ich habe gehört, wie Sie darüber geredet haben, dass ein Kater verschwunden sei. Haben Sie über meinen Kater geredet?", fragte Aullie die Frau.

„Nun ja, jein. Ich bin mir sicher, dass er sich einfach im Haus versteckt", sagte ihr die Frau.

„Aber die Tür zum Treppenhaus war offen", sagte der Butler. „Er müsste in den Lift steigen und ins Erdgeschoss fahren und in der Lobby aussteigen, um wirklich verloren zu gehen."

Aulora spürte, wie ihre Knie weich wurden. „Nicht schon wieder ein schrecklicher Tag!", winselte sie.

Die Frau, von der sie vermutete, dass sie in der Küche arbeitete, kam auf sie zu, legte den Arm um sie und führte sie wieder in ihr Zimmer. „Machen Sie sich mal keine Sorgen. Dem Kater geht es gut. Ich arbeite nicht zum ersten Mal in diesem Gebäude. Ich werde mit dem Manager des Gebäudes sprechen und ihn die Aufnahmen der Überwachungskameras durchsehen lassen. Sie tun jetzt erst einmal nichts anderes, als ein heißes Bad zu nehmen, sich zu entspannen und uns die Sorge zu überlassen. Dafür werden wir schließlich bezahlt. Außerdem werde ich ein Mitglied des Personals zum persönlichen Begleiter Ihres Katers machen."

Aullie fing erneut an zu weinen. „Aber das ist doch meine Aufgabe. Er ist mein Kater. Er heißt Bruce. Bitte finden Sie ihn!"

Der Kater schien den ganzen Radau gehört zu haben und rannte auf einmal in ihr Schlafzimmer. „Da ist er ja!", sagte die Frau enthusiastisch.

Aullie sank auf die Knie, setzte sich auf den Boden und umklammerte ihren Kater, wobei sie murmelte: „Bruce, mein einziger Freund. Lauf mir nicht weg."

Die Frau kniete sich neben sie und nahm ihr Kinn zwischen die Finger. „Aulora, ich heiße Laura. Ich bin deine Chefköchin. Ich habe bereits von deiner Mutter eine Liste deiner Lieblingsfrühstücke bekommen. Aber ich würde dich gerne kennenlernen. Wie wäre es jetzt mit einer beruhigenden Schüssel Haferbrei mit einer halben Erdbeere und ein paar Blaubeeren? Und vielleicht einem schönen Glas Mandel-Kokos-Milch und hausgemachtem Weizenbrot mit Honig und Butter?"

„Laura?", fragte sie. „So haben mich die Leute oft genannt, als ich noch klein war. Sie wussten nicht, wie sie meinen Namen aussprechen sollten."

„Na, die waren aber dumm. Dein Name ist doch sehr leicht auszusprechen. Ich liebe deinen Namen. Ich hoffe, ich darf dich weiter so nennen. Das hätte ich dich erst fragen müssen. Möchtest du lieber Miss Wohrl genannt werden?"

„Nein, nenn mich Aulora. Oder Aullie."

Die ältere Frau strich ihr durch das Haar. „Mir gefällt dein ganzer Name wirklich. Darf ich dich so nennen?"

„Klar", sagte sie. „Wenn du das möchtest. Ich bin kein verwöhntes Ding wie die meisten reichen Leute. Ich war als Kind reich und dann gar nicht mehr. Jetzt bin ich es auf einmal wieder. Mir schwirrt der Kopf, das kannst du dir ja wohl vorstellen. Ich erwarte nicht von dir, dass du einen Knicks machst, wenn ich den Raum betrete."

Laura lachte und seufzte. „Manche wollen das wirklich."

Aullie kicherte. „Ich weiß!"

Dank ihres kuscheligen, grauen Katers und scheinbar einer neuen Freundin fühlte Aullie sich bereits ein wenig besser. Ihr neues Zuhause war wunderschön. Das Personal schien nett zu sein. Vielleicht konnte sie sich wirklich an dieses neue alte Leben gewöhnen. Sie war schließlich viel länger reich als arm gewesen.

„Wenn ich es mir erlauben darf, ich finde, du verarbeitest das alles viel besser, als ich es wahrscheinlich in deinem Alter getan hätte", sagte Laura und kraulte den Kater hinter den Ohren.

„Und wie alt bist du?", fragte Aullie. „Ich weiß, dass fragt man nicht, aber ich kann es einfach nicht einschätzen."

„Ich bin neunundvierzig. Ich habe schon zwei Ehemänner hinter mir und drei Kinder bekommen, und ich habe auch schon eine Menge Haustiere gehabt. Und ich habe diesen Job angenommen, als ich gehört habe, dass du erst zweiundzwanzig und Künstlerin bist. Ich liebe Kunst. Das habe ich schon immer. Als Köchin bin ich auch irgendwie Künstlerin, wenn man so drüber nachdenkt."

„Ja, wirklich!" Aullie verspürte eine große Aufregung. „Richtest du dein Essen gerne an, dass es hübsch aussieht?"

„Das tue ich!", rief Laura aus und wurde ebenso aufgeregt. „Ich wusste doch, dass wir beide gute Freunde werden würden."

„Ach, wirklich?", fragte Aullie.

„Ja, wirklich", zwitscherte Laura und stand dann auf. „Jetzt gibt's erst einmal Frühstück und danach können wir vielleicht ein bisschen abhängen und darüber reden, was du magst und was du gar nicht magst und ich fände es außerdem toll, wenn ich deine Werke bewundern dürfte. Ich will kochen, um dich zu inspirieren. Ich habe schon gehört, dass du auch in einer Galerie ausstellst. Du hast ja keine Ahnung, wie viel Freude mir das bereitet, für eine Künstlerin zu kochen! Das ist für mich wie ein Sechser im Lotto!"

Aulora blickte zu der Frau auf. Sie hatte langes, blondes Haar, das sie zu einem sauberen Dutt zusammengebunden hatte. Ihre blauen Augen leuchteten. Sie war fit und muskulös, hatte gerade das Idealgewicht für ihre Körpergröße. Und ihr Lächeln war ansteckend.

„Ich bin froh, dass du dich freust, für mich zu arbeiten."

„Das letzte Jahr war ich arbeitslos. Ich bin mit einem Blutgerinnsel in meinem linken Bein ins Krankenhaus eingeliefert worden und das verdammte Ding hat sich bewegt. Es ist bis zu meinem Herzen vorgedrungen. Wie durch ein Wunder hat es sich aufgelöst und ist als winzige Teilchen in meiner Lunge gelandet. Ich war zwei Wochen lang im Krankenhaus. Auf der Intensivstation! Die Ärzte und Schwestern haben mir gesagt, ich hätte sterben können. Als ich den Anruf wegen diesem Job bekommen habe, hat es mich durchzuckt wie ein Blitz. Ich wusste, dass ich ihn annehmen muss. Und jetzt, wo ich dich kennengelernt habe, bin ich auch verdammt froh darüber, Aulora."

„Hattest du Angst, als du das mit dem Blutgerinnsel herausgefunden hast?", fragte Aulora ehrlich besorgt.

„Das hatte ich. Aber ich habe fest daran geglaubt, dass alles gut wird. Und so kam es auch. Und vor ein paar Monaten habe ich mein jüngstes Kind bei seiner Abschlussfeier vom College besucht. Alles läuft wunderbar und ich hoffe, dass ich ein wenig Freude in dein Leben bringen kann. Wenn ich es mir erlauben darf, ich sehe es gar nicht gerne, wenn du so viel weinst. Wenn du mal mit mir reden willst, ich bin immer in der Küche. Du kannst immer mit mir reden. Ich verstehe mich als deine Freundin. Immer."

„Danke. Das ist sehr nett von dir", sagte Aullie und lächelte ein ehrlich gemeintes Lächeln. „Ich glaube, du und ich werden uns sehr gut verstehen."

„Das glaube ich auch. Dann sehen wir uns gleich in der Küche." Laura ließ sie im Schlafzimmer zurück. Nur sie und der Kater saßen nun noch auf dem Boden, während Aullie sich in ihrem neuen Schlafzimmer umsah. Ein Zimmer, das sie gestern noch gar nicht richtig gesehen hatte, da sie es durch einen permanenten Tränenschleier betrachtet hatte.

Ihr Handy klingelte und sie stand auf, um nachzusehen, wer es war. Sie vermutete, dass ihre Mutter oder ihr Vater sie anrufen würden. Als sie eine unbekannte Nummer sah, zögerte sie zunächst, bevor sie abnahm. „Hallo?"

„Ich habe Hayley und ich bringe sie zu dir. Sie wird dir die Wahrheit sagen", hörte sie Westons Stimme sagen.

„Wessen Nummer ist das?"

„Die von dem Taxifahrer", sagte er ihr. „Ich war mir sicher, dass du weder bei mir noch bei Hayley rangehen würdest."

„Da hattest du recht. Aber sie hierherzubringen, wird auch nichts ändern. Du hast mir nicht die Wahrheit gesagt. Du bist mit deiner Ex nach L.A. Und ich habe im Moment zu viel zu verdauen, als dass ich mich noch mit dir belasten könnte. Das ist ganz schlechtes Timing, Weston."

„Ich liebe dich und du liebst mich. Das ist alles, was zählt", argumentierte er.

„Und du willst schon bald Kinder und ich nicht."

„Ich will nicht mehr sofort Kinder. Ich will sie erst, wenn du auch bereit bist", sagte er und ließ ihr damit einen Schauer über den Rücken laufen.

„Ich bin mir nicht sicher, dass ich dir glauben kann. Außerdem habe ich das Gefühl, dass du nicht einmal zu dir selbst ehrlich bist."

„Lass mich sie zu dir bringen, damit du siehst, dass ich nicht gelogen habe, als ich gesagt habe, ich hätte nicht mit Hayley geschlafen."

„Bitte", hörte sie Hayleys Stimme im Hintergrund.

„Ich schreibe dir die Adresse. Du hast dreißig Minuten. Anscheinend habe ich heute eine Menge zu tun", sagte Aullie, beendete dann das Gespräch und stellte sich unter die Dusche.

Sie musste jetzt damit aufhören, sich selbst zu bemitleiden. Das Selbstmitleid drückte auf ihre Schultern nieder. Sie hatte es satt. Sie hatte es satt, zu weinen. Sie hatte es satt, sich so gelähmt zu fühlen.

Und sie brauchte einen klaren Kopf, um Weston aus ihrem Leben zu verbannen. Seine Probleme hatte sie definitiv nicht nötig.

KAPITEL 35

W ährend der Fahrt zum Gebäude, in dem Auloras neues Penthouse lag, fragte Weston sich, was in diesen zwei Tagen bloß hatte geschehen können, dass sie auf einmal so großspurig lebte.

„Hier wohnt also eine Kellnerin?", fragte Hayley, als sie aus dem Auto stiegen. „Arbeitet sie etwa auch als Dienstmädchen?"

„Nein. Und sie hat gekündigt, also ist sie auch keine Kellnerin mehr. Dich geht ohnehin nichts an, was in ihrem Leben vor sich geht. Du sollst ihr nur sagen, dass du gelogen hast und dann kannst du gehen", sagte er ihr, während sie in den Aufzug stiegen und in den elften Stock fuhren.

„Ein Penthouse in der Fifth Avenue", murmelte Hayley. „Macht das für dich Sinn, Weston?"

„Nein. Vielleicht hat Aulora ja irgendeinen reichen Mann vor mir geheim gehalten. Sie war total gegen mein Geld, als wir uns kennengelernt haben, aber sie hat mir nie erklärt, warum. Vielleicht hat sie einen reichen Ex. Vielleicht war sie deswegen am Anfang so gegen mich, einfach nur, weil ich so reich bin."

Der Aufzug blieb stehen und sie stiegen aus und gingen zu der

Haustür, deren Nummer sie ihnen genannt hatte. Sie klingelten an der Tür und ein Butler öffnete ihnen. „Willkommen in Miss Wohrls Zuhause. Wen darf ich ihr ankündigen?"

„Ich bin auf der Suche nach Aulora Greene", sagte Weston. „Sie hat mir diese Adresse gegeben."

„Ja, sie wohnt hier", sagte der Butler. „Und Sie sind?"

„Weston Calloway. Sie erwartet mich bereits."

Der Butler bedeutete ihnen einzutreten, und führte sie in ein kleines Wohnzimmer. „Warten Sie hier."

Weston setzte sich in einen bequemen Ledersessel, während Hayley aus dem Fenster blickte, das auf die belebte New Yorker Straße unter ihnen hinausblickte. „Sie wohnt mit einem anderen zusammen", sagte Hayley. „Sie hat dich schon vergessen, Weston. Bist du dir sicher, dass du immer noch auf sie warten willst?"

„Das bin ich." Er bedeutete ihr, sich zu setzen. „Setz dich. Du machst mich nur noch nervöser."

Sie setzte sich genau in dem Moment, in dem Aulora den Raum betrat. „Hallo", sagte sie und blieb dann in der Tür stehen. „Sagt mir, was ihr zu sagen habt, und dann könnt ihr beiden gleich wieder gehen."

„Aulora, bitte ...", sagte Weston, doch sie hielt ihre Hand hoch, um ihn zu unterbrechen.

„Spar es dir." Aulora blickte Hayley an. „Du hast mir etwas zu sagen?"

Hayley stand auf und blickte sie schuldbewusst an. In ihren violetten Augen standen die Tränen. „Aulora, es tut mir so leid. Ich war außer mir, als Weston mich abgewiesen hat. Die Wahrheit ist: Weston und ich haben uns am Grab unseres Sohnes geküsst. Er hat den Kuss abgebrochen und mir gesagt, dass er nicht wieder mit mir zusammenkommen wollte. Er liebt dich."

Auloras Blick haftete sich an Weston, welcher langsam aufstand. „Und trotzdem hat er Dinge vor mir verborgen. Das tun Menschen doch nicht, wenn sie einander lieben, oder?"

„Und was ist mit dir?", sagte Weston und kam auf sie zu.

„Mit mir?", fragte sie ihn stirnrunzelnd. „Was soll ich dir verheim-licht haben?"

Er zeigte um sich. „Vielleicht ein Penthouse auf der Fifth Avenue, Süße. Wie ist das passiert?"

„Ich habe dir nie etwas verheimlicht. Mein Vater hat mich und meine Mutter verlassen, als ich noch ein Teenager war. Ich hätte nie gedacht, dass ich ihn je wiedersehen würde. Ich habe nichts vor dir verborgen. Ich habe nur nicht gerne darüber geredet. Es hat zu sehr geschmerzt."

„Und du glaubst, dass es mich nicht schmerzen würde, mit dir über meinen toten Sohn zu reden, Aulora?", fragte er und sie zuckte zusammen.

Hayley räusperte sich. „Bin ich hier fertig? Das wird mir langsam unangenehm."

Weston nickte. „Sag ihr erst, was ich dir über dich und mich gesagt habe."

Hayley blickte Aulora an, die ihren Blick bestimmt erwiderte. „Aulora, Weston und ich werden nicht wieder zusammenkommen. Es ist egal, ob du ihn zurücknimmst oder nicht. Er hat mir versichert, dass ich mich nach jemand anderem umsehen muss. Er und ich werden nicht mehr miteinander reden. Ich glaube, dass ich ihn viel weiter gedrängt habe, als ich hätte tun sollen. Es tut mir leid, dass ich dich angelogen habe. Ich glaube, ich habe dich unterbewusst gewarnt, dass ich so gut wie alles tun würde, um ihn zurückzubekom-men. Das war echt scheiße von mir."

„Ja, war es", stimmte Aullie zu. „Aber ich schätze, ich kann dich verstehen. Danke, dass du ehrlich zu mir gewesen bist. Ich weiß es zu schätzen. Mein Herz ist aber bereits gebrochen. Deine Entschuldi-gung hat das jetzt nicht plötzlich gekittet."

„Das habe ich auch nicht erwartet. Aber Weston hat mich trotzdem dazu gezwungen. Ich gehe jetzt. Viel Glück in deiner Zukunft, Aulora. Ich habe nicht nachgedacht, als ich dich angelogen habe." Hayley ging aus dem Zimmer und Aulora beobachtete, wie sie auf die Wohnungstür zuging, vor der der Butler darauf wartete, sie hinauszulassen.

Sie richtete ihre Aufmerksamkeit wieder auf Weston, als er ihre Wange berührte. Hitze durchwogte sie bei seiner Berührung und die Tränen, die ihr in die Augen stiegen, machten sie nur wütend.

„Fass mich nicht an." Sie sprach leise und bedrohlich.

Weston nahm seine Hand weg und blickte sie streng an. „Dann erzähl mal. Wie bist du hier gelandet?"

„Mein Vater ist gestern zurück in mein Leben getreten. Er hat eine Frau geheiratet und sie bekommen ein Baby. Meine neue Schwester. Seine Frau möchte, dass ich ein Teil ihres Lebens werde. Also werde ich das wohl sein." Aullie ging zu dem Sessel hinüber, um sich zu setzen, und blickte mit ausdruckslosem Blick aus dem Fenster.

„Sperr mich nicht aus", sagte er und stellte sich ihr ins Sichtfeld.

„Ich sehe, dass du schon wieder alles herunterfährst. Das ist dein Leben. Wenn du so leben willst, dann tu es. Wenn nicht, dann nicht. Sei, wer du sein willst, Aulora."

Sie blickte ihn an und seufzte. „Ich bin verloren, West. Ich bin völlig verloren."

„Das sehe ich", sagte er, kniete sich vor sie und nahm ihre Hände in die seinen. „Es tut mir leid, dass ich so viel vor dir verheimlicht habe. Ich wollte dich damit nicht verletzen, aber jetzt kann ich sehen, dass ich genau das angerichtet habe. Ich hatte so viel Angst davor, dir alles zu erzählen und dass du dann vor mir davonlaufen würdest."

„Also hast du mir besser gar nichts erzählt und deine Angst hat sich trotzdem bewahrheitet", sagte sie und strich mit ihrem Daumen über seinen Handrücken.

„Ich habe dich vermisst", flüsterte er und küsste ihre Hände. „Hast du mich denn gar nicht vermisst?"

Sie schlug traurig den Blick nieder. Ihre Stimme klang müde, als sie sagte: „Ich habe dich vermisst. Aber mein Herz hat mir noch nie so sehr wehgetan. Ich bin durch mit der Liebe, Weston. Ich habe keinen Bock mehr darauf."

„Aber sie ist doch dort, in deinem Herzen. Du verspürst Liebe für mich. Du kannst mir nicht sagen, dass du keine Gefühle mehr für mich hast."

Mit einem tiefen Seufzen sagte sie: „Ich glaube, das vergeht. Wenn ich dich nicht mehr sehen muss, dann könnte ich dich vergessen. Ich werde mich nie wieder verlieben, wenn dir das hilft, zu verstehen, wie am Boden zerstört ich bin."

„Hör mal, mir gefällt gar nicht, wie das sich gerade entwickelt", sagte er und stand auf. „Deine Niedergeschlagenheit ist übertrieben. Du weißt doch jetzt, dass ich nichts falsch gemacht habe."

„Du hast sie geküsst", rief Aulora ihm ins Gedächtnis.

„Ein Kuss. Das ist alles. Verdammt noch mal, Aulora! Eines muss ich dir lassen. Du kannst egal wen einmal küssen, wenn du willst. Wenn das alles wiedergutmacht, dann darfst du einen Kuss austauschen mit einer Person deiner Wahl."

„Du bist die einzige Person, die ich küssen will, West. Ich will nur dich. Aber du hast ihr nicht nur einen Kuss gegeben, du hast auch an sie gedacht. Du hast darüber nachgedacht, wieder mit ihr zusammenzukommen, weil du Gefühle für sie hast und weil du ein Kind willst."

„Hör auf damit", schrie er sie an und die Wut in ihm überrollte plötzlich alles. „Du musst damit aufhören. Ich habe dir schon gesagt, dass ich dich will und dass ich so lange warten will, wie du es nötig hast. Es tut mir leid, dass ich so viel vor dir verheimlicht habe. Ich habe alle Verbindungen zu ihr gekappt. Es ist total ungesund, wie du dich gerade im Selbstmitleid suhlst, gelinde gesagt. Also los, streite dich mit mir, aber nicht mehr über diese alte Kiste. Ich kann nicht ändern, was passiert ist. Aber wir können eine neue Zukunft gestalten."

„Und wenn ich das nicht möchte?", fragte sie ihn.

„Da vergisst du aber etwas. Etwas sehr wichtiges, Süße. Du bist eine feste Beziehung mit mir eingegangen. Du hast mir eine mündliche Zusicherung gemacht. Ich habe dich gewarnt, bevor ich dich eingenommen habe. Du entkommst mir nicht. Ich liebe dich."

Sie beäugte ihn ausgiebig. Er hatte einen starken Willen, das wusste sie. Selbst, wenn er etwas falsch gemacht hatte, beharrte er immer noch auf seinen Prinzipien. Würde sie je wirklich aufhören können, ihn zu lieben? Würde er sie je aufgeben? Würden die Dinge sich bessern oder würde sie ihn für immer dafür hassen, was er getan hatte?

Sie war auf einmal bodenlos verwirrt und konnte sich nur fragen, ob sie wirklich eine Zukunft zusammen haben könnten.

VERSTECKTE REICHTÜMER

Kapitel 36

Das Geräusch ihres eigenen hämmernden Herzens war ohrenbetäubend. Aulora wurde gerade den Gang ihres neuen Zuhauses entlanggeführt.

„Welches ist deines?", fragte Weston, während er ihre Hand fest in seiner hielt.

„Wieso?" Ihre Stimme zitterte.

„Weil ich dich daran erinnern muss, was du mir versprochen hast."

Sie wollte nicht mit ihm allein hinter verschlossenen Türen sein. Sie wusste nur zu gut, wie sie bei einer Berührung von ihm bereits schwach wurde. „Weston, das ist keine gute Idee. Gehen wir lieber in ein Wohnzimmer."

„Nein", sagte er kurz angebunden. „Also, welches ist es?"

„Die dritte Tür links", wimmerte sie.

Er schob die Tür auf und brachte sie in ihr neues Schlafzimmer, schloss die Tür hinter sich und drückte sie dann zwischen die Tür und seinen Körper. „Aulora, du und ich sind für einander geschaffen. Zwischen uns ist etwas, was ich noch nie mit jemandem gespürt habe. Du bist vielleicht stur, aber ich bin noch sturer. Ich werde kein Nein gelten lassen."

Sie schluckte, als er ihre Arme über ihren Kopf zog und ihre Handgelenke mit einer Hand festhielt. Sie keuchte vor Verlangen, obwohl sie es nicht wollte, aber ihr Körper verlangte nach dem Mann.

„Bitte, Weston", murmelte sie.

„Bitte was?", fragte er und biss sie sanft auf die Unterlippe.

Sie wurde sofort feucht. „Bitte."

„Sag mir, dass du mich liebst, Aulora", flüsterte er heiser direkt an ihrem Ohr.

„Nein", sagte sie und stöhnte auf, als er seinen harten Schwanz an ihrem weichen Geschlecht rieb.

Seine Zähne streiften über ihren Hals und dann biss er zu, sodass sie aufschrie. Ihre Beine schlangen sich um seine Taille, während er weiter seinen Körper an ihrem rieb. Er biss sie fest in die Schulter. „Sag es mir!"

Ihr Verstand verlor gerade den Kampf gegen ihren Körper. Ihre Lippen öffneten sich, sie leckte darüber und flüsterte: „Ich liebe dich."

Das war alles, was er hören wollte, und er belohnte sie mit einem heißen Kuss, der ihr den Atem raubte. Er fiel über sie her und riss ihr die Klamotten vom Leib und ehe sie wusste, wie ihr geschah, trug er sie zum Bett hinüber.

Irgendwie hatte er auch geschafft, sich selbst auszuziehen. Er ließ nie so viel Distanz zwischen sie kommen, als dass sie ihm hätte entkommen können, aber das wollte sie auch gar nicht mehr.

Er zwang ihre Beine auseinander, legte sich dazwischen und drang dann mit einer Leidenschaft in sie in, die sie berauschend fand. „West!"

Seine Lippen auf ihren brachten sie zum Schweigen, während er sie rannahm, als wäre sie sein Besitz. Jeder harte Stoß bedeutete ihr, dass sie ihm und niemandem sonst gehörte. Sie würde nie wieder davonlaufen können.

Nie wieder würde er das erlauben!

Als ihr Körper anfing zu zittern, löste er seine Lippen von ihren und beobachtete sie bei ihrem Höhepunkt. „Du bist mein, Aulora."

Ihre Nägel krallten sich in seinen Rücken, während sie die Zähne zusammenbiss. „Ja! Ja!" Ihre Beine schlangen sich um seine Hüfte und drückten ihn an sich, während sie sich aufbäumte und an ihm rieb und ihr Körper seinem völlig verfiel.

Doch sein Schwanz gab noch nicht auf. Er fing wieder an, sich zu bewegen, streichelte sie, bis sie seinen Namen schrie und ihn um mehr anflehte. Er wurde ganz wild davon, wie sehr sie ihn nötig hatte, und gab ihr noch dreimal das, wonach sie verlangte, bevor er sich selbst gehen ließ.

Dann ließ er sich erschöpft auf ihr niedersinken, ausgelaugt und befriedigt. Sie lagen in einer Pfütze mitten auf ihrem neuen Bett. Ihre Hände strichen sanft über seinen Rücken und ihre warmen Lippen drückten sich an seinen Hals.

„Ich liebe dich, West."

„Und ich liebe dich, Aulora." Die Worte fühlten sich richtig an, als er sie aussprach. Er hatte das Gefühl, jetzt sei alles wieder gut. Er schloss seine Augen und schlief auf ihr ein, nachdem ihm ihr gleichmäßiger Atem verraten hatte, dass auch sie bereits schlief.

KAPITEL 37

Sie schlug ihre Augen auf und stellte fest, dass es gar kein Traum gewesen war. Weston hatte die Arme fest um sie geschlungen, obwohl sein leichtes Schnarchen ihr verriet, dass er tief und fest schlief. Ein Lächeln huschte ihr über die Lippen, während sie sich aus seinen Armen befreite und in das Bad ging, das an das Schlafzimmer angrenzte.

Der Chauffeur ihres Vaters würde sie schon bald abholen, um sie nach Upstate New York zu fahren. Sie stellte fest, dass sie etwas Enthusiasmus verspürte bei dem Gedanken, ihre Stiefmutter zu treffen. Sie wusch sich das Gesicht und lächelte ihr Spiegelbild an.

„Du wirst eine große Schwester werden!"

Sie zog sich schnell an, band ihre Haare zu einem Pferdeschwanz zusammen und ließ ihr Gesicht ungeschminkt. Sie hatte es eilig, ihr Handy zu holen, das sie im Wohnzimmer gelassen hatte. Es war schon beinahe Mittag.

Als sie wieder in ihr Schlafzimmer zurückkehrte, sah sie, dass Weston sich auf dem Bett ausgebreitet hatte und weiterschlief. Sie gab ihm einen Kuss auf die Wange und ließ ihn dann dort liegen. Sie wusste, dass er völlig erschöpft sein musste. Sie war auch müde, aber sie war auch sehr aufgeregt.

Er war zurückgekehrt und er hatte die Kontrolle wieder übernommen. Aullie hatte sich nie als eine Frau verstanden, die wollte, dass jemand die Kontrolle über ihr Leben übernahm. Aber sie musste zugeben, dass es sich fantastisch anfühlte.

Er würde um sie kämpfen. Er würde ihre Liebe nicht einfach so versanden lassen. Das wusste sie nun mit Sicherheit.

Es war seltsam, wie ihr Herzschmerz sich ganz plötzlich in Luft aufgelöst hatte. Liebe durchströmte sie wieder und sie war ausgesprochen erleichtert darüber. Und nun wollte sie herausfinden, wie sie sich mit ihrem Vater und ihrer neuen Stiefmutter verstehen würde.

Als sie ihr Handy fand, sah sie, dass ihr Vater bereits vor einer Stunde eine SMS geschrieben hatte.

-Mein Fahrer ist schon unterwegs. Kann es kaum erwarten, dich zu sehen.-

Gerade, als sie ihm antworten wollte, klingelte es an der Tür und sie beeilte sich, sie zu öffnen. Der Butler kam ihr zuvor und da stand dann auch der Chauffeur, den sie von früher noch kannte. „Dustin!"

Das Lächeln des älteren Mannes hatte Falten um seinen Mund und seine hellgrünen Augen entstehen lassen. „Miss Aulora!"

Sie rannte auf ihn zu und er nahm sie in die Arme und hob sie hoch. „Ich habe schon gedacht, ich sehe dich nie wieder!"

„Ach, Schätzchen", sagte er und seine tiefe Stimme klang dabei ganz fröhlich. „Ich wusste immer, dass dein Vater eines Tages wieder zu Verstand kommen würde."

Er ließ sie los und brachte sie zu dem wartenden Auto. „Ich freue mich so sehr, dich zu sehen, Dustin. Wie ist es in den letzten Jahren bei dir gelaufen?"

„Wie immer. Ich habe deinen Papa in der Gegend rumkutschiert und so ist die Zeit eben vergangen. Die einzige Neuigkeit ist, dass ich mittlerweile drei Enkel bekommen habe." Er öffnete die Tür zur Rückbank der Limousine, damit sie einsteigen konnte.

„Du bist ein Opa?", fragte sie und kicherte.

„Das bin ich. Sie nennen mich Opi. Und jetzt los, bringen wir dich zu deiner neuen Familie, Aulora."

Sie nickte ihm zu, während sie die Tür schloss. Sie fuhren ab und sie stellte fest, dass sie schon jede Menge Schmetterlinge im Bauch hatte. Sie fing wieder von vorne an.

So saß sie also auf dem Rücksitz der Limousine ihres Vaters, wurde von seinem Chauffeur chauffiert und sah dabei aus dem Fenster, während das Auto an anderen Autos vorbeifuhr, manche teuer, manche nicht. Überall waren Leute, doch es wurden weniger, je weiter sie sich von der Stadt entfernten und dorthin fuhren, wo sie einst gelebt hatte.

Sie fragte sich, ob ihr Schlafzimmer so bewahrt worden war, wie sie es zurückgelassen hatte. Sie hatte ihr Zimmer im Pariser Stil eingerichtet, sogar eine Replik des Eiffelturms stand in einer Ecke. Das Zimmer hatte einen riesigen Balkon und sie hatte das Geländer mit einer weißen Lichterkette behängt.

Ihre Finger zitterten, während sie ihren blauen Rock glattstrich. Sie fuhr nach Hause. An den Ort, der für sie immer zu Hause geblieben war. Die kleine Wohnung in Queens hatte sich nie richtig angefühlt. Es war damals wie ein kleines Verlies für sie gewesen.

Die Wohnung war wie ein Gefängnis gewesen. Eine ständige Erinnerung daran, dass das Geld, das sie immer gehabt hatte, gar nicht ihres gewesen war. Es hatte ihrem Vater gehört und er konnte es wegnehmen, wann es ihm gefiel.

Sie dachte darüber nach, wie die Dinge sich verändert hatten. Nun gehörte ihr all das Geld auf ihrem Konto. Niemand konnte ihr das mehr nehmen. Sie hatte extra nochmal bei dem Bankangestellten nachgefragt, der ihr dabei geholfen hatte, den nötigen Papierkram auszufüllen.

Sie war die Besitzerin eines brandneuen Mercedes. Er war unter ihrem Namen gemeldet. Sie war auch die Besitzerin eines Penthouses. Auch das lief unter ihrem Namen. Und es war allein ihr Name, auf den das Bankkonto lief, das mit knapp einer Milliarde Dollar gefüllt war.

Aulora hatte ausgesorgt!

Ihr Freund war zu ihr zurückgekommen und hatte ihr gezeigt, wie sehr er sie liebte. Sie hatte zwei Wände in einer renommierten Kunstgalerie, die sie bestücken durfte. Die Welt lag ihr zu Füßen, wie es schien.

Sie summte fröhlich vor sich hin, während sie die eineinhalbstündige Fahrt von New York City zum Zuhause ihres Vaters zurücklegten. Einer Villa, zu der sie einen Schlüssel hatte!

Als sie in die lange Einfahrt auffuhren, spürte sie, wie die Schmetterlinge sich in aufgeregte Grashüpfer verwandelten. Sie würde gleich die Frau kennenlernen, die ihren Vater zum Besseren gewendet hatte!

Dustin stieg aus, ließ sie aus dem Auto aussteigen und begleitete sie dann die riesige Treppe hinauf, die zur Eingangstür führte. „Viel Glück, Miss Aulora. Es ist wirklich schön, dich wieder bei uns zu haben."

„Danke, Dustin. Ich freue mich auch richtig, hier zu sein", sagte sie, umarmte den Mann und drehte sich um, gerade als die Tür sich öffnete und ein anderer Mann zum Vorschein kam.

„Ihr Vater und Ihre Mutter erwarten Sie im Kinderzimmer, Miss Aulora", sagte er ihr.

Sie erkannte den Mann allerdings nicht. „Sie sind neu, Sir. Möchten Sie mir verraten, wie ich Sie nennen darf?"

„Ich bin Stanley", antwortete er stoisch. „Bitte folgen Sie mir."

Aulora konnte sich gar nicht sattsehen. Die Böden, die Treppen, der riesige Kronleuchter, der hoch über der Eingangshalle schwebte. „Es ist alles noch gleich", murmelte sie in sich hinein.

Sie gingen die Treppe hinauf, und sie zögerte, als sie die Tür des Schlafzimmers erreichten, das früher ihr gehört hatte. Sie wollte stehenbleiben und hineinsehen, aber der Typ ging weiter, also beschloss sie, sich nicht abhängen zu lassen.

Sie gingen nur drei Türen weiter und blieben dann stehen, und sie sah ihren Vater in dem leeren Raum mit seinem Arm um eine sehr junge Frau stehen. Eine Frau, die in Auloras Alter zu sein schien. „Miss Aulora ist hier, Mister Wohrl."

Sie drehten sich zu Aulora um. Beide lächelten freundlich. Ihr Vater streckte seine Hand nach ihr aus und lud sie ein, zu ihnen zu kommen. „Aulora, Liebes, komm und lerne deine neue Mutter kennen."

Aulora lachte, während sie auf sie zuging. Die Frau war umwerfend. Groß, dünn, braungebrannt und blond. Dunkelblaue Augen wurden umrandet von dicken, vollen Wimpern. Ihre vollen Lippen waren tiefrot geschminkt, passend zu ihrem Kleid. Sie trug schwarze Ballerinas und ihr Bauch sah aus, als hätte man einen Basketball unter ihr enges Kleid geschoben.

„Ich bin Clara, Aulora. Aber ich würde mich sehr freuen, wenn du mich Mom nennen würdest." Die junge Frau reichte ihr die Hand.

„Mom?", fragte Aulora und lachte erneut. Sie schüttelte der Frau die Hand. „Ich bin mir sicher, dass wir beinahe gleich alt sind. Mom wäre da vielleicht ein wenig komisch."

„Dein Vater hat mir erzählt, dass du zweiundzwanzig bist. Stimmt das?", fragte Clara, während sie Auloras Hand wieder freigab und sich den runden Bauch rieb.

„Das stimmt. Und wie alt bist du?"

„Fünfundzwanzig", sagte sie. Dann blickte sie zu ihrem Ehemann auf und grinste. „Aber Charles sagt, ich bin viel reifer als das. Nicht wahr, Baby?"

„Viel reifer", sagte er und küsste sie auf die Wange. „Also, Aulora, lass das Alter keine Hürde sein, um diese Frau als deine Mutter zu akzeptieren."

Aulora blieben die Worte im Halse stecken. Sie hatte doch schon eine Mutter! Sie brauchte keine zweite!

Sie beschloss, das Thema zu wechseln. „Wann kommt das Baby?"

„In zwei Monaten. Und wir haben noch nichts dafür getan, dieses Kinderzimmer für sie einzurichten. Hat dein Vater dir erzählt, wie wir sie nennen wollen?", fragte ihre neue Mom.

„Das hat er nicht", antwortete Aulora, während sie sich in dem großen Zimmer umsah und überlegte, was man wohl damit anstellen könnte.

„Ich liebe einfach deinen Namen, also nennen wir sie auch so", hörte sie die durchgeknallten Worte ihrer Stiefmutter.

„Was? Meinen Namen? Das wird ganz schön verwirrend sein, meint ihr nicht?"

Ihr Vater schüttelte schnell den Kopf. „Nein, gar nicht. Wir werden dieses Baby ‚die neue Aulora' nennen und du bist dann ‚die alte Aulora'."

Ihr Herz rutschte ihr in die Hose, als sie sich vorstellte, so genannt zu werden. „Nein. Nein, das gefällt mir gar nicht."

Die Hand ihrer neuen Mom strich über ihre Schulter. „Du wirst dich schon daran gewöhnen. Jetzt zu diesem Zimmer. Dein Vater und ich haben einen Konflikt. Ich will Pastellfarben und er will grelle Töne. Wir haben beschlossen, dich aussuchen zu lassen."

„In diesem Fall gefallen mir grelle Töne. Sie stimulieren die Sinne", sagte Aulora, während sie sich umblickte. „Wenn sie mir irgendwie ähnelt, dann werden ihr die grellen Farben auch gefallen."

„Dann ist das ja geregelt", sagte ihr Vater. „Und jetzt weiter im Text." Er holte einen kleinen Katalog aus seiner Anzugtasche. „Hier sind die Kinderbettchen, die wir uns angesehen haben. Wir fänden es ganz toll, wenn du eineS für die kleine Aulora aussuchen würdest."

Aulora überflog den Katalog und suchte eines aus. „Das hier können wir nehmen und ich male es dann an."

Sie bemerkte, wie Clara mit der Stirn runzelte, als sie zum Fenster hinüberging und hinausblickte. „Du triffst schnell Entscheidungen, was?"

„Normalerweise treffe ich Entscheidungen sehr schnell. Wenn ich fragen darf, wie lange habt ihr einander gekannt, bevor ihr geheiratet habt?" Aulora stellte sich neben ihre neue Mom ans Fenster.

Es blickte auf das riesige Schwimmbecken hinaus, in dem sie Schwimmen gelernt hatte. Die Tennisplätze lagen daneben und dahinter waren die Reitställe. All die Orte, an denen sie als Kind gespielt hatte.

„Wir haben uns letztes Jahr kennengelernt und es hat sofort gefunkt", erzählte sie ihr.

Aulora sah verdattert aus. „Und das Baby kommt in ein paar

Monaten. Ihr lasst nichts anbrennen, was?" Sie lacht ein wenig, aber es war erschreckend, wie schnell ihr Vater sich auf so etwas einließ.

„Wenn man es weiß, weiß man es einfach", sagte ihr Vater, während er sich hinter sie stellte und seinen Arm um seine Frau legte. „Glaubst du, dass dieses Kinderzimmer innerhalb von zwei Monaten fertig wird?"

„Klar. Ich tue doch alles für die neue Aulora", sagte sie mit einem gekünstelten Lächeln. „Jetzt gehe ich erst mal nach Hause und arbeite an der ganzen Sache. Ich mache eine Skizze und verwende vielleicht auch schon Probefarben. Wie fändet ihr das?"

„Toll", sagte ihr Vater.

„Ist es zu viel verlangt, wenn ich ein wenig Mitspracherecht möchte?", fragte Clara. „Schließlich ist sie mein erstes Kind."

„Das ist überhaupt kein Problem", sagte Aulora. „Schließlich war das alles nicht meine Idee."

Claras Augenbraue zuckte fast unmerklich. „Das weiß ich. Dein Vater und ich können uns aber einfach nicht einig werden, wie wir dieses Zimmer gestalten wollen. Deshalb habe ich gemeint, du könntest die Streitschlichterin sein. Ich hätte nur gedacht, dass du eher meine Sichtweise einnehmen würdest. Schließlich bist du auch eine Frau. Aber da habe ich mich geirrt."

„Dad, lass sie doch einfach dieses Zimmer gestalten", sagte Aulora seufzend. Sie interessierte sich überhaupt nicht dafür, irgendeinen Streit zu schlichten.

Er senkte den Kopf und sagte: „Clara, natürlich darfst du das Kinderzimmer gestalten."

Das Grinsen, das sich über das Gesicht ihrer Stiefmutter legte, verriet Aulora, dass das alles nur ein Trick war. Ein Trick, mit dem Clara herausfinden wollte, wie sehr sie die beiden nach ihrer Pfeife tanzen lassen konnte. „Ich fände es aber toll, wenn du mir helfen würdest", sagte sie Aulora. „Die Signatur der alten Aulora auf dem Zimmer der neuen Aulora, das wäre doch ein Ding."

„Ich kann ein Wandgemälde auf eine der Wände malen. Aber ich male eher abstrakt. Ich kann dir ein paar Fotos meiner Werke schicken."

„Aber du bist eine Künstlerin, also kannst du alles malen, was ich will, oder nicht?", fragte Clara mit einem lieblichen Lächeln. Die Sorte Lächeln, die man oft bei Superreichen sieht, wenn sie jemandem etwas befehlen und nicht bitten, damit es ganz sicher nach ihren Vorstellungen läuft.

„Schick mir Bilder, wie du es dir vorstellst, Clara."

„Mom", erinnerte sie sie, immer noch mit diesem falschen Lächeln im Gesicht.

„Mom", sagte sie und seufzte. „Ich packe es dann mal wieder. Ihr habt meine Handynummer. Du kannst mir die Bilder schicken. Bis dann, Leute."

Als Aulora das Zimmer verließ, waren ihre Erwartungen um Einiges gesunken. Als sie die Tür zu ihrem alten Schlafzimmer erreichte, stieß sie sie auf und musste feststellen, dass darin überhaupt kein Schlafzimmer mehr war, sondern stattdessen ein Büro.

Sie schloss die Tür und ging mit hängenden Schultern die Treppe hinunter. Sie bekam ihren Vater gar nicht zurück. Er ersetzte sie und ihre Mutter durch neue Versionen ihrer selbst. Sogar der Name des Babys war gleich.

Sie ging auf die Eingangstür zu und sah, wie der Butler sich beeilte, ihr zu öffnen. „Einen schönen Tag, Miss."

„Ja, was auch immer", sagte sie, während sie das Haus verließ, in dem sie gehofft hatte, sich so wohl zu fühlen wie früher. Doch der Traum war Geschichte. Sie wusste, dass sie ihre kleine Schwester lieben würde, aber der Gedanke, zu einer großen, glücklichen Familie zu werden, hatte sich als falsch erwiesen.

Dustin öffnete die Tür der Limousine für sie.

„Du siehst nicht halb so gut gelaunt aus, wie als ich dich abgeholt habe."

„Ich musste mich mit der Realität abfinden. Gar nicht so toll, was?", sagte sie, während sie einstieg.

Er nickte und schloss die Tür, ohne etwas zu sagen. Sie nahm an, dass er mehr über Clara wusste, als er je sagen würde. Tatsache war, dass Aulora sich weder um Clara noch um ihren Vater sorgen sollte.

Aulora musste sich selbst finden. Sie war eine arme Kunststu-

dentin gewesen, die als Kellnerin jobbte. Nun war sie eine reiche
Frau mit einem reichen Freund und ein paar Wänden in einer Gale-
rie, die sie mit ihrer Kunst bestücken musste. Wenn sie das wollte.
Wenn sie nicht wollte, musste sie rein gar nichts machen.

Die Fahrt zurück nach New York war lang und ihr Kopf sank
gegen die Kopfstütze, während ihre Augen sich schlossen. Die
Erschöpfung übermannte sie schließlich und sie schlief ein.

KAPITEL 38

Weston wälzte sich hin und her, bis ihm klar wurde, dass er mittlerweile allein in dem großen Bett lag. „Aulora?"

Er setzte sich im Bett auf und blickte sich in dem Zimmer um, das von der Sonne schummrig erhellt wurde.

Sie war weg!

Sein Herz blieb stehen und sein Verstand setzte aus. Sie hatten sich doch vertragen. Wieso verließ sie ihn wieder?

Er stand aus dem Bett auf, zog sich an und sah sich nach einer Notiz oder etwas Ähnlichem um, das ihm verraten würde, wohin sie verschwunden war. Er ging ins Bad, um sich ein wenig herzurichten, und lachte über sich selbst, als er hörte, wie die Schlafzimmertür aufging. „West?"

Er trat aus dem Bad, sah Aulora und schloss sie in seine Arme. „Ich hatte schon Angst, du hättest mich wieder verlassen."

Sie schlang ihre Arme um seinen Hals und lehnte ihren Kopf an seine breite Brust. „Das mache ich ganz bestimmt nicht. Du bist das Einzige in meinem Leben, das momentan noch sicher ist. Ich habe meinen Vater und seine neue Frau besucht. Eine Frau, die etwa so alt ist wie ich. Sie ist wirklich ganz schön anstrengend, soweit ich gesehen habe."

„Das war bestimmt schwierig. Also ist es schlecht gelaufen?",
fragte er sie, während er sie zum Bett führte und sich mit ihr setzte,
wobei er sie auf seinen Schoß zog.

„Das würde ich nicht sagen. Es hat kein Drama gegeben, das ist
also gut. Aber alle meine Hoffnungen, in ihnen wieder meine Familie
zu finden, haben sich in Luft aufgelöst. Außerdem ärgert es mich,
dass sie dem Baby meinen Namen geben."

„Deinen Namen?", fragte er und kicherte. „Das ist ja komisch."

„Finde ich auch", stimmte sie zu. „Und ich werde ab jetzt ‚die alte
Aulora' genannt. Ich kann es ja kaum erwarten, das aus dem Mund
meiner kleinen Schwester zu hören."

„Will ich wetten", sagte er und küsste sie auf den Kopf. „Wie wär's,
wenn du dich schleunigst deiner Klamotten entledigst und ich auch
und dann können wir uns wieder zwischen den Laken verkriechen
und den restlichen Tag nur Liebe machen?"

„Wenn du meinst, dass das hilft", sagte sie kichernd.

„Und ob es das tut!"

Sie hüpfte von seinem Schoß herunter und zog ihre Klamotten
aus, während er auch aus seinen schlüpfte, und dann legten sie sich
ins Bett, deckten sich zu und schmiegten sich aneinander. „Ich fühle
mich so wohl mit dir, West."

Er streichelte sanft mit seiner Hand über ihre Arme. „Ich mich
auch." Dann küsste er sie auf die Schläfe und flüsterte: „Wir haben
ein paar Entscheidungen zu treffen."

Sie stöhnte auf und drehte sich in seinen Armen um, um ihn
anzublicken. „Warum müssen wir das tun? So viel hat sich verändert,
West. Mir wird schon ganz schwindelig davon. Jetzt noch mehr
Entscheidungen in Angriff zu nehmen, würde das Fass echt zum
Überlaufen bringen."

„Ich verstehe, dass du das denkst, aber ich rede davon, zu
entscheiden, was du wirklich willst. Ich kann sehen, dass ich dich zu
einigen Dingen gedrängt habe, für die du vielleicht noch gar nicht
bereit warst, und jetzt machen deine Eltern das Gleiche. Ich will
damit aufhören und ich möchte, dass du weißt, dass ich auf deiner

Seite bin und dich unterstützen werde, deine Persönlichkeit zu entfalten."

Sie seufzte und küsste seine vollen Lippen. „Genau deshalb liebe ich dich so sehr. Noch nie hat mich jemand so angesehen wie du. Du blickst direkt in mein Herz und meine Seele. Du weißt einfach, dass dieser Lebensstil nicht zu mir passt, nicht wahr?"

„Du siehst aus, als würdest du dich hier so unwohl fühlen", sagte er kichernd. „Dieses Penthouse sieht nicht wie das Zuhause aus, das du dir selbst aussuchen würdest."

„Weil es ein Zuhause ist, das meine Mutter eingerichtet hat. Es gibt aber eine Frau im Personal, die ich wirklich gerne mag. Die Chefköchin Laura. Sie möchte mich wirklich kennenlernen und herausfinden, was ich will. Sie würde ich gerne weiter einstellen. Das restliche Personal brauche ich gar nicht. Zum Beispiel brauche ich keinen Butler. Das Penthouse ist riesig, also können auch ein paar Dienstmädchen bleiben. Aber ich wüsste nicht, wieso ich den ganzen Rest brauchten sollte."

„Wir könnten auch eine andere Wohnung für dich finden. Eine Wohnung, in der du dich zu Hause fühlst?", fragte er sie und küsste sie auf die Stirn. „Eine Wohnung, in der wir uns zu Hause fühlen, Süße."

Sie erschauderte bei seinen Worten. „Wir, West?"

„Ich möchte, dass wir zusammenziehen."

Sie atmete tief ein und hielt die Luft an, während sie darüber nachdachte, was sie wollte.

Wollte sie das auch?

Sie fühlte sich in seinen Armen zu Hause. Sie fühlte sich komplett, wenn er bei ihr war. Ihn in ihrem Leben zu haben, es wirklich mit ihm zu teilen, wäre schön. „Was für eine Wohnung hättest du dir vorgestellt?"

„Eine, in der du wohnst", sagte er und küsste sie so leidenschaftlich, dass es den Wahrheitsgehalt dieser Aussage nur noch bestätigte. „Ich könnte auch in einer Baracke wohnen, solange du bei mir wärst, Aulora."

„Nun, so weit muss es nicht kommen", sagte sie und kicherte. „Ich könnte dieses Penthouse verkaufen, nicht wahr? Ich bin schließlich nicht angekettet. Obwohl vielleicht nicht viele ein Penthouse auf der Fifth Avenue als Fluch empfinden würden. Aber du weißt ja, was ich meine."

Er strich mit einer Hand nach oben, umfasste ihr Kinn und blickte ihr tief in die Augen. „Ich sehe, dass du dich gefangen fühlst. Ich möchte nicht, dass dir das passiert. Denk doch an eine Wohnung, in der du deine künstlerische Ader entfalten kannst. Wir könnten uns außerdem ein Urlaubshäuschen überall auf der Welt zulegen. Und wir könnten noch eine Wohnung in der Nähe von New York kaufen. Das wäre notwendig für meine Arbeit, und auch deine Kunst könntest du von dort aus besser verkaufen."

Sie nickte und seufzte. „Du bist so vernünftig, West. Also, um es zusammenzufassen. Ich glaube, ich könnte mich auch hier wohlfühlen. Ich muss es nur ein wenig anders einrichten, weißt du. Wir könnten diese Wohnung behalten und irgendwo noch ein Urlaubshäuschen kaufen. Vielleicht in Paris."

„Die Idee gefällt mir." Er küsste sie wieder, diesmal so heiß und fiebrig, dass sie wusste, dass die Diskussion beendet war. Sie hatten einen Plan gefasst und nun ging es daran, ihn zu besiegeln!

Sie spürte es auch. Sie bedeuteten einander nun noch viel mehr. Sie würden den nächsten Schritt wagen und zusammenziehen. Er würde ihr helfen, die Dinge wegzuschieben, die man ihr in den Weg gelegt hatte, und sie mit Dingen zu ersetzen, die sie wirklich gut fand.

Aulora hatte keine Ahnung, dass es Menschen gab, die so etwas für einen anderen Menschen taten. Die ihnen halfen, dorthin zu kommen, wo sie sich hinwünschten. Sie wollte schon immer eine Künstlerin sein. Der Verlust des Geldes hatte es ihr schwer gemacht und sie dabei ausgebremst, ihr Ziel zu erreichen. Aber nun hatte sie wieder Geld und sie konnte es darauf verwenden, ihre Karriere viel schneller voranzutreiben, als sie es in letzter Zeit getan hatte.

Als ihre Körper sich vereinten, spürte sie, wie eine Hitzewelle sie durchwogte. Sie blickten einander in die Augen, während er sich langsam bewegte, und sie spürte jeden Zentimeter, während er langsam hinein- und wieder hinausglitt. Er raubte ihr den Atem, denn er war so schön: innerlich wie äußerlich.

„Ich liebe dich mehr, als du es je ahnen könntest", sagte er ihr.

„Ich glaube, ich ahne es doch. Denn ich liebe dich ebenso sehr", sagte sie, nahm dann sein schönes Gesicht in die Hände und zog ihn an sich, um ihn zu küssen.

Ihre Zungen führten einen Tanz auf und ihre Körper fielen in einen gemächlichen Rhythmus zu einem Lied, das nur in ihren Köpfen spielte. Mit langen, sinnlichen Bewegungen teilten sie mehr miteinander, als sie je zuvor geteilt hatten. Neue Zeiten waren angebrochen.

Sie waren nun ein echtes Paar, echt einander verschrieben!

KAPITEL 39

D ie Wandmalerei in sanften Rosa-, Orange- und Lilatönen im Zimmer ihrer Schwester war fertig. Ihr Vater und ihre Stiefmutter waren im Krankenhaus und brachten die neue Aulora auf die Welt.

Weston betrat mit einem Grinsen das Kinderzimmer.

„Es ist wunderschön, Süße. Gut gemacht!"

Aulora trat ein paar Schritte zurück und betrachtete das Gemälde, das sie für ihre Schwester geschaffen hatte. Ein Einhorn, kein normales, sondern eines mit Feen in seiner langen, perlweißen Mähne, bildete das Herzstück. Aber es spielte sich noch so viel mehr in dieser Wandmalerei ab.

Ein paar Prinzessinnen versteckten sich hinter hohen Bäumen, deren Stämme mit hell-lila Moos bewachsen waren. Aulora stellte sich vor, sie beide wären die Prinzessinnen und spielten in einem Feenwald. Sie wusste, dass sie nie wirklich wie Geschwister zusammen spielen würden, also erfand sie eine Kindheit für sie beide, in der sie so tun konnten, als hätten sie sich bereits immer gekannt.

Sie hatte sich immer noch nicht mit ihrer Stiefmutter Clara ange-freundet, die immer noch von ihr verlangte, dass sie sie Mom nannte.

Mittlerweile fand sie das eher lustig als ärgerlich. Clara war eine seltsame Frau. Obwohl sie nur ein paar Jahre älter war als Aulora, war sie auf bestimmte Arten und Weisen wie eine alte Frau.

Jeden Sonntag hielt sie ein formelles Dinner ab. Weston wohnte denen immer zusammen mit Aulora bei. Ihre Familie hatte ihn und ihre Wohnsituation akzeptiert, obwohl Clara Aulora oft sagte, dass sie das mit Weston dauerhafter machen musste. Claras Meinung nach gehörte ein Ring an Auloras Finger.

Aulora war auch ohne Ring glücklich. Sie wusste, dass sie und Weston etwas Besonderes verband. Sie brauchte keinen Ring, um zu beweisen, dass er ihre bessere Hälfte war.

Sein Arm legte sich um sie, als sie das Zimmer verließen. „Ich schätze, wir können jetzt ins Krankenhaus fahren", sagte Aulora, während sie die riesige Wendeltreppe nach unten gingen. „Ich wäre gerne dabei, wenn die neue Aulora geboren wird."

„Dann fahren wir los", sagte Weston und küsste sie auf die Schläfe. „Ich möchte sie auch gerne kennenlernen. Aber ich muss dir etwas bezüglich ihres Namens beichten."

„Was denn?"

„Ich habe vor, einen süßen Spitznamen für sie zu erfinden. ‚Die neue Aulora' passt mir nicht so richtig."

Sie lachte und nickte. „Ich habe genau das Gleiche gedacht. Wir können uns einfach etwas ausdenken und dann dafür sorgen, dass es hängen bleibt."

Weston und Aulora waren sehr gut in solchen Dingen. Sie konnten gut gemeinsam daran arbeiten, die Dinge besser erträglich für einander zu machen. Das Leben war selten fair, also brauchte man Partner, die einem dabei halfen, die Ungleichheiten auszugleichen.

Die beiden hatten sich schon sehr aneinander gewöhnt. Aulora würde in sechs Wochen ihren Abschluss machen und Weston plante eine Überraschungsparty für sie, obwohl sie ihn gebeten hatte, das nicht zu tun.

Er wusste, dass sie es nicht mochte, wenn man ihr viel Aufmerksamkeit schenkte, und er wollte, dass sie ab und zu die wohlwollende

Aufmerksamkeit anderer Menschen akzeptierte. Als er sie gefragt hatte, was für eine Traumhochzeit sie sich vorstellte, war er sehr erstaunt gewesen, als sie ihm erzählt hatte, dass sie sich noch nie darüber Gedanken gemacht hatte.

Aulora war nicht wirklich eine Person, die alles, was sie hatte, anderen Leuten schenkte und im Gegenzug dafür nichts erwartete. Sie war eher eine Person, die für andere das Nötige tat und dann nie daran dachte, andere zu bitten, etwas für sie zu tun.

Weston hatte Wort gehalten. Er versuchte nicht, die Dinge für sie zu richten. Er ließ sie ihren eigenen Weg gehen und sie verkaufte bereits ihre Kunstwerke ohne seine Hilfe an andere. Aber es fiel ihm schwer, ihr gar nichts zu geben.

Auf der Fahrt zum Krankenhaus schwiegen sie. Er wusste, dass das alles eine seltsame Situation für sie war. Sie war ihr ganzes Leben lang Einzelkind gewesen. Jetzt gab es noch einen Menschen auf der Welt, der ihre Gene teilte.

„Weißt du, ich habe schon oft daran gedacht, dass mein Vater mit meiner kleinen Schwester das gleiche anstellen könnte wie mit mir", vertraute sie Weston an.

„Ich wusste doch, dass dich etwas bedrückt. Ich glaube, dein Vater ist reifer geworden, seit er dir und deiner Mutter das angetan hat. Ich glaube nicht, dass das noch einmal passieren wird. Und ich glaube, dass er und Clara wahrscheinlich noch mehr Kinder bekommen werden. Es wird nicht lange dauern, bis du noch mehr kleine Geschwister hast."

Sie senkte den Blick und er spürte die Pein, die sie durchlitt. „Und sie werden alle ein tolles Leben führen, das ihnen nicht von einem Tag auf den anderen unter den Füßen weggezogen werden kann."

Er lachte sanft und legte seinen Arm um sie, um sie zu drücken. „Ich glaube, deine dramatische Ader macht dich zu der Künstlerin, die du bist. Ich glaube nicht, dass du dir solche Sorgen machen musst. Du scheinst ja gerade darauf zu warten, dass alles in sich zusammenfällt. Dass etwas schiefläuft. Dass Herzen gebrochen werden. Leb einfach dein Leben und mach dir keine Sorgen um die

Zukunft oder was alles passieren könnte. Du trauerst ja schon um etwas, das vielleicht nie passieren wird."

„Es fühlt sich einfach echt an, Weston. Du hast ja keine Ahnung, wie es ist, ein tolles Leben zu haben und dann auf einmal an der Armutsgrenze zu leben. Und dann genauso plötzlich wieder in dein altes Leben zurückversetzt zu werden. Das machen nicht viele Leute durch."

„Das sehe ich genauso", sagte er und dachte über ihre Gefühle nach. „Aber dir wird das nie wieder passieren. Du bist jetzt kein Kind mehr, das den Launen seines Vaters ausgesetzt ist. Was du hast, gehört nur dir, dafür hat er gesorgt. Und du wirst immer da sein, um dafür zu sorgen, dass deine kleinen Schwestern und Brüder nicht das gleiche durchmachen müssen wie du."

Sie blickte ihn an und ein Lächeln legte sich über ihr Gesicht. „Du hast recht. So habe ich noch gar nicht darüber nachgedacht. Ich habe genug Geld, um tausend Kinder durchzufüttern. Sie müssten nie erfahren, wie es ist, an einem Abend Hummer und am nächsten nur noch Instantnudeln zu essen. Keines meiner Geschwister wird je einen Tag durchleben müssen, an dem sie sich fragen müssen, ob sie etwas zu essen bekommen oder ob das Geld für die Miete und alle Rechnungen reicht."

„Siehst du, dann haben wir ja doch einen Lichtblick gefunden", sagte er, lachte und küsste sie auf die Wange. „Ich kann es kaum erwarten, dieses Baby in Händen zu halten, Aulora!"

Ihr Herz machte einen Satz, als ihr auf einmal klar wurde, wie sehr Weston ein Baby wollte. Sie war ziemlich egoistisch gewesen, dachte sie. Hatte die letzten zwei Monate nur an sich gedacht.

„West, ich habe ein bisschen Angst, dass dich das wieder auf die Idee bringen wird, sofort Kinder zu haben. Und ich sage es nicht gerne, aber ich bin immer noch nicht bereit für so viel Verantwortung."

Seine goldenen Augen leuchteten, während er sie anblickte und in die Nase zwickte. „Keine Sorge, Süße. Ich bin erst dafür bereit, wenn du es auch bist."

Sie lächelte und lehnte sich an ihn. Sie hatte keine Ahnung, wann sie für ein Baby bereit sein würde. Sie wusste nichts über Kinder. Sie hegte ein wenig Hoffnung, dass Clara ihr erlauben würde, bei ihrer kleinen Schwester ein wenig zu üben. Aber große Hoffnungen waren es nicht, denn Clara war sehr wählerisch und bestimmerisch. Sie würde auch bei der Kindserziehung keine Ausnahme machen.

Als Dustin vor dem Krankenhaus vorfuhr, parkte er das Auto und ging darum herum, um ihnen die Tür zu öffnen. „Kommst du auch mit nach oben, Dustin?", fragte Aulora ihn, während sie ausstiegen.

„Soll ich?", fragte er stirnrunzelnd. „Ich bin schließlich kein Familienmitglied."

„Natürlich gehörst du zur Familie! Du bist schon ewig Dads Chauffeur. Komm mit. Park das Auto und komm dann nach. Ohne dich wäre es nur halb so schön", sagte sie und gab ihm einen Kuss auf die faltige Wange.

„Ich parke das Auto und komme dann nach. Wir sehen uns im Wartezimmer."

Aulora war froh, dass er beschlossen hatte, sie zu begleiten. Ihr Vater hatte viele Bekannte, aber wenige echte Freunde. Sie wusste, dass Dustin für ihren Vater eher Freund als Angestellter war.

Weston hielt ihre Hand, während sie mit dem Aufzug in den fünften Stock fuhren, wo alle werdenden Mütter untergebracht wurden. Erst dann wurde ihr klar, wie schwer das für Weston sein musste.

„Wenn das zu viel für dich ist, musst du nicht hierbleiben, West. Es ist mir gerade eingefallen." Sie drückte sanft seine Hand.

„Ich will genau hier sein. An deiner Seite." Er küsste sie auf die Wange, als die Aufzugtüren sich öffneten, und sie traten aus dem Aufzug.

Ihr Vater hatte ihr die Zimmernummer geschickt und sie gingen sofort dorthin. Nachdem sie leise geklopft hatten, trat ihr Vater heraus, um sie zu begrüßen. „Hallo! Gott sei Dank bist du hier, Aulora!"

„Ach?", fragte sie ziemlich überrascht.

„Claras Mutter war auf dem Weg hierher, aber sie ist zu Hause die Treppen hinuntergefallen und hat sich die Hüfte gebrochen. Ihre

Schwester ist in der Schweiz und sie hat keine andere Freundin, die ihr helfen könnte. Sie dreht gerade völlig durch!" Ihr Vater rieb sich angstvoll mit der Hand über das Gesicht.

„Soll ich hineingehen?", fragte Aulora ihn.

Er nickte „Bitte. Sie ist ein totales Wrack. Ich habe keine Ahnung, wie ich ihr helfen soll. Ich war nicht im Raum, als du geboren wurdest. Ich bin erst später ins Krankenhaus gekommen, als du schon auf der Welt warst. Das ist alles neu für mich und ehrlich gesagt finde ich es schrecklich!"

Ihr Körper spannte sich an. Weston spürte es und umarmte sie fester. „Du schaffst das, Süße. Geh da rein und hilf ihr. Du musst nur ruhig bleiben und ihr die Schultern massieren. Halt ihre Hand, wenn sie Schmerzen hat. Sei einfach eine Freundin. Hört sich an, als würde sie eine brauchen."

„Aber ich habe auch keine Ahnung, was ich tun soll. Dad, es tut mir leid ..."

Weston zog sie zurück und packte sie an den Schultern. „Nein! Nein, du wirst dich nicht dieser Sache entziehen, indem du einfach sagst, dass es dir leid tut, das geht nicht. Es geht hier um deine Stiefmutter. Sie bringt gerade deine kleine Schwester auf die Welt. Und du wirst dich zusammenreißen und tun, was nötig ist. Verstehst du, ich bin ein großer Bruder und ich weiß, wie viel Verantwortung man als solcher übernehmen muss. Also beiß die Zähne zusammen und tu, was du tun musst."

„Krass!", sagte ihr Vater, während sie den Kopf schüttelte.

„Ich weiß, oder?", sagte Aulora und fing an zu grinsen. „Er macht dich echt fertig, stimmt's? Und er hat völlig recht. Ich muss aufhören, mich so zu zieren. Ich werde das für meine kleine Schwester tun. Und für Clara. Sie ist schließlich auch ganz nett."

„Sie will wirklich, dass wir eine Familie werden, Aulora", sagte ihr Vater. „Ich weiß, dass sie es nicht immer richtig angeht, aber sie will das mehr als alles andere auf der Welt."

Mit einem Nicken sagte Aulora: „Das weiß ich. Sie ist eine seltsame junge Frau, nicht wahr?"

„Seltsam?", fragte ihr Vater mit einem Stirnrunzeln. „Das würde ich nicht sagen. Ich würde sagen, sie ist anders. Und sie liebt mich, Aulora. Und sie liebt dich auch. Sie wird sich wirklich freuen, wenn du ihr heute hilfst."

„Und du wirst eine Menge lernen", fügte Weston hinzu.

Sie sah es in seinen Augen, die Hoffnung, dass sie vielleicht doch schon bald ein Kind wollen würde. „Ich gehe hinein. Wartet ihr mal in dem kleinen Raum dort drüben. Dustin kommt auch gleich nach, Dad. Ich habe ihn eingeladen."

„Gut. Daran hatte ich gar nicht gedacht. Ich bin froh, dass du ihn eingeladen hast. Du bist so ein Geschenk des Himmels, Aulora. Ich weiß gar nicht, was ich ohne dich anstellen würde", sagte ihr Vater, nahm sie in den Arm und drückte sie an sich. „Tut mir leid, dass wie so viel Zeit miteinander verloren haben. Ich war ein Idiot."

Aulora löste sich von ihm, um ihn anzublicken. „Dafür kann ich dir vergeben. Aber wenn du den gleichen Scheiß bei meinen Geschwistern abziehst, dann mache ich dir das Leben zur Hölle. Hast du mich verstanden?"

Mit einem Nicken blickte er zu Weston und sagte: „Sie kann einen auch richtig fertig machen, Weston. Scheint, als hättest du ihr da was beigebracht."

„Scheint so. Und jetzt zieh es durch, Süße. Ich leiste deinem Dad Gesellschaft." Weston gab ihr einen Kuss und dann gingen er und ihr Vater davon, sodass ihr nichts anderes übrig blieb, als in diesen Raum zu gehen und zum ersten Mal in ihrem Leben mit einer Mutter in den Wehen konfrontiert zu werden!

KAPITEL 40

Clara hatte Auloras Hand so fest gepackt, dass sie bereits nichts mehr spürte. Aber Aulora ließ sie sie ohnehin halten. „Du machst das super, Mom! Gut gemacht."

Claras Gesicht war hochrot, als die Wehen kurz nachließen. Aulora schnappte sich das Tuch vom Bettgeländer und ging zur Spüle, um es ein wenig zu befeuchten. „Wie viele von diesen Dingern wolltest du noch gleich?", fragte Aulora und lachte ein wenig.

„Keines mehr! Sie bleibt ein Einzelkind! Das tut so weh!", sagte Clara, während sie versuchte, sich auf eine Seite zu drehen.

„Also sollte ich das besser nie tun?", fragte Aulora und legte das kühle, feuchte Tuch auf die Stirn ihrer Stiefmutter.

Claras Augen füllten sich mit Tränen. Eine kullerte über ihre Wange und dann nahm sie Auloras Hand in ihre. „Du musst mindestens eines bekommen, Aulora. Ich weiß, dass das hier schrecklich aussieht, und glaube mir, das ist es auch. Aber du musst es zumindest einmal machen. Weston und du werdet tolle Eltern sein. Das weiß ich. Ihr liebt euch sehr und das wird euch dabei helfen, gute Eltern zu werden."

„Meinst du?", fragte sie, denn sie war sich nicht sicher.

Clara nickte, doch ihr Gesicht wurde bereits rot von den nächsten Wehen. Auloras Hand wurde erneut völlig zerquetscht.

EINEINHALB STUNDEN später war es soweit. Clara presste, während Aulora ihre Schultern massierte und ihr gut zuredete, sie möge drücken. Die Schwestern standen neben ihnen, während der Arzt darauf wartete, dass die neue Aulora herauskäme.

„Ich wünschte, mein Vater wäre hier", murmelte Aulora.

Clara hörte einen Augenblick lang auf zu pressen und versuchte, zu Atem zu kommen. „Lauf und hol ihn. Er wird kommen, wenn du es ihm sagst, Aulora."

Mit einem kurzen Nicken machte sie sich auf den Weg. So schnell sie konnte lief sie um die Ecke und rief: „Dad, komm jetzt. Es ist soweit. Sie flippt nicht mehr aus und sie will, dass du siehst, wie deine Tochter auf die Welt kommt!"

Sein Gesicht war aschfahl und er rührte sich nicht. Weston stand auf und zog ihn auf die Beine. „Komm schon, Mann. Du musst das sehen. Es ist unglaublich."

Er half Auloras Vater bis ins Zimmer seiner Frau. Weston bekam einen kleinen Kuss auf die Wange von Aulora, bevor sie beide in dem Zimmer verschwanden.

Weston stand davor. Sein Herz und sein Kopf waren voller Gefühle. Es lag schon so lange zurück, aber er erinnerte sich genau daran, wie er sich gefühlt hatte, als sein Sohn geboren worden war. Angst, Liebe, Bewunderung und vor allem Aufregung.

Er hatte sich so sehr auf das Baby und auf ihre Zukunft gefreut. Sie hatten so viele Pläne geschmiedet. Weston Junior würde in die Baseball-Mannschaft eintreten. Er würde der beste Spieler seines Teams werden. Er würde eine Menge Home Runs schaffen und ihn so stolz machen. Aus seinem Sohn würde etwas werden! Er hatte es einfach gewusst. Und doch hatte er sich so geirrt.

Schweren Herzens ging Weston ins Bad. Tränen waren ihm in die Augen gestiegen und er musste sich wirklich zusammenreißen. Es kam alles wieder in ihm hoch. Er hatte sich solche Mühe gegeben, heute nur an Aulora zu denken und nicht an sich und das, was er damals verloren hatte.

Doch die Gedanken waren immer da, sie warteten im Hintergrund seiner Seele. Sein Verlust war ein Teil von ihm. Es war so ein altbekannter Teil, dass er manchmal vergaß, dass er da war. Wie man einen kleinen Leberfleck auf seinem Rücken vergessen konnte, den man nur selten zu Gesicht bekam. Dennoch war er immer da und man wurde ab und zu daran erinnert, wenn man sich im Spiegel betrachtete.

Sein Sohn würde immer einen Platz in seinem Herzen haben. Er hatte es größtenteils überwunden. Aber er würde niemals das Baby vergessen, das nie die Gelegenheit gehabt hatte, Baseball zu spielen, geschweige denn zu gehen und zu reden. Sein Leben war frühzeitig beendet worden und Weston würde diese kleine Person niemals kennenlernen.

Das Loch, das in seiner Seele entstanden war, als sein Sohn diese Welt verlassen hatte, füllte sich nach und nach mit Sehnsucht. Er sehnte sich danach, wieder ein Kind in den Armen zu halten. Er sehnte sich danach, ein Baby schreien zu hören. Er sehnte sich danach, aufzuwachen und in das Gesicht seines Kindes zu blicken.

Aber er würde niemals Aulora unter Druck setzen, ihm das zu geben, was er sich mit aller Macht wünschte. Nein, er würde sich gedulden. Er würde abwarten, bis sie bereit war.

Aber er betete, dass sie ihn nicht viel länger würde warten lassen, obwohl er glauben musste, dass sie es doch tun würde, jedoch nicht, weil sie egoistisch war. Sie hatte einfach Angst davor, was eines Tages geschehen könnte. Nur, weil ihr Vater einen schlimmen Fehler begangen hatte. Einen, den er vielleicht nie wieder geraderücken konnte.

KAPITEL 41

Ihre ersten Schreie waren so leise, dass Aulora sie beinahe nicht hörte. „Sie ist da", flüsterte sie ihrer Stiefmutter zu. „Deine kleine Tochter ist endlich da!"

„Gott sei Dank", stöhnte Clara. „Sie hat echt auf sich warten lassen. Nicht wahr?"

„Würdest du gerne die Nabelschnur durchtrennen, Daddy?", fragte Aulora ihn, als die Schwester ihr die Schere hinhielt. Es war vorgesehen gewesen, dass sie es tun würde, aber Aulora hatte auf einmal das Gefühl, dass ihr Vater es tun musste.

„Soll ich?", fragte er Clara und sie nickte. Er nahm die Schere und ließ zu, dass die Schwester seine Hände in die richtige Stellung brachte. Er schloss die Augen, während er die Schneideblätter der Schere über der gummiartigen Schnur zudrückte. Er schauerte und reichte die Schere an die Schwester zurück. „Das hat sich komisch angefühlt."

„Das tut es auch", stimmte die Schwester zu.

Aulora beobachtete das rote, zappelige Baby, während es in eine Decke gewickelt und ihrem Vater überreicht wurde. „Bitte sehr, Herr Vater", sagte der Arzt.

Aulora und Clara beobachteten Charles, während dieser sich

völlig versteifte. „Ich weiß gar nicht, wie ich so etwas Kleines halten soll."

Aulora stellte sich neben ihren Vater. Sie war sich selbst nicht einmal sicher, wie sie es tun sollte. „Lass mich dir helfen, Daddy. Ich will dieses kleine Mädchen so oft wie möglich auf deinem Arm sehen."

Sie sah, wie Clara lächelte, während sie dem Arzt das Baby abnahm und ihrem Vater dabei half, sie in den Armen zu halten. Sie sahen zu, während er auf seine neugeborene Tochter herabblickte. „Hallo, Schätzchen."

Bei seinen Worten hörte das Baby auf zu weinen und kuschelte sich an die Brust seines Vaters. „Sie erkennt deine Stimme", flüsterte Aulora. „Wie cool ist das denn, Dad? Sie kennt dich bereits und sie liebt dich."

Tränen liefen ihm über die Wangen und er blickte Aulora an. „Es tut mir so verdammt leid. Du hast ja keine Ahnung, wie leid es mir tut, Aulora."

Sie nickte und legte ihren Arm um ihn, lehnte ihren Kopf an seine Schulter und blickte ihre neue Schwester an. „Ich vergebe dir. Entschuldige dich nicht mehr dafür. Das liegt alles in der Vergangenheit. Diese Familie hat eine neue Zukunft und wir fangen mit dieser kleinen Prinzessin neu an."

Clara schluchzte laut auf und sie drehten sich erschrocken zu ihr um. „Das ist alles einfach so schön!"

Aulora stupste ihren Vater an. „Nimm dein Baby und bring es zu seiner Mutter."

Sie küsste das Baby auf den Kopf und nickte dann Clara zu. „Ich lasse euch mal in Ruhe, damit ihr euch besser kennenlernen könnt, und dann komme ich zurück und nehme meine kleine Schwester ganz lange auf den Arm, in Ordnung?"

Clara nickte ihr zu und lächelte. „Das will ich dir auch geraten haben. Ich hab dich lieb, Mädchen."

Aulora lächelte. „Ich dich auch, Mom."

Als sie das Krankenhauszimmer verließ, in dem gerade ihre kleine Schwester auf die Welt gekommen war, erblickte sie Weston, wie er gerade die Toilette verließ. Er blickte sie an und kam mit ausgestreckten Armen auf sie zu. „Ich brauche eine Umarmung!"

Sie war ziemlich überrascht von seinem Verhalten. Weston war normalerweise ein harter Kerl. Er hatte seine Gefühle immer unter Kontrolle. Aber nun zitterte er praktisch in ihren Armen.

Sie wiegten sich hin und her, während sie ihm etwas von ihrer Kraft übertrug. Sie hatte nicht gewusst, dass diese Kraft in ihr schlummerte, aber sie tat es. „Weston, es wird alles gut."

„Ich vermisse ihn, Aulora."

Die Schmerzen, die ihr Herz erfüllten, waren beinahe zu viel für sie. Aber ihr Freund brauchte sie nun, also würde sie für ihn da sein und nicht zulassen, dass ihre Gefühle sich seinen Bedürfnissen in den Weg stellten.

„Das weiß ich, Baby." Sie strich über seinen Hinterkopf, während er sich an ihre Schulter lehnte und sein Gesicht darin vergrub. „Wenn du hier weg musst, komme ich mit. Ich weiß, wie schwer das für dich ist."

Auf einmal riss er seinen Kopf zurück und blickte sie mit blutunterlaufenen Augen an. „Nein! Auf keinen Fall! Wir bleiben. Ich will das Baby kennenlernen. Ich wollte das nur eben mit dir teilen. Ich vermisse ihn. Ich vermisse das, was hätte sein können. Aber ich will jetzt ein Teil deiner Familie werden, Aulora. Wirklich."

Sie lächelte und zog ihn wieder in ihre Arme. „Na gut, dann bleiben wir eben. Jetzt verstehe ich es. Und ich glaube, es ist eine gute Idee, wenn du bleibst, um sie kennenzulernen."

Er schniefte, riss sich zusammen und gewann wieder die Kontrolle über sich selbst, wischte sich über die Augen und lachte ein wenig. „Ich bin so eine Memme."

„Sag das nicht", schalt sie ihn. „Du hast guten Grund, dich so zu verhalten."

„Genug von mir", sagte er und zog sie in seine Arme. „Hast du sie schon auf dem Arm gehabt?"

„Ein bisschen. Ich habe sie dem Arzt abgenommen und Dad in die Arme gelegt. Ich dachte, es wäre das Beste, wenn sie ein bisschen

Zeit für sich haben. Du und ich können später hineingehen und das neue Familienmitglied kennenlernen."

„Das war sehr aufmerksam von dir", sagte er, nahm ihre Hand und führte sie zum Lift. „Komm, wir gehen in die Kantine und holen uns was zu Essen und dann kannst du mir erzählen, wie genau es abgelaufen ist. Ich will alles wissen. Und ich will genau wissen, wie du dich dabei gefühlt hast."

Sie lachte, während sie in den Aufzug stiegen. „Ich habe das Gefühl, ein Baby zu bekommen, tut richtig weh. Allerdings scheint es auch verdammt glücklich zu machen. Ich habe mir dabei gedacht, dass ein Baby zu bekommen vielen Dingen ähnelt. Alles, was man mit Blut, Schweiß und Tränen erreicht, weiß man am Schluss wirklich zu schätzen."

„So kann man auch darüber nachdenken", sagte er, während sie aus dem Lift ausstiegen und in die Kantine gingen. Er nahm zwei Schinkensandwiches von einem Tablett und schnappte sich noch zwei kleine Tüten Chips. Sie nahm zwei Flaschen Wasser und sie gingen an die Kasse, um ihr Mittagessen zu bezahlen.

Sie fanden zwei freie Stühle, setzten sich und aßen ihr kleines Mittagessen.

„Weißt du, Clara hat mir etwas gesagt, als ich bei ihr war."

„Das will ich wetten", sagte er kichernd. „Frauen in den Wehen können richtig gesprächig werden. Was hat sie denn für Weisheiten verbreitet?"

„Dass du und ich ihrer Meinung nach tolle Eltern wären." Sie blickte ihn an und beobachtete seine Körpersprache, um daran zu erkennen, dass er noch nicht auf ihren Satz hereinfallen würde. Noch nicht.

„Das werden wir auch. Irgendwann. Wenn du bereit bist." Er aß einen Bissen von seinem Sandwich.

Aulora beobachtete ihn. Seine Antwort war nicht die Antwort, die sie erwartet hatte. Sie hatte gedacht, er würde eifrig zustimmen und sie fragen, ob sie schon bereit war, mit dem Kinderkriegen loszulegen. Als er aufhörte, zu reden, und einfach weiteraß, fragte sie sich, ob er vielleicht selbst noch nicht für ein Baby bereit war.

Männer waren seltsam, beschloss sie. Erst wollten sie eine Sache und dann war es auf einmal so, als würde diese Sache ihnen überhaupt nichts mehr bedeuten. Sie wusste nicht, ob sie Weston je wirklich durchschauen würde.

Jemals!

Als sie fertiggegessen hatten, war bereits eine Stunde vergangen, und sie gingen wieder nach oben, um nachzusehen, ob sie das Baby nun besuchen dürften. Sie fanden ihren Vater vor dem Krankenzimmer vor, wo er sich mit dem Kinderarzt unterhielt. Sie warteten, bis das Gespräch beendet und der andere Mann gegangen war. Charles lehnte sich an die Wand und blickte Aulora mit angsterfülltem Blick an.

Sie gingen zögerlich auf ihn zu, dann fragte Aulora: „Stimmt irgendwas nicht, Dad?"

Als er nickte, spürte sie, wie ihre Knie weich wurden, und war dankbar, dass Westons starker Arm sich um sie legte und sie hoch hielt. „Das Baby hat ein Herzgeräusch", sagte ihr Vater und seufzte tief.

„Oh Gott!", sagte Aulora entsetzt. „Was bedeutet das, Dad?"

Er schüttelte den Kopf. „Sie müssen sie noch beobachten. Eine ihrer Herzklappen scheint sich nicht richtig zu schließen. Der Kinderarzt hat gesagt, mit der Zeit kann sie noch stärker werden. Wenn es aber nicht besser geworden ist, wenn sie ein Jahr alt ist, werden sie operieren, um den Fehler zu beheben."

„Ach so, also ist es gar nicht tödlich?", fragte Aulora und war sichtlich erleichtert.

„Nein, tödlich nicht", sagte er. „Wenn sie operiert werden muss, kann natürlich viel passieren. Ich hoffe, dass sie das nicht durchmachen muss."

Weston drückte Charles die Schulter. „Ich bin mir sicher, dass die Klappe von alleine noch stärker wird. Wir werden alles recherchieren, was wir können, um ihr dabei zu helfen. Keine Sorge. Wie geht es Clara damit?"

„Typisch für eine frischgebackene Mutter. Sie ist am Boden zerstört", sagte ihnen Charles.

Weston schüttelte den Kopf, während er sich dachte, dass er wenigstens zwei Monate lang überglücklich gewesen war, bevor man ihm das weggenommen hatte. Dieses arme Paar hatte nur ein paar Minuten gehabt, bevor sie Zweifel an die Zukunft ihres Kindes eingepflanzt bekamen. „Komm, gehen wir zu ihr, Aulora."

Sie gingen hinein und fanden dort Clara vor, die das Baby hielt. Sie hatte Tränen in den Augen und es brachte ihr Herz zum Schmerzen. „Hey", sagte Aulora, als sie eintraten. „Kannst du ein wenig Gesellschaft vertragen?"

„Hat dein Vater es euch gesagt?", fragte sie Aulora.

Sie nickte und stellte sich zu ihr. „Das hat er. Darf ich sie halten?" Clara nickte und Aulora nahm das winzige Baby auf den Arm. „Hey, du. Du weißt schon, dass du das mit der Herzklappe noch hinkriegen musst, oder? Du machst deiner Mama und deinem Papa richtig Angst. Und als große Schwester muss ich mich darum kümmern, dass es dir immer gut geht. Also musst du gesund werden, neue Aulora."

„Oh, wir haben sie doch nicht so genannt", sagte Clara. „Sie heißt Hope. Weil wir wollen, dass sie jedes Mal daran erinnert wird, wie viel Hoffnung wir für sie haben, wenn wir mit ihr reden."

„Hope, was?", fragte Aulora. „Das gefällt mir. Also, du musst gesund werden, Hope. Ich habe große Pläne für uns beide."

Weston setzte sich, während er Aulora dabei zuhörte, wie sie auf ihre Schwester einredete, so, wie er auch damals mit seinem Sohn geredet hatte. Er hatte Hoffnungen, Träume, Pläne gehabt. Aber er schüttelte seinen Kopf und verdrängte die Gedanken, die ihn nur unglücklich machten.

Clara sah besorgt und erschöpft aus. Weston versuchte, sie aufzumuntern. „Weißt du, die meisten Babys überwinden das ziemlich schnell." Er hielt sein Handy hoch, um ihr zu zeigen, was er recherchiert hatte. „Hier steht, dass die meisten Babys, die mit diesem Problem auf die Welt kommen, gesund werden, bevor sie sechs Monate alt sind. Das sind doch tolle Neuigkeiten. Findest du nicht, Clara?"

„Ich schätze, schon", murmelte sie. „Ich wünschte nur, dass ich wüsste, was ich falsch gemacht habe. Ich will nicht, dass unserem nächsten Kind das auch passiert."

Er las den Artikel noch einmal durch und schüttelte den Kopf. „Hier steht, dass niemand an so etwas schuld ist. Es kann jedem passieren. Und die Todesrate bei diesem Problem ist ausgesprochen gering, selbst wenn operiert werden muss, um es zu korrigieren. Ich finde, du solltest dich auf das Baby konzentrieren und dir darum nicht zu viele Sorgen machen."

„Kannst du eine Weile bei uns einziehen, Aulora?", fragte Clara. „Ich glaube, ich könnte deine Hilfe gebrauchen."

Weston blickte Aulora an, die blass geworden war. „Ich? Einziehen? Ähm ..."

Weston stand auf, stellte sich neben sie, schlang ihr den Arm um die Taille und sagte: „Natürlich kannst du das."

Sie blickte mit großen Augen zu ihm auf. „Nur, wenn du mitkommst." Aulora blickte Clara an. „Er und ich kommen nur im Doppelpack."

„Das weiß ich. Natürlich kann er auch kommen. Ich kann jede Menge Hilfe gebrauchen. Schließlich werde ich meine Kinder keinen Kindermädchen überlassen. Nur Familienmitgliedern. Und Weston ist für mich Teil der Familie. Also ist das abgemacht. Ihr beiden könnt in das Zimmer gegenüber von unserem Zimmer ziehen, damit ihr uns helfen könnt. Könnt ihr dort schon einziehen, noch bevor wir aus dem Krankenhaus nach Hause dürfen?"

Weston übernahm die Entscheidung. „Das können wird. Keine Sorge. Ich finde es fantastisch, dass du kein Kindermädchen willst. Ich hatte eines und ich habe sie gehasst. Sie war so stoisch und streng. Ich habe gespürt, dass ich ihr nichts bedeutet habe. Mein jüngerer Bruder hat das auch gespürt. Ich habe es gehasst, wenn ich in die Schule gehen und ihn allein bei ihr lassen musste. Wir helfen sehr gerne mit Hope. Und eines Tages hoffe ich, dass du und Charles uns mit unserem Nachwuchs helfen könnt."

Aulora wurde rot, während sie das Baby auf ihrem Arm ansah. „Hör ihn reden, Hope. Er hat ja ganz schön viel mit mir vor."

Das Baby zappelte in ihren Armen und sie sah, dass Weston das Bündel, das sie auf dem Arm hielt, hochinteressiert beäugte.

„Darf ich sie halten, Süße?"

Er setzte sich neben sie, während sie ihm das Baby überreichte. „Hallo, du süßes kleines Mädchen. Ich bin mir nicht sicher, wie du mich nennen würdest. Auf keinen Fall Onkel."

„Sie erfindet bestimmt selbst etwas, wenn sie alt genug ist", sagte Aulora, während sie über den süßen, kleinen Kopf ihrer Schwester streichelte. „Vielleicht nennt sie dich ja Bubba."

„Bubba?", fragte er sie stirnrunzelnd. „Das klingt irgendwie hinterwäldlerisch, findest du nicht?"

„Das tut es", nickte Clara.

„Also, mir gefällt es", sagte Aulora. „Es passt überhaupt nicht zu ihm, weißt du?"

Clara lächelte und Aulora tat es ihr gleich. Dann bohrte Clara ein wenig nach, denn sie sagte: „Und wann fangt ihr damit an?"

„Mit was?", fragte Aulora völlig ahnungslos, denn sie wusste nicht, wovon ihre Stiefmutter redete.

„Mit was", sagte Clara und lachte. „Mit dem Kinderkriegen natürlich, Aulora. Mit was sonst?"

„Ich finde, wir sollten erst mal heiraten, bevor wir so eine Diskussion abhalten", sagte Aulora.

Weston stand auf und brachte Clara das Baby. „Halte sie bitte mal kurz, Mama." Sie nahm ihm das Baby ab und dann sahen sie ihm dabei zu, wie er die Tür öffnete und das Zimmer verließ. Sie fragten sich, was er jetzt wohl machen würde.

„Habe ich ihn beleidigt?", fragte Clara.

„Ich glaube nicht", sagte Aulora und stand auf, um ihm zu folgen. „Ich habe keine Ahnung, warum er so reagiert. Es ist ja nicht so, als hätte er noch nie darüber nachgedacht, mich zu heiraten und Kinder mit mir zu bekommen."

Bevor sie die Tür erreichen konnte, trat ihr Vater ein. „Was hast du dem Typen angetan, Aulora?", fragte er und bugsierte sie sanft in einen Stuhl. „Er ist direkt an mir vorbeimarschiert und in den Aufzug gestiegen."

„Ich ... ich habe gar nichts gemacht. Clara hat uns gefragt, wann wir ein Kind bekommen wollten, und ich habe gesagt, dazu müssten wir erst heiraten und dann ist er gegangen", stotterte Aulora.

„Du hättest ihn echt nicht so unter Druck setzen sollen. Lass dir das sagen von einem Mann, der lange gebraucht hat, um an die Ehe zu glauben. Es verändert alles, wenn eine Frau auf einmal anfängt, solche Gedanken zu haben", sagte ihr Vater.

„Aber ich habe ihn nicht unter Druck gesetzt. Wirklich nicht. Ich habe nie versucht, ihn zu einer Hochzeit zu drängen. Aber wenn er Kinder will ... Das mache ich nicht mit, außer wir sind verheiratet. Ich habe gesehen, was passieren kann, wenn man nicht wirklich aneinander gebunden ist."

Ihr Vater senkte schuldbewusst den Blick. „Du solltest ihm folgen. Ich bin mir sicher, dass er in die Lobby gegangen ist. Vielleicht will er sich ein Taxi rufen."

„Vielleicht sollte ich ihm wirklich folgen. Ich habe das überhaupt nicht kommen sehen. Was soll ich jetzt bloß zu ihm sagen, Dad?", fragte Aulora und stand auf.

„Was auch immer du in deinem Herzen spürst, Schätzchen." Er zog sie in seine Arme und wiegte sie hin und her, bevor er ihr einen Kuss auf den Kopf gab. „Du solltest immer das sagen, was du in deinem Herzen spürst."

Er ließ sie los und sie verließ ausgesprochen verwirrt den Raum.

42

KAPITEL 42

Als die Türen des Aufzuges sich öffneten, machte Aulora einen Schritt hinaus und blieb dann stehen. In der Lobby war das Licht gedämpft. Es brannten nur Kerzen. Unmengen an Kerzen.

Sie sah niemanden und hielt völlig still. Auf einmal hörte sie Männer summen. Einer nach dem anderen traten Männer in Smokings aus den Schatten, die alle eine beruhigende Melodie summten.

Dann fingen die Männer an, eine akustische Version von John Berrys „Will You Marry Me" zu singen und aus der Dunkelheit trat Weston hervor, ebenfalls in einen Smoking gekleidet. Er hielt eine schwarze Schachtel in der Hand und kam auf sie zu.

Aulora stand zitternd da, die Hände über den Mund geschlagen, und ihr Herz hämmerte so laut, dass sie sicher war, dass alle es trotz des Gesangs hören konnten.

Als das Lied vorbei war, hatte Weston sich vor ihr hingekniet. Er öffnete die schwarze Schachtel, in der ein wunderschöner Diamantring lag. „Willst du also, Aulora?", fragte er lächelnd und mit einem Funkeln in seinen goldenen Augen. „Machst du mich zum glücklichsten Mann auf der Erde und willigst ein, Mrs. Weston Calloway zu werden?"

Würde sie es tun?

43

HOHER EINSATZ

Kapitel 43

Weston konnte gar nicht glauben, wie lange Aulora dafür brauchte, diese eine Frage zu beantworten.

Wollte sie ihn heiraten?

Was er nicht wusste, war, dass sich ein dicker Kloß in ihrem Hals breit gemacht hatte und sie auf einmal kein Wort mehr herausbrachte. Ihre Hände hatten sich über ihren Mund gelegt, ihre blauen Augen waren aufgerissen und glänzten mit Tränen, die in sanften Bächen über ihre geröteten Wangen liefen.

Weston wollte sich genau einprägen, wie sie aussah. Der Pony ihres dunklen Haares war frisch geschnitten und reichte genau bis zu den schön geformten Augenbrauen. Ihre blauen Augen glänzten nicht nur vor Tränen, er erkannte darin auch Glückseligkeit. Ihre helle Haut war frei von Unreinheiten, was selten vorkam. Kein bisschen Schminke und immer noch wunderschön, dachte er bei sich. Sie war seine Wahl, sie war perfekt für ihn. Jetzt musste sie ihm nur noch die richtige Antwort geben.

„Aulora?", fragte er und rutschte ein wenig hin und her, da sein Knie langsam anfing, wehzutun. Sein Herz schlug schneller, je nervöser er wurde.

Würde sie etwa Nein sagen?

Gerade, als er aufgeben wollte, bewegte sie endlich ihren Kopf ein wenig, nickte sanft, sodass er wusste, dass sie seinen Antrag annahm. Er seufzte erleichtert und zog ihre linke Hand von ihrem Gesicht weg, damit er den dreikarätigen Diamantring an ihren Finger stecken konnte. Sie hielt ihre Hand vor ihr Gesicht und blickte ihn an, obwohl ihre Hand zitterte wie Espenlaub.

Als Weston aufstand, schlang sie ihre Arme um ihn und klammerte sich an seinen Hals, während sie anfing zu schluchzen. „Ja! Ja, Weston! Ich will dich heiraten!"

„Freut mich, zu hören, dass du noch sprechen kannst, Süße", kicherte er. „Ich wollte dich nicht zum Heulen bringen."

Die jungen Männer, die er angestellt hatte, um während seinem Antrag zu singen, stimmten ein beglückwünschendes Lied an. Doch sie hörten nicht auf die Worte, denn ihre Herzen schlugen wie wild und sie dachten an die Dinge, an die die meisten frisch verlobten Pärchen denken.

Jetzt fängt es an, wir verbringen den Rest unseres Lebens gemeinsam.

Weston tanzte mit seiner frischen Verlobten zu dem Lied, das die Männer so lieblich sangen. Aulora lehnte ihren Kopf an seine Schulter und folgte ihm, während er sie durch die durch Kerzenschein erhellte Lobby des Krankenhauses führte.

Es war nicht der ideale Ort für so eine große Geste, aber er hatte immer mehr darüber nachgedacht, wie er ihr den Antrag machen könnte, und dieser Ort hatte ihm gefallen. Jetzt, da ihre kleine Schwester geboren war und sie als Familie von vorne anfingen, wollte Weston wirklich ein Teil davon sein. Er wollte nicht nur Auloras Freund sein. Er wollte mehr als das.

Als das Lied zu Ende war, hob Aulora den Kopf und blickte Weston an. „Danke, West." An ihren vollen, dunklen Wimpern klebten noch ein paar Tränen, die aussahen wie Regentropfen an

Ästen. Als sie blinzelte, kullerten sie über ihre Wangen, die vor Aufregung gerötet waren.

Sie blickte in die goldenen Augen des Mannes, den sie eines Tages heiraten würde. Sein wunderschönes Gesicht würde sich für immer in ihr Gedächtnis prägen. Das Kerzenlicht hob seine feinen Gesichtszüge hervor und brachte seine grünen Augen zum Leuchten. Er war ein echter Augenschmaus und nun konnte sie ihn so viel anstarren, wie sie wollte.

„Danke", sagte er und küsste sie so lieblich, dass alle um sie herum in Applaus ausbrachen, aber nicht zu laut, schließlich waren sie in einem Krankenhaus.

Als sie ihren Kuss beendeten, sah Aulora ihren Vater aus den Schatten hervortreten, der sein Handy hochhielt. Er hatte das Ganze gefilmt. „Herzlichen Glückwunsch, ihr beiden!" Sein Lächeln erstreckte sich über sein ganzes Gesicht. Es gab keinen Zweifel daran, dass er überglücklich über ihre Verlobung war.

Aulora war verwirrt, wie ihr Vater es nach unten geschafft hatte. Sie hatte ihn bei Clara im Krankenzimmer gelassen. Der Aufzug hatte sich nicht noch einmal geöffnet. „Daddy? Wie bist du ..."

„Weston hat mich erst um meine Erlaubnis gebeten, Aulora. Natürlich habe ich sie ihm erteilt. Sobald ich wusste, was er tun würde, habe ich es Clara erzählt. Du kannst dir ja vorstellen, wie sie reagiert hat. Ich musste heruntersprinten, um das alles zu filmen. Clara hat darauf bestanden, dass ich es für die Ewigkeit festhalte. Sie ist so sentimental, weißt du."

Aulora lachte und wischte sich über die Augen. Sie streckte ihre Hand mit dem neuen Ring aus, wackelte mit ihren Fingern und ließ das Licht sich in dem Diamanten brechen. „Hat er dir den auch gezeigt, Daddy?"

„Nein, hat er nicht. Lass mal sehen", sagte ihr Vater, legte das Handy ab und nahm die Hand seiner ältesten Tochter, um ihren Verlobungsring zu bewundern. „Umwerfend! Der ist ja absolut makellos. So wie meine wunderschöne Tochter."

„Oh, Daddy, ich bin wirklich nicht makellos, aber ich muss schon zugeben, der Diamant ist atemberaubend", stimmte sie zu und drehte sich zu Weston um, der sie von hinten umschlungen hielt. „Und sehr extravagant. Ich bin mir sicher, dass du ein Vermögen dafür ausgegeben hast. Ich hätte deinen Antrag auch angenommen, wenn er aus einem Kaugummiautomaten gewesen wäre. Aber ich liebe ihn!"

Er drückte seine Lippen auf ihre Wange. „Ja, ich wusste, dass er dir gefallen würde. Ich wollte dir etwas schenken, das dir vermittelt, dass du mir die Welt bedeutest. Zu wissen, dass du mich sowohl mit als auch ohne Geld akzeptierst, weiß ich wirklich zu schätzen, Aulora. Das meine ich ernst."

Der lange Tag hatte ein perfektes Ende gefunden. Aulora war nun verlobt, eine große Schwester geworden und generell sah die Zukunft ziemlich rosig aus. Ihr Handy klingelte und sie holte es aus ihrer Rocktasche. Es war Clara, die sie aus dem Krankenzimmer anrief. „Komm hoch, Mädchen, ich muss den Klunker sehen!"

„Ich komme, Mom", sagte Aulora ihrer Stiefmutter, während sie kicherte.

Sie gingen hinauf, um Clara das Video und den Ring zu zeigen und das Baby noch ein wenig auf dem Arm zu haben, bevor sie nach Hause mussten. Aulora und Weston saßen da und hielten das Baby, während Clara das Video ansah und dabei zu Tränen gerührt wurde. „Das ist einfach so schön!"

„War es auch wirklich", stimmte Aulora zu, gab das Baby an Weston ab und stellte sich neben Clara. Sie küsste ihre Stiefmutter auf die Stirn. „Und danke, dass du mein erstes Geschwisterkind auf die Welt gebracht hast. Es hat eine Weile gedauert, aber endlich bin ich kein Einzelkind mehr."

„Gern geschehen", sagte Clara und umarmte sie. „Ich freue mich schon darauf, diese Familie noch weiter zu expandieren. Ich möchte dir danken, dass du hier bist. Dass du wirklich dabei geholfen hast, deine kleine Schwester auf die Welt und in unsere Familie zu bringen. Du bist Teil von ihr, Aulora. Vergiss das nie."

„Ich verstehe jetzt, wieso Dad dich so liebt. Du bist ein Segen für unser beider Leben. Ich werde nie vergessen, dass Hope und alle weiteren Kinder auch ein Teil von mir sind. Und danke, dass du das so toll gemacht hast. Dass du mich akzeptierst und dass du Dad gezeigt hast, dass er sich mit mir und meiner Mutter versöhnen muss, war sehr großherzig von dir. Nur eine ganz besondere Person ist zu so etwas fähig. Ich hoffe, dass du weißt, dass ich dich sehr dafür respektiere", sagte Aulora und umarmte sie erneut. „Wir müssen jetzt gehen, damit ihr beiden schlafen könnt. Wir bereiten alles auf den Einzug vor und richten uns in dem Zimmer gegenüber eurem ein. Ich kann es kaum erwarten, dass ihr nach Hause kommt."

„Ich auch nicht!", stimmte Clara ein und schniefte dann wieder, denn Auloras Worte hatten sie erneut sehr gerührt. „Bis bald." Charles gab ihr ein Taschentuch und sie wischte sich über die Augen. Der Tag war lang und anstrengend gewesen, aber alles schien, als solle es so sein. Ein guter Tag, alles in allem.

Aulora sah zu, wie Weston das Baby ihrem Vater übergab und spürte einen Stich im Herzen, als sie ihren frischen Verlobten mit dem Baby auf dem Arm sah. Sie war sich sicher, dass er eines Tages einen tollen Vater abgeben würde. Aber sie war immer noch unsicher, wann dieser Tag kommen würde.

So viel ging ihr noch im Kopf herum. So viel konnte noch schief laufen. Weston war zu einem Teil von ihr geworden und ihr wurde gerade erst klar, wie sehr es sie schmerzen würde, wenn ihm etwas zustoßen würde. Dem Ganzen dann noch Kinder hinzuzufügen, war etwas, von dem sie sich nicht sicher war, es aushalten zu können. Und die Tatsache, dass sie nichts über Babys wusste, war auch ein Problem. Vielleicht würde sie bei ihnen alles falsch machen.

Wenigstens hatte sie nun eine kleine Schwester, mit der sie üben konnte. Sie würde ein bisschen mehr über Babys erfahren. Aber würde sie je den Mut finden, selbst eines zu bekommen?

Sie fürchtete sich weder vor der Schwangerschaft noch der Geburt. Sie fürchtete sich davor, dass sie dann möglicherweise etwas verlieren konnte, das ihr so kostbar war wie nichts auf der Welt.

KAPITEL 44

Die erste Woche, in der sie den beiden mit Hope halfen, verging schnell. Zu viert fiel es ihnen leicht, sich um das Baby zu kümmern. Doch die zweite Woche, als Hopes Magen beschloss, dass ihm die Pulvermilch nicht schmeckte, verwandelte sich in den reinsten Albtraum für junge Eltern. Sie heulte stundenlang am Stück. Und nichts schien das Baby aufzuheitern.

Aulora ging mit Hope den Gang entlang und Weston fuhr in die örtliche Apotheke, in der ein Mittel gegen Blähungen bestellt worden war, um das arme Baby von seinen Beschwerden zu erlösen. Sie versuchte, das Baby zu beruhigen, damit ihr Vater und ihre Stiefmutter sich nach einer schlaflosen Nacht ein wenig ausruhen konnten.

Hope machte auf einmal ein seltsames, keuchendes Geräusch, das Aulora so sehr erschreckte, dass sie in ihrem Auf-und-Ab-Gehen innehielt und das Baby anblickte. Sie bemerkte, dass ihr Gesicht leicht blau angelaufen war und machte sich Sorgen, dass etwas passiert sein könnte.

Schnell ging sie in das Schlafzimmer, wo die Eltern der kleinen Hope sich ausruhten, aber gleich aufgeweckt würden von hoffentlich nicht allzu schlimmen Neuigkeiten. Nach einem kurzen Klopfen rief ihr Vater sie herein.

„Dad, das Baby ist irgendwie blau angelaufen", sagte Aulora, als sie das große Schlafzimmer betrat.

Clara setzte sich im Bett auf und riss die Augen auf. „Bring sie her!"

Hope hatte aufgehört, zu weinen. Sie gab nur noch dieses Keuchen von sich, sodass ihr Vater den Notarzt rief. „Sie hatte doch nichts im Mund, oder?"

„Nein, sie hat wieder wegen ihrem Bauch geheult. Weston sollte gleich mit der Medizin gegen Blähungen hier sein. Dann hat sie auf einmal aufgehört zu weinen und nur noch dieses Geräusch gemacht." Aulora sah zu, wie Clara ihre Finger auf das Herz des Babys legte.

„Es schlägt ganz komisch", sagte Clara und Tränen strömten über ihr Gesicht. „Sag ihnen, sie sollen sich beeilen, Charles."

Auloras Vater stieg aus dem riesigen Bett, erledigte den Anruf und zog sich dann etwas anderes als einen Schlafanzug an, während Aulora und Clara alleine mit dem Baby zurückblieben, das Probleme damit zu haben schien, zu atmen. „Ich bin mir sicher, dass sie gesund werden wird, Clara."

„Das muss sie, Aulora. Sie muss es einfach", sagte Clara und vergewisserte sich, dass der Kopf und die Brust der kleinen Hope leicht erhöht waren, während sie sie auf ein Kissen vor sich legte. „Ich bin mir sicher, dass es mit diesem verdammten Herzgeräusch zu tun hat und damit, dass sie solche Blähungen hat. Das stresst sie."

„Das ist jetzt nur eine Idee. Ich habe ja keine Erfahrung mit Babys, aber meinst du nicht, du solltest anfangen, sie zu stillen, anstatt ihr die Pulvermilch zu verabreichen? Vielleicht hätte sie dann weniger Blähungen", schlug Aulora vor.

„Vielleicht hast du recht. Ehrlich gesagt wollte ich nur nicht, dass meine Brüste mir wehtun und ausgeleiert werden und dann hängen, wenn sie abgestillt worden ist. Das fühlt sich jetzt ziemlich egoistisch an." Clara hob das Baby hoch, das immer noch dieses seltsame

Geräusch machte. „Bleib bei mir, kleine Maus. Deine Mutter wird das tun, was sie tun muss."

Aulora strich mit ihrer Hand über den winzigen Kopf des Babys. „Es ist mit Sicherheit so schwierig für dich, sie in diesem Zustand zu sehen. Ich kann es mir gar nicht vorstellen. Wenn ich mir schon solche Sorgen mache, muss es absolut unerträglich sein, was du und Dad empfindet."

Clara konnte nur nicken, denn sie hatte einen dicken Kloß im Hals. Charles kam wieder zurück ins Schlafzimmer, angezogen und bereit, ins Krankenhaus zu fahren. „Jetzt steh du auf und zieh dich an, Clara. In zehn Minuten ist der Notarzt da."

Aulora behielt das Baby im Auge, während Clara sich anzog. „Dad, wie halten die Leute das bloß aus? Mir bricht sie ja jetzt schon das Herz."

Ihr Vater schlang seine Arme um sie und umarmte sie. „Baby, so ist einfach das Leben. Es ist voller Höhen und Tiefen. Wenn du ein Kind hast, unterliegen so viele Dinge nicht mehr deiner Kontrolle. Niemand weiß, wie man mit solchen Dingen umgeht. Aber trotzdem bekommen wir Kinder."

Aulora nickte und hörte dann Weston aus dem Gang rufen: „Wieso fährt hier gerade ein Krankenwagen vor?"

Charles ließ seine Tochter los und öffnete die Schlafzimmertür. „Hope macht ein seltsames Geräusch. Ich wollte Hilfe holen."

Weston kam in das Zimmer mit einer kleinen Tüte aus der Apotheke. „Ich habe die Medizin geholt." Er ging zu dem Baby hinüber und nahm sie in Augenschein. Ihre Augen waren beinahe geschlossen und es fiel ihr schwer, zu atmen. „Ach, du liebe Zeit."

Aulora legte ihren Arm um ihn und lehnte sich an seine Schulter. Der Butler brachte den Notarzt ins Schlafzimmer und die Sanitäter übernahmen den Fall mit einer Geschwindigkeit, die Aulora wie benommen machte. Sie und Weston traten einen Schritt zurück, während sie so etwas wie einen kleinen Ball dazu verwendeten, sie wieder zum Atmen zu bringen.

Clara kam aus dem Bad, fertig angezogen und bereit zu fahren. „Darf ich bei ihr im Krankenwagen mitfahren?"

Die zwei weiblichen Sanitäterinnen nickten und dann gingen alle und ließen Aulora und Weston alleine im Zimmer zurück.

„Das ist schrecklich, Weston. Ich weiß nicht, ob ich das je machen kann."

Weston legte seinen Arm um sie und drückte ihre Schultern. „Wenn du das schrecklich findest, dann begrab erst mal dein Kind."

Aulora blickte zu ihm auf und sah, dass in seinen goldenen Augen unvergossene Tränen glänzten. „Komm, wir fahren auch ins Krankenhaus."

Das Paar verließ das Haus, in dem Aulora aufgewachsen war, und fuhren ins Krankenhaus. Die Fahrt verlief schweigend. Aulora hatte keine Ahnung, was sie zu Weston sagen sollte. Sie fragte sich, wie er sich überhaupt ein neues Kind wünschen konnte. Wie konnte man sich in die Lage bringen, vielleicht eines Tages sein Kind begraben zu müssen?

Als sie im Krankenhaus angekommen waren, schritt der Tag viel zu langsam voran, als dass die Erwachsenen ihn gut hätten verarbeiten können. Hope war auf der Notfallintensivstation und lag dort in einem durchsichtigen Kasten, während ein Beatmungsgerät ihr Luft zuführte. Aulora fand es fürchterlich, ihre kleine Schwester in diesem Zustand sehen zu müssen. Sie schien so weit weg zu sein, wie sie in dieser Box lag.

Weston und Aulora standen daneben, während Clara und Charles der Schwester dabei zusahen, wie sie die Lebenszeichen des Babys überwachte. „Ihr Zustand verbessert sich", sagte ihnen die Schwester. „Bekommt sie Pulvermilch oder stillen Sie?"

„Sie bekommt Pulvermilch, aber ich will das mit dem Stillen ausprobieren", sagte Clara.

Die Krankenschwester nickte und holte dann das Baby aus dem Brutkasten. „Dann sollten Sie versuchen, sie zu füttern. Auch wenn sie noch nicht weint, muss sie etwas essen. Es ist wichtig, dass Sie sie alle paar Stunden füttern, ob sie weint oder nicht."

Clara nickte und setzte sich in einen großen Schaukelstuhl. Die Krankenschwester legte ihr eine Decke über die Schultern und half ihr dabei, das Baby an die Brust zu legen. Aulora nahm Westons Hand und flüsterte: „Wir sollten sie hierbei alleine lassen."

„Du solltest zusehen, damit du etwas lernen kannst", flüsterte er zurück.

Sie schüttelte den Kopf und zog ihn hinter sich her. Er folgte ihr, aber es gefiel ihm nicht, wie Aulora sich verhielt. Sie machte schon wieder zu.

Sie gingen in die Kantine, kauften sich einen Kaffee und setzten sich dann an einen Tisch. Schließlich sprach Aulora. „Weston, wäre es ein totaler Vertragsbruch, wenn wir nie Kinder bekommen?"

Er blickte ihr in die Augen. *Wäre es das?*

„Aulora, jetzt ist nicht der richtige Zeitpunkt, um ans Kinderkriegen zu denken. Ich sehe schon, wie hart dich das trifft. Lass uns lieber nicht jetzt darüber reden." Er nippte an seinem heißen Kaffee und wandte den Blick ab.

Es stand ihm ins Gesicht geschrieben. Wenn sie keine Kinder wollte, würde er nicht mehr mit ihr zusammen sein wollen. Und sie war sich mehr als sicher, dass sie niemals in die gleiche Lage kommen wollte, in der sich ihr Vater und ihre Stiefmutter gerade befanden. Sie wollte sich wirklich nicht in die Lage bringen, in der Weston sich befunden hatte, als sein Baby bei diesem Autounfall umgekommen war.

Sie wusste, was sie tun musste. Weston verdiente jemanden, der ihm Kinder schenken würde. Er wollte sie unbedingt und Aulora wollte sich das auf keinen Fall antun.

„Ich muss mal auf die Toilette", hörte sie sich sagen.

„Ich begleite dich", sagte Weston und stand auch auf.

Sie seufzte und erhob sich. „Bleib du hier. Ich komme gleich wieder. Vielleicht dauert es ein wenig."

Er nickte und setzte sich wieder. „Ich bleibe hier, Süße. Nimm dir Zeit."

Sie nickte und ging. An der Tür drehte sie sich noch einmal um und blickte ihn zum vielleicht letzten Mal an. Aulora konnte nicht mehr. Sie konnte nicht mehr so tun, als wäre sie das, was er brauchte.

Ihre Füße waren schwer, aber sie zwang sich loszulaufen. Aulora musste sich immer wieder ins Gedächtnis rufen, dass sie Weston damit einen Gefallen tat. Als sie durch die Schiebetüren des Krankenhauses trat, spürte sie eine kühle Brise im Gesicht.

Ein paar Taxis waren vor dem Ausgang geparkt und sie stieg in eines davon. „In die Fifth Avenue in New York, bitte."

Der Fahrer fuhr los und brachte sie in das Penthouse, wo sie Dinge zu erledigen hatte. Ihr war schwer ums Herz. Die Dinge wurden immer schlimmer und beinahe wie ihr Vater damals ließ Aulora die schweren Zeiten nun hinter sich.

KAPITEL 45

Nachdem eine halbe Stunde vergangen war, machte Weston sich auf die Suche nach Aulora, fand sie aber nicht. Er rief sie auf ihrem Handy an, doch sie ging nicht ran. Er wollte ihrem Vater und ihrer Stiefmutter nicht noch mehr Sorgen bereiten, also suchte er sie auf und erfand eine Geschichte, dass er Aulora nach Hause brächte, damit sie sich frisch machen konnte.

Er freute sich zu hören, dass es Hope bereits viel besser ging. Sie wollten sie aber über Nacht dabehalten, nur um sicherzugehen. Weston ging, um Aulora zu finden, denn er war sich ziemlich sicher, dass sie gerade dabei war, eine Dummheit zu begehen.

Als er in ein Taxi gestiegen war, schrieb er ihr eine SMS.

-Ruf mich an. Ich weiß, dass du daran denkst, eine Dummheit zu begehen, die uns allen wehtun wird.-

Er ließ sich von dem Taxi zuerst zu der Villa ihres Vaters fahren. Das Personal sagte ihm, dass sie nicht dort gewesen war, also stieg er wieder in das Taxi und fuhr damit nach New York. In ihr Penthouse.

Die Fahrt war lang und er konnte nicht glauben, dass sie ihm immer noch nicht geantwortet hatte. Dann hatte er einen guten Einfall und rief ihre Mutter an. „Hi Evelyn, hier spricht Weston. Hast du zufällig Aulora gesehen?"

„Nein", sagte sie. „Aber ich bin heute den ganzen Tag noch nicht aus dem Haus gegangen. Ich fühle mich ein wenig angeschlagen."

„Tut mir leid, das zu hören. Ich weiß, dass ich viel von dir verlange, aber kannst du zu ihrem Penthouse hinuntergehen und nachsehen, ob sie dort ist? Sie ist gerade eben aus dem Krankenhaus abgehauen und ich fürchte, dass sie sich wieder aus dem Staub machen will."

„Wieso sollte sie so etwas tun?", fragte Evelyn verwirrt. „Und wieso wart ihr im Krankenhaus?"

„Das neue Baby musste dorthin gebracht werden. Sie hat keine Luft bekommen. Ich glaube, Aulora bekommt Panik, weil sie darüber nachdenkt, was es bedeutet, Eltern zu sein, und will sich deshalb aus dem Staub machen."

„Oh nein! Geht es dem Baby jetzt wieder gut?", fragte sie.

„Scheint so. Sie behalten sie über Nacht da, um sicherzugehen. Kannst du also kurz nachsehen, ob deine Tochter zu Hause ist? Und wenn ja, kannst du mir Bescheid geben und sie aufhalten, bis ich auch dort bin?"

„Das werde ich. Hat sie etwas gesagt, was dich vermuten lässt, dass sie weglaufen wollen würde?", fragte sie ihn.

„Es war eher ihr Verhalten. Sie hat völlig zugemacht.Ein Anzeichen für das, was kommen wird. Dass sie weglaufen möchte. Wenn sie nur vor mir weglaufen würde, würde ich sie eine Weile ziehen lassen. Aber sie läuft auch vor ihrem Vater und ihrer Stiefmutter und ihrer kleinen Schwester davon. So einen großen Fehler kann ich sie nicht begehen lassen."

„Du bist ein guter Einfluss auf sie. Ich werde nachsehen und sage es dir dann sofort, Weston. Danke, dass du so gut zu meiner Tochter bist. Sie hat Glück, dich zu haben, und ich werde dafür sorgen, dass sie sich dessen klar wird."

„Danke. Ich habe auch Glück, sie zu haben." Er beendete das Gespräch und rieb sich die Schläfen. Er hatte Kopfschmerzen bekommen und er wusste nicht, ob sie vergehen würden, wenn er sie nicht von dem Fehler abhalten konnte, den sie gerade begehen wollte.

KAPITEL 46

Aulora gelangte an ihrem Penthouse an und ging in ihr Schlafzimmer, um eine Tasche zu packen. Sie hatte nicht vor, viel mitzunehmen. Nur genug, um sie über die Runden zu bringen, bis sie Shoppen gehen konnte.

„Warum bist du zu Hause, Aulora?", fragte ihre Köchin Laura sie, während sie den Gang hinunterging.

Aulora bliebt wie angewurzelt stehen. Sie wusste nicht, was sie sagen sollte. „Ähm, ich hole nur ein paar Sachen. Ich brauche mehr Klamotten bei Dad."

„Oh, wie geht es dem Baby?", fragte Laura und ging neben ihr her.

Aulora blieb stehen und blickte die ältere Frau an. „Es geht ihm nicht besonders gut. Es hat Blähungen gehabt und dann hat es keine Luft mehr bekommen. Ehrlich gesagt finde ich es schrecklich, das mit ansehen zu müssen."

Laura ging an ihr vorbei und öffnete die Tür zu Auloras Schlafzimmer. „Das ist ja traurig. Bestimmt ist es ganz schwer, das mitzuerleben. Lass mich dir helfen." Sie ging in das Schlafzimmer und ging zum Kleiderschrank. „Wie geht es den neuen Eltern mit ihr?"

„Gut, denke ich", sagte Aulora und holte dann einen Koffer aus einem Schrank im Badezimmer. „Ich weiß nicht, wie sie das alles schaffen. Ich glaube, ich könnte das nicht."

„Natürlich könntest du das", sagte Laura, während sie ein paar T-Shirts aus dem Schrank holte. „Ich nehme an, du willst bequeme Kleidung, die das Baby auch vollspucken darf."

Aulora schüttelte den Kopf. „Ich brauche ein paar schicke Sachen." Sie wollte gerne nach Italien fahren. Sie wollte dort die Sehenswürdigkeiten besuchen, die sie hoffentlich zu Malereien inspirieren würden, denn diese Tätigkeit war in letzter Zeit auf der Strecke geblieben.

Andere Dinge waren wichtiger geworden. Sie hatte viel mit dem Baby und mit Weston zu tun. Mit Clara und mit ihrem Vater. Sie hatte das Gefühl, sie verlöre sich selbst.

Sie war eine Künstlerin. Keine Ehefrau. Keine Mutter.

Laura blickte sie auf einmal verwirrt an und sie fragte: „Wozu brauchst du schicke Sachen?"

Aulora zuckte zusammen, als ihr Handy in ihrer Jeans klingelte. Sie zog es heraus und sah, dass es ihre Freundin Brittany war. „Ich rufe sie später zurück." Sie wischte über das Display und ließ die Mailbox rangehen. „Kannst du das mit den schönen Sachen geheim halten?"

Laura nickte, hörte auf, den Kleiderschrank zu durchwühlen, und ging zu ihr, nahm ihre Hand und setzte sich mit ihr auf das Bett. „Das kann ich. Erzähl mir, was los ist, Aulora."

„Versprichst du, mich nicht zu verurteilen?", fragte sie ihre Köchin.

Laura nickte. „Das verspreche ich. Ich urteile nie über Menschen."

„Ich muss eine Weile lang weg. Verstehst du, ich kann Weston nicht heiraten. Er verdient jemand Besseren. Ich will keine Kinder. Ich habe gesehen, wie sehr man um sie Angst haben muss, und ich will so etwas nicht in meinem Leben." Sie biss sich auf die Unterlippe, während sie nervös mit ihrer Hand durch ihr Haar strich. „Bin ich deshalb ein schlechter Mensch, Laura?"

Laura schüttelte den Kopf. „Nein, bist du nicht. Du bist ehrlich.

Hast du es Weston gesagt?" Als Aulora den Kopf schüttelte, seufzte Laura. „Du bist verlobt, Aulora. Du musst mit ihm reden. Es ist nicht fair, wenn du einfach wegläufst, ohne ihm zu sagen, warum du gehst."

„Er wird versuchen, mich aufzuhalten", sagte sie. „Seien wir mal ehrlich, er *wird* mich aufhalten. Und ich will nicht aufgehalten werden. Ich will einfach nur das Weite suchen. Ich habe keine Lust mehr auf die Sorgen, die Angst, nicht zu wissen, was geschehen wird."

„Aber so ist das Leben. Du kannst nicht leben, ohne diese Dinge zu erleben. Tut mir leid, das ist eine Tatsache", sagte Laura.

„Nicht alle Menschen bekommen Kinder, Laura. Nicht alle Menschen heiraten. Ich muss das alles nicht tun. Nicht, wenn ich weiß, dass ich eines Tages diese Menschen verlieren werde. Das wird mir zu sehr wehtun." Aulora stand auf und fing an, in ihrem großen Zimmer auf und ab zu gehen. „Ich will einfach nur malen. Ich will diese Gefühle haben. Keine Traurigkeit, außer, sie verbessert meine Arbeit. Ich erwarte nicht, dass mich irgendjemand versteht. Ich kann es einfach nicht tun. Ich bin eine Einzelgängerin. Schon immer gewesen."

Genau in diesem Augenblick huschte Bruce unter ihrem Bett hervor und schlängelte sich mit seinem fetten Körper zwischen ihren Beinen hindurch. Laura lachte, als Aulora beinahe umfiel. „Er hat dich vermisst. Ich habe mich ja schon gefragt, wo er sich versteckt hat. Er hat es geschafft, herauszukommen und zu essen und zu trinken, wenn niemand da war, aber ich habe ihn nicht mehr gesehen, seit du zu deinem Vater gegangen bist."

Aulora hielt inne und setzte sich auf den Boden. Sie hatte Bruce vergessen. *Wie konnte sie ihn hier alleine lassen?*

„Käterchen, was mache ich bloß mit dir?", fragte sie ihn.

Laura verwendete den Kater, um Aulora umzustimmen. „Wie lange willst du wegbleiben? Bruce vermisst dich wirklich, weißt du?"

„Ich bin mir nicht sicher. Glaubst du, dass die Hotels in Italien auch Katzen auf dem Zimmer erlaubten?", fragte Aulora.

„Ich bezweifle es", sagte Laura und setzte sich neben sie auf den

Boden, um den Kater zu streicheln. „Und der Flug ist auch richtig lang. Das wäre brutal für ihn. Eingesperrt im Frachtteil für Haustiere des Flugzeuges. Er fände es schrecklich, meinst du nicht?"

Aulora blickte ihren Kater an und ihr Handy klingelte erneut. Diesmal war es ihre Mutter. „Da sollte ich besser rangehen", sagte sie und entsperrte das Display. „Hi, Mom."

„Hey, Süße. Wo bist du?", fragte ihre Mutter mit seltsamer Stimme.

„Zu Hause", sagte sie. „Wieso fragst du?"

„Ach, einfach so. Also zu Hause in deinem Penthouse?"

„Ja, da bin ich zu Hause, Mom", sagte Aulora und lachte. „Du hörst dich komisch an."

„Mir geht es nicht so gut. Ich bin seit ein paar Tagen erkältet. Wie geht es dem neuen Baby?"

Aulora starrte in die Ferne. Sie hatte es satt, wegen dem Baby traurig zu sein. Sie hatte es satt, überhaupt etwas zu spüren. „Es wird wieder gesund, schätze ich. Es ist im Krankenhaus. Ruf Dad an, wenn du mehr erfahren willst. Ich will ehrlich gesagt nichts mehr davon wissen."

„Wieso denn nicht?", fragte ihre Mutter und ihre Stimme wurde schrill. „Das klingt ausgesprochen egoistisch, Aulora!"

„Dann bin ich wohl einfach egoistisch. Bei all diesen Menschen in meinem Leben vergesse ich, wer ich bin und was für mich zählt. Ich bin Künstlerin und ich bin gerne allein. Wann hat es sich jeder zum Ziel gemacht, mich in etwas einzubinden, an dem ich nie teilnehmen wollte?"

„Aulora, ich höre es gar nicht gerne, wenn du so redest", schalt ihre Mutter. „Warum bist du so mürrisch und asozial?"

Aulora schluchzte erstickt und stellte fest, dass die Trauer sie übermannt hatte. Sie warf das Handy von sich und rannte ins Bad, um sich darin einzuschließen. Laura hob das Handy auf.

„Hi, Mrs. Greene. Sie sollten vorbeikommen. Ihre Tochter hat einen kleinen Nervenzusammenbruch."

„Um Himmels willen! Ich bin sofort da", sagte Evelyn und beendete das Gespräch.

Laura blieb sitzen, wo sie war, und streichelte das weiche Fell des Katers. „Was ist bloß mit deiner Mami los?"

Sie stand auf und verließ das Schlafzimmer, denn sie nahm an, dass Aulora Zeit für sich benötigte. Aber würde man sie davon abbringen können, wegzulaufen? Laura war sich nicht so sicher.

Künstler konnten sich sehr zurückziehen, sie wusste das von einem Mann, mit dem sie sich im College getroffen hatte. Er hätte eine große Liebe werden können, aber er war so verschlossen und unnahbar, dass sie nie die Gelegenheit bekam, ihn wirklich zu lieben. Und sie sah das auch in Aulora. Doch Laura würde nicht zulassen, dass Aulora den gleichen Fehler begehen würde wie der Mann, den sie damals geliebt hatte.

KAPITEL 47

Die Tränen strömten ihr übers Gesicht, während Aulora sich im Spiegel anblickte. Was war nur mit ihr los? Und warum konnten die Leute sie nicht einfach in Ruhe lassen? Sie würde eingefangen werden, das wusste sie genau. Niemand würde sie je gehen lassen. Niemand würde zulassen, dass sie einfach alles hinter sich ließ. Als es sanft an ihrer Badezimmertür klopfte, schüttelte sie den Kopf. „Geh weg!"

„Das kann ich nicht tun, Süße", erklang Westons Stimme. „Lass mich rein."

„Geh weg! Ich will alleine sein!", kreischte sie ihn durch die Tür hindurch an.

„Nein", sagte er streng. „Du kannst mich jetzt hereinlassen, oder ich trete die Tür ein. Deine Entscheidung."

Sie lehnte sich an die Tür und wimmerte: „Weston, du hast ja keine Ahnung, wie es mir geht. Ich bin innerlich so zerrissen. Lass mich einfach in Ruhe. Ich bin nicht gut für dich." Sie nahm den Verlobungsring ab und schob ihn unter der Tür durch. „Nimm ihn zurück. Schenk ihn einer Frau, die dir das geben kann, was du dir wünscht."

„Du bist die einzige Frau für mich, Süße", sagte er. „Komm raus und wir reden darüber. Ich muss dir diesen Ring wieder anstecken. Alles wird gut. Dem Baby geht es gut. Alles wird gut."

Aulora öffnete die Tür und fiel ihm in die Arme, während sie heulte: „Weston, wie kannst du das alles nur ertragen? Es ist viel zu schwer! Ich mache mir solche Sorgen um sie. Ich kann überhaupt nicht verstehen, warum ich sie so sehr liebe. Wie soll ich damit nur klarkommen?"

Er tröstete sie und wiegte sie in seinen starken Armen. Sein Atem strich ihr durch das Haar, während er sagte: „Ich glaube, dass das das erste Mal in deinem Leben ist, dass du dich so mit jemandem verbunden fühlst. Und das ist stark. Hope ist das erste junge Leben, an dem du maßgeblich beteiligt sein wirst. Natürlich machst du dir da Sorgen."

Sie zog ihren Kopf von seiner Brust, um ihn anzublicken.

„Wie hast du das nur durchmachen können, Weston? Wie hast du es nur geschafft, den Tod deines Sohnes zu verarbeiten? Ich glaube, ich würde so etwas nicht überleben. Ich komme nicht einmal damit klar, wenn Hope ins Krankenhaus muss. Was, wenn du und ich ein Kind bekommen und ihm etwas passiert?"

Er blickte ihr suchend in die Augen und hoffte, ihr mit seiner Antwort weiterhelfen zu können. „Aulora, das Leben ist nun mal hart. Alles Geld der Welt kann nicht verhindern, dass manche schlimmen Dinge passieren. Es hat mich beinahe umgebracht, als dieser Unfall meinem Sohn das Leben geraubt hat. Das ist die Wahrheit. Ich war über ein Jahr lang nur eine Hülle meiner selbst. Aber dann ist es nach und nach besser geworden. Ich konnte an meinen Sohn denken, ohne in Tränen auszubrechen. Ich konnte mich an sein liebes Gesicht und an sein Weinen erinnern."

„Ich verstehe nicht, wieso du dir so etwas noch einmal antun willst", sagte sie und wischte sich mit dem Handrücken über die Nase. „Ich kann mir nicht einmal vorstellen, wie sehr es dich geschmerzt haben muss, als es geschehen ist. Ich weiß nur, dass ich mich nie so fühlen möchte."

Weston zog sie mit sich ins Bad, holte ihr ein Tempo und putzte ihr die Nase. „So weh es auch getan hat, ich habe nie bereut, dabei geholfen zu haben, diesen Jungen auf die Welt zu bringen. Ich durfte ihn halten, berühren, füttern. Ich habe gespürt, was wahre Liebe ist. Er hat mir das innerhalb von nur zwei Monaten geschenkt."

„Und dann wurde es dir entrissen, West. Wie kannst du je wieder so ein Risiko eingehen wollen? Ich habe es noch nicht ein Mal erlebt und ich will das Risiko nicht eingehen." Sie blickte ihn an, nach einer Antwort suchend, und sie hatte keine Ahnung, warum er sich so etwas antun wollte.

„Wir sind nicht auf der Welt, um völlig ohne Schmerzen, Sorgen, Angst oder Reue durch das Leben zu gehen. Im Leben geht es darum, Dinge zu spüren. Liebe ist nicht das Einzige, was du spüren kannst. Du wirst todunglücklich werden, wenn du all diese Dinge aus deinem Leben verbannst. Ich kann nicht einfach zusehen, wie du dich selbst unglücklich machst, Süße."

„Wieso nicht?", fragte sie ihn, denn sie hatte keine Ahnung, warum er so viel Zeit und Energie in sie investierte.

„Weil ich dich liebe. Du bist mein Leben. Siehst du das nicht?" Er strich ihr durch das dunkle Haar und schenkte ihr einen sanften Kuss.

Sie wiegte sein Gesicht in ihren Händen, während sie sich küssten. Dann beendete er den Kuss und sie fragte: „Wie kannst du mich nur lieben? Ich bin total durcheinander. Ich komme mit den einfachsten Gefühlen nicht klar, ohne vor ihren Ursachen davonzulaufen."

„Die Liebe ist nicht immer einfach", sagte er, hob sie hoch und trug sie zum Bett, wo er sich setzte und sie auf den Schoß nahm. „Und jetzt reißt du dich zusammen. Willst du auch wissen, wieso?"

Sie nickte. „Ich glaube, du wirst mir sagen, dass ich für meine Schwester da sein muss."

„Genau das musst du. Es ist an der Zeit, dich wie eine große Schwester zu verhalten und dieses Einzelkind in der Vergangenheit zu lassen. Als großer Bruder kann ich dir sagen, dass diese Arbeit nie zu Ende ist. Du wirst Hope durch ihre Höhen und Tiefen begleiten. Wenn sie zum ersten Mal Liebeskummer hat, wird sie zu dir kommen und dich fragen, warum ihr Herz so sehr wehtut."

MICHELLE L.

„Und ich werde ihr sagen, dass das daran liegt, dass Jungs fies sind und sie sich vor ihnen hüten sollte", sagte Aulora und schniefte.

„Nein, das wirst du ihr nicht sagen", sagte Weston und küsste sie auf die Nasenspitze. „Du wirst ihr sagen, dass uns allen einmal das Herz gebrochen wird und dass es sie nicht daran hindern sollte, erneut zu wagen, zu lieben, bis sie den richtigen Partner für sich findet. Genau wie du mir eine Chance gegeben hast, obwohl du dich so davor gefürchtet hast. Ich liebe dich so sehr, dass ich nie wieder zulassen werde, dass du dir selbst Schaden zufügst."

„Also laufe ich nicht nach Italien weg und werde dort eine Einsiedlerin?", fragte sie. „Das hatte ich nämlich vor."

„Nein, du wirst auf keinen Fall zur Einsiedlerin. Ich würde dich überall aufspüren. Ich liebe dich viel zu sehr, als dass ich zulassen würde, dass du dir so wehtust. Du bist wunderbar. Es wäre schrecklich, dich vor all denen zu verstecken, die dich lieben."

Sie hatte keine Ahnung, warum er sie liebte. Aulora wusste, dass sie einer der größten Glückspilze auf dem Planeten war. „Ich schätze, du bist mein Rückgrat, West."

„Ich kann alles für dich sein, was du brauchst. Und jetzt versprich mir, dass du nie weglaufen und mich dir nachjagen lassen wirst." Er küsste sie auf die Wange und strich ihr das Haar aus dem Gesicht.

„Ernsthaft?", fragte sie ihn, denn sie war sich nicht sicher, dass sie ihm das versprechen konnte. „Ich kann dir sagen, dass es mich manchmal einfach überkommt und meine Füße ihr Eigenleben entwickeln."

ER STECKTE ihr wieder den Verlobungsring an. „Das musst du dir abtrainieren." Er drückte sie auf die Matratze und strich ihr sanft über den langen, schlanken Hals. „Du hast einen Platz in meinem Herzen, den niemand sonst füllen kann. Du hast einen Platz im Herzen vieler Menschen, Aulora. Gib dir Mühe, das nicht zu vergessen. Viele würden dich sehr vermissen, wir würden um dich trauern." Seine Lippen legten sich auf ihre und löschten all ihre Sorgen und egoistischen Gedanken aus.

Aulora wurde von Menschen gebraucht. Zum ersten Mal in ihrem Leben war sie ein wichtiger Teil eines Familienpuzzles. Sie war sich nicht sicher, dass sie der Aufgabe gewachsen war, aber es schien, als hätte sie keine wirkliche Wahl.

Weston war total fixiert auf sie. Sie hatte eine kleine Schwester, die sie brauchen würde. Weglaufen war keine Möglichkeit mehr. Wie würde sie es nur schaffen, diesen Teil ihres Hirnes auszuschalten und den Fluchtinstinkt zu überwinden, der so tief in ihr verankert war?

KAPITEL 48

Einen Monat später fuhren Aulora und Weston zu ihrem Vater, um dem sonntäglichen Abendessen dort beizuwohnen. Als der Butler die Tür öffnete, sahen sie, wie Clara mit Hope auf dem Arm in die Eingangshalle kam.

„Da bist du ja, große Schwester. Sie hat dich schon vermisst", sagte Clara und legte Hope in Auloras Arme.

„Hey, süßes Baby", flötete Aulora. „Wie geht es dir heute?"

Die drei gingen in das Esszimmer. „Es geht ihr so viel besser", sagte Clara. „Dein Tipp mit dem Stillen war Gold wert, Aulora. Hope hat große Fortschritte gemacht, seit ich damit angefangen habe. Du scheinst ein Naturtalent im Umgang mit Babys zu sein."

Weston legte seinen Arm um Aulora und küsste sie auf die Schläfe. „Da muss ich deiner Mutter zustimmen. Du hast wirklich Talent."

Aulora küsste Hope auf die Stirn. „Nun, ich und sie haben einfach eine tolle Verbindung. Ich weiß einfach, was sie denkt."

Weston war überglücklich, wie gut Aulora nach dem Zusammenbruch mit den Dingen klarkam. Er hatte sich ein wenig Sorgen gemacht, dass er dafür kämpfen würde müssen, dass sie wieder Zeit mit dem Baby verbrachte. Als er das nicht musste, war er freudig überrascht. Aber er hätte es getan, wenn es notwendig gewesen wäre. Es gab keinen Plan B. Sie war seine Zukunft, das stand fest.

Sie setzten sich an den schönen Tisch, der mit wunderschönen, weißen Blumen dekoriert war und an dem Charles bereits auf sie wartete. „Da seid ihr ja. Das Four Seasons hat mich angerufen, ihr könnt euren Empfang an eurem Wunschdatum dort abhalten. Der Hochzeit steht nichts mehr im Wege!"

„Wirklich?", fragte Aulora und hielt ihre kleine Schwester hoch. „Bis dahin kannst du bestimmt laufen, Hope. Willst du mein Blumenmädchen sein?"

„Das ist erst in einem Jahr", sagte Clara. „Ich bin mir sicher, dass sie begeistert sein wird, auf den Altar zuzuschreiten und dabei mit Blumen um sich zu schmeißen."

„Meinst du, sie könnten ihr eine Miniaturversion meines Brautkleides machen?", fragte Aulora. „Das wäre doch zuckersüß."

„Ich wette, das können wir arrangieren", sagte Weston und küsste sie auf die Wange. „In einem Jahr und drei Wochen bist du also endlich meine Ehefrau. Es wurde langsam Zeit, dass wir für das Ganze ein Datum festlegen."

„Schade, dass es nicht noch früher klappt", sagte Clara. „Hochzeitslocations in New York sind unmöglich zu organisieren."

„Zumindest die schönen", sagte Weston. „Aber das ist schon in Ordnung. So ist es besser. Dann kann Hope richtig daran teilnehmen. Ich weiß, dass Aulora sich das sehr wünscht."

Aulora lächelte ihn an und streichelte ihm über die Wange. „Du kennst mich besser, als ich mich selbst kenne, West."

„Das tue ich, Süße." Er küsste sie sanft auf die Lippen und Clara seufzte verzückt.

„Ihr beiden seid so süß!" Sie klatschte in die Hände und lachte. „Ich kann es kaum erwarten, dass ihr mich zur Großmutter macht!"

Aulora lachte. „Du bist so albern. Wenn du nicht so jung aussehen würdest, könnte man meinen, du seist fünfzig. So, wie du redest und wie du denkst, entspricht das vielmehr diesem Alter."

„Tut mir leid, dass ich meine Familie liebe", sagte Clara lächelnd. „Also stehen jetzt Junggesellinnenabschied, Hochzeitsvorbereitung und Flitterwochen an, wir müssen Einiges planen, nicht wahr, Aulora?"

„Da hast du recht. Und wir müssen auch all diese Reservierungen vornehmen", stimmte sie zu.

„Und die Einladungen müssen verschickt werden. Meine Familie in England wird jede Menge Zeit brauchen, um die Reise planen zu können. Wir werden auch ihre Hotelzimmer reservieren müssen", fügte Weston hinzu.

Aulora wurde ganz angespannt, als ihr klar wurde, wie viel Planung noch anstand vor der großen Hochzeit. „Vielleicht sollten wir das Ganze sein lassen und einfach nach Las Vegas ausbüchsen."

Claras Kinnlade klappte herunter. „Auf keinen Fall! Das kannst du dir nicht antun. Du solltest eine riesige Hochzeit organisieren. Du verdienst eine, Schätzchen!"

„Das tust du wirklich", stimmte Weston zu. „Du hast noch nie etwas Großes gehabt. Du wolltest nicht, dass ich dir eine große Abschlussfeier schmeiße. Auch bei deinem letzten Geburtstag hast du mir keine große Feier erlaubt. Ich möchte dir eine Hochzeit bescheren, an die du dich dein Leben lang erinnern wirst. Es sind keine Grenzen gesetzt."

Aulora war es nicht gewohnt, im Mittelpunkt zu stehen. Tatsache war, dass die Sache sie nervös machte. Aber insgeheim wünschte sie sich eine riesige Traumhochzeit. Sie wollte Fotos von ihrer Familie, wie alle herausgeputzt und wunderschön waren.

„Okay, dann halte ich jetzt lieber den Mund und lasse das alles einfach über mich ergehen", sagte sie, als gäbe sie ihnen nach. Aber in Wirklichkeit gab sie sich selbst nach. Sie hatte immer gegen diese Ader von sich angekämpft. Es war nun an der Zeit, ein neues Kapitel aufzuschlagen und ihr Licht strahlen zu lassen.

Sie hatte Geld und Weston auch. Sie hatte eine Familie, die nun Teil ihres Lebens sein wollte. Die Tage der Armut und Einsamkeit gehörten der Vergangenheit an. In der Zukunft winkten ihr ganz andere Zeiten.

Aulora bewandelte nun auf einem Pfad, den sie sich nie hatte träumen lassen, und nur, weil Weston so beharrlich gewesen war. Sie strahlte ihn an, während sie darüber nachdachte, wie glücklich sie sich schätzen konnte. „Ich bin froh, dass du mich gefunden hast, Baby."

„Ich auch", sagte er und küsste sie erneut. „Und jetzt iss, damit wir endlich Pläne schmieden können, Süße!"

KAPITEL 49

Hope watschelte den langen Gang entlang mit Clara auf den Fersen und warf weiße Rosenblätter auf den Weg, während sie allen zulächelte. Sie war in ein weißes Kleidchen gekleidet, dass genauso aussah wie Auloras Hochzeitskleid, und das kleine Mädchen war hellauf begeistert, am großen Tag ihrer großen Schwester teilzunehmen.

Clara hob sie hoch, als sie das Ende des Ganges erreicht hatten, und setzte sich mit ihr in die erste Reihe. „Sieh mal, Hope, Daddy bringt gleich deine große Schwester heraus", flüsterte sie dem kleinen Mädchen ins Ohr.

Hope lächelte und zeigte auf ihren Vater, der in diesem Moment mit ihrer großen Schwester die Kirche betrat und die Kapelle zum Brautmarsch wechselte. Sie klatschte in die Hände, während sie den breiten Gang entlangschritten, auf dem sie zuvor die Blumen verteilt hatten.

Aulora konnte nicht anders, als ihre kleine Schwester anzulächeln. Sie war heute Morgen an einem wunderschönen Tag erwacht. Der Tag war durch und durch fabelhaft. Die Vögel sangen, die Sonne schien und ihre warmen Strahlen kitzelten auf ihrer Haut. Am Ende des Ganges stand der schönste Mann, den sie je gesehen hatte.

Als Auloras Vater sie dem Mann übergab, mit dem sie den Rest ihres Lebens verbringen würde, spürte sie, wie ihr ein kalter Schauer über den Rücken lief. Weston nahm ihre Hand in seine und sie drehten sich zu dem Priester, der sie nun verheiraten würde.

Ein schriller Schrei ertönte hinter ihnen. Ehe sie sich's versahen, hatte ihnen die Einjährige die Show gestohlen, die eine noch größere Bedeutung in ihrer Ehelichung haben wollte, als sie ihr zugeteilt hatten.

Weston musste Hope aufheben, als sie versuchte, an ihm hochzuklettern. Als sie auf seinem Arm saß, streichelte sie mit ihrer kleinen Hand über Auloras Gesicht, während der Priester sie weiter bat, die Dinge zu wiederholen, die er eben gesagt hatte.

Aulora waren die Tränen in die Augen gestiegen. Es war der schönste Tag ihres Lebens, und sie teilte gerne das Rampenlicht mit dem kleinen Mädchen, das sie Tag für Tag mehr liebte.

Sie hatte nun keine Angst mehr davor, Mutter zu werden. Dank Hopes Geburt fühlte sie sich ziemlich darauf vorbereitet, ihre Aufgaben als Mutter zu bewältigen. Und sie wusste, dass Weston ein toller Vater werden würde.

Schon bald hatten sie Eheringe ausgetauscht und küssten sich, während alle um sie herum klatschten und Hope ihnen auch einen Kuss ins Gesicht drückte. Einen dicken Schmatzer, nach dem ihre Wangen vor Spucke glänzten.

„Du süße Kleine", kicherte Weston.

„Glaubst du, dass wir ohne sie in die Flitterwochen dürfen, West?", fragte Aulora ihn, während Hope sich fest an ihren frischgebackenen Schwager klammerte.

Clara kam zu ihnen herüber und löste das kleine Mädchen von ihm. „Komm schon, meine Kleine. Die müssen sich jetzt um ein paar Sachen kümmern."

Hope sah ein wenig trotzig aus, aber schon bald ging es ihr besser, als Aulora einen Traubenlolli aus ihrem Brautstrauß hervorzauberte und ihn ihr überreichte, sodass sie es leichter verschmerzen konnte, nicht mehr im Mittelpunkt zu stehen.

Das frisch verheiratete Paar machte sich auf den Weg zu seiner

Party im Four Seasons und flog dann einen Monat lang nach Italien. In dieser Zeit wollten sie ein Kind zeugen und ihre eigene Familie gründen.

Irgendwo tief in ihr drin verspürte Aulora aber immer noch Angst und sie fragte sich, ob es leichtsinnig von ihr war, ein solches Risiko einzugehen. Sie war mit Weston vor einigen Monaten am Todestag seines Sohnes nach Los Angeles gefahren.

Am Fuße seines Grabes zu stehen, einem Grab, das viel zu winzig war, hatte sie ernüchtert. Zwei Monate lang war das Baby da gewesen. Es hatte das Leben von Weston und Hayley ausgefüllt. Sie hatten Träume für ihn gehegt. Sie hatten ständig an ihn gedacht. Und ganz plötzlich war er wieder weg gewesen.

Aulora wusste nicht, wie Weston das ertragen konnte. Wie es ihn nicht schier umbrachte vor Schmerz. Aber sie wusste, dass es ihn auf eine Art und Weise stark gemacht hatte, die kaum mit jemandem vergleichbar war. Westons Liebe war tief und innig. Egal, womit sie ihn konfrontierte, er fing es ab und machte etwas Schönes daraus.

Seit er in ihrem Leben war, waren ihre Kunstwerke noch besser geworden. Er sagte immer, dass er es kaum erwarten könne, sie zu einer Mutter zu machen. Er wollte sehen, wie sich das auf ihre Kunst niederschlagen würde. Weston war sich sicher, dass sie dann nur noch besser werden würde.

Wenn sie nicht ohnehin schon reich gewesen wäre, wäre sie es auf jeden Fall geworden. Ihre Kunstwerke verkauften sich immer sofort. Sie hatte keine zwei Wände für Gemälde mehr in der Galerie, denn ihre Kunst blieb nie lange genug dort, dass es sich gelohnt hätte. Stattdessen hängten sie neue Gemälde von ihr hinter den Empfang. Dort passten drei Gemälde auf einmal hin. Und sie wurde immer darum gebeten, sofort etwas Neues anzufertigen, da innerhalb eines Monats mindestens ein Gemälde aufgekauft würde.

Aulora hatte sich verändert. Sie war nicht mehr die stille, zynische junge Frau, die dachte, dass das Leben nichts als Dunkelheit und Plackerei für sie bereit hielt. Unter Westons Liebe war sie aufgeblüht zu einem Schmetterling, der wusste, dass im Leben noch mehr auf ihn wartete, als sie sich zu glauben getraut hatte, bevor Weston in ihr Leben getreten war.

Nach dem Empfang verbrachten sie die Nacht in dem Hotel, doch sie schliefen, anstatt sich zu lieben, denn sie waren zu erschöpft, um irgendetwas anderes zu tun.

Doch früh am nächsten Morgen waren sie schon überhaupt nicht mehr müde und legten sofort mit den Zeugungsversuchen los.

Auloras dunkles Haar war zu einer schicken Frisur hochgesteckt geworden. Doch am Morgen war es nur noch ein wirres Vogelnest und ihre Make-Up, das am Vortag perfekt gewesen war, war um ihre Augen und Lippen völlig verschmiert.

„Guten Morgen, Schönheit", sagte Weston und zog sie an seine Brust.

Er hatte auch schon besser ausgesehen. Das Gel, mit dem er seine Frisur richtete, ließ seine Haare auf der einen Seite zu Berge stehen, während sie auf der anderen Seite an seinem Kopf klebten. Seine Augen waren geschwollen von zu viel Alkohol. Sie mussten lachen, während sie einander so ansahen.

„Oh mein Gott, Weston. Was ist nur aus uns geworden?", fragte sie, strich sein Haar zurück und musste feststellen, dass das Gel es bombenfest hielt.

„Ich glaube, wir müssen diese Ehe unter der Dusche besiegeln." Er kletterte aus dem Bett und hob sie hoch, trug sie über die Türschwelle des Badezimmers.

Unter der Dusche lief das warme Wasser über ihre Körper und sie wuschen einander mit seifigen Waschlappen. Sie wuschen die Unmengen Stylingprodukte aus ihrem Haar und ähnelten langsam wieder mehr dem hübschen Paar, das sie vor der Hochzeit gewesen waren. „Du musst mich daran erinnern, dass ich nur einmal heiraten will und nie wieder", sagte Aulora. „Das war einfach zu viel Arbeit. Ich will das nie wieder durchmachen müssen."

„Keine Sorge", sagte er und schloss ihren frisch gewaschenen Körper in die Arme. „Ich werde nicht zulassen, dass du noch einmal heiraten musst."

Er drückte sie gegen die warmen Fliesen der Dusche, und sie schlang ihre Beine um ihn, während er in sie eindrang. Sie stöhnte, kratzte ihm über den Rücken und stellte fest, dass er jetzt noch besser in sie passte denn je.

„Ich liebe dich West", schnurrte sie, während er sie rhythmisch fickte. „Ich will dich ganz und gar."

„Du hast mich ganz und gar", sagte er und blickte ihr in die Augen.

„Ich will dich in mir spüren", sagte sie und stöhnte erneut.

„Ich bin schon in dir, Süße", sagte er und küsste sie auf den Hals.

Sie küsste ihn sanft auf die Schulter und flüsterte: „Ich will dein Baby in mir spüren."

Er knurrte auf bei ihren Worten. Sie hatte noch nie geäußert, dass sie sein Kind haben wollte. Sie hatte sich einverstanden erklärt, aber er war nicht sicher, ob sie das vielleicht nur für ihn tat. Es war neu, dass sie von selbst sagte, sein Kind in sich spüren zu wollen, und er hörte es nur zu gerne.

Es versetzte ihm einen Energieschub und er nahm sie noch härter ran. Sie zuckte leicht zusammen, während der Höhepunkt bei ihr einsetzte, und er hielt seinen eigenen Orgasmus zurück, bis sie beinahe fertig war. Dann ließ er sich ebenfalls gehen und füllte sie mit seiner Liebe.

Ihre Münder pressten sich gierig aufeinander, während sie Liebe austauschten. Dann ging er aus der Dusche und nahm sie mit ins Bett. Er legte sie darauf und drang wieder in sie ein.

Sie spreizte die Beine, ließ ihn in ihren Körper und zischte: „Mach es nochmal, Baby. Ich bin so verdammt gerne deine Frau."

„Und ich so verdammt gerne dein Ehemann", sagte er und stieß dann fest und bestimmt in sie vor.

Sie schrie vor Lust auf, während er auf sie einhämmerte. Er bewegte sich immer schneller und härter, bis sie beide wieder vor Lust erbebten und er sich ein zweites Mal in ihr ergoss. „Dieser Monat wird richtig Spaß machen", sagte sie, während sie versuchte, wieder zu Atem zu kommen.

„Das kannst du laut sagen!"

Es war ihr erster Morgen als verheiratetes Paar und sie wollten es unbedingt richtig machen!

KAPITEL 50

S chnapp ihn dir, er entkommt noch!", rief Weston seiner Frau zu, als ihr dreijähriger Sohn durch das Wohnzimmer rannte. „ Aulora setzte ihre einjährige Tochter ab, um hinter ihrem kleinen Nudisten von einem Sohn herzujagen. „Komm her, Brady!"

Mit einem quietschenden Lachen, rannte der Junge an ihr vorbei und aus dem Zimmer hinaus, da er es anscheinend akzeptabel fand, dem Personal seinen Schnippi zu zeigen. „Du fängst mich nicht!"

„Ich übernehme Bree solange", rief Weston. „Hol du ihn dir. Dieses Kind ist blitzschnell!"

Aulora jagte ihrem Sohn den Gang hinterher, während er wie verrückt lachte. Auf einmal blieb er stehen, als eine Tür sich öffnete. „Was haben wir denn da?", fragte Laura und nahm das nackte Energiebündel auf den Arm.

„Ja! Tolle Teamarbeit, Laura", sagte Aulora, während sie aufhörte, zu rennen, und auf ihren Sohn zuging.

„Oh Mann", jammerte Brady. „Ich will keine Klamotten anziehen. Die sind mir im Weg."

„Bei was denn?", fragte Laura, während sie ihn an seine Mutter aushändigte.

„Beim frei Sein", sagte er. „Ich fühle mich gerne frisch."

„Nun, ich mag es gerne, wenn mein Sohn Klamotten trägt wie normale Menschen auch, anstatt herumzulaufen wie ein wildes Tier", schalt Aulora ihn.

„Vielleicht war er in einem früheren Leben ein Affe", neckte Laura und strubbelte ihm dann durch das Haar.

„Vielleicht war ich das", stimmte er zu. „Komm schon, Mama. Lass mich wieder ein wilder Affe sein! Bitte!"

„Hier ‚Bitte' rumzubrüllen, wird dir gar nichts bringen, Brady. Und jetzt komm. Du bist wieder ein kleiner Junge und du ziehst Klamotten an." Aulora brachte ihn wieder ins Wohnzimmer, wo er seine Shorts und sein T-Shirt ausgezogen hatte.

Weston las ihrer Tochter gerade vor und bei dem Anblick machte ihr Herz einen Sprung. „Ich habe ihn erwischt."

„Das sehe ich", sagte Weston und legte das Buch weg. „Warum möchtest du so gerne nackt sein, mein Sohn?"

„Anscheinend war ich früher mal ein Affe. Das findet Miss Laura zumindest. Und ich glaube, sie hat recht!" Brady wehrte sich gegen seine Mutter, die ihm seine Klamotten wieder anzog.

„Nun, jetzt bist du kein Affe mehr. Wenn du deine Klamotten anbehältst, gehe ich vielleicht nachher mit dir in den Zoo. Dann kannst du sehen, wie Affen in Wirklichkeit leben. Das ist nicht halb so schön, wie du es dir vorstellst", sagte Weston und seine Frau lächelte ihn an.

„Schlau, West." Sie zwinkerte ihm zu.

Er zwinkerte ihr auch zu. „Brady, was denkst du denn, dass Affen essen?"

„Ich weiß, dass sie Bananen essen. Ich habe es in einem Buch gesehen. Ich mag Bananen auch." Er kletterte neben seinem Vater auf das Sofa.

„Sie essen auch Käfer", erklärte ihm Weston. „Würdest du gerne Käfer essen, um am Leben zu bleiben?"

Der Junge verzog das Gesicht und seine Eltern mussten lachen. „Igitt!"

„Und Affen leben in Käfigen", fügte Aulora hinzu. „Würde dir das gefallen?"

Brady schüttelte den Kopf. „Nein, gar nicht. Aber können wir trotzdem in den Zoo gehen? Ich will Bree auch die Tiere zeigen. Ich bin ihr großer Bruder und es ist meine Aufgabe, dafür zu sorgen, dass sie an jedem Tag ihres Lebens Spaß hat."

„Gehen wir. Und wir können auch deine Tante Hope abholen und mitnehmen", sagte Weston. „Vielleicht will Onkel Jimmy auch mit."

„Er ist doch noch ein Baby, Dad. Du laberst Unsinn", sagte Brady über seinen sechs Monate alten Onkel.

Aulora lächelte, während Weston aufstand und seinen Arm um sie legte. Sie scheuchten ihre Kinder aus dem Zimmer, um mit ihnen in ihre Zimmer zu gehen und sie auf den Ausflug vorzubereiten. Sie spürte es jedes Mal, wenn sie sich berührten: Dieser Funke, der alles in Bewegung gebracht hatte, brannte noch immer zwischen ihnen.

Eine Mutter zu werden war das Schönste, was ihr je geschehen war. Wenn Weston nicht gewesen wäre, hätte sie nie herausgefunden, was wahre Liebe war. Sie liebte ihre Mutter und ihren Vater, und sie liebte sogar Clara. Aber sie hätte nie gewusst, wie es sich anfühlt, jemanden zu lieben, von dem man ein Teil ist.

Während sie die Treppen hinaufgingen, stolperte Bree und verletzte sich am Knie. Weston nahm sie auf den Arm und küsste ihre kleine Verletzung. „Daddy macht alles wieder gut, Süße."

Als wäre sein Kuss magisch, hörte Bree auf zu weinen und fing an zu kichern. Es schien, als sei der Schmerz schon vergangen. Aulora war immer überrascht, wie einfach es war, Kinder glücklich zu machen. Ein Kuss auf eine Wunde, ein Bonbon, eine Gute-Nacht-Geschichte, all das konnte man so leicht geben und all das machte ihre Kinder glücklich.

Aulora wurde bewusst, dass es angsteinflößend sein konnte, ein Elternteil zu sein. Man befürchtete immer irgendwas, wenn man ein Kind hatte. Aber die Angst war auch so immer da. Sie befürchtete, dass Weston etwas geschehen würde oder ihrer Mutter, ihrem Vater, Clara, oder Hope, auch bevor sie Mutter geworden war. Das war eben das Leben, da hatte Weston recht.

Sie hatte gelernt, dass man sich immer um Leute Sorgen machen konnte, doch das Glücksgefühl überwog in der Regel. Ein beständiger Fluss an Glückseligkeit durchströmte sie. Das war zuvor nicht so gewesen. Aulora fragte sich, wie sie je ohne ihn hatte leben können.

Dieser Fluss an Glückseligkeit war, was ihre Welt weiterdrehen ließ. Ohne ihn wusste sie nicht, wie das Leben wohl aussehen würde. Doch sie glaubte fest, dass diese Glückseligkeit nie verging, wenn man sie einmal gefunden hatte. Deshalb war Weston immer so positiv eingestellt, obwohl er sein erstes Kind verloren hatte.

Aulora respektierte ihren Ehemann mehr, als sie je jemanden bewundert hatte. Er war der beste Ehemann und Vater, den sie je gekannt hatte. Er unterstützte sie, wo es nur ging.

Sie stritten sich auch manchmal, wie jedes normale Paar, aber Weston ließ nie zu, dass sie wütend zu Bett gingen. Wenn sie etwas länger streiten mussten, um alles zu klären, dann taten sie das. Wenn er sie küssen musste, bis sie seine Sichtweise verstand, dann taten sie das auch. Er war immer da und gab nie auf.

Aulora fragte sich, womit sie so einen Mann verdient hatte. Sie musste zugeben, dass sie manchmal ein ganz schöner Miesepeter sein konnte. Sie neigte dazu, immer das Schlechte in allem zu sehen. Doch das hielt Weston nicht davon ab, sie zu lieben.

Andererseits fragte auch Weston sich manchmal, was seine unglaubliche Frau bloß in ihm sah. Sie war eine brillante Künstlerin. Ihre Arbeiten wurden in der Kunstwelt begehrt und geschätzt. Und sie hatte sich ihn ausgesucht, obwohl er keine künstlerische Ader hatte. Wenn er einen kreativen Einfall brauchte, sprach er darüber mit Aulora, denn er schien nie gute Ideen zu haben.

Am liebsten saß er bei seiner Frau und hörte ihr zu, wie sie Geschichten für ihre Kinder erfand, wenn sie sie ins Bett brachte. Die Geschichten über Feen und Königreiche, die sie erfand, erfüllten die Ohren der Kinder und weckten ihre rege Fantasie.

Weston konnte sich überhaupt nicht vorstellen, sich solche Geschichten auszudenken, ebenso wie ihre wunderschönen Gemälde. Sie war in seinen Augen ein Genie, zum einen mit ihren Kindern und zum anderen dabei, ihre Vorstellungskraft einzusetzen.

Aulora hatte sich solche Sorgen gemacht, bevor sie Mutter geworden war. Weston fand das geradezu urkomisch, da sie ein absolutes Naturtalent war. Nichts schien sie aus der Bahn zu werfen. Sie war eine Art Kinder-Flüsterer. Sie wusste, warum Brady schlechte Laune hatte und wieso Bree nicht schlafen konnte.

Aulora hatte einen sechsten Sinn, den Weston nicht hatte. Sie war in seinen Augen fantastisch, auch wenn sie sich selbst nicht so sah. Egal, wie oft sie bei den Kindern oder bei ihm recht hatte, sie empfand es nie als besondere Gabe. Sie würde sagen, dass alle Mütter diese Dinge wussten, doch sie hatte Unrecht. Weston wusste, dass sie ein Geschenk für ihn und ihre Kinder war und behandelte sie auch so. Das Paar war endlich miteinander glücklich geworden, und sie würden es auch weiterhin sein.

Ende.

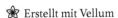 Erstellt mit Vellum

CPSIA information can be obtained
at www.ICGtesting.com
Printed in the USA
BVHW041411050321
601819BV00007B/311